Sem Controle

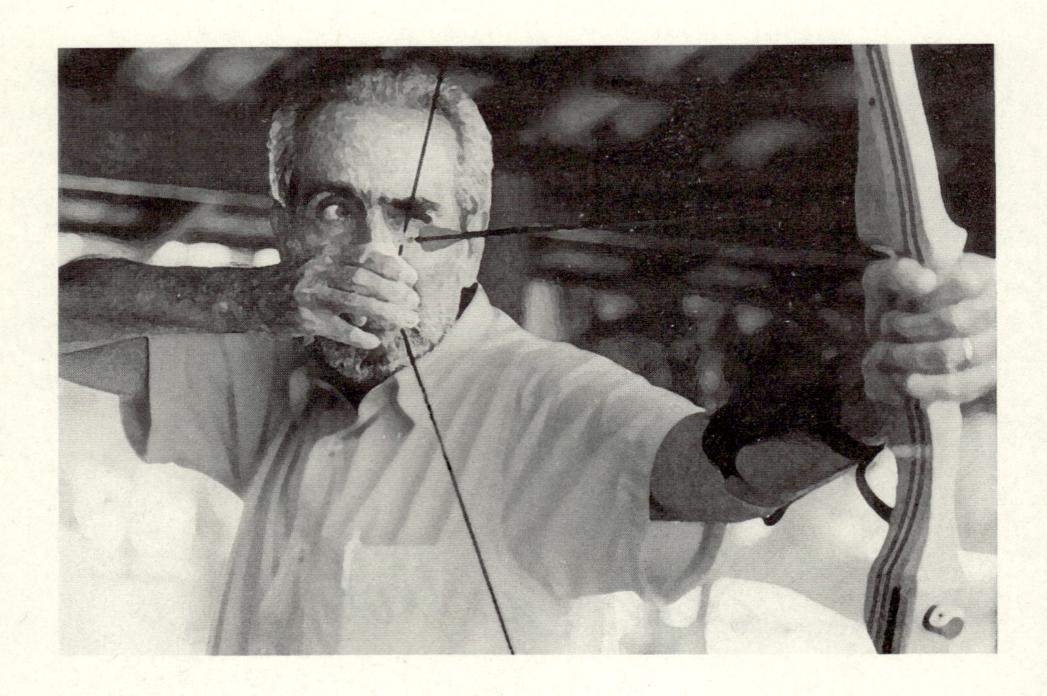

O Arqueiro

Geraldo Jordão Pereira (1938-2008) começou sua carreira aos 17 anos, quando foi trabalhar com seu pai, o célebre editor José Olympio, publicando obras marcantes como *O menino do dedo verde*, de Maurice Druon, e *Minha vida*, de Charles Chaplin.

Em 1976, fundou a Editora Salamandra com o propósito de formar uma nova geração de leitores e acabou criando um dos catálogos infantis mais premiados do Brasil. Em 1992, fugindo de sua linha editorial, lançou *Muitas vidas, muitos mestres*, de Brian Weiss, livro que deu origem à Editora Sextante.

Fã de histórias de suspense, Geraldo descobriu *O Código Da Vinci* antes mesmo de ele ser lançado nos Estados Unidos. A aposta em ficção, que não era o foco da Sextante, foi certeira: o título se transformou em um dos maiores fenômenos editoriais de todos os tempos.

Mas não foi só aos livros que se dedicou. Com seu desejo de ajudar o próximo, Geraldo desenvolveu diversos projetos sociais que se tornaram sua grande paixão.

Com a missão de publicar histórias empolgantes, tornar os livros cada vez mais acessíveis e despertar o amor pela leitura, a Editora Arqueiro é uma homenagem a esta figura extraordinária, capaz de enxergar mais além, mirar nas coisas verdadeiramente importantes e não perder o idealismo e a esperança diante dos desafios e contratempos da vida.

Traduzido por Livia de Almeida

Sem Controle

ELSIE SILVER

CHESTNUT SPRINGS • 3

Título original: *Powerless*

coordenação editorial: Taís Monteiro

preparo de originais: Beatriz D'Oliveira

revisão: Pedro Staite e Rachel Rimas

diagramação e adaptação de capa: Gustavo Cardozo

capa: Sourcebooks

imagens de capa: lisima/Shutterstock (flor), monticello/Shutterstock (patins)

impressão e acabamento: Lis Gráfica e Editora Ltda.

CIP-BRASIL. CATALOGAÇÃO NA PUBLICAÇÃO
SINDICATO NACIONAL DOS EDITORES DE LIVROS, RJ

S592s
Silver, Elsie
Sem controle / Elsie Silver ; tradução Livia de Almeida. - 1. ed. - São Paulo : Arqueiro, 2025.
368 p. ; 23 cm. (Chestnut Springs ; 3)

Tradução de: Powerless
Sequência de: Sem coração
Continua com: Sem juízo
ISBN 978-65-5565-830-9

1. Ficção canadense. I. Almeida, Livia de. II. Título. III. Série.

25-97086.0 CDD: 819.13
CDU: 82-3(71)

Meri Gleice Rodrigues de Souza - Bibliotecária - CRB-7/6439

Editora Arqueiro Ltda.
Rua Artur de Azevedo, 1.767 – Conj. 177 – Pinheiros
05404-014 – São Paulo – SP
Tel.: (11) 2894-4987
E-mail: atendimento@editoraarqueiro.com.br
www.editoraarqueiro.com.br

*Para todo mundo que passou a vida toda sendo um pouquinho gentil *demais*. Um brinde a se acostumar a decepcionar os outros para não decepcionar a si mesmo.*

A verdade é que só temos controle sobre um número
limitado de coisas na vida. O resto é um maldito jogo de dados.

– Kandi Steiner

NOTA PARA O LEITOR

Este livro contém temas adultos, como traumas de infância, morte de um familiar e ansiedade. Espero ter tratado esses tópicos com o cuidado que merecem.

Prólogo

Sloane

Em algum momento do passado...

Abro a porta do Bentley antes mesmo de meus pais pararem completamente o carro. Meus pés tocam a estrada de cascalho sem que eles tenham sequer conseguido sair do veículo. Meus braços envolvem minha prima Violet em um sopro de vento. Quase caímos no chão com a força do abraço.

Ela cheira a grama fresca, cavalos e à doce liberdade do verão.

– Estava morrendo de saudade! – exclamo com a voz esganiçada, e Violet se afasta e abre um sorriso malicioso para mim.

– Eu também.

Vejo mamãe nos olhando, feliz e triste ao mesmo tempo. Eu sou a cara da minha mãe, e Violet é a cara da dela. Só que a mãe de Violet morreu, e a minha perdeu a irmã. Sempre me pergunto se ela gosta de me trazer para cá porque se sente mais próxima da irmã aqui no rancho.

Isso também facilita as viagens dos meus pais pelos seus lugares favoritos da Europa. Papai mencionou que "ver como a outra metade vive" seria bom para mim. Não entendi muito bem o que isso quer dizer, mas vi minha mãe apertar os lábios ao ouvi-lo.

De qualquer maneira, não reclamo de nada, já que passar um mês no Rancho Poço dos Desejos com a família Eaton significa me divertir com meus primos. As regras são tranquilas. Não temos hora para dormir. E eu passo quatro semanas correndo solta e aproveitando o verão.

– Robert, Cordelia.

Tio Harvey estende a mão para cumprimentar meu pai e dá um forte abraço na minha mãe, o que a deixa piscando um pouco rápido demais enquanto olha para as planícies e as montanhas escarpadas ao fundo.

– Que bom ver vocês – diz meu tio.

Eles começam a falar sobre coisas chatas de adultos, mas eu não presto atenção, porque nesse momento meus outros primos surgem da sede do rancho. Cade, Beau e Rhett descem correndo as escadas da frente, brincando, trocando empurrões, como se fizessem parte de uma matilha.

De repente, mais um garoto surge atrás deles. Alguém que não conheço. Alguém que chama minha atenção no mesmo instante. Com braços e pernas compridos e magros, cabelo cor de mel e os olhos mais azuis que eu já vi.

Os olhos mais *tristes* que eu já vi.

Quando ele me encara, seu rosto parece cheio de curiosidade. Desvio o olhar depressa, sentindo as bochechas ficarem vermelhas e quentes.

Minha mãe, ao meu lado, toca minha cabeça.

– Sloane, você precisa se lembrar de usar protetor solar. Já ficou toda vermelha. Você passa tanto tempo naquele estúdio de dança que sua pele não está acostumada ao sol.

Sua preocupação só me faz corar ainda mais. Tenho quase 11 anos e ela está me tratando que nem um bebê na frente de todo mundo.

Reviro os olhos com petulância e murmuro:

– Eu sei. Pode deixar.

Então pego a mão de Violet e saio correndo.

Entramos na casa e subimos para o quarto de hóspedes, em busca de um pouco de privacidade enquanto todo mundo conversa lá fora.

Violet se joga no colchão e exige:

– Conta tudo.

Dou uma risadinha e coloco o cabelo atrás das orelhas, atraída pela janela que dá para a entrada da casa.

– Tudo o quê?

– A escola? A cidade? O que você quer fazer este verão? Tudo, ué. Estou tão feliz que tem uma garota aqui. Este lugar fede a meninos *o tempo todo*.

Pela janela, vejo o garoto misterioso apertando a mão dos meus pais. Reparo no desagrado estampado no rosto do meu pai. Na piedade no rosto da minha mãe.

– Quem é aquele garoto? – pergunto, hipnotizada por ele.

– Ah. – Violet baixa um pouco o tom de voz. – É o Jasper. Ele faz parte da família agora.

Eu me viro para ela com uma sobrancelha arqueada e as mãos na cintura, tentando soar indiferente, não parecer interessada *demais*, mas sem saber realmente como disfarçar.

– Como assim?

Violet se senta na cama, cruza as pernas e dá de ombros.

– Ele precisava de uma família, então nós o acolhemos. Não sei de todos os detalhes. Houve um acidente. Beau o trouxe pra cá um dia, no fim do ano passado. Eu penso nele como mais um irmão fedorento. Você pode considerar ele um novo primo.

Inclino a cabeça, e meu coração batalha contra meu cérebro.

Meu coração quer que eu olhe pela janela de novo, porque Jasper é *muito* bonito, e olhar para ele me causa saltinhos estranhos no peito.

Já meu cérebro sabe que isso é idiota, porque, se ele é amigo de Beau, deve ter no mínimo uns 15 anos.

Mas não consigo me conter.

Olho mesmo assim.

O que não percebo é que vou passar anos lutando contra o desejo de olhar para Jasper Gervais.

1

Jasper

Presente

O noivo de Sloane Winthrop é um babaca de carteirinha.

Conheço bem o tipo. Ninguém entra para a NHL, a liga de hóquei profissional, sem encontrar um monte deles.

E esse cara cumpre todos os requisitos.

Como se o nome *Sterling Woodcock* não fosse besta o suficiente, ele agora está se gabando da viagem de caça que fez com o pai, em que gastaram centenas de milhares de dólares para matar leões nascidos e criados em cativeiro, como se isso de alguma forma compensasse o pau pequeno dos dois.

Do Rolex no pulso às unhas bem cuidadas, ele exala riqueza, e acho que faz sentido que Sloane acabe com um sujeito assim. Afinal, os Winthrops estão entre as famílias mais poderosas do país, tendo quase o monopólio da indústria de telecomunicações.

Enquanto Sterling tagarela, eu olho para Sloane, do outro lado da mesa. Seus olhos azul-celeste estão baixos, e é óbvio que está remexendo o guardanapo no colo. Parece que ela preferiria estar em qualquer lugar, menos aqui, nesta churrascaria chique e mal iluminada.

Assim como eu.

Ouvir seu futuro marido de pau pequeno se gabando para uma mesa cheia de familiares e amigos que não conheço de algo, com toda a sinceridade, constrangedor (e triste) não é minha forma preferida de passar minha noite de folga.

Mas estou aqui por Sloane, e é isso que repito para mim mesmo.

Porque vê-la abatida assim a poucos dias do seu casamento me faz sentir que ela precisa da companhia de alguém que realmente a conheça. Os outros Eatons não puderam comparecer esta noite, mas eu prometi que viria.

E por Sloane eu cumpro todas as promessas, por mais que me machuquem.

Eu esperava vê-la sorrindo. Radiante. Esperava ficar feliz por ela... mas não estou.

– Você caça, Jasper? – pergunta Sterling, todo arrogante e pretensioso.

O colarinho da minha camisa xadrez parece estar me estrangulando, mesmo com os botões de cima abertos. Eu pigarreio e endireito os ombros.

– Caço, sim.

Sterling pega o copo de cristal à sua frente e se recosta para me avaliar com um sorriso presunçoso em seu rosto perfeitamente barbeado.

– Animais de grande porte? Você ia gostar de fazer uma viagem como essa.

Pessoas que não me conhecem assentem e murmuram em concordância.

– Eu não sei se... – começa Sloane, mas o noivo atropela sua tentativa de participar da conversa.

– Todo mundo ficou sabendo do valor do seu último contrato. Nada mau para um goleiro. Então, contanto que você esteja sendo responsável com seu dinheiro, pode perfeitamente bancar uma viagem dessas.

Como eu disse: um babaca.

Eu mordo a parte interna da bochecha, tentado a dizer que fui ridiculamente irresponsável com meu dinheiro e que não poupei um dólar sequer. Só que, por mais humilde que tenha sido minha criação, sou educado o bastante para saber que dinheiro não é um assunto adequado para o jantar.

– Acho que não, cara. Eu só caço o que posso comer, e não sei bem como cozinhar um leão.

Algumas pessoas ao redor da mesa soltam risadas, inclusive Sloane. Não me passa despercebido como os olhos de Sterling se estreitam, seus dentes se cerram e sua mandíbula se contrai por um instante.

Sloane intervém rapidamente, acariciando o braço do noivo como se ele fosse um cachorro que precisa ser acalmado. Quase posso sentir os dedos delicados dela no meu próprio braço e me pego desejando que fosse em mim que ela estivesse tocando.

– Eu costumava caçar com meus primos em Chestnut Springs, sabia? – comenta Sloane.

Viajo de volta no tempo e me lembro de uma jovem Sloane acompanhando os meninos o verão inteiro. Sloane com as unhas sujas de terra, os joelhos ralados, o cabelo embaraçado, descolorido pelo sol e solto nas costas.

– É mais uma questão de emoção, sabe? De poder – diz Sterling, ignorando completamente o comentário de Sloane.

Ele me olha como se eu fosse um adversário, só que não estamos jogando hóquei. Se estivéssemos, eu faria um bloqueio rápido na cara dele.

– Não ouviu o que Sloane acabou de dizer?

Estou tentando manter a calma, mas odeio a maneira como ele a tratou durante todo o jantar. Não sei o que Sloane está fazendo com esse cara. Ela é a minha melhor amiga. É falante, inteligente e engraçada. Ele não percebe? Não a *enxerga*?

Sterling acena com a mão e ri.

– Pois é, estou sempre ouvindo falar do Rancho Poço dos Desejos. – Ele se vira para Sloane com um olhar condescendente e um sorriso zombeteiro. – Bom, ainda bem que você superou a fase moleca, querida. Teria desperdiçado sua vocação como bailarina.

Sua resposta idiota é agravada pelo fato de que pelo visto ele a ouviu e *escolheu* ignorá-la.

– Não consigo nem imaginar você manuseando uma arma, Sloane! – exclama um cara sentado à longa mesa, com o nariz bem vermelho de tanto beber uísque.

– Eu era boa. Mas acho que só acertei um bicho uma vez. – Sloane ri levemente e balança a cabeça, mechas de cabelo loiro-claro caindo no rosto antes de ela colocá-las de volta atrás das orelhas e baixar os olhos, um pouco corada. – E depois caí no choro, me sentindo arrasada.

Ela aperta os lábios, e eu fico hipnotizado. No mesmo instante, começo a imaginar coisas que não deveria.

– Eu me lembro desse dia. – Olho para ela do outro lado da mesa. – Você nem conseguiu comer o veado no jantar daquela noite. Todos nós tentamos te consolar... mas não adiantava.

Inclino a cabeça, as lembranças do passado muito vívidas.

– E é exatamente por isso – Sterling aponta para Sloane sem sequer olhar para ela – que mulheres não combinam com o mundo da caça. Ficam muito desconcertadas.

Os amigos imbecis de Sterling gargalham com esse comentário babaca, o que o incentiva a continuar com a babaquice. Ele ergue o copo e olha para a mesa.

– Um brinde a manter as mulheres na cozinha!

Há risadas, e algumas pessoas dizem "Saúde" e "Tim-tim".

Sloane passa o guardanapo branco pelos lábios cheios, abre um sorriso contido, mas mantém os olhos fixos no vazio à sua frente. Sterling volta a se gabar para os outros convidados, ignorando a mulher sentada ao seu lado.

Ignorando a lembrança que ela tentou compartilhar com ele. Ignorando a vergonha que a fez passar.

Minha paciência está se esgotando rapidamente. A vontade de desaparecer é avassaladora.

Sloane me encara, do outro lado da mesa, e me dá um de seus sorrisos ensaiados. Eu sei que é falso porque já vi seus sorrisos verdadeiros.

E este não é um deles.

É o mesmo sorriso que ela me deu quando eu disse que não poderia ser seu par no baile de formatura. Ir com um jogador de hóquei profissional de 24 anos não era apropriado, e eu fui o idiota que teve que dizer isso a ela.

Retribuo o sorriso, cada vez mais frustrado porque ela está prestes a se casar com alguém que a trata como um acessório, que não lhe dá ouvidos, que não dá valor ao fato de ela ser complexa e não apenas a princesa bem-educada que sua família a moldou para ser.

Nossos olhares permanecem conectados, e as bochechas dela começam a corar. Sloane ajeita os ombros, e meu olhar desce para o seu colo. De repente, me imagino passando a língua ali. Fazendo-a se contorcer.

Meus olhos voltam depressa para o rosto dela. Como se eu tivesse sido flagrado. Como se, de alguma forma, ela pudesse ouvir meus pensamentos. Porque nós dois sabemos que não posso olhá-la assim. Ela faz parte da família. E pior, ela oficialmente pertence a outro homem.

Sterling percebe nossa troca de olhares e volta a atenção para mim novamente, o que me dá calafrios.

– Sloane me disse que vocês são amigos há muito tempo. Desculpe minha confusão, mas me parece improvável que um jogador de hóquei brutamontes seja amigo de uma primeira bailarina. A gente também não se esbarrou muito desde que eu e Sloane começamos a namorar. Tem algum motivo para esse afastamento?

Ele coloca um braço sobre o ombro dela de maneira possessiva, e eu tento não fixar minha atenção no gesto.

– Pra ser sincero, eu também não tinha ouvido muita coisa sobre você – respondo num tom bem-humorado o suficiente para a provocação passar despercebida a qualquer pessoa que não esteja atenta ao olhar furioso que trocamos. Eu me recosto, cruzando os braços. – Mas, enfim, acho que não sou brutamontes a ponto de não poder levar pomadas e analgésicos para minha amiga quando os pés dela estão tão machucados do balé que ela mal consegue andar.

– Eu comentei com você. – A voz de Sloane é apaziguadora. – Ele me ajudou na mudança pro meu novo apartamento. Às vezes a gente toma um café. Coisas assim.

– Ela sabe que, se precisar de alguma coisa, pode contar comigo – acrescento, sem pensar.

Sloane me lança um olhar intrigado, provavelmente se perguntando por que estou agindo como um idiota territorialista. Eu estou me perguntando a mesma coisa, para ser sincero.

– Ainda bem que agora você pode contar comigo para tudo isso.

Sterling está se dirigindo a Sloane, mas olhando para mim. Então ele coloca abruptamente a mão sobre as mãos dela, que estão apoiadas na mesa. As mesmas mãos que ainda remexem o guardanapo, ansiosas. Mas a maneira como ele a toca não é reconfortante nem solidária. É uma repreensão por estar inquieta.

Isso faz uma fúria correr pelas minhas veias. Preciso sair daqui antes que faça alguma coisa da qual me arrependerei.

– Bem, preciso ir – anuncio de repente, empurrando a cadeira para trás, louco para respirar um pouco de ar fresco e para sair deste ambiente de paredes escuras e cortinas de veludo que parecem me sufocar.

– Melhor ter uma boa noite de sono, Gervais. Precisa estar preparado para a nova temporada com o Grizzlies. Depois da última, sua situação deve estar meio delicada.

Puxo os punhos da minha camisa e me obrigo a ignorar a provocação.

– Obrigado pelo convite, *Woodcock*. O jantar estava delicioso.

– Foi a Sloane quem te convidou. – É a resposta petulante dele, deixando evidente que ele não gosta de mim nem da minha presença.

Eu o encaro em silêncio e ergo um canto da boca, como se não pudesse acreditar no quanto ele é babaca. Sinto que estamos sendo observados, que as pessoas perceberam a tensão entre nós.

– Pois é, é para isso que servem os amigos.

– Espera, mas você é primo dela, certo? – pergunta um dos caras, já bêbado, derramando uísque na própria mão ao apontar para mim.

Não sei por que eu e Sloane sempre insistimos em nos declarar amigos e não primos. Se alguém tentasse me convencer de que Beau, Rhett ou Cade não são meus irmãos, eu ignoraria solenemente. Aqueles caras *são* meus irmãos.

Mas Sloane? Ela é minha amiga.

– Na verdade, ele é meu amigo, *não* meu primo.

Sloane joga o guardanapo em cima da mesa coberta de linho branco com mais força do que o necessário.

As pessoas reunidas para o seu casamento a encaram.

O casamento, *neste fim de semana*.

Meu estômago se revira.

– Você vai estar na despedida de solteiro amanhã, Gervais? – prossegue o bêbado. Ele soluça e sorri que nem um idiota, me lembrando do rato bêbado na festa de desaniversário do Chapeleiro Maluco, em *Alice no País das Maravilhas*. – Vou adorar dizer que estive numa festa com Jasper Gervais, o astro do hóquei.

Não me surpreende que a única razão para um cara como esse querer minha presença seja para se gabar disso depois.

– Não posso. Tenho jogo.

Meu sorriso é tenso, mas meu alívio é imenso enquanto me levanto da cadeira.

– Eu te acompanho até a saída.

Sloane se adianta, claramente sem notar o olhar cortante que Sterling lança em sua direção, ou talvez apenas fingindo não perceber. De qualquer forma, gesticulo para que ela vá na frente enquanto atravessamos silenciosamente o restaurante.

Apoio a mão na base das costas dela para guiá-la, mas Sloane se retesa, e eu tiro a mão depressa ao sentir sua pele nua e quente queimando meus dedos. Olho para o chão e enfio a mão formigando no bolso, que é seu lugar.

Porque definitivamente essa mão não tem nada a fazer nas costas nuas de uma mulher comprometida.

Mesmo que ela seja apenas minha amiga.

Só quando nos aproximamos da porta do restaurante é que volto a erguer os olhos. A figura esbelta de Sloane atravessa graciosamente o salão, cada movimento imbuído de uma elegância inerente – algo obtido com anos de treinamento. Anos de prática.

Ela sorri com educação para o maître e depois acelera o passo, como se vislumbrasse a liberdade atrás da porta pesada e estivesse desesperada para alcançá-la. Seus ombros relaxam e seu corpo inteiro amolece, quase em alívio, quando ela toca a madeira escura da porta.

Eu a observo por um momento antes de me aproximar por trás, o calor de seu corpo emanando em direção ao meu. Então estendo um braço acima de sua cabeça e empurro a porta, conduzindo-nos para a fria noite de novembro.

Enfio as mãos nos bolsos da calça para não agarrar seus ombros e sacudi-la, exigindo saber por que ela vai se casar com um cara que a trata daquela forma. Porque realmente não é da minha conta.

Suas costas nuas e definidas estão à minha frente enquanto ela encara a movimentada rua, os faróis dos carros desenhando borrões brancos e vermelhos logo adiante, e o vapor de sua respiração surge acima de seu ombro, como se ela estivesse tentando recuperar o fôlego.

– Você está bem?

Ela assente de um jeito afobado antes de se virar de novo com aquele sorriso estranho de esposa perfeita em seu rosto delicado.

– Não parece – falo.

Meus dedos envolvem as chaves no bolso e as balançam, nervosos.

– Nossa, obrigada, Jas.

– Não me entenda mal, você está linda – corrijo depressa, fazendo uma careta quando noto que ela arregalou os olhos. – Como sempre. Só não parece... feliz?

Ela me encara, os cantos da boca se curvando de leve para baixo.

– E isso é melhor? Linda e infeliz? – rebate.

Meu Deus. Só estou piorando a situação. Passo a mão pelo cabelo.

– Você está feliz? Ele te faz feliz?

Ela abre a boca, surpreendida pela pergunta, e sei que estou passando dos limites, pisando na bola ou qualquer coisa assim. Mas é uma pergunta sincera, e duvido que alguém a tenha feito.

Eu preciso ouvi-la dizer.

Suas bochechas pálidas coram e seus olhos se estreitam enquanto ela se aproxima de mim, a mandíbula tensa.

– Você está me perguntando isso *agora*?

Eu suspiro e mordo o lábio inferior, encarando fixamente os olhos azul--claros dela, tão grandes e brilhantes, faiscando de indignação.

– Estou. Alguém mais te perguntou?

Ela desvia o olhar, levando as mãos ao rosto e depois ao cabelo loiro que passa dos ombros.

– Ninguém me perguntou.

Aperto com força as chaves de casa.

– Como você conheceu Sterling?

– Meu pai nos apresentou.

Sloane volta os olhos para o céu escuro. Não há estrelas, ao contrário do rancho, onde dá para ver cada pontinho de luz. Tudo na cidade parece poluído em comparação a Chestnut Springs. Nesse momento, decido voltar para minha casa no campo em vez de passar mais uma noite respirando o mesmo ar que Sterling Woodcock.

– Onde seu pai o conheceu?

Os olhos dela encontram os meus.

– O pai de Sterling é o novo parceiro de negócios dele. Meu pai tem focado em estabelecer novos relacionamentos, agora que voltou para a cidade.

– E há quanto tempo você conhece esse cara mesmo?

Ela umedece os lábios.

– Nos conhecemos em junho.

– Cinco meses?

Arqueio as sobrancelhas e recuo. Se eles parecessem loucamente apaixonados, eu poderia acreditar, mas...

– Não me julgue, Jasper!

Os olhos de Sloane me fulminam, e ela se aproxima de novo. Posso ser bem mais alto, mas ela não está nem um pouco intimidada. Na verdade, está furiosa. Comigo. Mas acho que é porque ela confia em mim, sabe que pode dar vazão à sua raiva, e por mim tudo bem. Fico feliz em desempenhar esse papel por ela.

– Você não faz ideia das pressões que tenho enfrentado – acrescenta ela, sua voz trêmula.

Sem pensar duas vezes, eu a puxo contra o meu peito e passo os braços ao redor de seus ombros. Ela está toda tensa e agitada. Juro que quase posso senti-la vibrando.

– Não estou te julgando, Solzinho.

Aparentemente, não é o momento certo para usar apelidos de infância.

– Não me chama assim.

Sua voz falha enquanto ela pressiona a testa contra meu peito, como sempre fez, e eu deslizo a mão por seu cabelo, segurando sua nuca.

Como sempre fiz.

Eu me pergunto vagamente o que Sterling diria se visse essa cena. Uma parte mesquinha de mim *quer* que isso aconteça.

– Estou só curioso para saber como as coisas aconteceram tão rápido. Queria saber por que ainda não tinha conhecido seu noivo até agora – falo em voz baixa e grave, quase abafada pelo barulho dos carros passando por nós.

– Bem, o balé ocupa todo o meu dia. E você não me procurou muito nos últimos tempos também.

Sinto uma pontada de culpa. Nosso time teve uma temporada ruim, e prometi a mim mesmo que treinaria mais do que nunca na pré-temporada.

– Eu estava morando em Chestnut Springs e treinando por lá.

Não é mentira. A noiva do meu irmão abriu uma academia incrível lá, e não vi razão para passar o verão na cidade.

– E depois começaram os treinos, e acabei entrando na correria.

Também é verdade.

Mentira é dizer que eu estava ocupado demais e não consegui arranjar tempo para ela. Eu poderia ter arrumado tempo, mas não arrumei. Porque sabia que o pai dela estava de volta à cidade, e eu o evito a todo custo. E o anúncio do noivado me deixou arrasado de uma maneira totalmente inesperada.

– Eu deveria ter te contado com calma, não ter dado a notícia tão de surpresa – murmura ela.

Tento afastar a lembrança do momento em que Violet me contou do noivado de Sloane, no rancho, há alguns meses. De como me senti congelar por dentro. De como meu coração afundou, pesado.

Passo a mão pela cabeça de Sloane e aperto seus ombros, ainda tentando evitar o trecho de pele nua e quente em suas costas, e respondo:

– Eu deveria ter te procurado. Andei... ocupado. Não achei que sua vida... que tudo mudaria tão rápido.

E isso é verdade.

O corpo dela relaxa em meus braços, os seios macios pressionando minhas costelas e os dedos se cravando nas minhas costas. Dura apenas um instante, e logo ela se afasta, mas foi o suficiente para ser mais do que um simples abraço. Ficou bem no limite.

Ainda quero puxá-la de volta para perto.

– Bem, aconteceu. – Ela baixa os olhos e ajeita a manga do vestido verde-claro, sedoso e brilhante na luz sombria. – Meu pai e eu concordamos que era melhor fazer logo o casamento no outono, em vez de prolongar o noivado.

Esse comentário me faz ranger os dentes, porque a simples menção a Robert Winthrop me deixa tenso. E ele ter opinado sobre o casamento de Sloane dispara todos os meus alarmes.

– Por quê?

Franzo a testa. Eu não deveria estar agindo assim. Deveria ir embora. Deixá-la ser feliz.

Eu não deveria estar tão incomodado. Se ela realmente parecesse feliz, eu não estaria.

Ou talvez estivesse.

Ela acena com a mão e olha para trás, para o restaurante, expondo seu pescoço elegante com o movimento.

– Vários motivos – responde, com um dar de ombros derrotado.

É como se ela soubesse que seu tempo comigo está se esgotando. Tenho a impressão de que Sterling não será o tipo de marido que vai aceitar que nós sejamos amigos.

– Motivos? Por acaso você está ansiosa para se tornar a Sra. *Woodcock*? Porque ninguém ia querer um sobrenome desses. Ou é porque o seu pai está te pressionando?

Os olhos azuis dela se arregalam, porque Sloane não enxerga o pai como a cobra que ele é. Nunca enxergou. Está ocupada demais sendo a filha perfeita – e agora a noiva perfeita. Bem-comportada, certinha, que não sai por aí com uma espingarda para caçar.

– E se eu quiser ser a Sra. Woodcock, qual o problema? Tenho 28 anos. Minha carreira como dançarina está terminando. Preciso me estabelecer, ter um plano de vida. Ele está cuidando de mim.

Eu solto uma risada nervosa e balanço a cabeça.

– Cadê a garota indomável que eu conheci? A garota que dançava na chuva e subia no telhado pra me fazer companhia nas noites difíceis?

Eles transformaram aquela garota na peça de um jogo. E odeio isso. Nós nunca brigamos, mas de repente meu impulso de lutar por ela consome meu bom senso.

– Seu pai é um idiota. Só liga pra ele mesmo. Pros negócios. Pra *imagem* dele. Não pra sua felicidade. Você merece mais do que isso.

Eu te daria mais. É isso o que eu realmente quero dizer. Foi o que eu percebi aqui esta noite.

Que estou pensando em coisas que não deveria.

Desejando coisas que não posso ter.

Porque cheguei tarde demais.

Ela recua como se eu a tivesse agredido, comprimindo os lábios com raiva, toda vermelha.

– Não, Jasper. O *seu* pai é um idiota. O meu me ama. Você só não sabe como é isso.

Ela dá meia-volta, abrindo a porta do restaurante com uma agressividade incomum.

Mas prefiro essa agressividade à apatia. Isso demonstra que aquela garota indomável ainda está dentro dela, em algum lugar.

Sloane disparou palavras que *deveriam* me magoar, mas a dor que sinto é por ela. Porque meu pai biológico é *mesmo* um idiota. Já o homem que realmente me criou, Harvey Eaton, é o melhor dos melhores. Ele me ensinou o que é amor, e eu sei muito bem reconhecê-lo.

Além disso, eu me lembro da forma como Sloane olha para um homem quando realmente o quer. E ela não olha para o noivo como costumava olhar para mim.

Fico mais satisfeito com isso do que deveria.

2

Sloane

Sloane: Tá por aí?

Jasper: Onde mais eu estaria?

Sloane: Achei que estaria chateado comigo. Por favor, não me odeie.

Jasper: Eu nunca conseguiria te odiar, Solzinho.

Estou me sentindo mal.

O dia com o qual sonhei desde garotinha finalmente chegou, mas não é nada como eu imaginei.

Está nevando. E eu sempre quis me casar na primavera.

O casamento será em uma igreja grandiosa no centro da cidade. Eu queria uma cerimônia aconchegante no campo.

Será um espetáculo com centenas de pessoas. E tudo o que eu queria era algo pequeno e intimista.

Pior de tudo, o homem que me espera no altar não é o mesmo em que penso quando fecho os olhos. Não é o mesmo que desejei pela maior parte da minha vida.

Desisti tão completamente que estou me conformando em ficar com alguém que não amo. Alguém que tenho certeza de que nem mesmo gosto, e isso me deixa mal.

Não, este dia não é *nada* como imaginei.

Minha prima Violet mexe nos grampos no meu cabelo enquanto estou sentada diante de uma penteadeira de madeira, as mãos apertadas no colo, cobrindo o enorme diamante no meu dedo anelar. Se eu mantiver as mãos ali, apertando até doer, consigo me impedir de chorar.

Ou de fazer algo estúpido como fugir.

– Não sei onde está. Não consigo ver nada com todas as voltas que deram no seu cabelo.

– Está aí. Estou sentindo repuxar. Está apertado demais. Machucando.

Ela suspira e me olha pelo espelho.

– Você tem certeza de que o problema é o cabelo, Sloane?

Eu ergo o queixo, alongando o pescoço e observando minha garganta se mover com o gesto.

– Tenho.

Obrigo minha voz a soar mais segura do que me sinto e deixo minha mente se esvaziar, como acontece quando estou me apresentando. Quando salto e giro e as luzes estão brilhando e a plateia está no escuro, fico à vontade.

Com um suspiro pesado e um olhar preocupado, Violet volta a procurar no meu cabelo por um grampo que ela nem sabe se existe. E ainda acabou de insinuar que meu penteado desconfortável é um paralelo para a minha vida.

Eu sei ler nas entrelinhas.

Ela não falou muito sobre Sterling. Ninguém falou... exceto Jasper.

Jasper.

Não consigo nem pensar no nome dele sem sentir uma onda de náusea. A culpa pelas palavras cruéis que eu disse naquele dia me corrói, me fez perder o sono. E sinto um buraco se abrir no meu peito por saber que a minha pequena chance de ficar com ele vai acabar de uma vez por todas, porque vou me casar com outro homem.

Jasper Gervais e eu somos amigos. *Bons amigos*. Ele já deixou isso claro algumas vezes. E eu não sou masoquista a ponto de continuar insistindo.

Tenho certeza de que todos acham que o superei, mas é só porque me tornei uma especialista em esconder meus sentimentos. Jasper consome cada pedacinho de mim desde que o vi pela primeira vez, mas ele jamais me enxergou como algo além de uma irmãzinha.

Faço uma careta quando sinto algo pegajoso nas mãos. Viro-as e olho para baixo. Uma risada maníaca me escapa quando vejo o sangue se acumulando aos poucos em uma gota perfeita e brilhante no meio da palma, quase como se desafiasse a gravidade com sua existência.

O furo aberto pela garra pontiaguda do meu anel de noivado me provoca, como se o universo soubesse que este casamento vai me fazer sangrar de maneiras que ninguém mais saberá ou verá.

Sterling jamais levantaria a mão para mim, mas tudo o mais sobre ele – sobre essa vida – me *esgota*.

– Ai, merda! Sloane! Você não pode deixar sujar seu vestido.

Violet afasta as mãos, alarmada, então corre para o banheiro anexo, seu vestido de cetim preto farfalhando.

Preto. Volto a rir. Eu jamais teria escolhido vestidos pretos para o meu casamento. Escolheria algo claro e lúdico. Uma cor de celebração.

Mas este não é realmente meu casamento, nem uma celebração. Talvez cores fúnebres façam todo o sentido.

Não consegui reunir energia para reclamar das coisas que não queria. E percebo agora, olhando a pequena gota de sangue escorrendo para o meio da minha mão, que foi porque eu não queria nem um pouco este casamento.

– Aqui, pronto. – Violet pressiona um pedaço de papel higiênico contra o corte profético, parecendo horrorizada ao me encarar. – Você está bem?

Solto um suspiro controlado.

– Estou, estou. Não foi nada. Não perdi um membro nem nada do tipo.

Penso em animais que roem os próprios membros para escapar de uma armadilha.

Violet franze a testa.

– Olha. Não quero que você me leve a mal, mas preciso te propor isso pelo menos uma vez ou nunca vou me perdoar.

Crispo os lábios diante de seu tom sério.

– Está bem. Pode falar.

Ela se empertiga de um jeito dramático e me encara. *Realmente* me encara. Com intensidade. Fico inclinada a desviar o olhar, mas não desvio.

– Se você não quiser isso aqui... – Sua mão livre gesticula ao redor. – Se precisar de uma saída... Se precisar de um carro pra escapar... Eu dou um jeito. Não vou dizer nada. Não vou te julgar. Se isso aqui não estiver bom pra você... Se você precisar dar o fora... Tipo... – Ela baixa o olhar momentaneamente, lábios comprimidos enquanto pondera suas próximas palavras com cuidado. – Pisca duas vezes ou algo assim. Ok?

Eu não pisco, mas uma lágrima escorre pela minha bochecha.

– Merda – sussurra minha prima. – Fiz você chorar. Desculpa. Eu só precisava falar isso.

– Eu te amo, Violet. Não tenho certeza se já te disse isso. Mas você... Sua família... Aquelas semanas no rancho, durante as férias, são sempre os melhores dias da minha vida.

Os olhos dela se enchem de lágrimas, e Violet pisca freneticamente, segurando minhas mãos.

– Mas hoje é melhor ainda, certo?

Os olhos dela buscam os meus com toda a sinceridade, azul contra azul. Só consigo dar um sorriso triste. Hoje deveria ser o dia mais feliz da minha vida, mas não é, e não quero mentir para ela.

Entreabro a boca antes de saber o que vou dizer, mas meu celular apita em cima da penteadeira à nossa frente. *Salva pelo gongo.*

Desviando o olhar, eu me inclino para pegar o aparelho, aliviada pelo escape. É uma mensagem de um número privado e, quando abro, diz apenas: Achei que você deveria ver isso.

Abaixo, há um vídeo. Com uma imagem de pré-visualização estranhamente familiar.

Aperto o play.

– Que merda é essa?

A mão de Violet se apoia no meu joelho quando ela se inclina para ver melhor a tela, que se acende em um vídeo granulado. Uma música alta. E o que está acontecendo bem diante dos meus olhos deveria me abalar. Afinal, a imagem familiar inclui meu noivo usando a mesma camisa polo que usou na noite da sua despedida de solteiro.

– Violet, pode chamar o Sterling pra mim, por favor?

Eu deveria estar arrasada, mas tudo o que consigo pensar enquanto vejo uma mulher nua quicando no pau do Sterling é que eu não vou precisar mastigar meus próprios membros para escapulir dessa armadilha.

3

Jasper

Jasper: Vi, você sabe do Harvey? Nem sinal dele nem do Beau até agora.

Violet: Não sei de nada. Mas o bicho tá pegando aqui dentro.

Jasper: O que houve?

Violet: Sterling Woodcock é um filho da puta. Isso que houve.

Jasper: Que porra ele fez com ela?

– Quem inventou as gravatas, afinal? – resmunga Cade ao meu lado. – São desconfortáveis pra caralho.

Cade é o mais velho dos Eatons, o mais mal-humorado, e que me apoia em tudo que faço.

– E você ainda fica ridículo usando. – Rhett ri e balança a cabeça, provocando o irmão mais velho como sempre.

Mas é o irmão do meio, Beau – de quem sou mais próximo –, que estou procurando. O fato de ele ainda não ter chegado me deixa inquieto.

Ele tentou pedir folga para vir ao casamento. Deveria ter algumas semanas em casa antes de partir de novo, mas ainda não apareceu, assim como nosso pai, Harvey.

– Vai se foder, Rapunzel – responde Cade, irritado, enquanto mexe na gravata em volta do pescoço.

Zombar do cabelo comprido de Rhett não é novidade. Assisto a essa implicância entre eles há anos.

– Cadê as meninas? – pergunto, tentando colocá-los de volta nos trilhos.

A harpista está tocando. Pessoas circulam na frente da imponente igreja. Lá fora está frio, cinzento e deprimente. E tudo o que eu quero é fugir daqui.

– Se você chamar Willa de menina, ela vai cortar suas bolas – rosna Cade, arrancando a gravata e enfiando-a no bolso do paletó.

– Ela vai cortar as suas por não usar a gravata que ela escolheu – zomba Rhett.

– Ela vai superar quando eu usar a gravata para amarrá-la, mais tarde.

Cade, com seu radar afiado, observa as portas da igreja bem quando Willa as abre, uma mão protetora sobre sua barriguinha de grávida. Seus olhos procuram Cade na multidão. Quando o encontram, ela abre um sorriso suave, que logo desaparece.

Então Summer, sua melhor amiga e noiva de Rhett, também aparece. As duas vêm até nós parecendo um pouco chateadas.

– Essa visita ao banheiro foi bem demorada – anuncia Rhett quando elas se aproximam.

Summer se aconchega sob o braço dele e Willa nos encara com uma expressão cautelosa.

– Algum problema? – pergunto, olhando de uma para outra.

Porque tenho certeza de que algo está acontecendo e elas não querem contar.

– Willa é uma bisbilhoteira – diz Summer. – Esse é o problema.

– Cala a boca, Sum. Não é bisbilhotice quando dá pra ouvir a pessoa gritando através de uma porta fechada.

– Acho que, tecnicamente, ainda é bisbilhotar – comenta Cade, puxando Willa para junto dele.

Minha mente se fixou em uma palavra.

– Espera, quem está gritando?

Summer comprime os lábios, seus olhos escuros arregalados e preocupados.

– Parece que a noiva e o noivo estão discutindo. E o noivo não sabe controlar o volume da voz.

– Ele é um babaquinha nojento – acrescenta Willa, bem direta. – Dá pra ver só de olhar pra ele.

Antes que alguém possa dizer mais alguma coisa, já estou atravessando as portas pesadas, olhando para os dois lados para me orientar, e escolhendo um corredor que parece levar a vários cômodos. Ando rápido naquela direção até ouvir uma voz exaltada.

Violet está parada do lado de fora, parecendo um animal assustado, enquanto seu enorme marido, Cole, está atrás dela, parecendo pronto para cometer um assassinato. Mas, na verdade, ele sempre parece pronto para cometer um assassinato.

– Sua humilhação vai ser maior do que a minha – diz Sterling, seu tom repreensivo agredindo meus ouvidos através da porta.

Dou uma olhada em Violet e Cole. Ele está muito sério e inclina a cabeça como se dissesse *Você vai entrar ou entro eu?*.

Adoraria vê-lo dando um jeito em Sterling, mas adoraria ainda mais fazer isso pessoalmente.

– Você tá de brincadeira? – A incredulidade é nítida na voz de Sloane. – Você transa com uma stripper noites antes do nosso casamento e *eu* que tenho que me sentir humilhada?

Outras pessoas na igreja parecem estar olhando nesta direção – e ouvindo tudo –, e é por isso que abro a porta para encarar a tempestade lá dentro. Sloane precisa de apoio. E precisa saber que todos estão cientes dessa lavação de roupa suja.

Pelo menos é o que digo a mim mesmo ao entrar no aposento sem pedir licença. Não tem nada a ver com o fato de que Sterling me faz perder a cabeça.

– Era minha despedida de solteiro! Uma última aventura!

Vejo as costas de Sterling, seus braços abertos enquanto Sloane está sentada em um banquinho antiquado, parecendo incrivelmente pequena enquanto ele berra.

Um instinto protetor me domina.

– Sai daqui e cala a boca! – grito, batendo a porta ao entrar. – Está todo mundo te ouvindo lá fora.

Sterling se vira para mim, os olhos semicerrados, veneno escorrendo.

– Vai se foder, Gervais. Não preciso dos conselhos de um atleta imbecil. Isso é entre mim e minha esposa.

Cruzo os braços e não recuo. Desisto oficialmente de ser legal com Sterling Woodcock.

– Ela não é sua esposa. E eu não vou sair daqui.

Ele não é tão alto quanto eu, e só rivaliza comigo em peso porque tem uma bela barriguinha. Está acostumado à moleza. Fica sentado o dia inteiro e de noite bebe demais.

– Como é que é?

Ele se vira completamente para mim e dá passos agressivos na minha direção. Suas bochechas macias e lisas estão inflamadas, vermelhas, contrastando com o preto e branco de seu smoking.

– Eu disse que não vou sair. Mas você precisa dar o fora.

Atrás dele, Sloane me fita com olhos arregalados. Eu esperava encontrá-la chorando, mas não há uma única lágrima em seu rosto impecavelmente maquiado.

Sterling parte para cima de mim, os braços estendidos e prontos para me empurrar, como uma criança em um ataque de birra. Mas eu pressiono a mão em sua testa suada e o bloqueio antes que ele possa me tocar. Ele acerta alguns golpes fracos nos meus braços, mas é patético demais para saber o que está fazendo. Baixo demais. Fraco demais.

– Se você levantar a voz pra essa mulher mais uma vez, eu acabo com você, Woodcock.

– Vai se foder! Quero ver você tentar.

Ele já está perdendo a calma, mas eu o agarro pela gravata-borboleta de seda e o levo até a porta, desejando – não pela primeira vez – poder lhe dar um golpe rápido com minhas luvas de goleiro. No entanto, dominei esse impulso há muito tempo e não vou deixar uma pessoa insignificante como *Sterling Woodcock* trazê-lo de volta à tona.

Com a mão esquerda, abro a porta e, com toda a minha força, jogo-o para fora, esperando um momento para vê-lo cambalear para trás antes de sucumbir à gravidade e despencar no tapete bordô do corredor. Ele cai, uma pilha desajeitada de braços e pernas, e eu guardo a imagem na memória, porque é boa demais para esquecer.

Fecho a porta e tranco.

Em instantes ouço batidas, xingamentos e ameaças de morte vazias, mas as ignoro, porque minha atenção está em Sloane, que está com os cotovelos apoiados nos joelhos, o rosto escondido nas mãos, os ombros trêmulos.

Dou passos firmes pelo cômodo em direção à penteadeira onde ela está sentada, pronto para confortá-la, quando a ouço ofegar.

A princípio, penso que é um soluço. Mas então percebo que é uma risada.

Sloane está rindo incontrolavelmente, e não sei o que fazer além de ficar parado e observar seu corpo embrulhado nesse vestido justo de cetim engomado. Fitar seu cabelo, tão repuxado para trás que parece doloroso. Ver as tirinhas finas das sandálias enfeitadas com cristais estrangulando seus pés cheios de cicatrizes.

Desconfortável dos pés à cabeça.

E agora eu também estou desconfortável, porque acabei de expulsar seu noivo do cômodo no dia do seu casamento e ela não consegue parar de rir.

– Você está... bem? – pergunto, feito um completo idiota, abrindo e fechando as mãos.

– Melhor do que nunca – responde ela, e volta a rir mais ainda. – Você botou Sterling pra fora como se ele fosse uma boneca de pano!

Ela baixa a cabeça entre os joelhos, tentando recuperar o fôlego enquanto corre as unhas delicadamente pintadas de rosa pelo chão acarpetado, antes de voltar a se sentar direito.

– Ele te *traiu* – rosno.

– Pois é. Tem um vídeo e tudo. Alguém mandou anonimamente. Bem a tempo.

Ela seca com delicadeza as lágrimas nos cantos dos olhos.

– Por que você está rindo?

Ela solta mais uma risadinha e dá de ombros antes de me olhar com uma expressão firme, embora eu reconheça a tristeza em seus olhos. Já vi esse olhar no espelho.

– O que mais eu posso fazer além de rir?

– Você não vai se casar com ele.

Passo a mão pela boca e olho o aposento suntuoso. As sancas. Os lustres exagerados. Estou agitado. Repito a única coisa que me passa pela cabeça.

– Você só casa com aquele sujeito passando por cima do meu cadáver.

Ela engole em seco, e eu observo o movimento de seu pescoço esbelto.

– Desculpa pelas coisas que eu disse no outro dia. – Sua voz soa mais baixa, sua linguagem corporal, menos histérica e mais arrasada. – Na porta do restaurante.

Aceno com a mão.

– Não tem problema.

– Tem, sim. – Ela balança a cabeça e baixa os olhos. – Tem, sim. Eu descontei minha raiva em você. E depois de tudo que já fez por mim, você não merecia. Sei que só estava preocupado comigo. Estava sendo... – Então ela me encara, os olhos levemente franzidos. – Estava sendo um bom amigo.

Mordo a parte interna da bochecha, odiando a expressão de desamparo em seu rosto. Odiando tudo o que ela está passando.

Odiando essa palavra.

Amigo.

Somos amigos há tanto tempo...

Eu me assusto quando uma cabecinha loira desponta na janela atrás de mim.

– Você tá bem?

É a priminha de Beau, a mesma que estava me olhando pela janela hoje de manhã. Seus olhos são grandes e sua expressão preocupada me causa um aperto no coração. Ela me lembra um pouco Jenny. Eu não estou bem, mas não digo isso a ela.

– Estou. Tudo bem.

Eu me viro e olho novamente para o rancho sombreado. Adoro ficar sentado aqui no telhado no silêncio e na escuridão da noite. Me dá paz. Só eu e meus fantasmas.

– Quer companhia?

Suspiro e abaixo a cabeça. Eu não quero companhia. Mas também não digo isso.

Ela sai pela janela antes que eu possa responder, mas digo "claro" de qualquer maneira.

Ainda está escuro no telhado, mas não silencioso. Não mais. Uma garota que eu mal conheço faz um monólogo sobre sua vida, e eu apenas escuto. Ela fala tanto que nem meus fantasmas conseguem competir.

Naquela noite e em todas as noites de verão posteriores, ela vem se sentar junto a mim. Eu não a chamo. Ela simplesmente aparece.

E ficar sentado ao lado dela me dá paz...

Pigarreio para afastar o nó de emoção na garganta.

– E o que eu deveria fazer pra agir como um bom amigo pra você neste momento?

Sloane suspira, o alívio tomando conta de cada centímetro do seu corpo.

Como se eu tivesse acabado de fazer a única pergunta que ela precisava desesperadamente que alguém fizesse.

– Jas, vamos dar o fora daqui. Eu quero ir pro rancho.

Eu a encaro por um momento, as mãos enfiadas nos bolsos, pensando que eu faria qualquer coisa que ela pedisse neste momento.

Então estendo a mão para ela, assentindo com firmeza.

– Vamos lá, Solzinho.

4

Sloane

Jasper: Tem alguma saída pra rua no final do corredor?
Cade: Tem uma saída de emergência.
Rhett: Caraaaaalho. Você vai fugir com a nossa prima desse casamento chato e metido a besta?
Jasper: Vou. Inventem uma distração e me mandem uma mensagem quando for seguro a gente dar o fora.
Rhett: Posso disparar o alarme de incêndio?
Cade: Vou dar um jeito.
Rhett: Eu sempre quis disparar o alarme de incêndio.
Cade: Você já fez isso. Passei semanas te esperando sair da detenção depois da aula, idiota.
Jasper: Pessoal?
Cade: Willa tem um plano. Talvez seja uma ideia até pior. Mas quando eu disser "vai", vocês têm que sair correndo.

Solzinho.

Eu me pergunto se ele sabe como esse apelido mexe comigo. O frio na barriga que me dá.

Se sabe, não demonstra. Porque mal consigo reconhecer o homem diante de mim neste momento. Jasper faz parte da minha vida há quase duas décadas, e eu nunca o vi tão... mortífero.

Nem mesmo no gelo, durante uma partida.

Ele vai na frente, mas para ao ouvir vozes. Sterling. Meus pais.

Meu Deus. Quantas pessoas ouviram o que aconteceu?

Resmungando em uma voz grave, Jasper pega o celular dentro do paletó. Seus dedos ágeis percorrem a tela.

– O que você está fazendo? – pergunto, falando em direção às costas dele, porque ainda não reuni coragem para me aproximar da porta.

Quero sair, mas não quero encarar todo mundo. Vão tentar me convencer a ficar, e eu só quero voltar para o lugar onde sempre me senti mais segura, desde criança. Anseio pelo rancho e pela vida simples que o acompanha. Não consigo ignorar esse chamado que sinto no peito.

– Estou mandando uma mensagem pros meus irmãos.

– Pra quê?

Dou um passo à frente e espreito por cima do seu bíceps, olhando para a tela. Lendo avidamente as mensagens trocadas por ele e meus primos.

– Pra pedir ajuda – responde ele, rabugento, então se vira para mim um momento depois com um olhar cortante em seu rosto bonito. – Melhor você tirar os sapatos.

Baixo a cabeça e levanto a saia.

– Os sapatos?

– É. Vai ser difícil correr com eles.

Mexo os dedos dos pés, o esmalte rosa brilhando sob as luzes fluorescentes. Quero dizer a Jasper que eu não teria o menor problema em correr com esses sapatos. Adoro um bom par de saltos e aguentaria o dia inteiro com eles. Mas minha quase-futura-sogra escolheu essas sandálias, e elas não têm nada a ver *comigo*.

A ideia de tirá-las é simplesmente tentadora demais.

Com um gesto brusco, seguro a saia e a levanto alguns centímetros, com a intenção de me abaixar. Antes que eu possa fazer qualquer coisa, porém, Jasper se agacha diante de mim. Seus dedos ágeis abrem rapidamente as delicadas fivelas de prata, e fico parada, boquiaberta, observando o homem apoiado em um joelho tirando meus calçados, correndo as mãos calejadas de modo reverente pelos meus tornozelos enquanto liberta meus pés.

Sem erguer os olhos, ele me entrega a sandália cintilante e parte para o outro pé. E não é a primeira vez que me pego olhando para Jasper Gervais com o coração disparado enquanto ele segue agindo como se fosse a coisa mais normal do mundo.

– Pronto – diz ele, me olhando com a tira da sandália pendurada em sua mão estendida.

É difícil não ficar hipnotizada ao vê-lo assim, de joelhos, mas é sua mão que me faz ofegar. O polegar que pressiona o arco do meu pé, como se ele não conseguisse resistir à tentação de me massagear.

– Dói?

Seu pomo de adão se move quando ele engole em seco, um joelho no chão enquanto o outro está dobrado, deixando a calça deliciosamente justa em suas coxas musculosas.

Que tipo de homem prestes a me resgatar de um casamento de fachada é capaz de parar tudo para massagear meus pés doloridos?

Um homem incrível.

Eu não deveria estar babando por ele no suposto dia do meu casamento. Mas babar por Jasper Gervais já faz parte da minha personalidade a esta altura.

– Não, estou bem – respondo às pressas, colocando o pé de volta no chão e me sentindo mais firme descalça.

Dou um passo à frente, contornando Jasper, e pressiono o ouvido na porta. É difícil ouvir muito além de tons abafados e da voz de barítono que reconheço como a do meu pai.

– Pronta, Sloane? – pergunta Jasper.

– Pra quê? – sussurro, apoiando-me na porta como se isso fosse me ajudar a ouvir melhor.

– Pra correr.

Viro a cabeça em sua direção.

– Você vai me ajudar a me tornar, literalmente, uma noiva em fuga?

Jasper sorri com ternura, com ruguinhas aparecendo no canto dos olhos. Ele sempre foi meu gigante gentil. Alto, calado e *bom* até os ossos.

– É pra isso que servem os amigos.

Amigos.

Essa palavra me assombra há anos. Quando criança, me sentia especial quando ele me chamava de amiga, mas depois de adulta? Como mulher? Vendo outras mulheres o acompanharem a diversos eventos enquanto eu sou chamada de amiga?

Isso me *mata*.

E sempre sou covarde demais para fazer qualquer coisa a respeito da situação. Nunca é o momento certo. Resolvi enfiar o rabo entre as pernas desde que ele recusou meu convite para o baile de formatura e depois ainda me deu outro fora de um jeito brincalhão.

Se morássemos juntos, eu não precisaria te perturbar desse jeito.

Foi um comentário casual que me escapuliu com facilidade demais enquanto ele me ajudava a instalar uma TV na parede do meu novo apartamento. Jasper, sem nem hesitar, respondeu com uma risada profunda enquanto levantava a tela plana para o suporte como se estivesse espantando um mosquito zumbindo ao redor da cabeça.

Como se isso fosse acontecer algum dia.

Ele me disse essas palavras há um ano, e eu entendi o recado. Decidi que ter Jasper como amigo é melhor do que me afastar dele completamente. E seria isso que aconteceria se eu confessasse meus sentimentos. Então, deixei para lá. Posso ser ridiculamente obcecada por ele, mas tenho algum senso de autopreservação. Gosto de pensar que tenho alguma dignidade. Mas estou questionando até isso, nos últimos tempos.

Percebo que o estou encarando em silêncio por tempo demais, então pergunto:

– Como vamos fazer?

Jasper gesticula na direção oposta à entrada da igreja.

– A saída de emergência é por ali. Cade e Willa planejaram uma distração. E aí vamos apenas... – ele dá de ombros em um gesto todo pueril – mandar ver.

– Mandar ver?

A risada dele, profunda e divertida, me atrai em sua direção e desenha um sorriso no meu rosto. Me acalma de uma maneira que não consigo explicar.

Ele faz que sim, seguro demais. Decidido. É reconfortante saber que ele sempre vai me apoiar, que é capaz de lidar com uma situação caótica e fazer com que pareça sob controle.

– É. Tipo... vamos com tudo. Vamos mandar ver.

Eu inclino a cabeça.

– Vocês falam isso no hóquei?

– Agora que você perguntou, acho que sim.

– Tudo bem. Vamos *mandar ver* – concordo com uma risadinha.

Mas uma expressão séria cruza o rosto dele.

– Tem certeza, Solzinho?

Solzinho. Dessa vez não consigo deixar de estremecer. Acho que ele percebe, porque observo a confusão que toma seu rosto bonito. E só consigo fazer um sinal afirmativo com a cabeça. Decidida.

O celular dele emite um som, nos distraindo. Jasper busca minha mão, entrelaçando nossos dedos, e gira cuidadosamente o ferrolho da porta.

Antes de sair para o corredor, ouço um grito de dor.

– Ah! Meu bebê!

Quando espiamos no corredor, segundos depois, todos estão de costas para nós. Willa está de quatro no saguão, segurando a barriga com ar dramático enquanto Cade permanece de pé a seu lado, de braços cruzados, perguntando rispidamente se ela está bem enquanto tenta não revirar os olhos.

Fico confusa por um momento. Porque, pelo que conheço de Cade, ele é superprotetor, e ver a mãe de seu filho caída no chão, cheia de dor, o deixaria louco.

Willa inclina o queixo em nossa direção e pisca antes de começar mais uma série de lamentos altos.

– Por favor! Preciso de um médico!

Tenho que cobrir a boca com a mão para não rir desse plano ridículo. Jasper apenas balança a cabeça, aperta minha mão de forma reconfortante e dispara para a porta dos fundos.

Corro descalça pelo corredor acarpetado, dando os maiores passos que consigo enquanto tento desesperadamente controlar a risada que borbulha no meu peito.

É libertador. É um alívio. E, antes de chegarmos à porta, eu solto as sandálias brilhantes que estavam em minha mão.

Eu as abandono como a Cinderela e saio para a tarde nublada de novembro, segurando a mão de Jasper com força.

~

– Falta muito? – pergunto, sem fôlego, depois de correr alguns quarteirões com um vestido grande e pesado e uma dose imensa de adrenalina nas veias.

Jasper diminui o ritmo, fazendo uma leve careta.

– Desculpa. Estacionei no estádio. Não planejava ser seu piloto de fuga.

Seus dedos pulsam contra os meus quando ele me puxa para mais perto. Então seu tom muda.

– Embora talvez eu devesse ter planejado isso.

Jasper baixa os olhos, como se estivesse envergonhado pelo que acabou de dizer, e para abruptamente.

– Meu Deus, Sloane. Seus pés. Eu não pensei em nada além de tirar você daquele lugar. – Com os olhos colados no chão, percebo que ele fita meus pés descalços na calçada fria no inverno. – Por que você não disse nada? Você odeia os seus pés? Parece que só eu cuido deles.

– Não se preocupa com eles. É esse penteado desgraçado que tá me matando.

Eu tateio pelo local onde sinto os fios repuxando meu couro cabeludo. Jasper esboça um sorriso sarcástico e se agacha.

– Sobe aí.

– Você quer me carregar de cavalinho?

Ele me lança um olhar brincalhão por cima do ombro, que me lembra os longos verões quentes passados boiando no rio, brincando na água, e olhando para Jasper Gervais, que já me parecia um homem-feito mesmo aos 17 anos.

Eu gostaria de voltar no tempo e alertar aquela Sloane sobre como ele ficaria depois de adulto.

Ou seja, maravilhoso.

– Não vai ser a primeira vez. Vamos lá. Não quero que o *Woodcock* alcance a gente e dê um piti.

Não consigo evitar a risada que me escapa. Nem conter meus dedos, que já estão levantando o vestido para que eu possa escalar Jasper como se ele fosse uma árvore. Assim que me aproximo o suficiente, ele me levanta com toda a facilidade, e percebo que não peso nada para ele.

Uma bailarina minúscula sendo carregada por um enorme jogador de hóquei.

Em seu maldito vestido de noiva.

Tenho um acesso de riso e envolvo o pescoço de Jasper com os braços, aninhando-me no calor do seu corpo. Sinto as vibrações da sua risada contra meu peito, e meus mamilos intumescem contra o corpete.

– Isso é uma maluquice.

Eu encosto a cabeça na nuca de Jasper, a ponta do seu cabelo roçando minha testa.

– Não. – Jasper me puxa mais para cima enquanto entramos no estacionamento da arena de hóquei, e eu luto contra o vestido apertado para manter as pernas ao redor das costas largas dele. – Adotar Woodcock como sobrenome é que é uma maluquice.

– Jasper. – Eu dou um tapa no ombro dele. – Se comporta.

– Não, obrigado. Estou cansado de me comportar com esse sujeito – resmunga ele, ainda mal-humorado por causa do jantar da outra noite.

Não que eu possa culpá-lo.

– E se eu usasse o sobrenome composto?

– Winthrop-Woodcock não melhora nada, meu bem.

Eu gargalho e estou prestes a implicar com ele quando escuto o som de tecido rasgando.

Ai, meu Deus.

Jasper fica paralisado por um momento.

– Isso foi...

Meu corpo treme com uma gargalhada silenciosa.

– Meu vestido? Foi.

– Você está...

– Minha bunda ainda está coberta. Não estou sentindo nenhum ventinho. – Estico a mão para checar, só por precaução. – Só minha cabeça que não para de doer.

Ele apenas resmunga, acelerando o passo e olhando ao redor como se estivesse irritado com a ideia de que alguém veja o que nem sequer está exposto. Irritado porque meu penteado está apertado demais.

Não sei bem quando Jasper ficou assim... tão superprotetor.

– Lá está.

As luzes de um SUV Volvo prateado piscam, e eu suspiro de alívio. Claro, aqueles sapatos eram uma tortura, mas correr descalça no concreto frio também não foi muito confortável.

Jasper me coloca no chão do lado do passageiro, mas suas mãos não deixam meu corpo. Ele me segura pelos quadris depois de abrir a porta e me ergue para me colocar no assento. Chega até a puxar o cinto de segurança antes de se deter.

Olhos azul-escuros pousam nos meus por um momento, depois descem para meus lábios. Ele balança a cabeça, recuando e se afastando de mim.

Ele está prestes a bater a porta, mas para, me assustando ao escancará-la de novo e se aproximar para dizer com firmeza:

– Sabe de uma coisa? – Ele estende as mãos para o meu cabelo com delicadeza. – Já chega dessa porcaria.

Eu não sei como ele consegue, mas, com um único puxão bem dado, Jasper retira o grampo encrustado de cristais do meu cabelo e o joga no chão. O clangor metálico no asfalto soa alto em um momento de silêncio. Há algo simbólico nisso.

O alívio que sinto é instantâneo. Parou de doer.

Meu cabelo cai livremente ao redor do rosto, e ele observa seu balanço. Por um momento, seu olhar esquenta, e fico chocada de vê-lo pousar de novo nos meus lábios.

– Melhor? – murmura ele.

Faço que sim, meu coração batendo forte. Não sei o que dizer. Tento entender essa versão do meu amigo. Protetor e possessivo, cada movimento um gesto de devoção.

Ele assente de volta, em silêncio, então recua e bate a porta.

Momentos depois, ele se acomoda atrás do volante e saímos do estacionamento em silêncio. O que antes parecia alívio e liberdade se transforma lentamente em choque e uma náusea crescente.

Um momento de tensão, em que penso: *Que porcaria era aquela no meu cabelo?*

Uma dose pesada de: *O que foi que eu fiz?*

Penso nas conversas que precisarei ter. Nos contratos que precisaremos honrar por um casamento que nunca aconteceu. Na mudança que terei que fazer para sair da cobertura de Sterling.

O pavor pesa como uma pedra na minha barriga.

– Que merda – murmuro, observando as ruas da cidade se fundirem na estrada que leva a Chestnut Springs.

– Ainda tá tudo bem?

Sinto os olhares nervosos de Jasper. Eu o conheço muito bem para perceber que ele está estressado. Preocupado. Ele sempre teve uma tendência forte a se preocupar, então sua ansiedade provavelmente está a toda.

– Tudo bem – respondo. – Mas eu bem que gostaria de beber alguma coisa.

Ele faz que sim e, minutos depois, estamos em uma loja de conveniência.

– Eu vou pegar... – começa ele, mas eu saio do carro e caminho em direção à loja como uma noiva zumbi descalça, sedenta e atordoada.

Com passos largos, ele corre à frente para abrir a porta para mim. Eu não o encaro ao entrar, mas sinto que Jasper me observa como se achasse que estou prestes a surtar. Acho que já surtei.

O interior da loja fede a cerveja velha e produtos de limpeza fortes.

Jasper dá uma olhada ao redor da lojinha. Mal passa de um corredor meio entulhado demais. Parecido com o cara atrás do balcão, que está quase estourando os botões da camisa.

– Bem-vindos – resmunga ele, sem tirar os olhos do celular.

– Você quer... champanhe? – Jasper levanta uma garrafa do champanhe mais fino da prateleira, que não é grande coisa. – Para... celebrar?

Eu rio.

– Não. – Pressiono os lábios e avanço pela loja. – Quero algo engordativo e vulgar. Algo que Sterling e meu pai nunca aprovariam.

Ouço a risada de Jasper atrás de mim enquanto me dirijo para a seção de cervejas geladas, nos fundos. A maneira como ele ri, suave e profunda, sempre faz com que eu me sinta mergulhando em um banho quente. Ele é tão sério às vezes que, quando ri, me parece algo muito precioso.

O atrito do chão contra meus pés descalços me faz sorrir. Sterling e meu pai com toda a certeza não aprovariam isso, então dou passos mais firmes, apoiando o pé todo, esperando que já estejam imundos quando eu sair da loja. Uma rebeldia completamente inconsequente, mas satisfatória.

Paro e olho as prateleiras do refrigerador. E lá está. Como um farol brilhando diante de mim.

Buddyz Best Beer.

É o "Z" que me faz decidir. Tão desnecessário. Tão inapropriado. As latas parecem finas – vagabundas –, com o desenho malfeito de um cachorro basset na frente.

– Perfeito – murmuro com admiração, e pego o engradado com seis latas. Quando me viro, Jasper está sorrindo.

– Buddyz Best é perfeito?

– É. – Levanto as latas na altura do meu rosto e fito o cachorro de olhos caídos e tristes. Eu me sinto como um basset por dentro. – Buddy é o homem perfeito pra mim. Barato. Alcoólatra. E, mais importante, não é humano.

Abro um sorriso meio maníaco, para dizer o mínimo. Vou até o caixa e coloco a cerveja no balcão. Por fim, o homem levanta a cabeça e tira os olhos do celular, onde está assistindo ao que parece ser uma partida de boliche.

Seus olhos me examinam antes de descerem para a cerveja e voltarem para Jasper. Esse cara parece que já viu *muita merda*. Imagino que fique curioso, mas tudo o que ele diz é "Parabéns ao casal" enquanto escaneia a cerveja e me diz o valor em um tom entediado.

Procuro pela minha bolsa, mas percebo que a larguei na igreja quando saímos correndo.

Um braço longo se estende sobre mim, largando uma nota de dez dólares.

– Pode ficar com o troco – diz Jasper.

Ele me conduz para fora da loja com uma mão gentil segurando meu braço, o olhar fixo nos meus pés descalços.

– Solzinho, você vai precisar de um bom banho quando chegarmos ao rancho.

– Talvez, se eu beber o suficiente... – levanto o engradado, me sentindo um pouco zonza –, eu te convide pra entrar no chuveiro comigo.

Jasper apenas me encara, o maxilar travado como se eu o tivesse irritado. Nem uma única palavra sai dos seus lábios, nem um sorriso.

– Estou brincando! – São as palavras que preenchem o silêncio constrangedor antes de eu me virar e correr de volta para seu confortável SUV.

Coloco o cinto de segurança, abro uma cerveja e dou um gole profundo em uma tentativa incrivelmente triste de afogar meus problemas e esquecer a piada sem graça que acabei de soltar.

Jasper e eu viajamos em total silêncio. Eu continuo bebendo, e ele não faz nenhum comentário. Em vez disso, apenas aperta o volante como se estivesse tentando estrangulá-lo, mantendo os olhos intensamente focados na estrada.

E depois da minha terceira cerveja com o estômago vazio, eu me sinto um pouco melhor. Também um pouco bêbada.

E começo um monólogo, como costumo fazer com Jasper.

– Você sabe que eu não queria um casamento feioso, no outono. Eu queria casar na primavera. Queria um vestido solto, delicado, e uma cerimônia ao ar livre. Nada de smokings rígidos e, com toda a certeza, nada de vestidos de madrinha pretos. – Levanto a mão, olhando para o diamante do tamanho do iceberg que afundou o *Titanic*. – E eu *odeio* esse anel. Vi um numa lojinha da Sixth Avenue... sabe aquela área mais moderna? Era uma safira oval roxa. Tem coisa mais legal que uma safira roxa? E o anel era de ouro amarelo fosco. Sterling disse que era "esquisito" e me deu esse anel na semana seguinte. Juro que ele deve ter escolhido o oposto do que eu queria de propósito.

– Que romântico – diz Jasper, seu maxilar travado de tensão.

Bebo em silêncio, remoendo o fato de que fingi gostar deste anel quando ele me deu porque não queria ofender ninguém.

Quando entramos no Rancho Poço dos Desejos, vemos a caminhonete de Harvey na garagem, embora a gente achasse que ele e Beau fossem aparecer no casamento. Jasper e eu trocamos um olhar confuso, e, no segundo em que ele estaciona o carro, dispara até a porta. Corro atrás dele, o coração batendo forte, porque há algo de errado.

Lá dentro, Harvey está sentado diante da ampla mesa da cozinha com um grande copo de bourbon entre as mãos. Seu rosto tem um estranho tom esverdeado.

Jasper fica paralisado na entrada, olhando-o fixamente.

– O que aconteceu? – pergunto no mesmo instante, porque é um daqueles momentos em que você simplesmente *sabe*.

A casa está escura demais, silenciosa demais.

Meu tio, sempre sorridente e de olhares calorosos, parece arrasado.

Harvey não comenta sobre meus pés descalços nem pergunta o que estou fazendo aqui. Em vez disso, seus olhos se fixam nos de Jasper, e ele responde:

– Beau está desaparecido.

5

Jasper

Noto o som da lata de cerveja de Sloane batendo no chão de madeira, mas o resto é apenas um chiado. Sangue pulsando. Coração apertando.

A expressão de desespero de Harvey, que me encara da mesa da cozinha, é uma visão que nunca vou esquecer. Está gravado na minha memória, junto com o dia em que minha irmãzinha morreu.

– Vou precisar que você repita.

Ouço minha voz, mas é uma experiência extracorpórea, como se eu estivesse olhando para mim mesmo do alto. Vejo Sloane oscilando, uma mão delicada tapando a boca enquanto a outra se apoia no batente da porta.

– Beau está desaparecido – repete Harvey.

– Como assim, *desaparecido*?

É como se eu tivesse me desligado completamente do que não queria ouvir.

Harvey pigarreia e dá mais um grande gole no líquido âmbar em seu copo. Esta noite parece que todo mundo está tentando afogar a ansiedade com bebida.

– Sente-se aqui, meu filho.

O nervosismo toma conta do meu peito, se espalhando pelas minhas veias como fogo e se transformando em puro pânico. Eu me sinto um animal encurralado.

– Não quero me sentar.

Sinto meus braços frouxos junto ao corpo. Meus dedos estão dormentes. Beau é meu melhor amigo. Somos inseparáveis há anos. Ele é o garoto que me salvou e me trouxe para cá... sem fazer perguntas. Ele é meu *irmão* em todos os sentidos que realmente importam.

Um soldado das forças especiais tão cheio de atitude como ele não *desaparece* simplesmente.

– Quero saber o que está acontecendo – digo, minha voz soando oca e robótica aos meus próprios ouvidos.

Sinto um pulsar suave no meu antebraço e a presença do corpo de Sloane mais próximo. Seus dedos devem estar apertando meu braço em um ritmo lento e constante. Chega a lembrar meu batimento cardíaco, que está reduzido a uma batida surda enquanto tudo ao meu redor gira. Seu toque é o que impede meu coração de parar de vez.

– Ontem à noite, me ligaram pra avisar que ele havia perdido o voo programado, o que não é incomum. Mas hoje de manhã me ligaram de novo e me informaram que algo deu errado na missão deles... e Beau desapareceu.

– Como assim, *desapareceu*?

Minhas palavras saem mais duras do que eu pretendia, certamente mais duras do que Harvey merece. É o filho dele que está desaparecido.

Desaparecido. Essa palavra roda sem parar na minha cabeça, a ponto de perder todo o significado.

Harvey hesita.

– Você sabe como a unidade dele funciona. Não dizem nada a ninguém. Só me informaram que ele estava em uma missão, algo deu errado, e ele não pegou o transporte de volta. Estão investigando.

O ar está rarefeito demais e meus pulmões, muito pequenos. O mundo está pesado demais. De repente, estou de volta àquele dia. Asfalto quente debaixo de mim, meu pai gritando e minha mãe chorando.

Sentindo-me completamente impotente.

– Preciso de água.

Sloane entra em ação, seu vestido farfalhando enquanto ela atravessa a cozinha e enche um copo. E eu fico ali parado, olhando para o bourbon na mão de Harvey, que me lembra dos olhos de Beau, de sair e beber demais com ele, ouvindo-o fazer piadas vulgares e rir bem alto.

– Aqui. – Sloane levanta meu braço e envolve meus dedos ao redor do copo, como se eu fosse um vegetal ou algo parecido. – Vamos lá.

Suas mãos voltam ao meu braço, e ela me leva até a mesa.

Eu vou, atordoado demais para saber o que mais fazer. Ela puxa uma cadeira e me faz sentar. Depois vai até Harvey.

Ele força um sorriso ao olhar para ela.

– Desculpe por ter perdido seu casamento, Sloaney.

Os olhos dele cintilam com lágrimas não derramadas, e ela coloca uma mão delicada em seu ombro.

– Você não perdeu o casamento, tio Harvey. O casamento não aconteceu.

O olhar de Harvey se alterna entre nós com um pequeno aceno de cabeça.

– Acho... que faz sentido, já que você está aqui com Jasper, e não com seu marido. É que vocês dois combinam tanto. Eu... sinto muito. – Ele leva a mão ao rosto. – Não estou pensando direito agora.

Um soluço engasgado lhe escapa do peito, seguido por um soluço semelhante vindo de Sloane.

Então ela vai e abraça o homem que é meu pai. De todas as maneiras que precisei de um pai, Harvey cumpriu o papel. Ele já sofreu tanto na vida. Tanta perda e dificuldade.

Assim como eu.

E parece muito injusto que algo assim aconteça conosco.

Sloane não oferece condolências, não diz que tudo vai ficar bem.

– Eu te amo, tio Harvey.

Isso é tudo que ela diz ao abraçá-lo com força, deixando-o chorar em seu ombro enquanto uma lágrima solitária escorre por sua bochecha.

De novo.

Sloane derramou lágrimas demais hoje.

E mesmo assim está aqui. Bêbada. Triste. E perdida. Está com os pés sujos e usando um vestido de casamento caro e rasgado, feito para uma cerimônia que não aconteceu. Sua vida está em frangalhos, e ainda assim ela está aqui, confortando outras pessoas.

Sloane é generosa.

Pode não parecer, mas ela é forte.

Tem um coração enorme. Uma alma gentil.

E vendo-a reconfortar Harvey, permito-me admitir que a maneira como amo Sloane talvez não seja condizente com uma simples amizade.

Um soco atinge meu ombro, mas eu apenas rio. Esse idiota tem a força de uma criancinha. E acabou de abrir a guarda para mim.

Os nós dos meus dedos estalam ao atingirem o rosto de Tristan, e o sangue espirra do seu nariz, o que parece funcionar como um sinal para todos os tubarões amigos dele me atacarem.

– Vou te matar, Gervais! Vou lá pra dentro do campo e vou tacar fogo naquele carro imundo onde você mora. Vou te botar na rua, que é o seu lugar.

As palavras dele machucam muito mais do que os socos. Olho ao redor, sentindo a pressão de novas pessoas me cercando.

Todo mundo presume que jogadores de hóquei são populares, mas sou a prova de que isso nem sempre é verdade. Fui reduzido a nada depois de tudo o que aconteceu, e esses garotos da escola têm se divertido me lembrando de quem sou eu na fila do pão.

Naquele dia eu explodi.

Quando olho de volta para Tristan, o que chama minha atenção é o garoto atrás dele. Beau Eaton. Quarterback do time da escola, aluno nota dez, basicamente o príncipe da cidade, amado por todos. Nunca imaginei que ele participaria de algo ass...

– Cai fora, Tristan. – Ele empurra o garoto e avança, me protegendo da multidão crescente. – Todo mundo, cai fora! O show acabou! – anuncia ele, cruzando os braços e encarando os outros com ar de fúria, até que nossos colegas comecem a se dispersar.

A vergonha me atinge. Não sou apenas o garoto esquisito e sem-teto, abandonado pelos pais... Agora sou o alvo da caridade do sujeito mais popular da escola.

Antes de pensar no que estou fazendo, me viro e corro para as árvores que separam o pátio da escola do campo abandonado. Vou direto para o velho Honda quebrado que tenho chamado de lar.

– Ei! Espere aí!

Ouço Beau chamar, mas não olho para trás. A humilhação me impulsiona adiante e, em poucos minutos, estou encostado na carcaça branca de metal, tentando recuperar o fôlego. É um lugar horrível para viver. Mas é seco e fica perto do rinque de hóquei. E isso é a única coisa que me importa.

– Você está mesmo morando aqui?

Solto um grunhido. Claro que ele tinha que me seguir.

– Tô.

Um silêncio se expande entre nós. Estou envergonhado demais para me virar e encará-lo.

– Vamos lá pra minha casa – diz ele, quebrando o silêncio tenso.

É isso que me faz girar para olhar aquele adolescente brilhante e popular.

– Pra sua casa?

– É. – Ele assente com firmeza, cruzando os braços enquanto tenta olhar para mim, e não para a miséria em que tenho morado. – Muitos quartos. Muita comida.

– Eu...

– Não vou aceitar um não como resposta. Pega... – ele olha para um ponto atrás de mim, a testa franzida – o que você precisar. Meu irmão Cade vai nos levar pra casa assim que Rhett sair da detenção.

– Você tem certeza? – Uma pequena chama frágil de esperança cintila dentro de mim. – E se sua família não me quiser por lá?

Ele apenas bufa.

– Garanto que minha família não quer você morando aqui.

E, simples assim, Beau Eaton conquistou seu lugar como uma das melhores coisas da minha vida...

– Oi. – A voz de Sloane soa baixa e vacilante atrás de mim.

– Como soube que eu estava aqui?

Não me viro para olhar sua cabeça espiando pela janela. Ainda estou congelado, e isso não tem relação com o frio que está fazendo.

– Difícil esquecer nossas noites aqui, pra ser sincera.

Ela não está errada. Nossas noites passadas no telhado foram algumas das melhores da minha vida. Em geral, começavam como as piores, mas aí ela aparecia para me fazer companhia e tudo melhorava no mesmo instante.

– Também deu pra sentir a corrente de ar frio lá do corredor.

Resmungo alguma coisa, não estou com muito humor para conversar. Na verdade, me sinto completamente vazio.

– Está com frio, Jas?

Dou de ombros, sem me importar com a temperatura. Estou ocupado demais imaginando todas as coisas horríveis que podem ter acontecido ao meu irmão.

Ele me falou que sairia do Exército em breve. Claro, ele sempre dizia isso. E todas as vezes, eu quis acreditar.

Todos odiávamos quando ele era enviado para missões – parecia que as estatísticas não estavam mais a seu favor. Como se ele tivesse escapado ileso vezes demais. Como se ele fosse alegre e pateta demais, e o universo fosse resolver tomar tudo isso dele em algum momento.

Ouço Sloane saindo pela janela do quarto de hóspedes. O quarto ao lado daquele em que passei a adolescência.

Estou prestes a dizer que quero ficar sozinho, mas quando ela envolve meus ombros com um cobertor e se senta ao meu lado, se aconchegando em mim, meu corpo solta um ar que eu nem sabia que estava prendendo. Ela se aproxima, tão suave e reconfortante. Seu doce perfume me atinge, uma mistura de coco e glacê de bolo.

Ignoro sua presença, obrigando-me a continuar olhando para os campos escuros. Até que o desenho horrível de um cachorro basset aparece diante da minha cara.

– Bebe.

Não é uma pergunta. É uma ordem. Balanço a cabeça, voltando a me sentir aquele adolescente traumatizado, de um jeito que não me sentia há anos.

– Vamos lá. Estou desidratada de tanto chorar no chuveiro. Por favor, não me faz beber sozinha. Beau não aprovaria.

Solto uma risada ofegante, que é seguida por um som de lamento sofrido. O som do fungado de Sloane é a única resposta. Não nos olhamos.

– OQBF – diz ela, assentindo.

– O quê?

– O que Beau faria? A gente sabe que ele beberia a cerveja.

Tenho certeza de que, se eu olhar para ela, vou desabar, então abro a Buddyz Best Beer idiota e tomo um longo gole.

– Essa cerveja é uma merda.

Ela bebe e, pelo canto do olho, vejo-a concordar com a cabeça.

– Combina com o dia de merda.

Solto um grunhido, concordando.

– Tem razão.

O ombro dela esbarra no meu, mas Sloane não se afasta, apenas se aconchega mais, puxando a mesma colcha de retalhos que usávamos para nos cobrir quando crianças. E, assim como quando éramos mais jovens, ela não me provoca nem tenta me fazer falar sobre meus sentimentos feito uma terapeuta indesejada.

Ela apenas *fica*.

– Você acha que ele está morto? – disparo, tentando encobrir meu medo ao engolir mais cerveja.

É a pergunta que está rondando minha cabeça nas últimas horas. A pergunta que eu não queria enunciar, mas que escapou mesmo assim.

Arrisco-me a dar uma olhada em Sloane para ver como ela reage à minha pergunta sombria. Mas, como sempre, ela não se abala com a minha escuridão – afinal, ela é a minha Solzinho. Afasta as sombras apenas sendo ela mesma.

– Eu acho que... – Ela torce a lata nas mãos, e o barulho corta a noite silenciosa. – Acho que esse não é o tipo de energia que quero mandar pro universo enquanto penso nele.

Um riso estrangulado ressoa em meu peito, e ela me dá uma cotovelada nas costelas.

– Estou falando sério! Você entra em um jogo pensando que vai perder? Ou imagina que vai ganhar? Eu repasso a coreografia obsessivamente na cabeça antes de uma apresentação, mas não me imagino cometendo um erro nem tropeçando. E vou encarar essa situação da mesma forma.

Ela assente, suas feições delicadas moldadas em uma expressão determinada.

– Beau precisa é da nossa energia positiva. Ele é muito... – Ela gesticula com a mão diante de si enquanto procura a palavra. – Não sei. Muito cheio de vida. Ele não se entrega fácil. Tenho fé nele.

Lágrimas não derramadas ardem nos meus olhos. *Cheio de vida*. Ele é assim mesmo. Determinado. Incansável. Aquele sacana não aceita não como resposta. E onde quer que esteja, espero que continue assim.

Encosto-me em Sloane, e ela apoia a cabeça no meu ombro. Não sei quanto tempo ficamos em um silêncio amigável, apenas olhando a escuridão. Nenhum som além do arrulho intermitente de uma coruja, o ocasional bufar de uma vaca e o relincho abafado de um cavalo.

– Amo a lua em noites como esta – murmura Sloane. – Faz tudo parecer quase prateado. Faz tudo brilhar.

Levanto o queixo e olho para o céu cheio de estrelas brancas, tão densas em alguns pontos que parecem até uma coberta. Isso me lembra de quando estávamos na frente daquela churrascaria e eu não conseguia ver uma única estrela em uma noite perfeitamente clara.

Após nossa discussão, dirigi até Chestnut Springs e passei a noite em uma das casinhas que comprei na cidade. Hoje, estou muito mal para sair daqui, mas parte de mim não quer dormir na minha cama da infância.

Parece mais do que consigo suportar. Torna tudo muito real.

Sinto Sloane arquear o corpo num suspiro pesado e me pergunto como ela está se sentindo após o dia difícil que teve também.

– Sinto muito por Sterling – digo, sem sinceridade.

– Deixa de ser mentiroso, Jas.

Um riso silencioso sai dos meus lábios.

– Tudo bem. Lamento pelo seu casamento.

Ela volta a suspirar, os ombros estreitos subindo e descendo com cansaço.

– Eu não lamento.

Sua resposta direta me surpreende.

– Não?

– Não. A ideia de passar a vida descalça na cozinha como Sra. Woodcock me parece horrível. Prefiro andar descalça com você por uma loja de bebidas imunda.

Quero rir, mas o ciúme me atravessa. Seguido pelo alívio. Alívio por ela não ter seguido por esse caminho.

Alívio por, em vez disso, ela estar sentada aqui comigo. Porque, por mais que eu tente, não consigo pensar em nenhuma outra pessoa com quem preferiria estar após receber essa notícia.

Sinto que ela estremece e me viro para beijar o topo de sua cabeça, mas seu cabelo está úmido e frio.

– Seu cabelo está molhado.

Ela dá de ombros.

– É. Vim direto pra cá depois do banho.

Uma dor atinge o fundo do meu peito, e balanço a cabeça, sem querer ficar vendo significado demais nessas coisas. Afinal, ela quase se casou com outra pessoa hoje.

– Vamos lá, Solzinho. Você vai congelar com o cabelo molhado aqui fora.

Fico de pé e procuro sua mão, pequena e fria, ajudando-a a se levantar. Aperto sua mão uma vez e tento soltar.

Mas não consigo. Eu a quero perto de mim. Só não sei como conseguir isso.

Ela não sofre da mesma confusão, porém. Sem pensar duas vezes, Sloane se aproxima. Meus braços se fecham ao redor dela junto com o grosso cobertor que descansa sobre seus ombros, e suas mãos deslizam pelas minhas costelas. Sua testa pressiona meu peito, e eu a seguro pela nuca.

Talvez seja a nossa diferença de altura. Talvez seja apenas tradição. Mas sempre a abracei assim, e ela sempre deixou. Há uma espécie de conforto nisso. Uma familiaridade.

– Você vai estar por aqui de manhã?

Ela sempre me pergunta isso nas noites ruins. Como se quisesse ter certeza de que não vou mergulhar demais na tristeza. Tão fundo a ponto de não voltar.

– Onde mais eu estaria?

Sempre respondi isso, e minha mão desliza por seu cabelo úmido. Porque eu estarei por aqui.

Porque ela é uma âncora que nunca me soltou, mesmo quando eu quis que se soltasse. Antes de me juntar aos Eaton, eu achava que ninguém sentiria minha falta se eu partisse. Mas agora sei que isso não é verdade. Eles sentiriam. Sloane sentiria. E isso sempre me manteve com os pés no chão, coisa de que eu precisava desesperadamente como um adolescente de luto.

Ela se afasta, fungando de leve, os olhos baixos.

– Boa noite, Jas. É só bater na porta se precisar de mim.

– Boa noite, Solzinho.

Bagunço seu cabelo e me viro. Vamos cada um para o próprio quarto. Assim como fazíamos quando crianças. Agacho-me para passar pela janela e me enrosco na cama. Então, a pressão insistente no meu peito se rompe e as lágrimas vêm.

Assim como vinham quando eu era garoto.

A diferença é que agora desejo que Sloane ainda estivesse junto a mim, e nunca desejei isso naquela época.

6

Sloane

27 chamadas perdidas de Sterling

12 chamadas perdidas de Papai

Sterling: Cadê você? Volta pra cá. Precisamos conversar.

Sterling: Sloane, isso é humilhante. Todos estão esperando. Você pode ter seu ataque de raiva depois?

Sterling: Seu pai está furioso. Vamos ter que cancelar todos os fornecedores. Tudo. Não vou lidar com essa merda.

Sterling: Isso é uma palhaçada. Volte aqui e assine os papéis para podermos seguir em frente.

Sterling: Vou para Grand Cayman sozinho.

Sloane: Leva a stripper. Ela merece umas férias depois de aguentar você por uma noite que seja.

Escancaro a porta do passageiro do SUV de Jasper. Por *pouco* ele não parte sem mim.

– O que você está fazendo? – Jasper arregala os olhos sob a aba do boné marrom dos Calgary Grizzlies puxado bem para baixo.

Ignorando sua pergunta, jogo minha bolsa no banco de trás e me acomodo no assento ao lado dele. Jasper tem um cheiro fresco de menta, mas há círculos escuros sob seus olhos, e seu rosto bonito está abatido. Ele parece triste, mas ainda gostoso em um par de jeans rasgados e uma jaqueta xadrez macia. Olho para meu conjunto simples de moletom cinza, duas vezes o meu tamanho.

Harvey o deixou na minha cama enquanto eu tomava banho, na noite passada. Tenho certeza de que é dele, mas não vou pôr aquele vestido de noiva outra vez. Então o moletom serve.

Estendo a mão para aumentar o ar quente que sai da ventilação.

– Está frio pra caramba hoje – murmuro, vendo meu reflexo no retrovisor, com o cabelo todo ondulado e desgrenhado, olhos inchados.

– Sloane. O que você está fazendo?

Esfrego as mãos e sopro nelas antes de colocar o cinto de segurança. Assim tenho mais chances de não me lançar sobre o console central para abraçar o homem ao meu lado.

– Vou com você, Jas. O que mais você acha que estou fazendo?

Ele me encara, atônito.

– Tenho jogo hoje à noite.

– Eu sei. – Eu me ajeito no assento de couro. – Este carro tem aquecimento nos bancos?

Ele bufa.

– Claro que tem.

Jasper estende a mão e aperta o botão que coloca o assento em temperatura máxima.

– Perfeito.

Então lanço a ele um olhar eloquente, sinalizando que deve dar partida, mas Jasper apenas me encara.

– São seis da manhã.

Eu bocejo, cobrindo a boca com a mão envolta na manga comprida demais do moletom.

– Percebi. Podemos parar pra um café?

Jasper sai com o SUV luxuoso, embora eu ainda possa ver as perguntas dançando em seus olhos. A frente do Volvo é iluminada apenas pelo painel. Está muito cedo e bem perto do inverno, então ainda está completamente escuro, e, quando o calor do assento me envolve, eu suspiro.

– Que carro confortável. – Meus olhos se fecham. – Acho que conseguiria até tirar um cochilo.

Deus sabe que não preguei os olhos na noite passada.

Fiquei nervosa de bancar a noiva em fuga que cortou qualquer comunicação com os outros. E ouvir Jasper chorar baixinho através da parede fina que nos separava me fez chorar também. Havia muito em que pensar – sofrimento demais para conseguir relaxar –, então fiquei lá, vendo as horas passarem no relógio digital. Tentei formular um plano, visualizei meus momentos favoritos no palco e me forcei a não rastejar pelo telhado até o quarto de Jasper para abraçá-lo.

Porque ele não gostaria disso. Até ouvir seu choro parecia uma invasão de privacidade.

– O carro mais seguro que o dinheiro pode comprar – diz ele, tamborilando os dedos no volante enquanto olha para os dois lados na estrada rural escura. E depois olha de novo.

Faz todo o sentido ele escolher um carro que oferece segurança incomparável.

– Você está com a sua bolsa – diz ele quando finalmente pega a estrada de cascalho.

– É. Quando levantei, estava na mesa, junto com um bilhete de Violet informando que ela foi pra casa ficar com os bebês. Tenho a impressão de que cada um está indo pro seu canto pra absorver... a notícia.

– Isso significa que você vai pra casa? Pra Sterling?

A voz dele soa rouca e resignada. Aperto os lábios e me obrigo a olhar pelo para-brisa.

– Não, Jasper. Significa que estou indo com você.

Os contornos de seu corpo ficam tensos com a minha resposta. O que acabei de dizer revela vulnerabilidade demais, então mudo de assunto.

– Podemos parar em um Walmart ou algo assim pra eu comprar algumas roupas que sirvam?

A pergunta faz os cantos de sua boca esboçarem um sorriso.

– Já posso ver a manchete – diz ele, sua mão enorme gesticulando diante do console de modo dramático – Herdeira das telecomunicações, Sloane Winthrop foge de casamento e é encontrada fazendo compras no Walmart.

Dou uma risadinha.

– Por mim, tudo bem. Sterling vai parar de encher minha caixa postal se me vir fazendo compras com os plebeus.

Faço aspas no ar com os dedos ao dizer *plebeus* e reviro os olhos. Jasper balança a cabeça, mas não diz mais nada.

Percebo que eu deveria estar mais arrasada pelo desastre do dia do meu casamento... mas não estou.

Eu estava prestes a me casar por obrigação, não por amor. Sonhei com meu casamento desde garotinha. E desisti desse sonho a ponto de aceitar passar o resto da vida legalmente ligada a um homem que não gosta de mim, só para ajudar meu pai a fechar um negócio.

Parece arcaico. Parece *uma loucura*.

Eu amo meu pai. Ele sempre me tratou bem, sempre mimou sua única filha, mas há uma voz dentro de mim que diz que, se ele me amasse tanto quanto eu o amo, não teria me pedido para me casar com alguém só para promover seus interesses financeiros.

Não digo isso a Jasper. Ele já não gosta do meu pai, o que sempre me deixa na defensiva – independentemente de ele merecer ou não minha defesa.

Seguimos em silêncio e paramos para um café no primeiro drive-thru que encontramos aberto a essa hora em um domingo. Perto da cidade, paramos em um Walmart, e digo a Jasper que vou entrar rapidinho para pegar o que preciso. Ele me ignora e sai do banco do motorista, resmungando que não vai me deixar sozinha.

Caminho pelo estacionamento, ficando para trás porque preciso segurar a calça de moletom enorme para ela não cair e deixar minha bunda à mostra. Sempre quis ficar nua com Jasper... mas não desse jeito.

Com um copo de café na mão, pego algumas mudas de roupas simples. Leggings. Jeans. E então eu vejo. Meus olhos brilham e ando rápido pela seção de roupas de marca, direto até o que preciso.

– Não – diz Jasper atrás de mim quando estendo a mão.

– Sim – respondo, sorrindo e me virando para ele com uma camisa do seu time.

Tem o número 1 estampado nas costas. Ele franze a testa e me observa com um ar sério sob a aba do boné.

– Onde você vai usar isso?

Reviro os olhos porque noto o leve rubor em suas bochechas e a ponta de suas orelhas ficando um pouco vermelha. Jasper nunca se sentiu à vontade com a fama. Sempre o deixou meio nervoso.

– No seu jogo de hoje à noite, obviamente.

– Você vai ao meu jogo?

Ele inclina a cabeça com um ar de garoto.

– Claro.

Adiciono a camisa à pilha de roupas no meu braço e sigo para o provador da loja estranhamente silenciosa. Está tão cedo que nem há música tocando. Tudo o que escuto é o zumbido das luzes do teto que lançam um brilho amarelado terrível sobre meu rosto enquanto experimento as roupas.

Pareço exausta.

Estou exausta. A única coisa que me mantém de pé é o quanto Jasper precisa de alguém a seu lado. E estou determinada a ser essa pessoa. Ainda mais depois que ele me ajudou a fugir do casamento.

Estou apenas retribuindo o favor. É o que digo a mim mesma. Porque a outra opção é que estou adorando passar um tempo sozinha com ele e não quero mais ser a garotinha apaixonada e sonhadora seguindo-o por todo canto. Quero ser forte e independente. E uma boa amiga. Porque é disso que ele realmente precisa agora.

– Uau. Esta camisa cai tããão bem em mim – anuncio de dentro do provador.

Estou implicando com ele, porque sei que está recostado na parede oposta, todo grandalhão, seus olhos azul-marinho focados na porta. De alguma forma, até mesmo trocar de roupa com ele tão perto parece muito íntimo.

Reviro os olhos para mim mesma, mas sorrio quando ele resmunga:

– Pra onde você vai depois do jogo?

– Olha... – Deixo a frase morrer, me avaliando no espelho e optando por ficar com a camisa. É grande e confortável, e dá para ver que Jasper está achando graça, apesar de todos os resmungos. – Eu pensei que a gente fosse voltar pro rancho. Acho que eu deveria ter perguntado quais eram os seus planos. Olhei sua agenda. Você tem uma boa sequência de jogos em casa.

– É, tenho. Quatro.

Abro a porta com um floreio dramático e faço uma pose com minhas novas leggings e a camisa do time.

– Como estou?

Ele revira os olhos e arqueia a aba do boné, mas percebo o movimento de seus lábios e a maneira como seu olhar desliza pelo meu corpo e percorre minhas pernas.

– Se a gente for voltar hoje, talvez chegue bem tarde.

Ele estende um braço para me deixar passar à frente, e eu vou, agora sem ter que me preocupar em expor o traseiro.

– Tudo bem.

– Também podemos ficar no meu apartamento na cidade – sugere Jasper, soando tenso.

Paro no meio do caminho e me viro para ele, esticando o pescoço para olhá-lo nos olhos.

– É isso que você quer? Não sei bem o que eu quero, além de evitar encarar a realidade mais um pouco. Quero ficar sumida por pelo menos mais um dia. Então vou pra onde você for.

Seus olhos de safira pousam nos meus lábios por um momento, depois voltam a subir.

– Não. Prefiro ficar no rancho, com todo mundo. Só por precaução.

Só por precaução. Imagino que seja para o caso de haver alguma notícia de Beau.

– Você pode dizer ao time que precisa de uma noite de folga.

Ele balança a cabeça e pousa a mão quente no meu ombro, nos virando.

– Não. Vai ser bom jogar. Normal. Além disso, o time precisa de mim.

Faço que sim, porque eu entendo. Dançar até meu corpo doer e o suor estar escorrendo pelas minhas costas seria reconfortante neste momento.

– Posso ficar com essas peças no corpo? – pergunto à atendente do provador enquanto nos aproximamos do balcão.

Ela me olha com atenção.

– Claro, querida. Vou só cortar as etiquetas. Depois você precisa escaneá-las no caixa.

Ofereço meu melhor sorriso tranquilizador, me esforçando para não parecer uma criminosa.

– Claro. Obrigada.

Ela dá uma olhada na minha camisa e então repara em Jasper, arqueando ligeiramente as sobrancelhas quando soma dois mais dois.

– Você é Jasper Gervais?

Seu cabelo grisalho balança enquanto ela alterna o olhar entre ele e a camisa que estou vestindo.

– Sim, senhora.

Jasper sorri, sempre muito educado com os fãs. Só quem o conhece bem percebe seu desconforto. A forma como tensiona um pouco o pescoço. O jeito como o polegar pressiona a ponta dos dedos.

– Meus netos são seus maiores fãs. Será que você poderia autografar... – Ela olha ao redor, tentando encontrar alguma coisa. – Ai, meu Deus. Não sei. Alguma coisa? Um post-it? Os meninos adorariam ganhar isso de presente de Natal.

Vejo-o relaxar assim que ela começa a falar sobre os netos. Sei que Jasper faz trabalho voluntário com programas esportivos para jovens em situação de risco e tem um grande carinho por crianças.

– Claro. Eu espero aqui. Por que a senhora não pega camisetas do tamanho deles? Eu levo as etiquetas e passo no caixa.

A mulher junta as mãos em frente ao peito.

– Ah, você é um rapaz muito gentil – declara ela, encarando-o com um enorme carinho.

E nem posso condená-la. Eu faço a mesma coisa.

– Já volto! E não vou contar a mais ninguém, para não prendê-lo aqui. Mas, meu Deus, os meninos vão adorar. Muito obrigada!

Em poucos minutos, ela volta com um marcador e duas camisetinhas, parecendo a mulher mais feliz do mundo. Observo a silhueta enorme de Jasper se curvar sobre o balcão enquanto personaliza cuidadosamente cada camiseta, verificando a ortografia dos nomes para escrever certinho. As palavras *rapaz muito gentil* ecoam na minha cabeça. Jasper sempre foi assim.

Mas, meu Deus, ele cresceu e se tornou um homem maravilhoso.

Momentos depois, todas as etiquetas estão cortadas, e Jasper me conduz pela loja, parecendo um pouco mais calmo do que antes.

– Só mais algumas coisas – falo.

Ele não diz nada, o que geralmente interpreto como consentimento. Então, vou na frente, me desviando para o corredor de maquiagem. Depois de me ver sob aquelas luzes neon, preciso desesperadamente de algo para cobrir as olheiras e essa aparência de zumbi.

O primeiro item é o corretivo. Tento escolher uma marca, mas percebo que não conheço nenhuma. Vou ao Walmart para comprar detergente, não maquiagem. Pego um e avalio. Se não fosse pelo rótulo, seria igualzinho ao meu corretivo preferido.

Eu me viro para Jasper.

– Você acha que o conteúdo dessas embalagens é realmente tão diferente assim? Tipo, eu geralmente pago cinquenta dólares por uma bisnaga do mesmo tamanho. Você acha que eles apenas colocam rótulos diferentes na mesma fábrica e depois riem das pessoas ricas que pagam mais pela mesma porcaria?

Jasper abre um sorrisinho e me observa com atenção.

– Adoro a forma como sua mente funciona, Solzinho.

– Estou falando sério! Este aqui custa *cinco* dólares, Jas. É um desconto de noventa por cento!

– Bem, você não pode reclamar da educação que recebeu naquela escola particular chique.

Solto uma gargalhada e balanço a cabeça.

– Vou testar. Isso aqui pode mudar a minha vida.

– Uhum.

Pelo seu tom de voz, ele parece em dúvida.

– Jas. Você viu essa minha pele translúcida? A veia azul aqui debaixo do meu olho direito? O corretivo é meu melhor amigo.

– Pensei que *eu* fosse seu melhor amigo.

É uma declaração tão simples e, no entanto, me afeta profundamente. Viro para a prateleira de corretivos de preços alarmantemente acessíveis e bufo.

– Vocês dois podem ser. É mutuamente benéfico, até. Você não vai querer me ver sem corretivo com tanta frequência.

– Eu sempre te acho bonita. Com corretivo, sem corretivo. Vestido elegante, moletom do Harvey. Cabelo arrumado... – Ele gesticula na minha direção com uma risada baixa. – Ou desse jeito aí. Não faz diferença. Você é você.

Engulo em seco e tento não me derreter toda.

– Você deve dizer isso pra qualquer garota, Gervais.

– Não, Solzinho. Você é minha única garota.

Uma risada estridente e sem graça me escapa enquanto pego um tom que parece combinar com a minha pele. Faço o mesmo com um blush rosa-claro e brilhante e um rímel preto básico.

Em seguida, deixo aquele corredor, esperando que Jasper me siga e que nossa conversa constrangedora fique para trás.

A grande piada é que a seção seguinte é a de roupas íntimas, e meu desejo se realizou. Jasper me seguiu. Está bem atrás de mim.

Eu olho para a prateleira cheia de diferentes modelos de roupas íntimas pretas.

– Shortinho, biquíni ou fio dental? Ou sua regra de que tudo fica bem em mim se aplica aqui também?

Eu me esforço para deixar a situação menos constrangedora do que é na minha cabeça. E fracasso. Oficialmente, as coisas não ficam menos constrangedoras.

Jasper solta um grunhido baixo e evita contato visual.

– A regra se aplica, sim – responde ele, quase num sussurro.

Quando o olho de relance, não dá para ignorar o rubor em suas bochechas, e eu rio de um jeito estridente e forçado, fazendo um grande esforço para me recuperar depois do que acabei de perguntar em voz alta.

Então pego um pacote de calcinhas fio dental e um sutiã combinando, evitando os olhos de Jasper enquanto me dirijo para as filas do caixa. E em poucos minutos tudo está pago e voltamos ao carro dele, indo em silêncio para a cidade... o lugar onde nenhum de nós realmente deseja estar.

Observo Jasper sair patinando da boca de uma enorme cabeça de urso que cospe fogo montada em um canto do rinque. Ele parece imponente, as proteções adicionando volume à sua já enorme estrutura.

Sob as luzes fortes, ele desliza pelo gelo em direção ao gol, cada movimento de algum modo seguindo o ritmo da música do Metallica que ressoa nos alto-falantes. Ele mantém a cabeça baixa, e a multidão está enlouquecida.

Os Grizzlies estão voltando depois de uma temporada ruim. Uma temporada muito ruim. Alguns jogadores deixaram o time, mas Jasper não. Ele já tem uma medalha olímpica de ouro e não é do tipo que fica pulando de time em time, querendo ganhar campeonatos a qualquer custo. Ele quer ganhar aqui.

Eu duvidava que Jasper algum dia fosse violar a cláusula que impedia sua mudança de time. Ele fechou um contrato de longo prazo com o objetivo de ficar perto da família - do rancho - provavelmente até o final de sua carreira.

Qual é o menino que não sonha em jogar pelo time da sua cidade natal?

Entre as traves, ele começa a deslizar as lâminas dos patins metodicamente pela sua área, arranhando a superfície do gelo para obter mais aderência.

Algo nesse momento sempre me cativa. Ele parece tão sereno, tão rítmico, tão completamente concentrado que nunca consigo desviar o olhar.

Há muitas coisas que amo em Jasper, mas o fato de ele ser tão bom no que faz sempre aumenta esse encanto.

Para mim e para as outras mulheres.

Controlo o ciúme quando olho ao redor do camarote da família e amigos. Já estive aqui algumas vezes, mas sempre com meus primos.

Nunca sozinha.

A atmosfera é divertida, leve, mas certamente estou atraindo alguns olhares. Ainda mais porque estou usando uma camisa larga de Gervais e, nesta cidade, sou um rosto meio conhecido.

– Você veio com o Jasper? – pergunta uma mulher de cabelo castanho, toda arrumada, surgindo ao meu lado e balançando um bebê nos braços.

– Vim.

Eu sorrio. Ela me encara, mas não demonstra hostilidade.

– Como você se chama?

– Sloane. E você?

– Callie.

Ela levanta o bebê e estende a mão para mim. Nos cumprimentamos, e eu me pego simpatizando com ela. Seu aperto é firme, mas ela não esmaga minha mão em uma demonstração estranha de agressividade.

– Jasper geralmente não traz ninguém pra cá.

Meus olhos voltam para o gelo, onde Jasper está espirrando um jato de água na boca aberta por trás da máscara de goleiro.

– Não? – pergunto baixinho, porque sempre fiz questão de não perguntar sobre a vida pessoal dele.

Sempre achei que doeria demais saber.

Venho engolindo meu ciúme há décadas, mas o sentimento não se aquieta. Sempre me ataca de forma inesperada.

Com força.

– Por isso todas as garotas estão comentando. A vida pessoal dele é um verdadeiro mistério pra todos nós – continua Callie, gesticulando para trás com o queixo no momento em que o disco toca o gelo e o cronômetro começa a rolar.

– Ah.

Olho na direção em que ela gesticulou e vejo vários olhares se desviando rapidamente, como crianças pegas olhando para o que não deviam.

– Se serve de consolo, conheço Jasper desde que tinha 10 anos, e ele continua um mistério pra mim também.

– Desde os 10 anos! – Ela arregala os olhos de maneira cômica, depois suspira. – Que coisa mais fofa.

Eu sorrio, mas de um jeito tenso. *Fofa*. Eu diria que *dolorosa* descreveria melhor.

E essa dor só cresce à medida que os minutos passam. Porque as circunstâncias condenaram este jogo desde o início. Jasper está compreensivelmente disperso. Sua cabeça com certeza não está nos discos que deslizam em sua direção em velocidade vertiginosa.

O time adversário marca primeiro, com menos de um minuto de jogo. E não é um gol indefensável. É um que sei que Jasper gostaria de ter defendido.

Marcam de novo cinco minutos depois.

Eu roo as unhas, descascando o esmalte rosa do casamento.

Dois minutos depois, um terceiro lance encontra o fundo da rede.

Solto um grunhido e mordo o lábio inferior com força suficiente para fazê-lo sangrar.

E quando Jasper deixa passar um quarto gol, antes do fim dos primeiros vinte minutos de jogo, tenho que piscar para conter as lágrimas. Não porque estão perdendo, mas porque vê-lo sair patinando do rinque – de cabeça baixa, ombros caídos – após ser retirado do jogo faz meu peito doer.

Sei que ele está se culpando.

Ele parece o garoto que conheci tantos anos atrás... arrasado.

E, nos jogos seguintes, a situação não melhora em nada.

7

Jasper

Sloane: Já disse que você é o meu goleiro favorito no mundo?
Jasper: Você tem mau gosto.
Sloane: Você é meu favorito mesmo assim.
Jasper: Talvez você seja a única pensando assim esta noite.
Sloane: Correção: meu jogador de hóquei favorito. Sou sua fã número um.
Jasper: Você conhece muitos jogadores de hóquei, por acaso?
Sloane: Só o melhor de todos. Estarei na saída dos jogadores.

Não gosto de perder, nunca, mas esta noite parece ainda pior. Comecei como titular por quatro jogos seguidos porque este time confia em mim. Meu treinador confia em mim. E perdemos quatro partidas seguidas. Toda essa sequência de jogos em casa foi pelo ralo.

Isso pesa sobre meus ombros.

Decepcionei meus companheiros de equipe. Meus treinadores. A cidade inteira, que torce tanto pelo sucesso deste time.

Sinto que, de algum modo, decepcionei Beau. Como se não conseguisse nem ganhar um jogo por ele. Também ando insuportável com todo mundo ao meu redor. E acho que decepcionei Beau nesse aspecto também, porque aquele homem sempre tinha um sorriso e modos gentis, não importava o que acontecesse.

E ainda por cima tem aquela mulher linda que esteve no camarote todas as noites, me apoiando. Passo os jogos tentando não olhar para ela enquanto estou no banco, me culpando. Como se fosse possível enxergá-la lá em cima.

Já tomei banho e me troquei depois do jogo de hoje, mas estou decepcionado. Estou triste, mas também com raiva. Caminho pelo túnel dos fundos em direção à sala de imprensa. Detesto esta parte da noite mesmo depois de bons jogos, mas acho que não existe uma palavra para descrever a sensação de passar por quatro jogos horríveis em sequência e depois ser obrigado a falar sobre isso publicamente.

Tortura, talvez.

Eu sei que joguei mal. Meu time sabe. Os repórteres sabem. E agora vamos nos sentar e falar publicamente sobre o assunto. Porra, que ótimo.

No minuto em que subo no tablado onde fica uma longa mesa, ouço os disparos das câmeras. Alguns jornalistas que reconheço me cumprimentam. Dou-lhes um aceno curto e arqueio a aba do boné. Então, puxo uma cadeira e me posiciono ao lado do meu treinador. Respiro fundo.

A primeira pergunta vem de um repórter conhecido, que sempre faz as perguntas mais irritantes. Como se ele estivesse tentando nos perturbar de propósito para conseguir uma declaração bombástica.

– Oi. Mike Holloway, do *Calgary Tribune*. Jasper, por que você não nos conta o que aconteceu esta noite?

Luto contra a vontade de revirar os olhos. Isso não é uma pergunta, e ele sabe o que aconteceu esta noite. Ele viu. Me obrigar a narrar é uma babaquice.

– Bem, Mike, como você viu, eu não estava no meu melhor momento. Nem perto disso. Sei que o time precisa de mim, e não consegui entregar. Houve alguns gols que eu gostaria de ter defendido. Depois, os adversários tiveram algumas boas chances e simplesmente conseguiram me superar. Obviamente, preciso dar conta dessas defesas, se quisermos chegar ao título este ano.

– É – responde o homem de meia-idade ligeiramente roliço. – Obrigado. Mais uma pergunta. Parece que esse é o seu novo normal. Queria saber o que você está fazendo para sair dessa situação. Este ano parece decisivo para o time. Muitas pessoas gostariam de saber mais sobre seus planos de treinamento para voltar à sua melhor forma.

Aperto os lábios e assinto, sentindo uma gota de água escorrer do meu cabelo pelo pescoço. Meu treinador, Roman, me lança um olhar, mas não diz nada. Ele sabe que odeio essa porcaria mesmo nas melhores ocasiões, e está pronto para intervir, se necessário.

– Os detalhes ficam entre mim e os treinadores, mas garanto que estou trabalhando duro. Ninguém quer ter sucesso mais do que eu. Estou trabalhando com o psicólogo esportivo e vou me concentrar em botar a cabeça no lugar nas próximas semanas. Isso eu posso garantir.

E não é mentira. Minha cabeça anda uma bagunça. Pensei que jogar me proporcionaria uma distração, mas deveria ter dado ouvidos a Sloane. Se a tivesse escutado, não teria decepcionado meu time dessa forma.

– Desculpe dizer, mas parece que você está muito acomodado com o contrato de longo prazo que acabou de assinar.

Eu encaro o homem à minha frente, que parece que não se exercita há anos e que, em toda a sua vida, jamais deve ter jogado qualquer esporte em nível profissional.

– Pois bem, então. Com sua licença, Mike, eu vou... – aponto com o polegar por cima do ombro – partir pra começar a treinar. Tentar ficar um pouco mais *incomodado* pra você.

Levanto da cadeira dobrável de plástico ouvindo Roman intervir com algum comentário sobre perguntas respeitosas. Mas eu realmente não me importo. Que se danem o Mike e essa coletiva de imprensa.

Preciso sair daqui.

Faço uma rápida parada no vestiário e pego minha bolsa e as chaves do carro. Estou quase saindo pela porta sem dizer nada. Só quero lamber minhas feridas em particular, mas os caras do time merecem mais. Eles merecem uma explicação.

Eu me viro, segurando o batente da porta, e olho para o vestiário.

– Gente. Desculpa. Tenho sido um idiota nesses últimos jogos – digo aos meus companheiros que ainda estão por ali.

Eu não falo muito, mas, quando falo, eles ouvem.

– Meu irmão, o que está no Exército, desapareceu durante uma missão na semana passada, e minha cabeça está uma bagunça. Vocês merecem mais de mim. E quero que saibam que estou trabalhando nisso.

Cabeças se erguem ao redor do cômodo. O silêncio é ensurdecedor.

– Meu Deus, Gervais.

Com três passos longos, Damon me puxa para um abraço, batendo nas minhas costas, e os outros se aproximam com a preocupação estampada no rosto. Damon se afasta, apertando meus ombros e me olhando nos olhos.

– Você deveria ter nos contado. Hóquei é apenas um jogo. Família é família.

– Jasper.

Ouço a voz do treinador atrás de mim e fico tenso. Ele é um cara legal, mas até caras legais têm seus limites. E ele parece *puto*.

– Vamos conversar no corredor.

Ele apoia a mão no meu ombro para me conduzir para longe dos meus surpresos companheiros de equipe. Ouço uma piada sobre como deixei o papai bravo desta vez, e meus lábios se curvam.

Fecho a porta do vestiário e finalmente levanto a cabeça para encarar Roman, que tem os olhos franzidos. Os braços grossos estão cruzados sobre o peito largo. Depois de anos jogando na liga, Roman King ainda está em forma, mesmo já tendo mais de quarenta anos. Ainda é um atleta.

Ainda lembra como é.

– Não sei se devo te bater ou te abraçar.

Eu imito sua postura e o encaro de volta. Ele ainda é musculoso, mas sou alguns centímetros mais alto.

– Eu bateria, se fosse você.

– Bem, se eu fosse você, teria contado ao meu treinador que minha vida pessoal estava uma merda.

Reviro os olhos, me sentindo uma criança petulante.

– Eu não queria falar sobre isso. Não quero ser tratado como se fosse frágil.

Uma mão enorme gesticula diante de mim.

– Vou te dar um spoiler: você *é* frágil.

– Vai se foder, Roman.

Ele contrai a mandíbula.

– Vou deixar passar dessa vez.

– Eu não te contei da vida de merda que eu tive pra você usar isso contra mim.

Roman não tem sido apenas um treinador, ele tem sido um mentor.

Sabe que minha infância foi difícil. Sabe de Jenny. E sabe que sou ansioso e controlador, e que é por isso que sigo no gol toda noite.

Eu anseio pelo controle que a posição me oferece. Isso me acalma. Ninguém para culpar além de mim mesmo quando um lance dá errado – o que eu sei que não é verdade, mas é assim que vejo.

– Não estou usando seu passado contra você, Jasper. Como seu amigo, estou preocupado. Como treinador? Estou irritado por você não ter me contado dessa situação antes. Que merda você estava pensando pra manter isso em segredo?

Suspiro, cansado, a exaustão tomando meus olhos. Este lugar cheira a suor e borracha, e tudo o que quero é estar na segurança do meu carro, sentado ao lado de uma garota que está usando minha camisa e tem cheiro de coco.

– Desculpa. Vou colocar a cabeça no lugar antes do próximo jogo. Eu prometo.

Os olhos dele ficam tristes, e Roman balança a cabeça.

– Jasper, você precisa de um tempo. É *normal* tirar um tempo.

Torço o nariz diante do que ele está sugerindo.

– É normal tirar um tempo quando há uma morte na família. Beau não está morto.

Um ar de pena. É isso que vejo na expressão do meu treinador. E detesto que sintam pena de mim.

– Ele não está morto, Roman. E não vou começar a agir como se ele estivesse antes de ter a notícia.

Minha voz soa cheia de pânico e frenética até para mim mesmo. Posso imaginar como soa para ele.

– Jasper...

– Não. Estarei aqui amanhã para o treino e estarei pronto para entrar no próximo jogo. Vou melhorar. Cabeça no jogo.

A maneira como ele balança a cabeça me diz que não acredita nisso.

– Para de me olhar como se eu fosse um cervo atropelado na beira da estrada.

– Você *vai* tirar uma folga, Jasper. Eu te conheço. Sei como sua cabeça funciona. E sei como você ama sua família. Damon tem razão. Família primeiro, hóquei depois.

– Eu não preciso...

– Você está suspenso – dispara ele.

Meu corpo inteiro fica rígido.

– O quê?

– Suspenso por duas semanas por não ter revelado essa informação para a administração. Vamos chamar de licença no comunicado à imprensa.

– Você só pode estar de brincadeira. O time precisa de mim! A imprensa vai amar a porra dessa história!

Roman se limita a me puxar para um abraço forte, ignorando meus argumentos.

– Sua família precisa mais de você – murmura ele, então se afasta, me dando outro daqueles olhares trágicos. – A imprensa já está amando a situação. O hóquei ainda vai estar no mesmo lugar daqui a duas semanas. Sua cabeça não está no gelo, nem deveria. Mantenha contato.

Então ele se afasta, os sapatos de couro batendo contra o chão de concreto como se fosse apenas mais um dia normal. Como se o mundo não fosse uma merda completa.

Como se uma das melhores pessoas que já conheci não tivesse desaparecido em algum canto secreto do mundo, em alguma missão confidencial, e só Deus soubesse o que aconteceu com ele.

A realidade de toda a situação me atinge como uma bola de demolição no peito.

E se ele estiver morto?

E se estiver precisando de ajuda?

E a pior possibilidade de todas... e se nunca o encontrarmos?

Pronto para mandar tudo à merda, entro no saguão. É onde os fãs esperam por autógrafos e as groupies esperam por uma chance com um jogador.

Mas há apenas uma pessoa que eu quero ver à minha espera.

A bela garota vestida com a minha camisa, com quem eu me sinto em casa. A garota que quase não saiu do meu lado na última semana. Nós dois sabemos que ela está se escondendo da realidade de sua vida, mas eu também estou. Somos parecidos nesse sentido, e não nos criticamos por isso.

Ignoro todo mundo enquanto me dirijo até ela. Não sei quem está por ali ou o que as pessoas estão dizendo. Estou focado, e tudo o que vejo é Sloane.

Estou mal-humorado e infeliz. O mundo é sombrio, mas ela é como a lua que brilhava quando ficávamos sentados no telhado. Pura e luminosa, derramando uma luz prateada sobre tudo para que eu ainda possa enxergar meu caminho.

Seus braços envolvem a minha cintura, e o olhar que ela me lança é de puro amor e apoio, sua cabeça se recostando no meu peito. Me reconfortando sem dizer uma palavra. Respiro fundo seu perfume e fecho os olhos para afastar os pensamentos intrusivos que ameaçam me derrubar.

Tudo no mundo me parece errado.

Mas estar com Sloane nos meus braços me parece certo.

8

Sloane

Sloane: Passando só pra te dar um oi. Espero que você tenha chegado bem em casa. E também queria te lembrar que te amo muito.
Violet: Também te amo.
Sloane: Te mando um abraço enorme, Vi.
Violet: Ele vai ficar bem. Tem que ficar, certo?
Sloane: Certíssimo.
Violet: Aquele jogo foi... Deixa pra lá. Jasper está bem?
Sloane: Não.
Violet: Ele precisa de você mais do que pensa. Não se afasta dele. Você é a pessoa dele.
Sloane: Não vou me afastar.

A maneira como Jasper aperta minha mão enquanto saímos da arena parece diferente.

Parece desesperada.

Não conversamos. Ele apenas me segura como se eu fosse uma boia salva-vidas e ele estivesse perdido em um mar agitado. O ar frio nos castiga conforme caminhamos pelo estacionamento, e me sinto ridícula ao lado dele. Estou usando jeans rasgados com uma camisa larga, e ele está um gostoso de terno e barba por fazer, o cabelo um pouco mais comprido na nuca.

Jasper me distrai bastante do meu celular, que parece estar abrindo um buraco na minha bolsa com suas muitas chamadas e mensagens ignoradas. Tenho conferido de vez em quando, mas sempre o guardo de novo depressa.

Mandei uma mensagem geral dizendo a todos que estou bem, mas que decidi sair da cidade. O recado provocou reações variadas. Desde isso aí, garota até vê se cresce e enfrenta a situação, além de um encantador volte para casa e pare de passar vergonha de Sterling.

Respondi com um carinhoso vá se ferrar e não troquei mais nenhuma palavra com ele desde então.

Nem morta vou voltar a morar naquela cobertura.

Estou sendo infantil? Fugindo das minhas responsabilidades? Claro. Mas quanto mais tempo tenho para pensar em tudo o que me trouxe até aqui... quanto mais penso sobre como uma verdadeira família se comporta quando algo de ruim acontece... mais me pergunto como foi que cheguei a este ponto.

Como pude concordar em me casar com Sterling, em primeiro lugar?

E como meu pai ousou pensar que não tinha problema me pedir algo do tipo?

Seria bom para os negócios, sabe? Vocês formariam um belo casal. Às vezes, em nosso meio social, casamentos são mais uma transação comercial do que uma relação amorosa. E não há por que se envergonhar disso, Sloane.

Não há por que me envergonhar. Fez sentido tomar uma decisão fria e calculista naquele momento, e pareceu uma maneira fácil de abandonar a vida chata de solteira. Ninguém nunca me parecia suficiente. Eram todos apenas ok. Legais. Passáveis. E comecei a me considerar exigente demais.

Minha busca por um relacionamento virou quase um desses memes sobre compras feitas pela internet. Eu encomendava um Jasper Gervais e o universo só me entregava imitações baratas e risíveis.

Nessas circunstâncias, ouvir que um casamento arranjado não era vergonhoso me proporcionou certa sensação de... alívio. Eu poderia pelo menos ajudar minha família, já que não estava interessada em continuar chafurdando em aplicativos de namoro ou em colegas bailarinos.

Foi só quando vi aquele vídeo de outra mulher quicando no colo do meu noivo que a vergonha bateu. E não foi vergonha por ele estar me traindo. Foi vergonha por não sentir absolutamente nada. Só achei uma estranha graça. Como se eu soubesse que aquilo ia acontecer e não conseguisse nem mesmo sentir o bastante para me importar.

E *isso* era vergonhoso. Não era o que eu havia imaginado para minha vida. Não era isso que eu merecia.

Claro, houve um tempo em que me imaginei ficando com Jasper – um tempo que durou bastante –, porém, quanto mais nossas vidas seguiam, mais eu empacotei esse sonho e o empurrei para o fundo da mente.

Isso nunca aconteceria.

Imaginar algo entre nós estava no mesmo nível de dar uns amassos com meu travesseiro fingindo que era o Justin Timberlake. Ele era famoso, bonito demais e levava uma vida completamente diferente.

Mas não é o Justin Timberlake que está segurando minha mão neste momento.

Aperto a mão de Jasper distraidamente, o som dos sapatos sociais dele ecoando pelo estacionamento.

Ele aperta de volta.

Dou uma olhada no meu amigo e noto que sua pele, em geral de aparência saudável, está pálida e com um tom acinzentado. Ele não anda nada bem esta semana. Se isolou e se tornou uma versão vazia e irritadiça do homem que conheço.

Ouço o chacoalhar das chaves em seu bolso e vejo as luzes do Volvo piscarem à nossa frente. Um soluço sacode o peito dele, e levanto a cabeça para olhá-lo com atenção.

– O que houve, Jas?

Aperto sua mão três vezes seguidas, mas ele não reage.

Jasper para no meio do caminho, fechando os olhos. Suas narinas se estreitam enquanto ele respira fundo de modo desesperado. Então solta bruscamente a minha mão, me fazendo recuar, em choque. Ele passa rápido por mim em direção a uma pilastra e esvazia o estômago no chão.

Sou depravada a ponto de olhar para sua bunda quando ele se curva, vendo o contorno musculoso coberto pela calça cara.

É como se eu estivesse caçando motivos para passar vergonha.

Ele se levanta, ofegante, dedos fortes agarrando a pilastra. Sua respiração está entrecortada.

Quero perguntar se ele está bem, mas seria uma estupidez neste momento. É óbvio que ele não está bem. Imaginando que o melhor que posso fazer é ser útil, abro a traseira do veículo e procuro na bolsa cheia de coisas de hóquei por uma garrafa de água, um lenço, uma toalha ou literalmente qualquer coisa para limpá-lo.

Uma garrafa de Gatorade é o melhor que encontro, junto com uma toalha que cheira a bicho morto.

– Credo – murmuro, pegando os itens e fechando rapidamente a bolsa, porque a coisa toda fede.

– Desculpa. – Ouço Jasper atrás de mim.

– Pelo quê?

Molho a toalha e me aproximo dele.

– Por ter passado mal.

Pouso a mão nas costas dele, deslizando pelo tecido sedoso do paletó.

– Deixa disso. – Entrego a toalha a ele, e Jasper enfia o rosto nela. – Você deveria se desculpar pela sua bolsa. Essa toalha está com cheiro de queijo mofado, mas não do tipo bom.

Uma risada baixa faz o corpo dele tremer. Ou pelo menos acho que é uma risada. É difícil dizer sem ver seu rosto.

– Me dá as chaves, Jasper. Eu vou dirigir.

– Nem pensar – responde ele, passando a toalha pelo rosto.

– Escuta, eu sei que você não gosta que outras pessoas dirijam, mas prometo que vai dar tudo certo.

Ele balança a cabeça, me olhando por cima do ombro.

– Não.

Reviro os olhos e suspiro de um jeito bem dramático, ainda traçando círculos lentos nas costas dele.

– Controlador.

Ele fica ligeiramente mais tenso antes de assentir.

– Sou mesmo.

– Pelo menos você admite.

Ele me olha de novo e joga a toalha em uma lata de lixo próxima, mas dessa vez tem algo em seus olhos que não estava lá antes.

– É – responde ele, a voz fraca.

Então Jasper volta a segurar minha mão e me conduz até o lado do passageiro, abre a porta e me coloca no assento, evitando contato visual. Não sei se é o resultado do jogo, o fato de ter vomitado na minha frente, ou porque o chamei de controlador, mas há uma nova tensão no ar.

A vergonha volta a me dominar.

Jasper está tendo uma das piores semanas de sua vida, e eu analisando se ele está chateado comigo enquanto segura minha mão e abre a porta do carro para mim.

Balanço a cabeça diante do meu egoísmo. Jasper se senta a meu lado.

– Para o rancho? – pergunta ele, apoiando o braço comprido no encosto do meu assento.

Já andamos de carro juntos um milhão de vezes, mas agora sua proximidade parece pesada e pouco familiar.

– Sim. – Suspiro, e me afundo no assento de couro macio. – Para o rancho.

Fazemos o mesmo percurso que repetimos tantas vezes na última semana. Não botamos música. Tudo o que ouço é o rugido contínuo do ar passando pelas saídas de ventilação. Alterno o olhar entre a janela escura e o rosto cuidadosamente inexpressivo de Jasper.

– Você conhece o ditado "não existem perguntas idiotas"?

Seus olhos disparam na minha direção, e ele assente com firmeza.

– Ainda seria verdade se eu perguntasse se você está bem?

Jasper esboça um sorriso, e vejo suas mãos se contraindo no volante.

– Solzinho, estou tão longe de estar bem que nem consigo achar graça.

Meu coração fica apertado. Passo a língua pelo lábio inferior e continuo a observá-lo, tentando encontrar o que dizer.

– Mas nada do que você diz é idiota – acrescenta ele rapidamente.

Abro um sorriso fraco e olho para o painel. Só mesmo Jasper para me dizer algo assim depois dos cinco meses que passei noiva de alguém que me deixava constantemente com a sensação de que tudo o que eu dizia era idiota.

E eu simplesmente permiti. Levo a mão ao pescoço em uma tentativa patética de desfazer o nó na garganta.

Não tenho o direito de chorar esta noite.

– O treinador me suspendeu por duas semanas.

– O quê?! – exclamo, me virando no assento para encará-lo. – Por quê? Todo goleiro passa por fases ruins.

– Porque eu não contei o que estava acontecendo. Ele me conhece. Sabe que minha cabeça está em outro lugar e, por mais que eu odeie admitir, ele tem razão. Eu quero estar lá, no gelo, mas também...

Jasper se interrompe, exasperado, as mãos grandes girando no volante.

Ele não contou aos colegas sobre o Beau? Meu Deus. Este homem é um cofre, trancadíssimo. Sempre foi um sujeito de poucas palavras, mesmo comigo, mas agora eu sei que não é porque ele não sabe se comunicar. Eu sei que ele sabe. Parece mais que ele acha doloroso botar as palavras para fora. Como se ficar quieto e introspectivo fosse seu melhor mecanismo de defesa.

Sei que ele se abre mais comigo do que com a maioria das pessoas. É mais delicado, menos ranzinza. Então eu digo com toda a cautela:

– Você também quer só se enroscar na cama e chorar?

Porque, se eu estou me sentindo assim neste momento, ele também deve estar.

A resposta é um curto aceno com os olhos fixos na estrada escura, o que é mais ou menos o que eu esperava dele.

Um som alto de vibração ecoa na minha bolsa, enchendo o veículo já tenso com mais uma camada de ansiedade.

Com um medo profundo, pego o celular na bolsa.

É minha mãe. E esta é a primeira vez que ela liga. Sua resposta à minha mensagem geral foi Cuide-se. Eu te amo.

Tenho dezenas de chamadas não atendidas do meu pai e de Sterling e de inúmeros "amigos". Penso nesses aí como "bisbilhoteiros", porque, se não mantemos contato há anos, não sei por que conversaríamos sobre a implosão do meu casamento.

Na última semana, ouvi os recados de Sterling e do meu pai, mas não os deletei. Dessa forma, minha caixa de entrada fica cheia e eles não podem deixar outras. Suas mensagens são raivosas, frenéticas e arrogantes. Basicamente a última coisa com que quero lidar.

Mas minha mãe... Com ela, a história é completamente diferente. Ela... Eu juro que ela me olhou antes do casamento como se tivesse algo a dizer. Seus lábios se abriram e ela estendeu a mão para mim. Estava tão próxima. Antes que pudesse dizer alguma coisa, meu pai entrou, disse que eu era a noiva perfeita e a levou embora.

A expressão que ela me lançou por cima do ombro enquanto ele a conduzia para fora era suplicante.

O celular ainda está vibrando na minha mão. Olho para ele como se fosse uma bomba-relógio. Jasper pigarreia e me lança um olhar.

Engolindo em seco, atendo à ligação.

– Oi, mãe.

– Sloane.

Meu nome sai em um suspiro, como se fosse o alívio que ela buscava.

– Oi. Eu estou...

– Só preciso ouvir sua voz. Saber que você está em segurança.

Há um leve tremor em sua voz, e, de repente, o nó na minha garganta aperta com uma ferocidade que rouba meu fôlego. Minha querida e solidária mãe. A mulher que aprendeu a arrumar meu cabelo em um coque perfeito. Que me levava a todas as aulas e recitais de balé, por mais cedo que tivesse que acordar.

Eu daria tudo por um abraço da minha mãe neste momento. Absolutamente tudo.

Olhando para Jasper, respondo:

– Estou em segurança.

Como eu poderia me sentir de outra forma? O homem literalmente me ajudou a fugir do meu casamento, me carregou pela rua, sem nunca demonstrar a mínima hesitação.

Como se *soubesse* que eu preciso dele, Jasper estende a mão e segura a minha. Seus dedos se entrelaçam aos meus.

Ouço um suspiro rouco do outro lado da linha.

– Que bom. Que bom. Você vai... passar um tempo fora?

A voz dela soa quase esperançosa. Inclino a cabeça ao ouvir a pergunta. Eu esperava que minha mãe fosse insistir em saber quando eu vou voltar.

– Por que está me perguntando isso?

Volto a olhar para Jasper e o pego me observando. Está ouvindo a conversa, e eu não me importo. Só existe um segredo que quero desesperadamente esconder de Jasper: que sou ridiculamente apaixonada por ele desde criança.

– Porque é o que eu faria, se estivesse no seu lugar.

Uma risadinha segue sua declaração, e meus olhos se arregalam diante da confissão.

Eu sei que ela se casou com alguém de uma família tão rica quanto a dela, enquanto sua irmã se casou com Harvey e viveu uma vida mais tranquila no rancho. Muitas vezes me questionei se minha mãe é feliz no casamento, mas nunca tive coragem de perguntar.

– Mãe, eu...

A bateria do celular acaba bem nesse momento.

– O que aconteceu? – A voz de Jasper soa rouca.

– A bateria acabou...

Balanço a cabeça, repassando mentalmente o conselho da minha mãe.

– E o que ela disse?

– Ela disse que, se estivesse no meu lugar, passaria um tempo fora.

– E o balé? Você vai ter que voltar em breve.

Dou uma risada de desdém.

– Tirei uma licença pra planejar o casamento. Então estou de folga até depois do Natal, porque optei por não participar de *O Quebra-Nozes*.

– Por que você tirou uma licença? O casamento só dura um dia.

Eu me afundo mais no assento e balanço a cabeça contra o encosto, prestes a confessar algo que soa tão estúpido que meu estômago revira só de dizer em voz alta.

– Sterling disse que eu precisava estar... – ergo as mãos, sarcástica, desenhando aspas no ar – ... presente para planejar o casamento e aproveitar a lua de mel.

Passo o polegar sobre a pequena cicatriz rosada no ponto onde me cortei com o enorme diamante no meu dedo. Eu realmente deveria tirar o anel. Eu *quero* tirá-lo, de verdade. Não é Sterling que me impede de fazer isso. É que eu tenho a profunda sensação de que, assim que tirá-lo, *tudo* na minha vida mudará. Serei uma nova pessoa, e nada será como antes. Minha família. Minha criação. Tudo que conheço.

E isso me assusta.

Jasper trava o maxilar, e os nós de seus dedos empalidecem quando ele aperta com mais força o volante.

– Esse filho da puta do Woodcock.

Solto uma risada. *Woodcock*.

– Então, o que você vai fazer?

A ponta da língua dele aparece entre os dentes brancos e retos, como se Jasper a estivesse mordendo para evitar dizer algo mais.

– O que você acha que eu devo fazer?

Sua boca se curva.

– Solzinho, a última coisa que você precisa é de outro homem te dizendo o que fazer.

Suspiro e me viro para olhar os campos escuros passando pela janela. Eu adoraria que Jasper Gervais me dissesse o que fazer. O fato de ele não achar que deve só me faz querer ainda mais.

Preciso que alguém tome as rédeas, mas pensando no que vai ser melhor para mim. E não para um negócio. Não para uma imagem. *Para mim. Minhas necessidades.*

– O que Beau faria? – sussurro.

Não tive a intenção de falar alto para que Jasper ouvisse, por isso me surpreendo quando ele responde:

– Ele daria o fora daqui e faria algo por si mesmo.

9

Jasper

Cade: Que tal vir jantar com a gente um dia desses?

Rhett: Cervejinha amanhã?

Roman: Se precisar conversar, estou por aqui. Se cuida.

Eu me encolho na minha cama da infância, como faria se estivesse de ressaca. Como se a dor fosse passar se eu ficar imóvel, em silêncio.

Mas aí lembro que meu irmão está desaparecido, e *tudo* dói.

Eu nem quero pensar nisso. Quero empurrar a informação para o mesmo canto onde guardo minha irmã Jenny. Mas não está funcionando. Minha cabeça está uma merda... algo que demonstrei repetidas vezes no rinque, nos últimos tempos.

Anos de terapia esportiva contínua para treinar a mente a lidar com a pressão da minha posição, e tudo desmorona com um único golpe na base. Esses pensamentos intrusivos surgem como ervas daninhas e ameaçam me estrangular.

Tentei fazer o exercício que sempre funcionou. Só me permito ter pensamentos sombrios por quatro segundos. Mergulho neles, mas apenas por quatro segundos. Depois disso, passo a me imaginar mandando ver, dando o meu melhor e fazendo uma defesa incrível. Então penso em outra coisa completamente diferente.

Apenas quatro segundos de medo, tristeza ou dúvida. Quatro segundos de insanidade. É tudo o que permito.

Não mais. Agora estou na companhia desses pensamentos sombrios como se eles fossem velhos amigos.

Eu me sento na cama, os dedos afundando no colchão macio demais. A casa estava em silêncio quando chegamos. Todos se escondendo em seus cantos para lidar com a situação à sua maneira.

Rhett tem Summer.

Cade tem Willa.

Violet tem Cole.

Parece que todos os Eatons têm alguém em quem se apoiar. Exceto eu. E Harvey. É por isso que estou passando tanto tempo aqui. Não consigo suportar a ideia de deixá-lo sozinho nesta casa depois que ele garantiu que eu não ficasse sozinho na adolescência.

Todo mundo que já amei na vida me abandonou de alguma forma – isso se tornou parte da minha personalidade. Não posso controlar quem vai embora, mas posso controlar todo o resto até que minha ansiedade não me paralise.

Mas isso aqui? Está acabando comigo, e não tenho controle de porra nenhuma.

– Merda! – grito, me virando e socando a parede de gesso ao meu lado.

Um soluço baixo deixa meus pulmões enquanto a dor atravessa os nós dos meus dedos. Eu sacudo a mão e me repreendo. Quantos anos eu tenho? Socando uma parede como um adolescentezinho zangado.

A porta se abre de repente, e a silhueta esbelta de Sloane surge no batente.

– Jas?

Ela parece em pânico, um pouco sem fôlego, como se tivesse corrido até aqui.

– Estou bem. A parede não está, mas eu conserto depois.

– Você socou a parede?

Solto um resmungo e volto a sacudir a mão.

– Vai dormir, Sloane.

Não estou com vontade de conversar. E estou cansado de me preocupar. Neste momento, Sloane é apenas mais uma coisa com a qual me preocupar.

Não é só porque ela praticamente deixou o noivo no altar, mas porque estou muito satisfeito com isso. Satisfeito demais. A última coisa de que Sloane precisa é que eu passe do limite.

Ela não facilita, no entanto. Porque simplesmente ignora o que eu digo e atravessa o quarto, seus pés descalços no piso de madeira lisa.

Gostaria que ela tivesse ignorado outros idiotas que lhe disseram o que fazer: se casar com um imbecil para fechar um negócio. Interromper seu trabalho, sua paixão, para planejar um casamento.

É tudo uma grande babaquice.

A garota feroz que eu conheci teria mostrado a língua para eles e seguido a vida. Por isso, não consigo evitar a satisfação quando ela vai até meu banheiro resmungando sobre "garotos idiotas" antes de voltar com um pano quente e úmido.

Ela se posiciona bem entre meus joelhos, ainda vestindo minha camisa. Meu pau fica duro com a visão. O luar prateado destaca o brilho do tecido, e meus olhos se fixam na barra que chega ao meio da sua coxa.

Meus dedos se contraem como se tivessem vontade própria. Como se quisessem explorar aquela barra. Levantá-la delicadamente e ver o que há por baixo. Apagando e arruinando anos de amizade.

Entretanto, parte de mim quer apagar cada pedaço que o babaca do Woodcock tocou. Que ele possuiu.

Ele não a merece.

– Estica a mão, Gervais.

A voz de Sloane é suave e reconfortante. Sonolenta e, de algum modo, resignada. Basta dar uma olhada no relógio digital na mesa de cabeceira para saber que ela tinha acabado de pegar no sono.

Se é que chegou mesmo a dormir.

Inveja e culpa se misturam dentro de mim.

– Estou bem. Volta pra cama.

Ela empina um lado do quadril, fazendo a camisa subir um pouco mais. Isso não me ajuda a parar de comê-la com os olhos. Minha mão nem está mais doendo. Só consigo pensar em tocar debaixo do tecido e contornar a curva suave de sua cintura. Traçar aquelas covinhas que ficam logo acima dos seus quadris.

Cada parte de Sloane é definida e forte. Comprida e esbelta. Ela é como um bloco de mármore claro que foi esculpido com perfeição durante anos.

– A mão. Agora.

Hesito, me inclinando ligeiramente para trás. Estou muito agitado, e nenhum de nós está usando roupas suficientes para essa interação. Mas a expressão no rosto dela não deixa espaço para discussão. Rangendo os dentes, estendo a mão direita e sibilo quando o pano molhado pressiona os nós dos meus dedos.

– Idiota – murmura ela, limpando cuidadosamente cada articulação e segurando meu pulso com uma ternura que, sob muitos aspectos, me é desconhecida.

Porque, embora eu transe com outras mulheres, sou bastante discreto. Separo isso de todas as outras partes da minha vida. Trabalho e família nunca se misturam. E não há nada de... pessoal. Fiz questão disso. Porque o apego *dói*, e encontrar alguém em quem eu possa confiar neste momento da minha carreira me parece totalmente impossível.

– Nossa. Que reconfortante. Você deveria ter se tornado enfermeira.

Vejo um pequeno sorriso em seus lábios enquanto uma cortina de cabelo loiro cai sobre seu rosto.

– Não, você é quem deveria ter feito enfermagem. Você era ótimo cuidando dos meus pés.

Os pés dela.

Meus olhos percorrem suas pernas até o chão, e me lembro daqueles dias. As bolhas. A vermelhidão. O inchaço.

Eu sempre ia ajudá-la, mesmo quando Sloane não me pedia ajuda. Mesmo que me dissessem para não fazer isso. Em retrospecto, foi em uma daquelas noites que enxerguei Sloane como uma mulher pela primeira vez, e não como a menininha loira do rancho. Uma prima. Uma amiga.

Aconteceu enquanto eu massageava seus pés doloridos e passava o polegar pelo arco do seu pé. Ela inclinou a cabeça para trás nas almofadas do sofá macio cor de creme, e seu pescoço captou o brilho quente da luminária de chão atrás dela de uma forma que me paralisou. As sombras dançaram sobre seu colo. Suas bochechas adquiriram um tom rosado.

O gemido que escapou de seus lábios me fez sentir um desconforto na calça jeans.

Depois disso, parei de massagear seus pés.

Percebi que ela não era mais uma garotinha. E que eu queria o que não poderia ter.

Ela ainda era jovem, no entanto, e fazia pouco tempo que morava sozinha. Precisava de um amigo. E em pouco tempo arranjou um namorado e eu perdi a chance. Com a nossa diferença de idade, a relação familiar próxima, o pai dela... eram questões demais, complicações demais.

Medo demais de perdê-la.

Não que Sloane merecesse ter que me aguentar. Mas de vez em quando eu me pegava sonhando. Ou o rosto dela aparecia na minha mente durante o banho, enquanto minha mão envolvia o meu...

– Pronto. Agora deita e deixa secar.

Ela apoia a mão no meu peito e me empurra de volta para a cama, as pernas nuas pressionando a parte interna dos meus joelhos durante o movimento.

Muitas pessoas me encaram como se eu fosse um cubo de Rubik que não conseguem resolver. Minhas cores estão todas misturadas, todas erradas, mas Sloane não se importa com a bagunça. Ela nunca me encarou como se eu precisasse de conserto. Sempre me olhou desse jeito. Terno e solidário.

Quando seus olhos descem para meu peito nu, traçando os contornos das minhas tatuagens escuras, a sensação de conforto do momento se torna íntima. Ela solta o ar ruidosamente no aposento silencioso antes que seus olhos se fixem em minha boxer e deslizem para onde suas pernas nuas pressionam o interior das minhas. Meu olhar pousa nos lábios dela, observando-os se abrirem em surpresa. Como se ela estivesse tão ocupada cuidando de mim que não tivesse percebido antes nosso estado mútuo de pouca roupa.

Pigarreio, levantando-me rapidamente e afastando-a com delicadeza. Pego o pano úmido e jogo no cesto de roupa suja do outro lado do quarto.

– Obrigado.

Minha voz sai rouca e tensa. Eu me pergunto se ela percebe, mas não consigo encará-la. Em vez disso, me concentro na batida constante do meu coração. Em tatear às cegas na gaveta da cômoda.

– Boa noite.

Minha voz falha como a de um adolescente, e balanço a cabeça antes de vestir uma camiseta e me sentar na cama como se essa peça de roupa e um simples edredom fossem me proteger do momento que acabamos de compartilhar.

Bato o punho machucado no travesseiro, afofando-o bem deliberadamente. Dói, mas ignoro a dor. Ou talvez eu goste.

– Jas?

O tom dela é baixo e hesitante. Sloane me observa, e odeio pensar que posso tê-la deixado desconfortável com minha reação mal-humorada.

Bato no travesseiro com mais força porque odeio muitas coisas neste momento.

– Jas? Fala comigo. Me conta o que você está pensando.

Eu me viro para ela, todo o meu controle cedendo sob o peso da noite.

– O que estou pensando? O que estou pensando, Solzinho? Minha cabeça está uma bagunça. Odeio que Beau esteja desaparecido e que minha família esteja sofrendo. Odeio que meu time esteja passando por dificuldades e que eu tenha sido suspenso. E odeio principalmente que alguém tenha se aproveitado de você, que tenha te magoado, te menosprezado, *gritado* com você. Você é uma das pessoas mais importantes da minha vida e ele te tratou feito lixo. E eu realmente *odeio* isso.

As últimas palavras saem cheias de ódio. Depois que deixam meus lábios, eu ofego, sem fôlego depois de ter desabafado tudo isso no meu quarto da infância para a garota que sempre ouve o que tenho a dizer.

A garota que está sempre do meu lado.

A garota que quase perdi.

Eu deveria conseguir esquecer tudo isso, mas seu relacionamento arranjado com Sterling me dói tanto que chego a sentir em meus ossos. E não sou bom em esquecer as coisas. Cada canto da minha mente está tomado por arrependimentos.

– Jasper, por que você está tão bravo com isso? – Ela parece confusa. – Eu estou bem.

– Estou com raiva porque quero você feliz e em segurança. E você não estava nem feliz nem segura. Eu me afastei quando descobri que você estava noiva.

O que não admito em voz alta é que meus sentimentos ficaram confusos e complicados demais para encarar depois daquele anúncio. Fiquei abalado de uma maneira que nunca imaginei que fosse ficar.

– Mas você ainda precisava da minha ajuda – continuo –, e eu não estava presente. Você chegou perto demais de se amarrar a uma vida que teria te feito muito infeliz.

Esta última semana me fez entrar em um estado tão superprotetor que estou praticamente espumando pela boca – só quero garantir que ela nunca mais volte àquela situação. E estou percebendo que meus sentimentos são bem mais do que um cuidado fraternal.

É ciúme. É um *sentimento de posse*.

– Jasper.

Os olhos de Sloane estão enormes. Ela ergue as mãos abertas e as deixa cair de novo, encolhendo os ombros com um ar exausto. Então se aproxima, os olhos percorrendo meu rosto.

– Eu estou aqui, não estou? Estou aqui. Com você. – Seus dedos deslizam pela minha mão ainda fechada no travesseiro, e ela me olha nos olhos. – Somos nós dois. Juntos. E estou em segurança.

Faço um aceno com a cabeça, tensa. É o máximo que consigo neste momento. Meus membros estão paralisados. Emoções demais. O corpo dela perto demais.

– Chega pra lá.

Viro a cabeça bruscamente para ela.

– O quê?

– Abre espaço.

– Por quê?

Seus olhos azul-claros reviram de modo arrogante. Isso me faz lembrar dela na adolescência.

– Porque não vou deixar você sozinho esta noite.

Meu corpo fica tenso.

– Por quê?

– Porque estou preocupada com a segurança das paredes deste quarto.

Sloane usa um tom leve, mas seus olhos estão semicerrados. Não está preocupada com as paredes. Está preocupada *comigo*. Também era por isso que subia no telhado para me fazer companhia. Estava sempre na dúvida se eu ia tomar aquele rumo.

Se eu ia me machucar.

Claro, já pensei em suicídio, mas da maneira como todo mundo pensa pelo menos uma vez na vida. O que seria preciso para chegar a isso. Se eu conseguiria ir até o fim. Após a morte de Jenny, cheguei bem na beirada desse abismo, mas desde que fui acolhido pelos Eatons isso nunca mais foi uma opção.

Eu sei como é perder alguém que se ama, e jamais faria isso com essas pessoas que se tornaram minha família. Prefiro sofrer a fazê-los passar por algo assim.

– Por quê? – pergunto, procurando validação num momento de fraqueza.

Quero ouvi-la dizer que se preocupa comigo ou que quer me confortar. Estou sendo inseguro, e não deveria esperar algo assim de uma mulher cujo relacionamento se desfez há poucos dias.

Sloane responde com um suspiro cansado:

– Você está dando defeito, Gervais. Parece um disco arranhado. Chega pra lá, porra.

Abro um meio sorriso por ela ter partido para os xingamentos. Há algo de satisfatório no fato de a pequena Sloane, tão bem-comportada, ter uma boca suja. Então eu me afasto, sem me deixar pensar muito se essa é uma boa ideia. Somos apenas amigos.

Fecho os olhos ao ouvir o farfalhar do lençol, o pequeno colchão afundando sob seu peso.

Apenas amigos.

Alguns fios de seu cabelo roçam minha bochecha com barba por fazer quando ela se deita de frente para mim, mas eu não os afasto, optando por inspirar seu cheiro, em vez disso.

– Bem, esta cama é minúscula.

Dou uma risadinha.

– É mesmo.

A cama já é pequena demais para o meu corpo de mais de 1,90 metro, imagine com mais uma pessoa.

O silêncio se estende um pouco demais. Vai longe demais.

– Estou te incomodando? Quer que eu saia?

Meu coração bate forte dentro da jaula onde o deixo aprisionado. Como Sloane poderia incomodar alguém? Acho que ela é a pessoa menos irritante do mundo.

– Não – sussurro, buscando seu pulso delicado, como se quisesse impedi-la de sequer pensar em ir embora.

– Então tá – diz ela, parecendo aliviada.

Voltamos a ficar em silêncio e deixo a mente vagar, imaginando como devem ter sido os últimos dias dela. Andamos tão envolvidos na minha vida – Beau, hóquei, eu socando paredes como um adolescente furioso – que deixei de dar a ela o conforto de que talvez precise.

– Você está triste, Sloane?

Ela se mexe, virando a cabeça para o teto, me dando uma visão de seu perfil nas sombras. Seu cabelo desliza e meus dedos se remexem em seu pulso com o instinto de passá-los pelas mechas sedosas, de roçar o rosto nelas, como faço quando nos abraçamos.

– Bom, claro. Sei que Beau não é meu melhor amigo, mas é meu primo. Algumas das minhas melhores lembranças são dos longos dias de verão passados aqui com todos vocês. Estou... arrasada.

A voz dela vacila um pouco, e vejo seus cílios tremulando. Ela está tão próxima que eu poderia estender o braço e envolvê-la.

Mas não faço isso.

– Não estava falando do... – Paro de repente. O nome dele não tem lugar aqui, no escuro, com a gente. – Do casamento.

Ela murmura, pensativa, passando dois dedos pelos lábios e os pressionando com firmeza. Ela enche as bochechas de ar, como se estivesse se esforçando para não sorrir.

– Não.

– Está tentando não rir do seu casamento glamouroso indo por água abaixo?

Dou uma risadinha silenciosa, virando-me de lado para encará-la. Ela solta uma espécie de ronco ou grunhido e tapa a boca.

– Não!

– Você sempre teve um senso de humor esquisito.

Seu corpo treme com uma risada, e ela me lança um olhar de indignação fingida.

– Não tenho, não!

– Você ri nas ocasiões mais inapropriadas. Sabe que é verdade. – Aponto para ela, brincando. – Você riu naquela vez que Rhett caiu da lhama e quebrou o braço, quando era criança.

Ela ri ainda mais.

– Ele mereceu! Não tinha nada que montar naquela lhama! E o jeito como ele se agarrou no pescoço comprido do bicho... Ele parecia um coala enorme e idiota.

Ela está gargalhando agora, quase sem fôlego, encolhida comigo, e não consigo deixar de rir com ela. Rhett realmente parecia um coala enorme e idiota.

– E nem chegou a ser uma queda impressionante! Ele só despencou de um jeito totalmente sem graça. Eu já o vi levar tombos piores de touros bravos e sair ileso.

Essa sessão nostalgia nos faz cair na gargalhada, e eu enxugo as lágrimas de tanto rir, ainda encarando o teto texturizado. Minha nossa, nós nos divertíamos muito quando éramos crianças. É bom relembrar. É bom dar risada.

É bom ficar deitado aqui com alguém que esteve em alguns dos dias mais felizes da minha vida. Passamos a semana num ciclo de jogos e treinos. Acho que Sloane tem dançado por diversão em uma sala desocupada na academia da Summer e depois cuidado de Harvey. Estamos todos nos escondendo. Na encolha. Tentando manter a normalidade... mas fracassando.

Sloane solta um suspiro profundo e continua:

– Enfim. Não. Não estou triste pelo casamento. Estou... aliviada. Não é horrível? Tudo o que sinto é um alívio imenso. Vou pro inferno por admitir uma coisa dessas?

Meu polegar desliza pelo seu pulso. O que sinto em relação ao casamento fracassado de Sloane é apenas um alívio imenso também.

– Não. Se você for pro inferno por causa disso, então eu definitivamente estarei lá por todas as minhas merdas também.

Ela boceja, e seu corpo relaxa ao meu lado. Deve estar muito cansada.

– O inferno seria aceitável se você estivesse lá comigo. – Ela fica tensa. – Eu não quis dizer...

Sem querer que ela se arrependa de nada do que me diz, eu a interrompo:

– O inferno realmente seria aceitável se estivéssemos juntos, Sloane.

O som da cabeça dela roçando no travesseiro me informa que Sloane assentiu. Então eu cedo àquela vozinha na minha cabeça. Aquela que me diz que eu preciso dela.

Puxo seu corpo contra o meu, meus braços a envolvem, e nossas pernas se entrelaçam instantaneamente.

– Boa noite, Solzinho – digo, me deliciando com seu calor reconfortante.

Um instante de silêncio se passa, e então ela suspira.

– Boa noite, Jas.

10

Jasper

Harvey: Como está a mão?
Jasper: Como você sabe?
Harvey: Sou velho. Não surdo.
Jasper: Está bem. Eu estou bem.
Harvey: Não está nada. Nenhum de nós está bem. Mas você sabe o que vai te fazer se sentir melhor?
Jasper: O quê?
Harvey: Consertar minha parede. Tem massa corrida e uma espátula na porta do seu quarto.
Jasper: Desculpe, Harv. Vou consertar. Prometo.
Harvey: Tudo bem, filho. Você viu a Sloane? A porta dela estava aberta, mas o quarto estava vazio ;)

– Eu estava me perguntando… Bem, estava pensando…

Sloane me olha envergonhada, torcendo as mãos diante do corpo. Está deslumbrante. Cresceu tanto desde o verão passado que quase não acredito nos meus olhos.

Vim ao rancho para o jantar de Páscoa e não esperava que ela estivesse por aqui. Ainda nos vemos mais no verão, porque, na cidade, ela está sempre ocupada com a dança e a escola, e eu estou totalmente concentrado em manter minha posição no time titular dos Grizzlies.

Eu estava indo embora quando ela correu até a porta atrás de mim.

Abaixo o tom de voz, descansando as mãos em seus ombros para olhá-la.

– Está tudo bem, Sloane? Você está me deixando nervoso. Aconteceu alguma coisa? Sabe que pode me contar tudo.

– Ah! Não!

Ela solta uma risada estridente, seu rosto ficando rosado, e coloca o cabelo loiro atrás das orelhas.

Sinto um nó cada vez mais apertado na garganta. São os cílios. O rubor. O jeito nervoso como ela brinca com o cabelo. E o fato de que Harvey, Violet e meus irmãos estão basicamente acompanhando tudo da sala de estar.

Não ignoro que Sloane tem uma quedinha por mim. Mas finjo que não sei. Porque as coisas ficam muito menos constrangedoras desse jeito.

– Tudo bem. – Ela sorri, nervosa, e o frio na minha barriga aumenta. – Vou dizer de uma vez. – Ela respira fundo. – Você quer ir ao baile de formatura comigo?

Agora ela não é a única corada. Sinto como se meu rosto inteiro estivesse pegando fogo.

– Ah, Solzinho.

Meus dedos apertam os ombros dela, e eu me perco no brilho de esperança em seus olhos. Magoar Sloane me causa náuseas.

Não quero decepcioná-la, mas que merda... também não posso fazer uma coisa dessas.

– Eu não sou o cara mais indicado. Eu... – Procuro uma boa razão que não seja simplesmente "não quero te iludir". – Tenho 24 anos. Tenho aparecido muito na mídia ultimamente. Você ainda está no ensino médio, então não sei se pegaria bem, sabe?

Tento com todas as forças ignorar que seus olhos ficaram instantaneamente marejados. E a rapidez com que ela assente.

– Ah. Claro. – Sloane se afasta, minhas mãos caindo de seus ombros, e olha para a sala de estar. – Claro. Faz sentido.

– Continuamos amigos, certo?

Estendo a mão, tentando dar um aperto reconfortante em seu braço. Ela recua e abre um grande sorriso forçado.

– É. Claro. Ainda amigos. Sempre.

Com outro aceno frenético, ela se vira, mas não volta para junto da família, apenas desaparece pelo corredor que leva aos quartos do andar de cima.

Eu me sinto péssimo ao acenar em despedida para uma sala cheia de pa-

rentes de olhos arregalados e constrangidos. Não sei o que dizer a eles. Quase espero que alguém faça uma piada, mas ninguém diz nada enquanto fujo da casa, e tudo isso só reforça como a interação com Sloane foi horrível.

Porque, mesmo que uma pequena parte de mim ache que seria bonitinho ir com ela, eu sei que não posso fazer isso.

Ela precisa se divertir no baile. Criar memórias... com alguém da idade dela. Precisa ter a melhor noite possível, e tenho certeza de que não sou o cara certo para proporcionar isso a ela.

Sloane Winthrop virou uma mulher inteligente, bonita e talentosa. Ela tem a vida toda pela frente, vai arrumar algum namorado rico e engomadinho, vai se apaixonar enquanto segue estudando em alguma universidade particular de prestígio.

Ela não precisa de alguém como eu, que só vai puxá-la para baixo.

Quando chego à minha caminhonete, já quase consegui me convencer, mas, enquanto saio do rancho, um arrependimento me incomoda. Olho pelo retrovisor e vejo Sloane.

Sentada sozinha naquele telhado.

Provavelmente percebendo o que eu já sei.

Que não sou bom o suficiente para ela. Nunca fui. Nunca serei...

Acordo com o rosto de Sloane pressionado ao meu peito. Suas mãos estão fechadas, encolhidas sob o queixo, como se ela estivesse tentando se impedir de me tocar enquanto dorme.

Eu não sofro da mesma hesitação. Meu braço está pousado casualmente sobre seu corpo delicado, com uma perna possessiva por cima das pernas dela.

Talvez tenhamos ido longe demais. Sim, somos amigos, mas também somos um homem e uma mulher. Sozinhos e seminus numa cama pequena demais.

E ela ainda está com a minha camisa.

Amigo. Amigo. Amigo.

Martelo a palavra no meu cérebro repetidamente, como se isso pudesse pregá-la ali, de algum modo. Imagino por quatro segundos as letras surgindo como se estivessem sendo digitadas junto a um cursor. Como se isso pudesse me impedir de pensar: "E se não fôssemos apenas amigos? E se fôssemos algo mais?"

Claro, eu perdi essa chance quando ela ainda era praticamente uma criança. E, há não muito tempo, ela fez uma piada casual que me deixou meio abalado, enquanto eu a ajudava a instalar a TV na parede da sua casa.

Eu ri, embora não tenha achado graça nenhuma. Disse a ela que nunca aconteceria. De novo. Como seria possível?

Mas ela plantou uma semente naquele dia. Uma semente que cresceu e se tornou uma pergunta que estou com medo demais de fazer.

Agora estou deitado aqui, pensando... por que é que não pode acontecer? Houve um tempo em que eu tinha certeza de que não seria capaz de fazê-la feliz.

Ela me queria, e eu estraguei tudo... como sempre faço.

Mas isso foi no passado. Estamos no presente. Não sou o mesmo garoto assustado daquela época.

Quanto mais eu a encaro, mais a palavra *amigo* se esvai... A ponta ligeiramente arrebitada do seu nariz, que se mexe um pouco quando ela fala. As maçãs do rosto definidas que ficam perfeitamente arredondadas quando ela ri. Os cílios que, sem rímel, têm um tom de marrom-claro e contrastam com sua pele macia.

O anel de noivado, ainda em seu dedo, reluz ofuscante sob seu queixo. E é a dose de realidade de que preciso.

É a prova de que estou atrasado. Que não importa o quanto eu trabalhe no meu tempo de reação, entre as traves, minha vida pessoal sempre foi uma grande derrota. Fico paralisado. E enquanto estou preso em meus pensamentos, o mundo continua a girar.

Porque enquanto fico me perguntando se algum dia poderíamos ser algo mais, lidando com todas as minhas emoções complicadas, a realidade é que ela quase se casou com outro homem. Qualquer sentimento que tivesse por mim deve ter desaparecido há muito tempo.

Para falar a verdade, não consigo discernir bem o que ela está sentindo agora. Disse que não está triste, mas eu conheço bem o luto. Sei que vem em ondas. Sei que você pode se sentir bem num dia e se deixar derrubar no seguinte.

A raiva sempre vem.

E sei que no momento ela precisa do Jasper, seu amigo. Não do Jasper que tem sido covarde demais para ultrapassar esse limite, mesmo que venha pensando nisso há anos.

Com cuidado, eu me desembolo de sua figura adormecida, afastando a onda de pesar que me atinge quando a solto. Obrigo-me a olhar para o chão, observando os dedos do meu pé sobre o piso de madeira, e pego a primeira calça que encontro.

Então saio do quarto, fraco demais para me impedir de olhar uma última vez para ela, adormecida. Parece pequena e frágil... magra demais. Parece exausta, e espero que ela durma. Espero que ela coma.

Fecho a porta silenciosamente ao sair e vou depressa até a cozinha, sem saber muito bem o que vou encontrar por lá.

Admito que não lido bem com situações emocionais. Traumas? Tenho muitos, obrigado. Sentimentos? Também tenho o suficiente.

Entro na grande cozinha de fazenda com seu piso de tábuas largas e desgastadas, armários de madeira escura e paredes verde-musgo. A casa inteira é antiquada e ao mesmo tempo... não é. É como se tivesse sido transportada diretamente do estúdio de filmagem de *Yellowstone*.

Junto com dois caipiras sentados à mesa com xícaras de café.

– Você se vestiu no escuro? – provoca Cade.

Harvey solta uma gargalhada, e eu olho para mim mesmo, percebendo que peguei uma camiseta rosa-neon com um logotipo amarelo de bebida energética e listras pretas e brancas nos braços. Realmente é atroz, mas estava escuro na noite passada. Devo ter ganhado de algum patrocinador. Tenho certeza de que nunca a usei antes. E realmente não combina com a calça de moletom verde-musgo que estou usando.

Esboço um sorriso.

– Escuta, o dia em que eu aceitar conselhos de moda de um idoso feito você, que mal sai deste rancho, será o dia da minha morte.

Percebo o meio sorriso de Cade. A implicância é nossa zona de conforto. E, caramba, como é bom. Os dias, lentamente, vieram assumindo uma normalidade deprimente. Tivemos um jantar em família constrangedor. Harvey não fez piadas sobre boquetes e Beau não estava presente para aliviar o clima. Parece que todos estão apenas cumprindo o roteiro. A pior parte é ficar à espera de notícias.

Vou direto para a cafeteira, encho uma caneca e me sento à mesa com eles.

– Acho que você está tão acostumado com todo mundo babando por você que nem sabe mais quando está parecendo um palhaço.

– Que fofo vindo do cara que usa calças jeans pelo menos dois números menor do que deveria.

Abro um grande sorriso para Cade, adorando sentir algo além de tristeza.

– Willa gosta de calças apertadas.

Levanto uma sobrancelha.

– Quanto tempo ela leva para tirá-las? Aposto que deve demorar pelo menos cinco minutos.

– Pode levar um cronômetro e assistir da próxima vez. Talvez te ensine umas coisinhas, seu imbecil.

Harvey olha para um e para o outro com um sorriso de diversão nos lábios.

– Vou me lembrar de te avisar com antecedência pra dar tempo de você tomar seu Viagra, velhote.

– Isso, não. – Harvey faz um gesto de desdém. – Os Eatons são muito viris. Nem eu preciso desse negócio.

– Pelo amor de Deus.

Cade baixa o olhar para a xícara de café como se estivesse procurando uma forma de fazer com que seu pai pare de dizer coisas inconvenientes. Solto uma gargalhada, porque sei que esse dia nunca vai chegar. E aceito esse sinal de vida. O senso de humor de Harvey é uma das coisas que eu mais gosto nele, sempre foi.

Por mais quieto que eu tenha sido ao longo dos anos, nunca resisto a ultrapassar um pouco os limites com ele. Provocá-lo um pouco mais, para ver o que diz.

– Tem alguém especial se beneficiando de toda essa virilidade, Harv?

– Alguns *alguéns*. Difícil escolher só uma, sabe? Por que escolher?

Ele abre um sorriso maníaco.

– Vê se não esquece de usar proteção – respondo de forma casual.

Após ter perdido a esposa, muito tempo atrás, fico feliz que ele tenha companhia.

Harvey sorri.

– Fale com o Cade sobre esse assunto. Comigo não é preciso.

Cade resmunga e inclina a cabeça para trás, agora olhando para o teto.

– Eu deveria ter ficado na minha casa.

Faço que sim, tomando um longo gole de café.

– Provável. Está cedo. Não esperava te encontrar por aqui.

– Bem, Harvey e eu estávamos prestes a tirar no pedra, papel e tesoura quem vai viajar para visitar a Violet em Ruby Creek e levar uma carga de feno.

Inclino a cabeça.

– Como assim?

– Parece que há uma escassez de feno por lá – explica Harvey. – Por causa do verão quente e seco. Então ela ligou, implorando por um carregamento para ajudá-los a passar o inverno. Ela ainda acha que o feno de lá é ruim, comparado ao nosso.

Ele estufa um pouco o peito, orgulhoso pelo elogio de sua única filha. Cade me lança um olhar sério.

– Mas nenhum de nós realmente quer ir. – Ele pigarreia. – Por via das dúvidas.

Harvey concorda, os olhos na mesma hora se enchendo de lágrimas.

Por via das dúvidas. Eu sei o que estão dizendo sem precisar fazer mais perguntas. Caso Beau seja encontrado. Caso Beau tenha partido. Caso precisem do apoio da família quando as notícias sobre o irmão querido chegarem.

– Eu vou.

Nem preciso pensar duas vezes. Duas cabeças se viram na minha direção, a surpresa estampada em seus rostos.

Harvey me oferece um sorriso gentil, como faz desde que me acolheu, mesmo quando já tinha tanta coisa com que lidar. Nunca conheci um homem com um coração maior do que o que está no peito de Harvey Eaton.

– Você é um bom rapaz, Jasper, mas tem a temporada de hóquei. Não pode sair assim, embora eu agradeça muito a oferta.

– Bem, falando nisso... Na verdade, estou de licença. Por pelo menos duas semanas.

Harvey franze suas grossas sobrancelhas.

– Por quê?

– Não viu como ele anda jogando? – interfere Cade

Olho feio para ele, que apenas sorri.

– Babaca – murmuro, sem raiva, e me viro de volta para Harvey. – Porque Roman é um filho da mãe controlador que descobriu que eu não contei à administração nem à equipe técnica o que está acontecendo, e daí eu fiz merda no gelo e a gente perdeu vários jogos. E acho que, em vez de gritar comigo do banco, como sempre faz, ele decidiu ser inspirador ou algo parecido e me mimar como se eu fosse uma criança triste.

Sou recebido com silêncio e olhares ligeiramente preocupados, porque não costumo falar tanto de uma vez. Na verdade, não costumo falar muito, ponto. Eu me recolhi em mim mesmo faz tempo e me tornei muito bom em ouvir, em vez de falar.

– Bem... que história – comenta Harvey, como se não soubesse bem o que dizer.

– Você realmente parece um pouco uma criança triste – rebate Cade.

Desgraçado.

– Eu vou. Vocês ficam. – Gesticulo entre os dois. – Vocês precisam estar aqui. Cade, você tem Willa e Luke... e um bebê a caminho. Harvey, você tem várias namoradas e toda a sua família.

Os dois riem, e eu consigo esboçar um pequeno sorriso, feliz por aliviar o clima.

– Você também é da família, sabe? – diz Cade, todo sério agora.

Às vezes é difícil discernir quando ele está falando sério, porque tem um senso de humor muito seco, mas neste momento sei que ele está sendo delicado, à sua maneira.

– Eu sei, mas ninguém aqui precisa de mim. Deixa comigo. Posso dar apoio à família fazendo essa viagem. Vocês dois me ensinaram como fazer o transporte. Sabem que consigo lidar com a caminhonete e o trailer. Além disso, seria bom ver Violet. É capaz de ela estar precisando de alguma distração também.

Os dedos de Harvey batucam na mesa.

– A estrada pode ficar bem ruim nas montanhas, nesta época do ano.

Ele conhece minha ansiedade em relação a direção, veículos e acidentes. É incrível como um simples erro pode se traduzir em uma ansiedade tão generalizada. Mas por ele? Pela minha família?

Posso dar um jeito de superar.

Dou um sorriso tenso.

– Eu sei, mas consigo lidar com isso.

– Consegue mesmo.

Todos nós nos assustamos com a voz suave vinda do canto da cozinha. Como se ter mulheres em casa fosse muito incomum atualmente.

– Ele sabe se virar. E eu fico com ele durante a viagem, pra garantir que tenha companhia.

Sem nem olhar para nós, Sloane serve-se de café. Está vestindo uma legging preta simples e um enorme moletom cinza que engole a parte superior de seu corpo, além de meias de lã cobrindo os tornozelos.

E, quando se vira para sorrir para nós, com o cabelo loiro um pouco bagunçado, vejo em seu rosto as marcas das minhas fronhas. Ela parece confortável... e um tanto sonolenta. Isso me faz pensar em como foi sentir seu corpo contra o meu na noite passada.

Ela parece diferente. Ou talvez seja só a maneira como *eu* a vejo neste momento.

– Minha nossa, Gervais. O que é isso que você está vestindo? – dispara ela.

Os outros caem na gargalhada. Cade murmura algo sobre ter me avisado, mas eu mal escuto.

Estou concentrado em Sloane. Porque não vou dizer a ela o que pode ou não fazer. Então fico imaginando como vou lidar com uma viagem pelas montanhas, sozinho com ela, sem ficar completamente maluco.

Ou fazer algo completamente maluco.

11

Sloane

Willa: Sloane, você pode confirmar se Jasper está bem? Os rapazes estão preocupados, mas não sabem como conversar com ele sobre isso. Pediram pra gente perguntar. Parece uma brincadeira de telefone sem fio.
Summer: Estamos nos falando por mensagem. Não tem nada a ver com telefone sem fio.
Sloane: Ele está triste. Mas vai ficar bem.
Willa: Você deveria dar logo pra ele.
Summer: Willa, não é possível que esse seja sempre seu único conselho.
Willa: Por que não? É um ótimo conselho. Funcionou com você.
Summer: Ela acabou de fugir de um casamento.
Willa: Sim, mas aquele cara era um babaca. Jasper é do tipo gostosão deprimido.
Sloane: Ele está triste, não com tesão, Willa.
Willa: Pode estar as duas coisas. Alegra o dia dele, garota!

– Ok, peguei tudo de que preciso.

Eu me enfio na caminhonete com uma bolsa de viagem nova, cheia de roupas novas e produtos de higiene pessoal. Harvey me levou à cidade esta manhã para preencher as lacunas do meu guarda-roupa temporário enquanto Cade e Jasper preparavam a caminhonete e o trailer.

Jasper me observa, intrigado. Não conversamos muito hoje. Não sei se o assustei com meu comentário sobre como o inferno seria divertido ao lado dele – ai, se constrangimento matasse! –, ou se ele simplesmente não quer que eu o acompanhe na viagem.

Talvez eu tenha ido longe demais ao obrigá-lo a dividir a cama comigo.

Talvez ele esteja percebendo que nunca superei o que sentia por ele.

É difícil dizer, porque ele não abre a boca. Mas estou acostumada. Jasper sempre foi calado, e eu sempre fiz o que queria. Conversava com ele. Ou falava e ele ouvia? Praticava minhas coreografias quando ficava sem ter o que dizer.

E ele sempre ficava só olhando. E escutava.

Então, o jeito como ele está me olhando agora não é novidade, mas faz os pelos dos meus braços se arrepiarem mesmo assim.

Jogo a bolsa no banco de trás, meu corpo vibrando com o ronco alto da caminhonete. A picape é enorme, barulhenta, e tem potência para puxar a carreta que está carregada com grandes fardos redondos de feno.

Bato as mãos nas coxas e olho para os postes que flanqueiam o final da estrada de acesso, unidos por um arco com a placa de ferro forjado do Rancho Poço dos Desejos.

– Tudo bem. Vamos levantar o circo.

Estou pronta para uma mudança de cenário. Sinto que andei pisando em ovos a semana inteira aqui em Chestnut Springs.

Jasper não dá a partida na caminhonete.

– Tem certeza?

– De que deveríamos ir? – pergunto, franzindo o nariz e olhando para ele, que está todo concentrado em mim.

– Não. De que quer ficar comigo.

O calor brota em minhas bochechas como se eu fosse uma adolescente. Quase dou uma risadinha com o rumo que meus pensamentos tomam. *Eu gastaria uma boa grana para ficar com Jasper Gervais.*

– Sim. Para de perguntar, Gervais. Você vai ter que me aturar.

Arrisco um olhar para o rosto bonito de Jasper. Sua barba um pouco maior do que o normal, o cabelo ainda úmido e penteado para trás. Seu queixo tão estupidamente quadrado como sempre.

Ele levanta uma sobrancelha escura.

– Sempre.

Bufo baixinho e desvio o olhar novamente, tentando descobrir o que mudou entre nós nos últimos dias. Será que começou naquela noite do jantar, quando ele conheceu Sterling? Ou foi quando ele entrou naquela sala, na igreja, parecendo um super-herói em um terno perfeitamente ajustado? Ou foi quando ficamos sentados juntos no telhado?

Só sei que *algo* está diferente.

– Não posso deixar de comentar que fazer essa viagem comigo faz parecer muito que você está fugindo da sua vida.

– Minha mãe disse que, no meu lugar, fugiria, e, honestamente, me pareceu uma ótima ideia.

Jasper é apenas a cereja do bolo... mas não digo isso em voz alta. Até eu tenho limites quando se trata de deixar óbvia essa paixão não correspondida.

Ele me lança um olhar sarcástico, que diz *você está querendo me enrolar*, antes de eu acrescentar:

– Ah, é? E o que é que você está fazendo, Jasper?

Ele engole em seco, o pomo de adão se movendo logo acima da gola de seu casaco marrom macio.

– Ajudando minha família.

Acho que nós dois inventamos boas desculpas.

– Está me dizendo que você não recua nem se isola quando coisas ruins acontecem? Parece até que esqueceu que eu te conheço há quase duas décadas.

O maxilar de Jasper se contrai, e ele balança de leve a cabeça, se inclina para a frente e engata a marcha.

– É impossível esquecer há quanto tempo eu te conheço, Solzinho – responde ele enquanto passamos pelo portão.

E eu passo uma quantidade absurda de tempo revirando essa frase na cabeça, me perguntando o que diabos ele quis dizer. *Impossível esquecer*.

– Você pensa em mim? – disparo, observando-o ficar tenso no momento em que as palavras escapam dos meus lábios. – Quando passamos semanas ou meses sem nos falarmos ou nos vermos... você pensa em mim?

– Como assim? – Sua voz é tranquila e equilibrada, não revela nada.

Eu giro meu anel, nervosa, e suspiro.

– Não sei. Aqui. Com você. – Faço um gesto entre nós. – Eu me esqueço de todo o resto da minha vida. *De todo mundo*. Mas quando estamos distantes, eu penso sempre em v... Quer saber? Esquece. Só ignora.

O silêncio que se estende entre nós é denso, vivo, e faísca com o calor e a realidade da minha quase confissão. Um calor permeia meu corpo inteiro quando ele finalmente responde:

– Penso em você todo dia, Solzinho.

~

– Quer jogar "Eu espio"? – pergunto depois do que deve ter sido pelo menos uma hora de silêncio.

Noto Jasper ficando cada vez mais recolhido dentro dele mesmo. Ombros curvados, nós dos dedos brancos. Juro que enxergo dentro do seu cérebro. E lá dentro tem um homem que está *dando voltas*.

Isso me faz querer subir no colo dele e sacudi-lo, trazê-lo de volta da beirada de qualquer precipício onde por acaso se encontre.

Só sei fazer isso entretendo-o, envolvendo-o. Fazendo-o rir. Ele tem a melhor risada de todas, profunda e suave, um pouco ofegante, como se estivesse tentando contê-la e escondê-la.

Quando Jasper ri, parece tímido. Baixa os olhos e seus dentes perfeitos aparecem. Acho que depois de observá-lo tão de perto por tanto tempo, cataloguei todas as suas reações. Todos os pequenos tiques.

É patético, se eu pensar demais no assunto.

– "Eu espio"?

Ele arqueia a sobrancelha e me encara. Eu me inclino para baixar o volume do álbum do Nirvana que tem sido a trilha sonora do primeiro trecho da nossa viagem.

– É. É um jogo em que...

Ele ri.

– Sloane, eu sei o que é "Eu espio".

– Então responde, não faz essa cara de confuso. Você tá velho demais pra bancar o bobão. Não é nada fofo.

Cada traço de seu rosto expressa diversão, e eu suspiro, aliviada. *Aí está ele.*

– Ok. Eu vou primeiro – falo. – Eu espio com meu olhinho algo que é... marrom.

Ele olha rapidamente para si mesmo.

– Meu casaco.

– Não.

– As árvores lá fora.

– Não.

– O... Sério? Marrom?

Dou de ombros.

– Sim. Marrom. Qual o problema com marrom?

Ele revira os olhos e se vira para examinar à volta, como se estivesse tentando descobrir.

– A grama?

Eu resmungo.

– Grama não é marrom. Está mais pra amarelo.

Ele ergue a mão em um gesto frustrado. Anda de pavio curto ultimamente. Precisa dar uma risada.

– Não sei, Sloane. Não tem muito marrom nesta caminhonete nem lá fora. O que é?

– Era um touro em um campo que já passou.

Na verdade, eram as mechas mais escuras no cabelo dele. Foi assim que a ideia me ocorreu.

Eu estava mentindo para ele.

Mas Jasper solta uma risada, e a mentira se torna imediatamente válida.

– Você não pode escolher coisas que já passaram!

Eu sorrio, tirando meus tênis Vans e cruzando as pernas no banco.

– Ou joga ou desiste, Gervais. Não estamos disputando com criancinhas. Esta é a versão para adultos.

Com um leve balançar de cabeça, ele me encara.

– Ok. Tudo bem.

Jasper inclina o queixo e volta a atenção para a estrada, atento. Seus olhos não se movem. Permanecem fixos no asfalto à nossa frente.

– Eu espio com meu olhinho algo que é azul.

Comprimo os lábios.

– Ok. Azul. O céu?

– Pensei que esta fosse a versão adulta do jogo.

Solto uma risada abafada.

– Certo. O floco de neve azul no botão do ar-condicionado?

– Não.

– A faixa azul no controle de temperatura?

– Não.

Viro a cabeça quando um carro azul passa.

– Aquele sedã azul!

Os cantos da boca dele se curvam.

– Não.

– Aff. Podemos jogar a versão pra bebês?

Ele me lança um olhar de esguelha.

– Não.

Reviro os olhos e verifico o banco de trás.

– Minha bolsa azul-marinho?

– Está mais para azul-celeste.

– Tudo bem, mas eu já falei do céu.

– É verdade, você já falou. – Ele assente.

Eu olho ao redor do veículo, quebrando a cabeça. Deveria ter imaginado que Jasper me faria de boba, depois do que acabei de fazer com ele.

– Passamos por uma casa azul ou um celeiro azul ou algo assim?

– Não. Está no carro. E é uma das minhas coisas favoritas.

– Você está me enrolando, Gervais.

Eu me recosto, cruzando os braços, tentando não fazer biquinho, mas fracassando. Seus olhos encontram os meus novamente e me encaram um segundo a mais do que o normal.

– Não estou, não.

Dessa vez, quem ergue as mãos sou eu, quando o calor sobe ao meu rosto.

– Tudo bem. Acho que vou ser justa e desistir. Não sei.

Dessa vez, Jasper não me olha ao falar. Continua a fitar a estrada como se houvesse algo incrivelmente interessante por lá. Ele engole em seco, e eu observo o movimento de seu pomo de adão sob a barba por fazer.

– São seus olhos.

Fico completamente paralisada.

– Meus olhos? – repito feito uma idiota.

Eu ouvi com clareza. Só não esperava que essa fosse a resposta. Nem de longe.

Ele dá de ombros, como se não fosse nada de mais.

– É. Está mais pra cor de um ovo de tordo. Lembra quando estávamos indo pro rio aquela vez e a casca caiu da árvore na nossa frente? Você ficou toda empolgada com os passarinhos, e eu me lembro de pegar a casca do ovo e olhar pra você, pensando que a cor era praticamente igual.

Ele ri ao terminar de falar, como se estivesse apenas revivendo uma boa memória, mas agora a minha cabeça é que está dando voltas.

Pigarreio e reprimo meus sentimentos agitados.

– Lembro. Violet e eu íamos olhar aqueles tordos todos os dias. Quando a gente subia na árvore em frente, dava pra ver o ninho.

Ele sorri.

– Vocês duas viviam subindo em árvores.

Eu sorrio e baixo o rosto.

– É. A gente estava sempre tentando espionar vocês. Sempre bisbilhotando. Uma vez, vimos vocês nadando pelados no rio. Violet quis parar depois disso, porque falou que nunca se recuperaria do trauma.

Eu não senti a mesma coisa, afinal, não tinha ficado de olho nos meus primos.

Meus olhos estavam grudados em Jasper, então com 19 anos, que tinha voltado para passar o verão em casa depois do campeonato de hóquei júnior. Um Jasper de 19 anos que parecia passar todo o tempo livre malhando.

O mesmo homem que solta uma risada ao meu lado.

– Acho que ela se recuperou.

– É – sussurro. – Acho que sim.

– Não acredito que você não acertou essa.

Ele está me provocando, alheio ao efeito que exerce sobre mim, mas isso não é novidade.

Nunca aconteceria.

Eu bufo e estico a mão para cutucá-lo nas costelas, sorrindo quando ele se encolhe.

– Como eu vou olhar pros meus próprios olhos?

– A maioria das pessoas usa um espelho.

Eu o cutuco novamente, e ele dá um risinho.

– Usa o espelho, Solzinho. De que cor você acha que eles são? Diz que não é azul-ovo-de-tordo.

Eu me olho no espelho retrovisor. Meus olhos são azuis, assim como minhas olheiras. A veia que nenhum corretivo consegue realmente cobrir.

Azul é a cor da tristeza, e se eu parasse e revirasse de verdade o sentimento nas minhas entranhas, descobriria que também é azul.

– São apenas azuis, Jas. – Eu me recosto. – E eu estou com cara de *cansada*.

– Não são apenas azuis – retruca ele, como se fosse um fato, e não uma opinião.

Meu estômago dá uma cambalhota.

Então mudo de assunto, sem querer me demorar nessas lembranças por mais tempo do que o necessário. Sem querer enfrentar toda a merda da qual optei por fugir. Ainda não. Retomo o jogo.

– Eu espio com meu olhinho...

Jogamos várias rodadas.

Mas jogamos a versão para bebês, e nenhum de nós reclama do outro por isso.

12

Jasper

Jasper: Alguma notícia?

Harvey: Nada. Se tiver alguma novidade, você vai ser o primeiro a saber.

Jasper: Está bem.

– Acho que a gente deveria parar por hoje.

Não estamos na estrada há muito tempo, mas sinto o sono repuxar o meio da minha testa, como um peso que quer fechar meus olhos. Só piorou desde que paramos de jogar "Eu espio" e ficamos os dois em silêncio.

O único som é o dos pneus na estrada. A essa altura, é praticamente um zumbido gostoso, ótimo para embalar o sono.

Azul-ovo-de-tordo. O que eu estava pensando? É tão fácil, tão reconfortante voltar para aquelas lembranças. Às vezes, gostaria que pudéssemos voltar no tempo. Era tudo tão simples. Eu não era reconhecido em toda parte. Beau não estava desaparecido. Ela não fugia da própria vida.

Mas eu? Sempre fugi da minha, tentando passar despercebido.

– Tudo bem.

Sloane me observa com atenção, e eu puxo a aba do boné um pouco para baixo, como se isso pudesse impedir que ela me veja. Porque sempre senti que não consigo me esconder de seu olhar, como se ela enxergasse um pouco demais.

– Você está bem? Quer que eu procure um lugar legal pra gente parar?

– É. Só estou... Sinceramente, Sloane, estou cansado demais. Eu estava doido pra partir, e agora estou exausto.

– Eu não posso dirigir um pouco? – pergunta ela com leveza, mas nós dois sabemos a resposta.

Ela é a única que conhece a história inteira, cada detalhe sórdido. Todos os outros sabem de partes, mas para Sloane eu contei a versão completa. Ela era jovem demais para realmente entender, ou seja, eu achava que ela era jovem demais para me julgar.

Às vezes me pergunto se ela me julga agora.

Mantenho os olhos fixos nos picos rochosos ao redor, tão altos e ameaçadores que podem ser vistos lá da cidade. Estamos bem no meio deles, viajando pelas colinas amareladas e subindo rumo a picos cobertos por neve intocada.

– Não. Não com a carga que estamos levando. Você não tem experiência com isso.

Ela estreita os olhos, algo que sinto mais do que vejo.

– E você por acaso tem?

Dou de ombros

– Já faz tempo, mas sim, transportei muitas cargas de feno no verão, quando era mais novo. Não dá pra morar no Rancho Poço dos Desejos sem se tornar um verdadeiro caipira.

Ela não responde. Em vez disso, pega o celular, os polegares velozes na tela. Vejo uma chamada entrar, e a tela pisca. Sterling. Ela rapidamente recusa a chamada e continua a busca.

– Você vai falar com ele em algum momento?

– Estamos perto de uma cidade chamada Rose Hill, com um hotel à beira de um lago. Parece bonito.

Faço que sim.

– Eu conheço.

– Sério?

– É. Fizemos preparação física por lá uma vez. O lugar é lindo. Quanto tempo até chegarmos?

– Trinta minutos. Pega a Saída 91.

– Ok. Só preciso que você continue falando comigo.

Ela se endireita no assento.

– Está bem. Sobre o que você quer conversar? Que tal falar mal do seu treinador por te obrigar a sair de licença?

Solto uma risada baixa.

– Não. Eu já te fiz uma pergunta.

Ela se vira para a janela e leva um dedo à ponta do nariz, pensativa.

– Eu esqueci qual foi.

Pressiono os lábios, e minhas mãos seguram com firmeza o volante. Ela está mentindo, mas tudo bem. Temos nossos segredos.

– Eu perguntei se você vai falar com ele em algum momento.

– Com quem?

Seus olhos turquesa se voltam na minha direção, e faço uma expressão de tédio.

– Você tá com a mão no nariz pra ele não crescer, Pinóquio?

– Não quero falar sobre isso com você.

Ignoro a dor no meu peito, percebendo como nos afastamos no último ano, quando Sterling entrou em cena. Quem se afastou primeiro? Quando aconteceu? Será que ela percebeu que eu a olhava de uma forma diferente?

– Bem, não tem mais ninguém aqui, e eu sei como sua cabeça funciona. Você gosta de falar. E eu sou bom em ouvir. Então desembucha.

Sua risada em resposta é suave e baixinha. Sei que Sloane deve estar pensando em como falava comigo quando criança enquanto eu ficava só sentado, calado.

É até engraçado. Quanto mais as coisas mudam, mais permanecem as mesmas.

– Eu não sei se ele merece que eu fale dele, na verdade – começa Sloane, e eu juro que todo o ar some da cabine. – Quanto mais penso no assunto, mais raiva eu sinto... de mim mesma, mais do que de qualquer pessoa. Eu aceitei e deixei que ele falasse comigo daquele jeito, me menosprezasse daquele jeito. E simplesmente nunca me importei. Só me deixei levar, eu acho. Foquei na companhia de balé. Foquei nos meus pais. Foquei em todos, menos em mim, e agora eu olho pra mim mesma e... não gosto do que vejo. Não gosto das escolhas que fiz. E acho que ignorá-lo... por mais mesquinho que possa parecer... é uma escolha que realmente me agrada no momento. Nem sei o que tenho a dizer pra ele, sabe? Estou me agarrando ao pouco de sanidade que tenho, e não quero compartilhá-la com ele. Ele não tem esse direito.

Faço que sim e torço as mãos no volante, resistindo à vontade de tocá-la, de dizer como estou orgulhoso dela. De dizer que ela poderia ser minha, então. Eu garanti que a ouviria, e Sloane não precisa que eu complique ainda mais seus sentimentos já complicados. E com toda a certeza não precisa da minha aprovação.

Não é assim que sentimentos funcionam... eles só existem, não importa a opinião dos outros.

Já me disseram muitas vezes que não sou responsável pelo que aconteceu naquela estrada, mas isso não muda o que sinto.

Eu me sinto responsável.

– Estou bem nervosa pelo meu pai.

Sinto um calafrio. Na minha opinião, o pai dela é um tremendo bosta, mas não vou dizer isso a ela. Não sei se Sloane me perdoaria se eu dissesse algo assim.

– Mas estou furiosa com ele também. As mensagens que ele me mandou...

Ela morde com força o lábio inferior, como se machucar a si mesma fosse diminuir a dor da traição do pai.

– Ele está sendo um verdadeiro bosta, sabe? – Sua voz soa mais dura agora, o que contrasta com sua delicada feminilidade. É uma dicotomia fascinante. – Como se eu fosse capaz de... não sei, ficar de pirraça e pisar no pé dele, ou algo igualmente infantil. Estou tão *decepcionada*.

– O que ele te disse? – pergunto, já desejando não ter perguntado, já sabendo que isso vai me fazer odiá-lo mais ainda, que vai reabrir a cicatriz de uma velha ferida.

– Ele incluiu Sterling na mensagem e mandou que eu cumprisse meu dever de esposa e voltasse pra casa imediatamente.

Ela bufa, e eu fico quieto, cheio de raiva. Penso na cara daquele homem e me imagino lhe dando um soco.

– Eu respondi com a única coisa que disse diretamente aos dois desde que você me tirou daquela igreja.

Arqueio a sobrancelha, esperando que ela compartilhe a resposta.

– Disse que não sou esposa de ninguém e que não devo merda nenhuma a eles dois.

Uma risada estrangulada escapa dos meus lábios, e Sloane sorri, parecendo muito satisfeita consigo mesma.

– Eles que pensem nisso enquanto continuam levando gelo.

Não, Sloane não precisa da minha aprovação. Mas, caramba, eu aprovo de qualquer jeito.

– Cama king size ou duas de solteiro? Ou quartos separados? – pergunta a mulher atrás do balcão, me olhando de um jeito muito familiar.

Como se ela me reconhecesse e... me desejasse.

Não me sinto especialmente confortável com nenhum desses olhares. É por isso que mantenho o boné e tento passar despercebido, o que é difícil quando se tem 1,93m de altura e está no pequeno lobby de um hotel sem ninguém mais por perto.

Olho para Sloane ao meu lado e desço a aba do meu boné, me perguntando quando ela vai quebrar com a pressão que faço tantas vezes ao longo do dia.

Sloane fita a mulher com um ar raivoso. Ela fazia isso quando era mais nova e tinha uma óbvia paixonite infantil por mim. Beau zombava da minha cara por causa disso, e eu precisava mandar que ele calasse sua boca grande para não deixá-la com vergonha.

– Vamos pegar...

– Duas de solteiro – responde Sloane, ainda encarando a mulher com uma expressão séria.

Ela me olha de relance por trás dos cílios escuros, fios loiros caindo ao redor de suas têmporas, e me oferece um sorriso tímido e um dar de ombros.

– Mais divertido assim.

Divertido. Eu me pergunto para quem, porque, quanto mais tempo passo a sós com ela, mais parece uma tortura. Como uma sucessão de oportunidades perdidas que jogam na minha cara como sou um pateta, covarde demais para ir atrás dela quando meus sentimentos mudaram.

Mas não é novidade eu ficar paralisado pela indecisão. O único lugar onde não sinto isso geralmente é no gelo, entre aquelas traves.

É quando me sinto no controle da minha vida. Lá, eu me sinto seguro.

Passar mais uma noite no mesmo quarto que Sloane parece muito menos seguro do que enfrentar pedaços de borracha congelada voando na minha direção.

Por quatro segundos, imagens piscam na minha mente, e me vejo com ela, nossos corpos entrelaçados. Pele deslizando sobre pele. Ela gemendo meu nome. Penso em incliná-la sobre o encosto do sofá do lobby e abaixar sua legging por aquelas coxas firmes, dizendo a ela exatamente o que fazer enquanto eu assisto.

Então me obrigo a parar.

– Ok. Aqui estão as chaves do quarto.

A recepcionista desliza um pequeno envelope pelo balcão, e a ouço falando sobre a senha do wi-fi e sobre onde comer, mas me viro para olhar o lago glacial cristalino pelas janelas. Estou cansado demais para me concentrar em qualquer coisa além do fato de que a água do lago tem exatamente a cor dos olhos de Sloane.

Eu estava errado sobre o céu. Estava errado sobre a casca de ovo.

É o lago glacial.

Eu a vejo em toda parte.

O toque delicado de uma mão nas minhas costas me traz de volta ao saguão charmoso do pequeno hotel boutique.

– Pronto?

Com uma mala em cada mão, faço que sim com a cabeça e deixo Sloane ir na frente. Sua figura esbelta se adianta pelo corredor.

– Parece que só tem quartos no andar principal.

– Eu só preciso de um lugar pra dormir um pouco. Eu ia pegar um quarto separado pra você.

Ela faz um gesto sobre o ombro, dispensando o comentário.

– Assim fica mais barato

Eu quase rio. Nenhum de nós precisa se preocupar em economizar dinheiro. Eu sei, como sabia quando era mais jovem, que Sloane fica por perto porque se preocupa comigo.

Ela para abruptamente, olhando para o envelope em sua mão e o número na porta.

– Chegamos.

Sloane passa o cartão-chave, e, com um bipe suave, a porta se destranca.

Entramos no quarto, que é mais bonito do que eu esperava, espaçoso e com uma porta de vidro deslizante que se abre para um pequeno pátio voltado para o lago azul-turquesa. O melhor de tudo é que as camas parecem bem confortáveis.

Sem dizer uma palavra, tiro os sapatos, deixo o casaco e o boné no chão e me jogo na cama mais próxima das janelas.

Adormeço olhando para a água azul cristalina. Sonhando acordado com a garota de olhos azuis cristalinos.

13

Jasper

Geralmente, só eu e meu pai andamos nos quadriciclos, mas ontem ele ganhou no cassino. Aí hoje ele comprou mais dois para fazermos aventuras em família. Moramos em um trailer e, no fim do mês, a gente basicamente só come macarrão instantâneo, mas papai adora seus brinquedos e nunca hesita em gastar com eles.

Estamos aproveitando para fazer um rápido passeio inaugural depois do típico jantar de domingo em família. A gente pode não ter muito dinheiro sobrando, mas somos felizes.

E é divertido.

A luz é dourada, assim como as folhas caindo das árvores acima do fosso. O outono está no ar, mas é uma noite quente, quase na temporada de caça, e mal posso esperar para fazer isso com meu pai também.

Passamos por um bueiro coberto e eu inspiro, todo sorridente. Escuto minha irmãzinha, Jenny, rindo descontroladamente atrás de mim, e quase consigo imaginar seu cabelo castanho-claro esvoaçando fora do capacete à medida que ela se acostuma com a velocidade.

Seu novo quadriciclo é menor, mais leve. Mais fácil de manusear do que os veículos que meu pai e eu estamos dirigindo. O da mamãe parece o quadriciclo da Barbie, com uma pintura rosa-neon.

Com um olhar para trás, vejo meus pais seguindo devagar atrás de Jenny enquanto eu vou na frente, serpenteando pelas encostas do fosso. Meus pais estão discutindo porque minha mãe não sabe dirigir o quadriciclo direito, mas ela também não quer que meu pai lhe diga o que fazer.

Isso me faz sorrir.

Conheço o lugar para onde estamos indo. Meu pai e eu já viemos aqui um milhão de vezes. Ele me botou um medo danado dessa travessia. Duas rodovias se cruzam perto de uma curva na estrada, e uma fileira de árvores pode atrapalhar a percepção na saída do fosso.

Praticamos repetidas vezes o que fazer.

– Lá vou eu! – anuncio.

Meu pai levanta a mão, oferecendo um joinha.

– Presta atenção! Indica pra gente como está do outro lado – responde ele.

Acho que agora que tenho 14 anos, ele confia mais em mim. Estufo o peito de orgulho enquanto subo a inclinação até o acostamento e verifico cuidadosamente ambos os lados.

Eu olho, presto atenção e, quando considero seguro, acelero o motor e atravesso a rodovia com segurança.

Paro e me viro do outro lado para ver a curva na estrada. Um grande caminhão com reboque está vindo, e vejo o resto da minha família do outro lado. Todos juntos. Sorridentes, brincalhões... apesar das implicâncias.

Mais uma vez, sinto orgulho pelo meu pai ter confiado em mim para ser o primeiro a atravessar. Sinto-me capaz. Sinto-me adulto.

Passamos anos praticando protocolos de segurança, então conheço todos os sinais. Levanto a mão acima da cabeça, o sinal que usamos para "parar" sempre que saímos com os quadriciclos e, no inverno, com os snowmobiles.

Só que Jenny não conhece esses sinais manuais e deve ter confundido com um aceno ou um sinal para atravessar. Ou talvez seja porque o sol está baixo e bate em seus olhos.

De qualquer forma, eu a vejo sorrir para mim do outro lado da rodovia enquanto sua mão gira o acelerador.

Eu grito para ela parar. Meu pai avança, como se pudesse agarrá-la e detê-la.

Mas é tarde demais.

E eu nunca deixarei de me sentir responsável.

Acordo, nauseado e agitado. Esse sonho tem sempre o mesmo efeito sobre mim. Mantenho os olhos fechados, tentando pensar em algo feliz por quatro segundos, mas no momento tudo está uma merda, e a única coisa que me vem à mente é o sorriso tímido que Sloane me dá às vezes. O sorriso que ela abre logo antes de botar o cabelo atrás das orelhas e baixar os olhos.

Ela é a única pessoa a quem contei sobre o sinal manual, sobre minha responsabilidade pela morte de Jenny. Os outros conhecem a versão resumida do dia em que minha vida foi pelo ralo, mas não têm ideia de que meu ombro ainda chega a doer de tanto desejar não ter levantado o braço para exibir meu conhecimento dos sinais naquele dia.

Quando abro os olhos, faço um breve inventário do meu corpo, notando as dores e os incômodos em certos pontos que se tornam mais persistentes com a idade.

Minha visão ganha um pouco de foco e meus olhos captam uma figura à beira do lago. Sloane está parada ali, usando um roupão de banho de algodão, olhando para a água. Seu cabelo está preso em um coque apertado, as linhas elegantes do pescoço evidenciadas pelo pôr do sol. A água que antes era azul agora reflete o céu exuberante, todo em tons de roxo, rosa e dourado, com nuvens escuras riscando um lago perfeitamente tranquilo.

Aposto que seria um bom lago para jogar hóquei, quando congelado, mas sou eu quem fica congelado quando o roupão cai dos ombros dela. E aí tudo o que vejo é sua bunda coberta por uma calcinha fio dental, a cintura firme, as costas tonificadas e alças de um sutiã preto.

Ela fecha as mãos, contrai os ombros. Pareço estar vendo o momento em que ela tenta convencer a si mesma.

Eu sorrio com a visão.

Sua bunda perfeita balança enquanto ela caminha devagar em direção à água. Mergulha um dedo do pé com delicadeza e o retira com um tremor que percorre todo o seu corpo.

Eu noto como ela respira fundo antes de se jogar na água. Um pouco selvagem, muito corajosa. *Aí está ela.*

Eu juro que posso ouvir seu gritinho ao mergulhar, submergindo totalmente no lago calmo por alguns segundos que parecem durar uma eternidade. Sua cabeça surge a alguns metros da margem, filetes de água escorrendo do rosto enquanto suas mãos sobem para secar os olhos fechados.

Ela fica flutuando ali e se vira para olhar as montanhas, apenas silhuetas escuras contra o céu em chamas.

Eu me sento e observo. Poderia ser uma pintura. Uma fotografia. Uma mulher bonita em um lago bonito.

É tranquilizador. Sereno. Muito diferente de como me sinto por dentro. Isso me faz imaginar o que Beau está vendo neste momento.

Antes que eu me dê conta do que estou fazendo, me levanto e atravesso a porta de correr, precisando de ar fresco, querendo tocar essa vista de alguma forma. Guardá-la na memória. Como passar os dedos por camadas de tinta a óleo. Quase não parece real. Preciso provar para mim mesmo que é.

Meus pés com meias ficam frios enquanto caminho sobre a grama meio endurecida que estala sob o meu peso. A geada da noite já está descendo sobre o pitoresco vale montanhoso.

Quando chego à beira da água, sinto grãos finos de areia atravessando o tecido, conferindo uma textura áspera à sola dos meus pés, mas não me importo. Estou totalmente concentrado em Sloane.

Minha *amiga* Sloane, que ainda está flutuando graciosamente, como se isso fosse apenas mais uma dança para ela. Eu me pergunto no que ela está pensando, se ela se sente tão despedaçada quanto eu... tão arrasada.

Quase em câmera lenta, ela olha para trás, a ponta do nariz tremendo uma vez quando se vira para me encarar.

– Oi.

É uma palavra simples e, de alguma forma, ainda agita meu peito. Fico tão em paz na presença dela. Sempre foi assim.

– Oi.

Coloco as mãos nos bolsos, pressionando os polegares contra a ponta dos outros dedos para me acalmar. Tento não pensar na bunda seminua da minha amiga e em todas as coisas que eu faria com ela.

Então eu cedo. Mas apenas por quatro segundos. Dou a mim mesmo quatro segundos de caos antes de me controlar e reprimi-lo... antes de me obrigar a recobrar o controle.

Sloane inclina a cabeça.

– O que você está fazendo?

– Contando até quatro.

– É alguma piada idiota de atleta?

Eu solto uma risada.

– Que gentileza, Solzinho.

Ela me lança um olhar perfeitamente inocente.

– Vocês não são famosos pela inteligência.

Ela está me provocando, mas eu não mordo a isca.

– É uma coisa que faço para ajudar a lidar com a sensação de descontrole. Então, quando um jogador adversário marca um gol ou coisa parecida, eu me dou quatro segundos de frustração antes de voltar a focar no jogo.

Nossos olhares se desviam e se reencontram depois da minha explicação.

– Está se sentindo descontrolado agora?

– Não – respondo, um pouco rápido demais.

Ela assente, mordendo o lábio inferior. Seus olhos brilham com um ar de desafio. Então diz:

– Entra.

– Não, obrigado. Aposto que está congelando.

– Não sabia que criavam molengas lá no Rancho Poço dos Desejos – implica ela, movendo os braços e se afastando um pouco mais.

– Não vá muito longe – deixo escapar.

– O que você vai fazer? – Ela se impulsiona com as pernas, se afastando mais. – Está com medo de entrar.

Pressiono os polegares contra a ponta dos dedos e conto até quatro de novo.

– O que Beau faria?

Eu paro e a fito em silêncio. Só mesmo ela teria coragem de jogar isso na minha cara neste momento. Todo mundo vem pisando em ovos, mas seu fluxo de consciência incessante não permite essa cautela.

É revigorante.

Levo a mão às costas e puxo minha camiseta por cima da cabeça. Ela cai na areia, e eu vejo os olhos de Sloane admirando meu peitoral antes de se voltarem para as montanhas ao redor.

O silêncio é quase ensurdecedor. Tudo o que ouço é o suave movimento da água lambendo a margem arenosa e o zumbido distante do tráfego na estrada. Eu rapidamente tiro a calça jeans e as meias, puxando um braço sobre o peito em um alongamento, esperando que ela não me observe muito de perto.

– O que Beau faria?

Sloane vira a cabeça na minha direção ao ouvir minha voz, e eu sorrio, me sentindo instantaneamente mais leve.

– Ele entraria correndo e afundaria esse seu rabo atrevido – diz ela.

E é exatamente isso que eu faço. Pulo no lago glacial e mergulho, indo direto até ela, ignorando como a água gelada expulsa o ar dos meus pulmões.

Ela tenta nadar, mas eu a alcanço rapidamente. Minhas mãos deslizam pela água e sobre sua pele macia enquanto eu a levanto e a jogo de volta no lago.

Os gritos brincalhões de Sloane me lembram do passado e, quando ela atinge a água com um estrondo alto, eu solto uma risada que ecoa ao redor, refletida pelas montanhas. Não sei onde Beau está, mas sei que ele aprovaria. E, de alguma forma, isso me traz conforto.

Ela emerge, cuspindo água e esfregando o rosto.

– Jasper Gervais! Você não fez isso comigo!

– Fiz, sim. E você guinchou como um porco.

Ela ofega, se fingindo de ofendida.

– Retire o que disse!

– Tudo bem. Você guinchou como um leitão. Bem mais estridente e feminino do que um simples porco.

– Seu idiota!

Ela está rindo, sem fôlego, e se lança em minha direção. Suas coxas fortes envolvem meu peito, e ela apoia as mãos na minha cabeça, tentando me empurrar para baixo.

A posição coloca seus seios bem no nível dos meus olhos. E meu Deus. Eu tento ser um bom amigo e não olhar, mas o sutiã os empina de uma maneira muito desconcertante. O ar frio e a água mais fria ainda deixaram a pele dela arrepiada. Os mamilos marcam o tecido fino.

– Até o fundo, Gervais!

Ela continua me empurrando, rindo e se contorcendo, tentando com toda a força. Sloane é forte, mas não o suficiente, e suas palavras são tão abertas a uma interpretação maldosa que eu não consigo lidar.

– Ah, eu vou, Winthrop. Mas vou levar você comigo.

E, com esse aviso, eu me jogo para trás, mergulhando nós dois nas profundezas geladas. Por alguns instantes, tudo é silêncio e escuridão.

Ela me agarra, e eu me dou quatro segundos de insanidade na nossa bolha íntima sob o lago.

Nossas mãos passeiam freneticamente pelo corpo um do outro, deslizando pela água. Minha mão, a coxa dela. A mão dela, minhas costelas.

Estamos brincando? Brigando, como quando éramos crianças?

Ou estamos tomando liberdades que nunca tomaríamos na superfície?

No quarto segundo, subo e me afasto, e nós dois emergimos ofegantes, nos encarando. Ela corre a língua pelos lábios, saboreando a água da geleira, e seus olhos pousam na minha boca. Eu faço o mesmo com ela.

A água não parece mais tão fria. Permito-me fitá-la por mais quatro segundos. A tensão se expande em meu peito, a ponto de parecer que vai explodir.

– Isso me lembra das brincadeiras no rio, quando éramos crianças. Da gente pulando daquela ponte lá nos fundos do terreno.

Ela hesita, como se eu tivesse acabado de sacudi-la e acordá-la, e abre um sorriso inexpressivo.

– É. Nunca tive coragem de pular daquela ponte.

– No próximo verão – sugiro, deixando-me flutuar para longe dela para não fazer algo absurdamente estúpido, como voltar a pôr as mãos em seu corpo.

– É.

Seus dentes batem enquanto a palavra deixa seus lábios, e eu aceno em direção à margem.

– Vamos. Vamos nos aquecer. Sair pra comer alguma coisa.

– Eu adoraria uma bebida – diz ela.

Porra, eu também.

Nadamos até nossos pés tocarem o chão. Os seixos pressionam a sola dos meus pés, e me esforço para manter o foco no caminho em vez de deixar meus olhos vagarem pelo corpo de Sloane sob a luz fraca.

Ela é tentadora demais e estou confuso demais.

Sloane também mantém o olhar baixo.

Na margem, ela se seca com o roupão e tenta entregá-lo para mim, para eu me enxugar, os braços cruzados sobre o corpo quase nu. Mas são seus grandes olhos que chamam minha atenção. Não consigo identificar seu olhar, mas sei que não vou deixá-la voltar para o quarto descoberta e com frio.

Sorrio e balanço a cabeça, puxando o roupão de sua mão e enrolando-o em seus ombros.

– Mas você vai ficar com frio – diz Sloane enquanto esfrego rapidamente seus braços algumas vezes, depois que ela o veste.

Pego a mão dela e começo a voltar para o nosso quarto.

– Você não precisa se preocupar comigo, Solzinho.

Não olho para trás quando ouço sua resposta, baixinha:

– Eu sempre me preocupo com você, Jas.

14

Sloane

Sloane: Essa garçonete é sua fã.
Jasper: Sloane.
Sloane: O quê? Ela parece pronta pra te devorar.
Jasper: Para.
Sloane: Você tá corando?
Jasper: Ela é uma desconhecida. Fazendo o trabalho dela. Não parece pronta pra nada.
Jasper: Não faz essa cara.
Sloane: Se quiser privacidade, deixa uma meia pendurada na maçaneta do quarto.
Jasper: Solzinho, cala a boca. Eu nunca faria isso com você.

A garçonete nos acomoda em uma mesa perto de uma das enormes janelas com vista para o lago. Não sabíamos o que esperar do Rose Hill Reach, só que ficava ao lado do hotel, mas é um lugar adorável. Todas as janelas dão para o lago, e uma porta se abre para um longo cais com uma ampla área livre que presumo que funcione como pátio no verão.

No interior, o teto é abobadado e as paredes, de madeira escura. Lareiras de pedra de rio e mesas rústicas de madeira. Num canto, há até mesas de sinuca e alvos de dardos.

É aconchegante. Quase me sinto em um alojamento de esqui ao tirar a jaqueta e me sentar na cadeira arredondada de madeira com vista para o lago. O lago onde Jasper e eu acabamos de... Bem, não sei o que estávamos fazendo.

Olho para Jasper e o vejo enfiar seu corpo alto e forte em uma cadeira que é pequena demais para ele.

Jasper estende a mão para um dos cardápios em couro bordô que a garçonete nos oferece. A mulher arregala os olhos quando a ponta dos dedos dele roça sua mão. Mesmo escondido sob a aba do boné, dá para reconhecê-lo – ainda mais a apenas quatro horas de distância de Calgary.

– Ai, meu Deus. – Ela arfa, parecendo uma criança no Natal. – Você é Jasper Gervais.

Ela leva a mão ao peito, e tenho que resistir à vontade de revirar os olhos. Jasper abre um sorriso gentil e a cumprimenta com um aceno de cabeça, respondendo apenas um "oi" e voltando seu pequeno sorriso para o menu. Típico de Jasper. Ele é simpático, mas não *muito*.

Simpático o suficiente para que ninguém o chame de rude, mas não a ponto de puxar mais conversa.

Não que isso já tenha me impedido.

– Eu, hã... – Os olhos castanhos da garota se alternam entre nós, tentando analisar a situação, então ela ergue o dedo, como se tivesse acabado de ter uma ótima ideia. – Vou dar um minuto para que olhem o menu!

Ela é alegre, e não posso deixar de notar como suas bochechas ficam rosadas quando seus olhos voltam a pousar em Jasper.

Ela está impressionada e, para falar a verdade, é fofo.

Jasper não percebe ou, pelo menos, não comenta. Ele se debruça sobre o cardápio e examina as opções. Penso que ele não é um homem fácil de se conhecer, que deve parecer fechado para a maioria das pessoas. Até mesmo superficial. Mas eu o conheço, conheço seu humor. Sei o quanto ama sua família e sei que tem uma ansiedade social que o faz parecer distante para a maioria.

Jasper mantém muita coisa trancada dentro de si, coisas sobre as quais nunca fala.

– O que você vai querer?

Corro os olhos pelo cardápio repleto de comida típica de um pub.

– Uma salada.

Jasper ergue a cabeça e me encara com uma expressão cuidadosamente neutra antes de seus olhos vagarem por mim, parando em meu ombro, que desponta da gola do suéter azul-marinho de tricô grosso que comprei recentemente.

Eu me pergunto se ele está prestes a comentar sobre minha escolha. Eu sei que sou magra. Muito magra. Só que, depois de anos lutando para chegar ao topo da nossa companhia de balé e de ouvir que precisava estar com determinada aparência para o casamento, é difícil mudar de mentalidade. Além disso, com tudo o que aconteceu desde o casamento, meu apetite anda quase inexistente.

Ele dá de ombros e baixa o olhar.

– Tudo bem.

Continuo lendo as páginas de plástico diante de mim.

– Aaah! Eles têm chope de Buddyz Best!

O belo rosto dele ganha um ar irreverente.

– Você pode escolher algo melhor, sabia?

Eu rio.

– Claro que eu sei, mas comecei a gostar.

Jasper fecha o cardápio e se recosta na cadeira, cruzando os braços. Seus bíceps retesam o tecido cinza-claro da camiseta que está usando.

Tento não ficar encarando.

– Tem certeza que não está pedindo só pra ser do contra?

Eu me recosto e imito sua posição. Seus olhos sombrios baixam por uma fração de segundo para o meu ombro novamente antes de descansarem no meu rosto.

– Não. Eu *adoro*. Aposto que o chope tem um gosto diferente. Melhor ainda.

O sorriso dele se alarga.

– Sim. Tenho certeza que a qualidade realmente sobe muito.

Eu concordo.

– Será que eles vendem em garrafa?

Jasper bufa.

– Vou ter que experimentar todas as versões pra decidir.

Ele se inclina sobre a mesa com um brilho nos olhos e um pequeno sorriso em seus lábios bem definidos. Seu aroma fresco – hortelã e algo terroso, como um daqueles ramos secos de eucalipto – flutua em minha direção, e seus longos dedos batem duas vezes na mesa.

– Novo objetivo para esta viagem: experimentar Buddyz Best em todos os lugares que pudermos. Virar especialistas no assunto.

Eu rio, balançando a cabeça e me inclinando para a frente. A gravidade me puxa em direção a ele, e nossos olhos se cruzam, se conectando tão intensamente que não consigo desviar. Seus olhos azul-escuros são como um vácuo que me suga de uma vez e, por uma fração de segundo, tudo ao redor se perde sob o latejar em meus ouvidos.

– Muito bem! Já decidiram? – pergunta a garçonete, aparecendo ao nosso lado.

Nós nos sobressaltamos e nos endireitamos nos assentos. Tossindo ligeiramente, Jasper se recupera.

– Já. Sloane, pode pedir.

Coloco o cabelo atrás das orelhas e sorrio para a garota cujas bochechas voltaram a ficar rosadas.

– Quero uma salada verde com vinagrete, por favor.

Devolvo o cardápio e viro o rosto na direção de Jasper quando ele diz que vai querer o mesmo.

Ele não me dá atenção.

– Mas também quero uma porção de bacalhau empanado e de frango crocante.

A mulher assente, sorrindo tanto que minhas bochechas quase doem por ela.

– Também quero um chope de Buddyz Best – acrescento.

Jasper lhe estende o cardápio.

– Vamos pedir logo uma jarra.

A garota confere nosso pedido e se afasta. Percebo que os outros funcionários estão nos encarando, mas não presto atenção neles. Porque o jeito como Jasper me olha faz meu estômago dar cambalhotas e minhas coxas se contraírem.

Volto a olhar pela janela, para o lago negro, e tento organizar meus pensamentos.

Porque eu olho para Jasper Gervais desde os 10 anos de idade, e de repente... ele começou a olhar de volta.

– Acho que o frango harmoniza melhor.

Eu me recosto no assento e acaricio minha barriga. Depois de comermos a salada, Jasper fez a excelente observação de que a cerveja não harmoniza tão bem assim com alface. Explicou que não estaríamos permitindo a máxima expressão do sabor se não a experimentássemos com algo que fosse apropriadamente gorduroso e salgado.

E foi assim que me peguei engolindo frituras e pensando em seus méritos enquanto apreciava uma segunda jarra de cerveja barata que não fica mais gostosa com nenhum tipo de comida.

No entanto, acima de tudo, ela tem gosto de rebelião. E, por enquanto, isso me basta.

Jasper assente, avaliando os pratos diante de nós.

– Acho que você tem razão, mas adoro peixe com batata frita e vinagre.

Sim, pedimos batata frita também. De acordo com Jasper, é esquisito pedir "peixe" e não "peixe com fritas". Apesar de toda a gula, ele não disse uma palavra sobre meu peso nem mencionou se eu como muito ou pouco. Apenas colocou comida na minha frente e me envolveu na diversão de experimentar tudo com ele.

Mesmo estando num momento tão merda, não me lembro da última vez que me senti tão leve.

Esta noite, estou aproveitando para ser eu mesma, e é bom não me preocupar com calorias ou com o que todos ao meu redor estão pensando de mim.

– Verdade. Também estava bem gostoso – falo. – Além disso, essas batatas fritas não são daquelas congeladas.

Ele joga outra na boca, mastigando e meneando a cabeça em sinal de apreciação.

– Acho que você tem razão. Quer jogar uma partida de sinuca antes de voltarmos e apagarmos?

Ele move o queixo indicando o ponto atrás de mim, seus olhos se demorando no meu ombro. De novo. Quando me viro para olhar a mesa de sinuca, aproveito para conferir se derramei alguma coisa nesse ombro, se brotou cabelo de alguma verruga ou coisa parecida.

Vendo que minha pele está limpa, dou uma olhada na mesa de sinuca, pensativa. Não tem muito movimento, mas também não está vazia. Há pessoas circulando por ali, o que significa que vai haver testemunhas de como sou ruim na sinuca.

E odeio ser ruim nas coisas. Odeio falhar. Odeio perder. Sou intrinsecamente competitiva.

– Eu não sei jogar.

– Bem, eu te ensino.

Jasper se levanta e, com dois passos, contorna a mesa e assoma sobre mim com a mão estendida. Ele parece relaxado. A maneira como seu cabelo ondula atrás do boné faz meus dedos comicharem.

– Não precisa. Vou ficar só te olhando.

Ele bufa.

– Vamos lá, Solzinho. OQBF?

– Hã?

Inclino a cabeça e encaro a palma de sua mão grande e quente com ceticismo.

– O que Beau faria? OQBF.

– Na verdade, acho que isso é mais um trava-língua do que uma frase.

Ele balança a mão na minha frente.

– Para de enrolar. Beau jogaria sinuca mesmo se fosse péssimo. E ele se divertiria, mesmo se não soubesse o que fazer com o taco.

Levanto uma sobrancelha para Jasper de modo sugestivo. Tenho certeza de que ele não falou por maldade, mas, depois de vários litros de cerveja vagabunda, só consigo pensar em besteira.

Seu rosto geralmente sério imediatamente se abre em um sorriso de tirar o fôlego enquanto ele olha através do salão e gargalha. Dentes brancos. Covinhas escondidas sob a barba por fazer. É impossível olhar para Jasper sorrindo e não sorrir também.

O riso borbulha na minha garganta, e eu enfim seguro a mão dele e deixo que me levante.

– Ótimo, mas eu não vou saber o que fazer com o taco.

Ele corre a língua pelos lábios de modo meio malicioso, sacudindo a cabeça como se eu estivesse em apuros. Algo nessa combinação me provoca um latejar no ventre. Ele é sexy sem fazer esforço. Muito perturbador.

– E vai se divertir com isso.

Ele aponta para mim depois de soltar minha mão e pegar nossas cervejas, então se vira em direção à mesa de sinuca vazia no canto.

Estamos quase passando do limite, até para nós, mas o álcool correndo nas veias me deixa mais ousada do que o normal.

– Eu sempre me divirto! – respondo alegremente para suas costas largas, que retesam o tecido cinza da camisa enquanto ele se afasta, sabendo que eu vou atrás porque ele está com a minha cerveja e tem uma bunda deliciosa.

Vejo-o inclinar a cabeça ao me ouvir. Deve estar rezando por paciência.

– Meu Deus, Solzinho.

Depois de colocar nossas bebidas em uma mesa alta, Jasper pega dois tacos e se vira para mim com um brilho desafiador nos olhos. Meu coração palpita e o alívio me atinge como um maremoto. Andei tão preocupada com ele. Quando Jasper se fecha, fico com medo. Me preocupo que ele vá fundo demais nesses precipícios sombrios e não volte.

Ou que não volte a ser o mesmo. Melancólico, tímido, mas doce. Jasper Gervais é tão doce sob a fachada distante que quase me causa dor de dente.

Esse é outro lado dele que poucas pessoas enxergam. E acho que gosto disso também. Ele não dá atenção para qualquer um. Não concorda distraidamente com o que você está dizendo enquanto olha o celular. Se você tem a atenção de Jasper Gervais, é por inteiro, e porque ele se importa.

Ele não apenas me escuta. Ele me *ouve*. Ele me *vê*.

E isso é precioso, a maneira como ele consegue olhar para alguém e fazer com que a pessoa se sinta a única na sala. Ele não é animado, não é o centro das atenções, mas sabe fazer alguém se sentir especial, amado e cuidado.

Nunca conheci alguém mais verdadeiramente *presente*.

Esse jeito dele... Mexe comigo. Sempre mexeu. É como um cobertor quente no qual quero me enrolar. E quando seus olhos estão brilhantes e seu sorriso está relaxado, como agora...

Não tem jeito. Ele é de tirar o fôlego.

– Pronta pra jogar?

– Vai fundo.

Arregalo os olhos. Meu Deus. Qual é o meu problema?

– Sinuca. Estamos numa sinuca. – Eu levanto a mão. – Vamos jogar sinuca. Sinuca.

Busco depressa minha cerveja e dou um grande gole enquanto Jasper ri.

Filho-da-mãe-sacana-assassino-de-neurônios.

– Precisa que eu te interrompa?

– Cala a boca, Gervais. Vamos jogar.

Ele me encara com olhos ardentes.

– Tudo bem, Sloane. Vamos jogar.

15

Sloane

Jasper: Por que você está demorando tanto aí dentro?
Sloane: Estou fazendo um discurso motivacional bêbado para mim mesma.
Jasper: O que é isso?
Sloane: É quando eu jogo água na cara, me encaro no espelho e digo a mim mesma pra botar a cabeça no lugar e ficar numa boa.
Jasper: Você está falando sozinha no banheiro feminino pra ficar... numa boa?
Sloane: Isso.
Jasper: Solzinho. Fica menos numa boa. Vem me salvar. A garçonete não para de tentar puxar conversa.
Sloane: Então conversa com ela.
Jasper: Eu não gosto de falar com as pessoas.
Sloane: Você fala comigo.
Jasper: Você não é "pessoas".
Sloane: KKKK. O que eu sou, então?
Jasper: A minha pessoa.

– Para com isso. Eu já estou morta.

Ele solta uma gargalhada ao contornar a mesa e se curvar sobre ela. Sinuca era para ser sexy? Porque Jasper faz parecer sexy.

Ele apoia o corpo musculoso no feltro verde. As mãos de veias saltadas seguram de leve no taco. Ele semicerra os olhos como se estivesse em uma final da Copa Stanley ou algo assim.

O sorriso juvenil que ilumina seu rosto quando reclamo por ele me dar uma surra no jogo... Eu odeio perder, mas, para vê-lo sorrir assim, eu perderia todas as vezes. Ficaria sentada num telhado frio. Dançaria na chuva. Partiria numa viagem de caminhonete, beberia cerveja ruim e consumiria comidas gordurosas.

Por Jasper, eu faria qualquer coisa. Exceto dizer tudo isso a ele.

Porque, quando ele me rejeitar, eu vou ficar despedaçada. Milhões de pedacinhos espalhados ao vento.

Não importa que meu amor por ele seja patética e tragicamente não correspondido.

Esse amor existe e ponto-final. O céu é azul. A grama é verde. E eu amo Jasper Gervais desde a primeira vez que o vi.

Bebi um pouco de cerveja vagabunda demais, então fica fácil admitir isso para mim mesma, porque minhas barreiras mentais evaporaram por completo. Sou uma mulher de 28 anos com uma paixão infantil, unilateral e visceral. É ridículo, quando paro para pensar.

Uma risada bêbada e infantil me escapa, e não é porque acho graça... Estou definitivamente rindo da minha própria cara.

– Viu? Você acabou de fazer uma piada sobre estar morta. Você ri das coisas mais mórbidas.

Jasper sorri sob o boné, apoiado no taco de sinuca. Balanço a cabeça, sorrindo, e dou mais um gole. Eu realmente rio de coisas inapropriadas. *Se ele soubesse...*

– Sou realmente péssima nesse jogo. E me odeio um pouco por isso – respondo, mas estou rindo.

Ele ergue o queixo antes de dar a volta na mesa e vir na minha direção.

– Aqui. Vou te ensinar. Você está segurando com força demais.

Jasper prende seu taco no suporte na parede e se posiciona atrás de mim, seu cheiro fresco de menta um lembrete vívido de quando eu o ouvi no chuveiro, no mesmo quarto de hotel que eu. O cheiro do seu sabonete pairou no ar cheio de vapor quando ele emergiu com uma toalha enrolada na cintura e tatuagens escuras traçando cada músculo rígido. Não consegui olhar todas porque não queria dar tanto na cara.

Eu me obriguei a olhar para o e-reader no meu colo. Pura tortura. Fiquei encarando a mesma página do livro por dez minutos, como se minha capacidade de leitura tivesse criado asas e me abandonado diante do mero pensamento dele nu e ensaboado.

Claro, nós dois estávamos morando no rancho na última semana, mas havia tantas pessoas entrando e saindo de lá que nunca pareceu que estávamos realmente sozinhos, exceto pelas noites que passamos sentados no telhado.

Mas agora, juntos na estrada, é como se estivéssemos completamente isolados.

– É assim.

O peitoral dele pressiona minhas costas enquanto Jasper se posiciona atrás de mim, braços contornando meu peito como uma gaiola. Meu corpo se contrai, e ele só piora a situação ao dizer baixinho:

– Relaxa, Sloane. É só se inclinar sobre a mesa.

Minhas bochechas ficam vermelhas como uma cereja, e eu engulo em seco antes de obedecer. Dobro os quadris, deslizando a mão esquerda ao longo do taco e alinhando-o com a bola branca.

Eu já sou ruim na sinuca, e ter Jasper nessa posição de quem está me comendo por trás em público com toda a certeza não vai contribuir para melhorar meu jogo. Todas as bolas são apenas um borrão de cores na minha frente, porque meu corpo está totalmente focado nele. Na sensação. No cheiro. Na maneira como meu peito vibra de emoção.

Eu rio.

– Acho que vi essa cena em uma comédia romântica, uma vez.

Jasper segura meu cotovelo com uma mão enquanto a outra desliza pelo meu braço e ajusta minha postura delicadamente.

Minha maior preocupação é acabar rebolando contra ele feito uma gata no cio. Os efeitos da cerveja são sérios. Tão sérios quanto o poço de vergonha que virá amanhã.

Fica numa boa.

Fica numa boa.

Fica numa boa.

Até minha voz interior está arrastada enquanto me faço mais um discurso motivacional.

– Isso não é uma comédia romântica, Solzinho.

O hálito quente de Jasper acaricia a lateral do meu pescoço e sopra meu cabelo. Prendo a respiração, e meus mamilos endurecem na mesma hora enquanto os quadris dele se alinham com os meus.

– O que é, então? – pergunto, a voz um sussurro rouco.

Ele ergue a mão esquerda e roça o polegar no meu pulso, deslizando os dedos sobre os meus.

– Relaxa.

Ele move suavemente meu pulso. Acho que está tentando indicar que minha mão está muito tensa. E observo, fascinada, enquanto seus dedos passam sobre o enorme anel de diamante que ainda adorna meu anelar.

– É só um amigo ensinando a amiga a segurar um taco de sinuca corretamente.

– Certo.

É como afundar de novo naquele lago gelado. Uma dose fria de realidade.

Ele me faz recuar o taco e me ajuda a alinhar a tacada, depois o empurra de volta pela dobra do meu polegar. Quando a ponta coberta de giz atinge a bola, ficamos imóveis. O corpo dele contra o meu. Meu corpo pressionando o dele.

Por um momento, nos apertamos um ao outro.

Tudo que ouço é o som das bolas colidindo e o bater do meu coração. Observamos juntos, dividindo o mesmo ar, a bola roxa cair na caçapa.

Então Jasper se afasta. Como sempre acontece. E eu continuo inclinada sobre a mesa, pensando demais em uma interação perfeitamente inocente.

Como sempre acontece.

A voz que ouço a seguir soa estridente, como o som do giz sendo esfregado na ponta do taco de sinuca.

– Ai, meu Deus! Você é Jasper Gervais?

Nem preciso olhar para saber que Jasper abriu um sorriso constrangido e fez seu característico aceno de cabeça, o que provoca os gritinhos femininos que atacam meus ouvidos.

Eu me levanto e vou até o suporte sem olhar para trás. Coloco o taco nas garras que o seguram na parede antes de me virar e observar a cena.

Permito-me um inspirar profundo, desesperado e tranquilizante antes de botar um sorriso no rosto e voltar para a cerveja que me espera.

Duas garotas estão bajulando Jasper. Não presto muita atenção nelas. Como de costume, eu só tenho olhos para Jasper. A maneira como seu corpo está tenso, o rubor nas bochechas, sob a barba, as mãos dobrando obsessivamente a aba do boné.

Eu me aproximo dele, pegando minha cerveja e observando os olhos de uma das garotas se fixarem no meu anel.

– Ai, caramba. Vocês estão juntos? – pergunta ela, balançando um dedo preguiçosamente entre nós.

Jasper vira a cabeça na minha direção, olhos cravados nos meus, como se eu pudesse salvá-lo. Mas como? Não tenho certeza. Ainda mais depois que ele me disse da maneira mais clara possível que sou apenas sua amiga enquanto me dobrava sobre uma mesa de sinuca.

Se, para ele, esse foi um momento platônico... Nossa, eu devo estar muito bêbada mesmo.

– Não. Somos amigos.

A garota sorri e suspira, aliviada.

– Bom, parabéns pelo noivado.

Todos os olhares recaem sobre a minha mão, e eu levanto a cabeça devagar, oferecendo a ela um sorriso fraco em resposta.

– Obrigada.

– Você autografaria as costas da minha camisa? – pergunta a amiga, baixando o casaco e afastando o cabelo de um ombro, expondo as costas e o pescoço nu para o meu amigo/primo supersexy, que apenas pega a caneta que a outra garota lhe entrega.

Quando sua mão envolve o ombro dela para segurar a camisa no lugar, eu me afasto e peço outra cerveja que não preciso tomar, porque não suporto a visão da mão dele em outra mulher.

Sinto como se houvesse carvão em brasa queimando em meu estômago.

Faço um gesto para apressar o bartender, tipo *vamos logo com essa merda*, e ele sorri para mim. Deve notar que estou cambaleante ou que meus olhos estão vidrados. Mas sabe de uma coisa? Não estou nem aí. Fui uma filha obediente além da conta para os meus pais. Fui profissional na carreira. E andei tendo umas semanas de merda. Se é para assistir à minha vida descendo pelo ralo, posso ao menos beber algumas deliciosas Buddyz Best enquanto isso acontece.

Dou uma olhada para trás, na direção de Jasper. Suas mãos ainda estão nas costas da garota aleatória enquanto ele se agacha para assinar a camisa branca.

Se ficar morrendo de ciúmes fosse uma forma de arte, eu seria uma grande artista. Ao longo dos anos, me torturei assistindo ao prêmio de melhores da NHL. Vendo-o ano após ano com uma mulher diferente, uma mais deslumbrante do que a outra. Eu via os dois completamente arrumados, atravessando o tapete vermelho, sorrindo para as câmeras, e, quando acabava, eu me arrastava para a cama e ficava imaginando o que estariam fazendo naquele exato momento.

Eu os imaginava brindando com taças de cristal cheias de champanhe de qualidade, cercados por outros jogadores em alguma boate chique, seguido por um quarto de hotel tranquilo, onde Jasper tiraria o vestido justo e cintilante dela. Porque eles sempre são justos e cintilantes.

Os lábios dele.

As mãos dele.

Os gemidos dela.

Imaginar é mais fácil do que ver de perto.

Pego os copos escorregadios que aparecem na minha frente e volto para a nossa mesa.

– Quero que você assine meus peitos. – É a primeira frase que ouço.

Isso me faz bater os copos de cerveja na mesa com mais força do que pretendia. A embriaguez se junta à raiva e faz o líquido dourado derramar nas minhas mãos.

– Só assino papel, roupas e outros produtos – responde Jasper, com tranquilidade.

Tenho certeza de que ele já ouviu esse pedido muitas vezes.

Eu me viro, secando as mãos no jeans, sem me importar com as manchas de umidade que deixam.

A garota se aproxima mais e revira os olhos, como se a resposta dele não valesse de nada.

– Vamos lá. Não tem quase ninguém aqui.

Seus lábios esboçam um sorriso malicioso, e ela puxa ainda mais para baixo o decote em V da sua blusa, que já era profundo.

– Bem aqui.

– Sinto muito, mas não.

Ele está se desculpando? Seus olhos encontram os meus e, para seu crédito, Jasper nem olha para o decote dela, que agora exibe a borda do sutiã de renda vermelha.

– Prefere fazer isso no banheiro, pra ninguém ver?

Os olhos dele estão tensos, suplicantes. Parece um cachorrinho me olhando por trás das grades de um abrigo, desesperado para que alguém o salve, o proteja. Acho que ele sempre precisou disso, de alguma forma.

Sem me desviar de seus olhos azul-marinho, dou um gole profundo, e, droga, quanto mais Buddyz Best eu bebo, melhor ela fica.

– Garota, para com isso. Você está passando vergonha – falo sem rodeios, me virando para a mulher que está oferecendo os peitos a Jasper como se fosse o prato do dia em uma lanchonete.

Estou constrangida por Jasper, mas também por ela.

É engraçado, mas fico constrangida por mim também.

Constrangimento geral.

Os olhos da mulher se estreitam, e ela balança os ombros.

– Ele só está se fazendo de difícil. – Ela se vira para Jasper com um sorriso felino se abrindo devagar em seus lábios. – Mas sou paciente. E gosto de brincar.

Eu bufo de um jeito nada delicado, deixando claro quanto álcool já consumi. Mas é como se eu estivesse me observando de cima. A pequena Sloane descendo uma ladeira escorregadia, sem freio.

– Brincar de quê? De assédio sexual?

A garota cruza os braços sob os seios, voltando a empiná-los. E, minha nossa, eles são grandes mesmo. Admito que estou com um pouco de inveja.

– Engraçado ouvir isso da garota que estava se esfregando toda num homem que não é seu noivo. Aposto que seu verdadeiro noivo adoraria saber que você está aqui de galinhagem com um jogador da NHL.

Uma risada alta me escapa, e todos me encaram, espantados.

– De galinhagem?

É engraçado. Sterling definitivamente usaria esse termo.

Volto a rir, e as garotas me olham fixamente, como se eu fosse uma louca de pedra.

E não estão erradas.

A ideia de Sterling saber que estou na estrada com Jasper, que estamos compartilhando um quarto de hotel, jogando sinuca e nos divertindo de repente é profundamente satisfatória.

E muito engraçada.

Consigo imaginar vividamente a veia na testa dele latejando e seus dedos gorduchos se fechando enquanto ele bate o pé e exige que eu volte para casa. De repente, Sterling Woodcock não é nada além de um bebê malcriado de rosto vermelho, e a imagem me faz gargalhar.

A gargalhada começa baixinha e, antes que eu perceba, estou rindo tanto que lágrimas brotam nos meus olhos.

Jasper balança a cabeça, mas é óbvio que está achando graça. Ele se aproxima e passa um braço pelos meus ombros.

– Hora de ir, Winthrop.

Ele se vira para nos conduzir para a saída, e fica evidente que as garotas estão muito confusas.

– Não! Preciso terminar minha Buddyz Best pra completar meu treinamento como *connoisseur*. E você precisa assinar os peitos daquela garota, pra ela poder continuar fingindo que quer seu autógrafo quando ela só quer é que você aperte os melões dela.

O som de uma bufada e a imagem das garotas se afastando atraem minha atenção por um momento.

– Eu realmente espero que ela encontre Sterling e conte tudo.

A risada de Jasper ecoa junto de mim enquanto ele nos leva até onde deixamos os casacos, e isso só me faz rir mais. Que satisfação. Mesmo que eu esteja fazendo um papelão. Já passei do ponto de me importar. O ponto de me importar ficou duas cervejas atrás.

– Solzinho, você foi expulsa, e todos os melões vão permanecer na seção de hortifrúti.

– Eram grandes, Jas. E tão redondos. – Levanto as mãos e faço de conta que estou apertando um par de peitos. – Estou com um pouco de inveja, pra ser sincera. Eu mataria pra ter melões como aqueles. Você sabe qual mercearia vende? Eu pagaria uma grana por eles.

Jasper me cobre com o casaco e joga o dele sobre o braço antes de deixar dinheiro na mesa. Então estou sob seu braço de novo, e saímos para a noite escura e gelada.

– Você é perfeita do jeito que é, Sloane. Não deixe que ninguém diga o contrário.

Normalmente eu ficaria toda contente, repassando essas palavras, remoendo seu significado, mas agora só dou risadinhas.

– Está dizendo que meus melões são bonitos? – Eu levanto os peitos com as mãos.

– Você vai me meter em encrenca um dia desses – responde ele.

– Você autografaria meus melões, se eu quisesse?

– Eu preciso te arrumar um pouco de água.

– Deixa de ser chato, Gervais. Responde a minha pergunta!

– Não sei, Sloane. – A respiração dele sai em pequenas nuvens enquanto seguimos pelo curto caminho de volta ao quarto de hotel. – É difícil imaginar você me pedindo uma coisa dessas, porque você me conhece muito bem. Realmente mostrou como entende o quanto eu odeio toda essa merda quando metralhou aquela garota feito uma maluca.

Minha cabeça gira, e eu me apoio em seu corpo forte.

– Já sei! – Eu levanto um dedo, triunfante. – Eu posso usar os peitos em vez da boca pra metralhar!

– Socorro, Deus – resmunga ele.

– Como as mulheres em *Austin Powers*! Você sabe. Aqueles sutiãs de bala? Muitooo legais.

– Obrigado por cuidar de mim, Solzinho – responde ele, me dando um aperto.

Eu encosto a cabeça em seu braço.

– Sempre às ordens, Jas. Além disso, acho que aquelas garotas realmente gostaram de mim.

16

Jasper

Harvey: Arranjaram um lugar seguro pra passar a noite?
Jasper: Sim. Um hotel em Rose Hill.
Harvey: Dois quartos ou um só? ;)
Jasper: Deixa de ser bobo. Um quarto, duas camas.
Harvey: Não sou nada bobo. É você quem tá apaixonadinho pela sua prima.
Jasper: Ela não é minha prima.
Harvey: A-ha! Mas você não negou que tá apaixonadinho por ela.

Sloane está bêbada.

Está de porre de um jeito hilário. Completamente sem filtro. E se apoiando em mim com muito mais força do que pensei ser possível para alguém do seu tamanho.

Seus risinhos acompanham o zumbido baixo das luzes amareladas acima de nós, no corredor do hotel, e ela não para de pisar nos meus pés.

– Você é bailarina. Não deveria ser graciosa?

Ela me ignora, inclinando a cabeça na minha direção.

– Já reparou que você está com uma espinha bem aqui...?

Ela cutuca um ponto bem perto da raiz do meu cabelo, perto da minha têmpora. Eu bufo.

– Não, Sloane. Não ando preocupado com minha pele nos últimos tempos.

– É irritante. Aposto que você lava o rosto com xampu, nunca passa hidratante e só usa protetor solar nas férias. E ainda tem essa aparência.

Sloane gesticula para o meu corpo inteiro.

Enfio a mão no bolso e pego a chave, passando-a na fechadura e então nos conduzindo para o quarto.

– Lavo meu rosto com sabonete.

Ela resmunga e joga a cabeça para trás de modo dramático, olhando para o teto.

– Você não pode fazer isso.

– Por que não? Meu rosto faz parte do corpo.

– O sabonete não tem os ingredientes certos. – Ela oscila enquanto tira os sapatos, e eu reprimo uma risada. – Mesmo que tenha um cheiro maravilhoso, de menta e qualquer coisa parecida.

– Menta e eucalipto. O mesmo sabonete que uso há anos. De que ingredientes meu rosto precisa?

Um sapato passa voando por mim e bate na parede.

– Uau! – Ela arregala os olhos e volta a rir.

Agradeço aos céus por Sloane ser uma bêbada feliz. Não acho que conseguiria lidar com sua tristeza neste momento.

– Vitamina C. Peptídeos. Ácidos esfoliantes. Você não está ficando mais jovem, Jas. Deveria considerar um retinol, mas aí vai precisar botar protetor solar todos os dias. Ai, meu Deus! – O próximo sapato repete a trajetória do primeiro, e ela cambaleia até o banheiro. – Tive uma ótima ideia.

– Solzinho, não sei se este é o momento pra você ter suas melhores ideias.

– Está me chamando de bêbada, Gervais? – grita ela de dentro do pequeno cômodo.

Ouço movimento lá dentro enquanto tiro os sapatos e arrumo os dela perto da porta.

– Jamais. Você está completamente sóbria. Mas vou pegar uma garrafa de água e você vai beber, não vai?

– Tem alguma daquelas garrafinhas de Grand Marnier ou coisa parecida? Os hotéis vivem cheios de álcool que ninguém bebe. Fala sério, quem bebe Grand Marnier?

Solto uma risada discreta e me dirijo ao frigobar. Há duas garrafas de água.

– Acho que esse hotel não é do tipo que tem Grand Marnier.

Ela sai pela porta do banheiro assim que eu me endireito com uma garrafa de plástico em cada mão. Mas Sloane também está segurando algumas coisas.

– Para a cara!

– O quê?

Fico atônito, olhando para seu cabelo loiro e macio e seus olhos felizes. Ela segura uma bisnaga roxa e um pote de vidro verde e os balança diante de mim como se eu fosse idiota.

– Eu bebo a água se você botar na minha cara.

Devo dizer que a primeira coisa que passou pela minha cabeça não foram produtos de beleza.

– Não se preocupa. Eu boto na sua cara também.

A imagem de Sloane montada na minha cara, minhas mãos na sua bunda enquanto ela olha nos meus olhos, surge na minha mente.

Não é a primeira vez. Em geral, afasto o pensamento, mas esta noite estou soltinho o suficiente para deixá-lo permanecer. Para vê-la se mover. Pensar nos sons que ela faria.

– Ânimo, Gervais!

Ela pula na cama, deixa cair os produtos para pele no colchão e gesticula para mim, me chamando.

Isso não me ajuda em nada. Todo o sangue do meu corpo corre para baixo, e eu disfarço jogando para ela uma garrafa de água.

– Bebe isso primeiro – digo enquanto uma garrafa voa.

Mas seus reflexos estão lentos esta noite, e a garrafa bate na sua cara.

Bem no nariz.

Os caras do time e eu jogamos garrafas de água um para o outro no banco o tempo todo. Já virou um reflexo. Sloane se encolhe com força, e eu arfo de susto, indo rápido até a cama para ver se ela está bem. Suas mãos estão cruzadas sobre o rosto e seus dedos se movem para examiná-lo.

Eu me sinto *péssimo*. Fico *nauseado*. A ideia de alguém machucar Sloane... mesmo que esse alguém seja eu... faz meu sangue ferver.

Quando alcanço seu ombro, ela me olha e... começa a rir.

– Jas! Seu filho da puta, você acabou de jogar esse negócio na minha cara!

– Não! – Balanço a cabeça, negando. – Não foi por querer! Me desculpa! Você tá bem?

Ela ri ainda mais.

– Estou bem! Estou bem. Totalmente bem – diz ela, as palavras ofegantes entre risadas.

Aperto seus ombros, o que dirige sua atenção para o meu rosto.

– Solzinho, você está doidona. Precisa beber um pouco de água.

Sloane comprime os lábios e luta para mantê-los fechados.

– Tudo bem. – Ela balança a cabeça e abre a garrafa de água ao seu lado, a leva quase até os lábios, para, desvia o olhar e volta a cair na gargalhada. – Não acredito que você me acertou na cara!

Esfrego a barba por fazer, tentando não rir, mas é contagiante.

– Não foi por querer.

– Eu sei. Mas é engraçado mesmo assim.

Cruzo os braços, tentando demonstrar que o assunto é sério.

– Não tem graça.

– Só porque você não viu a sua cara.

Ela contorce as feições numa expressão muito exagerada de espanto e horror.

E volta a dar sonoras gargalhadas.

Eu resmungo e jogo o boné na mesa.

– Aposto que você costumava ser expulsa da sala de aula por ter crises de riso.

Sloane descola o dedo indicador da garrafa de plástico e aponta para mim, tomando um grande gole de água.

– Fato.

Não consigo deixar de rir. Consigo muito bem imaginar a situação. A cama afunda um pouco quando me sento na beirada, não muito perto de Sloane. Ela continua a dar golinhos na água, e sua risada diminui. Eu pego os dois produtos que ela trouxe do banheiro.

– Muito bem. Vou botar o negócio na sua cara.

Desta vez, quando ela ri, a água espirra até o outro lado do quarto.

– Meu Deus.

Desabo na cama e jogo um braço sobre o rosto, sentindo meu corpo vibrar enquanto rio com ela. Sloane sempre teve esse efeito sobre mim. Sua personalidade solar é contagiante. Às vezes, tento resistir, e neste momento não consigo entender por que eu faria algo assim.

Ela tapa a boca com a mão e diz:

– Sinto muito. Você não pode confiar em mim no momento.

– Tudo bem. Mais água. Aí você pode passar em mim qualquer porcaria chique e milagrosa para a pele.

– Melhor do que *botar o negócio na cara.*

Sloane está sentada, me olhando e tomando um gole de água com cuidado.

– Por favor, não cospe água na minha cara – peço.

Nossos olhares se conectam e não se soltam. Sem a aba do boné, me sinto exposto, despido, mas junto dela não tenho certeza de que me importo muito com isso.

Fico nervoso quando as pessoas me olham com atenção demais, minha pele formiga. Mas tudo o que sinto quando Sloane me olha é carinho.

Quando parece que o contato visual está durando tempo demais, seguro a bisnaga roxa e leio as instruções enquanto ela termina de beber toda a água. Assim que esvazia a garrafa, ela a joga por cima do ombro. Com um sorrisinho, Sloane pega o tubo e abre a tampa, espremendo o creme branco na ponta dos dedos.

– Aqui está dizendo que precisa lavar o rosto com água morna primeiro.

Sloane revira os olhos.

– Diz o cara que lava o rosto com sabonete.

Em seguida, Sloane começa a lambuzar minha testa. O nariz. As maçãs do rosto. Seus olhos assumem um ar ligeiramente distante enquanto seus dedos delicados deslizam pelo meu rosto. Ela franze a testa, concentrada, e seus olhos azuis glaciais examinam cada canto da minha face conforme espalha o creme meticulosamente. Sloane me pega a encarando, e eu fecho os olhos, como se isso pudesse ajudar.

Só que, na privacidade das minhas pálpebras, o toque dela envia faíscas elétricas pela minha pele, e a escuridão se transforma na imagem dela curvada sobre a mesa de sinuca na minha frente. Ainda consigo sentir o seu corpo esguio sob o meu, ainda sinto a forma como meu pau reagiu antes que eu precisasse me obrigar a não me esfregar nela.

Porque amigos não ficam se esfregando na bunda perfeita das amigas. Simplesmente não é coisa que se faça.

Apesar dessa regra, sinto a familiar sensação de enrijecimento, e isso me faz levantar e me afastar de seu toque.

– Tudo bem. Assim está bom – resmungo, a espessa substância argilosa formigando e repuxando meu rosto. – Sua vez.

Ela assente, os olhos um tanto arregalados. Não tenho certeza do que ela estava pensando enquanto lambuzava meu rosto, mas há uma tensão imediata entre nós. O clima brincalhão se foi. Como no lago. Como naquela porra de mesa de sinuca.

Pego o tubo e coloco um pouco de creme na ponta dos dedos. Ao procurar seu rosto, olho para sua boca e não para os olhos, achando que isso vai ser menos perturbador.

Estou errado.

Tudo em Sloane Winthrop mexe comigo pra caralho. E faz muito, muito tempo que estou tentando não notar.

Quando passo os dedos por sua bochecha, ela respira fundo. Nossos olhares se movem para minha mão, que treme sutilmente sob esse escrutínio.

Engulo em seco e continuo, me obrigando a olhar para os meus dedos e para onde estou espalhando o creme, em vez de fitar aqueles olhos azuis. Eu tenho que ter cuidado. Não quero passar esse negócio no cabelo dela. Ou nos olhos dela. Gostaria que meu pior momento da noite continuasse a ser a garrafada na cara.

Quando espalho o creme por sua mandíbula e o passo sobre seu queixo, meus dedos deslizam pelo seu lábio inferior. Eu vejo isso acontecer em câmera lenta. Branco-giz sobre rosa macio. Meus dedos. O lábio dela. A forma como ele se achata e cede com a mais leve pressão. Tudo nela é tão suave e maleável.

Sloane suspira de novo, sua boca se abre, e dessa vez meus olhos se voltam para os dela. Estão arregalados, brilhantes, em todos os tons de azul. Um caleidoscópio de cores. Um céu de pradaria. Um ovo de tordo. Um lago glacial. Linhas de um tom mais escuro, que fazem todas aquelas cores claras se destacarem.

E esse maldito suspiro é como um raio que desperta o meu desejo.

– Quer saber? – Seus cílios baixam como uma cortina, e ela se afasta, saindo da cama. – Deixa que eu termino. Não vou te obrigar a fazer isso.

Antes que eu possa dizer qualquer coisa, ela já entrou no banheiro e a água da pia está correndo. Quando chego lá, Sloane está esfregando o rosto e evitando contato visual.

Por fim, ela me oferece um sorriso inexpressivo e me lança um olhar furtivo pelo espelho, os olhos permanecendo no meu rosto coberto pelo que parece ser tinta branca secando. A coisa gruda na minha barba por fazer e está rachando em alguns pontos.

De certa forma, parece comigo. Uma casca frágil. Uma pequena rachadura e tudo pode explodir.

– Você está bem? – pergunto.

– Tô ótima – diz ela, um pouco animada demais, secando o rosto. – Só me dei conta de que deveria ir pra cama, se não quiser ficar totalmente na merda amanhã.

Quando ela sai, solto um suspiro pesado e coloco as mãos na bancada à minha frente.

Não sei bem o que está acontecendo conosco hoje, mas vamos ficar na merda amanhã, independentemente do consumo de álcool.

Porque Sloane vai estar de ressaca. E eu vou estar exausto por passar a noite inteira lutando contra todos os pensamentos sórdidos sobre tudo que quero fazer com ela e com aqueles lábios macios e carnudos.

17

Sloane

Sloane: Socorro.
Summer: Socorro por quê? Vocês estão bem?
Sloane: Estou com uma puta ressaca. Quero morrer.
Willa: Que ótimo. A ressaca moral. Transou com ele?
Sloane: Não. Só passamos coisas na cara um do outro e apagamos de forma constrangedora.
Willa: Arrasou! Adoro quando Cade passa a coisa dele na minha cara.
Summer: Meu Deus.
Sloane: Não... eu não falei nesse sentido.

Eu realmente acertei quando disse que estaria na merda pela manhã.

É como se eu houvesse tido uma premonição ou algo assim. Porque minha cabeça está latejando, sinto um peso bem parecido com uma enorme vergonha no peito e o silêncio na caminhonete é *ensurdecedor*.

Jasper e eu trocamos um bom-dia. Ele perguntou como estava meu nariz, e eu revirei os olhos. Ele está agindo como se tivesse me acertado com uma bola, e não como se tivesse jogado uma garrafa de água frágil que pegou de leve no meu rosto.

Porque sim, me lembro de tudo da noite passada em detalhes dolorosamente claros. Eu estava bêbada a ponto de não me importar com nada, mas não a ponto de esquecer.

Na maioria das vezes, eu diria que tomar um porre e não ter um apagão é uma vitória. Mas eu ficaria feliz em apagar a noite de ontem. Isso me impediria de ficar repassando as cenas na minha cabeça.

O céu acima de nós está cinza-escuro, e a neve cai em flocos grandes e grossos, aterrissando com sons úmidos no para-brisa que nós dois encaramos fixamente.

Porque o clima está esquisito, provavelmente porque fiquei toda enciumada com as fãs dele e depois o arrastei de volta para o nosso quarto de hotel, onde perguntei se ele autografaria meus melões e botaria o negócio na minha cara.

O que posso dizer? Todo mundo tem seus limites, e parece que atingi o meu.

Olho para o velocímetro e vejo que estamos bem abaixo do limite de velocidade.

Quando se mora perto das montanhas há um bom tempo, aprendemos a ver quando uma forte nevasca está prestes a cair. E é bem assim.

Eu sei. E Jasper sabe.

E eu o conheço bem para saber que ele está nervoso com a nossa segurança. Sempre está.

– Você deve me achar uma idiota – comento.

Ele vira a cabeça na minha direção tão bruscamente que me pergunto se não machucou o pescoço. O rosto de Jasper relaxa quando seus olhos pousam em mim, e meu coração dispara. Em segundos, seu belo rosto se volta para a estrada, os nós dos dedos brancos ao volante.

– Claro que não te acho uma idiota.

– Minha vida está uma bagunça e eu decidi só ignorar. E com certeza agi como uma idiota ontem à noite – brinco, me virando para olhar pela janela do passageiro.

O aglomerado de pedras e árvores é tão denso na passagem da montanha que parece que posso abrir a janela e tocar a rocha escura e escarpada. Os pingentes de gelo pendem das pontas afiadas devido à forte geada da noite passada.

– Não. Você merecia se soltar. Você foi engraçada. Eu precisava disso. Eu me diverti. *Nós* nos divertimos.

– Hum.

Deixo suas palavras circularem na minha cabeça. *Nós nos divertimos.*

– Sinto muito se te deixei constrangido.

– Por que você acha isso? – pergunta ele, genuinamente confuso.

– Por causa daquelas garotas. Eu me comportei como a maior empata-foda.

Ele ri baixinho.

– E agradeço muito por isso.

– Você tá falando da boca pra fora. Não vamos fingir que você não gosta de companhia feminina.

Ele me choca ao responder, sem rodeios:

– Gosto de sexo. O resto é demais.

Tento engolir e acabo me engasgando com a saliva... porque aparentemente não consigo acertar nem nas coisas mais fáceis. Ele é sempre tão discreto. Não esperava que a palavra *sexo* brotasse de seus lábios com tanta facilidade. Muito menos a parte sobre ele gostar.

Eu me recomponho.

– Já vi você levar mulheres a premiações chiques e outros eventos, mas valeu a tentativa.

Ele dá de ombros, e seus bíceps musculosos sobem e descem com o movimento.

– As aparências enganam. Às vezes é apenas a amiga de um amigo. Em geral, é alguém com quem fico de vez em quando. Que quer a mesma coisa que eu e não pede mais que isso.

– Tipo um pau amigo?

Parte de mim quer dizer amizade colorida. Mas, por algum motivo, pensar nele tendo amizade com outra mulher é até pior. Sexo é sexo. Mas amizade? Com Jasper, amizade é amor.

Ele pigarreia.

– Basicamente.

Essa resposta é a cara de Jasper... vaga e discreta.

– Não respondeu nada.

Reviro os olhos e fito as montanhas. Não sei como lidar com essa tensão recente entre nós. Antes, ficava só na minha cabeça. Agora os olhos dele se demoram em mim, e seus toques também. Dedos entrelaçados aos meus. Mãos nas minhas costas.

– Eu quis dizer que encontrar alguém que realmente goste de mim por *quem* eu sou e não *pelo que* eu sou parece totalmente impossível neste momento da minha carreira. Quis dizer que consigo conviver superficialmente com as pessoas, mas, no final das contas, sempre tem a ver com meu trabalho, quanto dinheiro ganho ou minha fama. Quis dizer que nunca vou poder só conhecer alguém sem ter essa fama pairando sobre mim, e isso significa que questiono tudo e todos.

Passo a língua pelo lábio inferior e sinto um aperto no peito, tentando destrinchar tudo o que ele acabou de admitir.

– Até minha mãe me procura quando eu apareço no jornal ou quando ela me vê na TV.

Fico paralisada. Jasper *jamais* fala sobre os pais.

– Ela te procura? – pergunto, a voz baixa, e o observo com atenção.

– Sempre.

– Só... pra dar um oi?

Ele bufa, e um canto de sua boca se curva, mas não há humor. É mais um sorriso cínico, um disfarce para uma mágoa profunda.

– Não, Solzinho. Pra pedir dinheiro.

– Sinto muito. Você sabe onde ela está?

Não é o suficiente. Está longe de ser o suficiente. Mas não sei o que mais dizer a ele. Não sei bem como agir em relação ao acidente e tudo o que veio depois.

Parece injusto que tantas coisas terríveis possam acontecer a uma única pessoa. Que um ser humano tenha sido castigado pelo destino de forma tão completa. Que o universo não tenha dividido um pouco da dor de Jasper sobre mais pessoas, para tornar seu fardo um pouco mais leve.

A irmã.

A mãe.

O pai.

Agora Beau.

É cruel e faz meu coração se apertar... Sempre fez. Aqueles malditos olhos tristes, nos quais me afoguei naquele primeiro dia de verão. Um abismo azul-escuro. Às vezes, sinto que afundei naquele oceano profundo e simplesmente fixei residência.

Eu me perdi nos olhos de Jasper e nunca mais fui embora.

– Ela vem e vai. Você sabe como ela é. Após a morte de Jenny, ela começou a se encher de remédio. E, depois de um ano, era outra pessoa, vivendo outra vida. Uma vida que ia de espelunca em espelunca. Da prisão para a reabilitação. Para... eu nem sei mais onde.

Ele faz uma pausa, e tudo que consigo pensar é que ela se tornou uma pessoa que destruiu o filho ainda mais do que ele já estava destruído.

– É minha culpa.

Suas palavras me golpeiam com força.

Levei uma vida linda e privilegiada, embrulhada com um laço de cetim brilhante. Nunca me bateram. Nunca perdi um parente. Nunca senti nenhuma dor física que não tivesse sido causada por mim mesma. Claro, meus pais têm suas peculiaridades, mas nunca tiveram a intenção de me machucar ou foram indiferentes comigo, nem fariam nada para me ver sofrer.

Mas imagino como seria.

– *Não é* sua culpa.

– É, sim. E eu mando dinheiro pra ela pra compensar.

Prendo um resmungo na garganta. A náusea revira meu estômago, e não sei dizer se é por causa da ressaca ou do assunto.

– Você não tem nada o que compensar.

– Eu f...

– Não – digo bruscamente, batendo palmas com firmeza para interrompê-lo. – Nada. Nada mesmo. Já te disse isso antes e vou continuar dizendo até morrer. Você era uma criança, ela era uma criança, e foi um acidente.

A respiração dele parece pesada, quase penosa, e nós dois olhamos pelo para-brisa.

– Ainda me lembro da noite em que te contei o que aconteceu. Eu me lembro de você chorando, o que foi ainda pior do que dizer tudo em voz alta. Ver você chorar... tão jovem e ingênua...

Eu chorei mesmo. Chorei de soluçar. Sofri por ele, querendo tomar um pouco de sua dor para mim. Se o universo se recusava a dividir o fardo, decidi que faria isso eu mesma.

Naquela noite, tendo apenas a lua como testemunha, um garoto arrasado revelou seus segredos mais profundos e sombrios para a pessoa mais insignificante que encontrou. Uma garota que nunca olhou para ele com pena, apenas com adoração.

E abriu seu coração despedaçado para ela. Deixou todos os fragmentos dilacerados a seus pés.

E eu me tornei a guardiã desses fragmentos. Não recuei diante da dor intensa do momento. Acho que nem entendi direito, mas peguei cada pedacinho e guardei tudo no meu coração para preservá-los.

Com o tempo, entendi a história. Ponderei a respeito. E me tornei parte dela, me inseri, de alguma forma. E aqueles pedaços viraram sementes. Sementes que reguei, cuidei e guardei para ele.

Mas sementes crescem, e agora as raízes dele e daquela noite envolvem com tanta firmeza meu coração que nunca vou ser capaz de me livrar de Jasper Gervais.

Não há uma alma no mundo que possa remover essas raízes e o domínio que elas exercem sobre mim.

– Aprendi com meus pais que, por mais que eu ame alguém, isso não basta pra fazer a pessoa ficar ao meu lado. Mas você? Eu te contei todos os piores detalhes, e você poderia ter me odiado. Mas você ficou. Você dançou.

– Eu nunca seria capaz de te odiar, Jas.

Lágrimas ardem em meus olhos. Fiz a única coisa que sabia fazer. Sob o luar, em um campo de grama verdejante, eu me levantei e deixei os movimentos fluírem pelo meu corpo. A melodia clássica tocava na minha cabeça. A única música de verdade era o silêncio de uma noite de verão nas pradarias, de calor sufocante.

E a única pessoa na plateia era um lindo garoto com olhos assombrados que observou cada movimento meu e me disse que foi lindo quando terminei. Então ele foi embora. E eu só pude torcer para que ele conseguisse dormir. Que se sentisse um pouco mais leve.

Jasper podia até ser um adolescente abandonado e eu, uma criança ingênua, mas naquela noite fomos apenas duas almas com um segredo. E, depois disso, amigos improváveis.

– Fico surpreso por você não ter começado a rir quando te contei.

Jasper ri, soando meio amargurado. Eu me viro e soco seu braço, meio irritada com ele por ainda ser tão duro consigo mesmo.

– Cala a boca.

– E como você vai me obrigar a fazer isso?

– Provavelmente vou jogar uma garrafa de água na sua cara.

Ele deixa escapar uma risada aliviada, e vejo suas mãos girarem no volante, os olhos ainda fixos na estrada.

– Eu não joguei nada na sua cara. Não é minha culpa que seus reflexos sejam péssimos.

– Diz isso pro meu nariz.

Esfrego o nariz, fazendo drama, mesmo que não doa nada.

– Esse galo enorme combina com você. Dá um pouco de personalidade a esse seu rosto perfeito.

Ele está tentando voltar às brincadeiras leves e amigáveis. Do tipo que fazemos tão bem. O tipo que surgiu entre nós depois que a história toda foi contada. Depois daquela noite, eu nunca hesitei em contar nada a Jasper. É claro que, à medida que ficamos mais velhos, as coisas mudaram, mas sempre pude contar com a sinceridade básica da nossa relação.

Eu confio nele e acho que ele confia em mim. Não sei por que Jasper confiou em mim naquela noite. Talvez só precisasse desabafar e eu fosse a menininha caidinha por ele, que já estava mesmo de olho e que, "por acaso", tinha saído para dar uma volta.

De qualquer forma, isso criou um vínculo entre nós. Pela vida inteira, ao que parece. Porque não acho que ele tenha contado a mais ninguém todos os detalhes daquele dia. Que ele ergueu a mão para fazer aquele sinal. Que sua família se desintegrou depois disso. Que ele se sente responsável. Que Beau o encontrou morando em um carro em um campo atrás da escola porque sua mãe estava desaparecida e seu pai idiota tinha começado uma nova vida e não se lembrou de voltar para buscá-lo.

A menção ao meu *rosto perfeito* faz o silêncio voltar à cabine e, com isso, minha mente divaga. Não resisto à curiosidade e pergunto:

– Você teve notícias dele?

Jasper sabe que estou falando do pai dele, nem preciso dizer. Harvey preencheu esse vazio da melhor maneira possível, mas não há como superar um pai que escolheu abandoná-lo. Um pai que o culpa pelo pior dia da sua vida.

Ele pigarreia, olhando para mim sob a aba do boné.

– Não.

Balanço a cabeça, reprimindo a raiva que seu pai biológico sempre me desperta.

– Peguei o carro um dia e fui até lá, sabe. Só pra ver. Estacionei na rua e observei a casa o dia inteiro. A esposa dele. Os filhos. Um maldito gato. Sempre quis ter um gato, e ele não me deixava.

– Ele viu você?

– Acabou vendo.

– O que ele disse?

Jasper engole em seco e remexe as mãos no volante, então dá de ombros.

– Quero matar esse homem – resmungo.

Passo a mão sobre a boca como se pudesse reprimir as palavras que desejo vomitar a respeito desse "homem" que abandonou seu único filho ainda vivo para recomeçar a vida sem ele. A dor nos transforma de maneiras estranhas, e eu gostaria de conseguir perdoar as atitudes do pai de Jasper, considerando pelo que ele passou.

Mas simplesmente não consigo. Tudo que vejo é Jasper e o que ele sofreu. Sei que meu pai às vezes age como um dominador idiota, mas ele se preocupa comigo à sua maneira.

Jasper ri com tristeza.

– É essa a questão, Solzinho. Ele não disse nada. Ele me viu. A gente se encarou. E ele simplesmente fechou a porta e apagou a luz da varanda. Foi pra cama.

– Eu sinto muito.

Minha voz falha, e aperto o ombro dele, meus dedos roçando os cachos em sua nuca.

Jasper inclina a cabeça em minha direção, e a ponta dos meus dedos esbarra no osso no topo de sua coluna. Massageio de leve aquele ponto e sinto seu corpo relaxar sob meu toque.

Penso outra vez que isso não basta para curar suas feridas, mas é tudo o que eu posso fazer.

Posso ser uma pessoa que realmente sabe *quem* ele é, e não pelo *que* é. Posso escutá-lo.

Quando ele fala, eu sempre escuto.

– Merdas acontecem na vida das melhores pessoas, Solzinho, e eu nem sou das melhores.

– Pra mim, você é.

Meus olhos se fixam no diamante no meu dedo, e estremeço com a visão. Preciso tirá-lo, mas estou protelando. E não é por sentir falta de Sterling.

É porque tenho medo de que, se eu tirar esse anel, acabe fazendo algo estúpido e desesperado no que diz respeito a Jasper. A joia está me servindo como um cinto de segurança mental no momento, uma das poucas coisas que me mantém protegida de mim mesma e de uma decisão impulsiva.

Mas estendo a mão, seguro a dele no volante e entrelaço nossos dedos firmemente sobre o console central.

E o anel não me impede.

18

Sloane

Pai: Sloane, está na hora de você atender minhas ligações. Não foi essa a educação que eu lhe dei. Sei que às vezes você é muito sensível, mas está indo longe demais. Controle-se e comporte-se como uma Winthrop.

Harvey: Como vocês estão?

Sloane: Bem. Passamos a noite em Rose Hill. Devemos chegar a Ruby Creek de tarde. Te dou notícias.

Harvey: Como está o meu garoto?

Sloane: Bem. Tudo bem.

Harvey: E como você está?

Sloane: De ressaca.

Harvey: Está precisando beber pra aguentar ele?

Sloane: Quase isso.

Viro a cabeça para a janela quando chegamos ao topo da travessia da montanha. A visibilidade piorou. Enxergo a luz vermelha das lanternas traseiras dos poucos veículos ao nosso redor e sinto a caminhonete batalhando para subir a encosta íngreme. No retrovisor, vejo os grandes fardos redondos amarrados à carroceria, duas camadas encaixadas como peças de um quebra-cabeça e cobertas com lonas para evitar que se molhem.

Meus ouvidos estalam quando atingimos a altitude máxima e iniciamos a descida, com a dianteira da caminhonete de repente apontando para baixo. Jasper solta um grunhido baixo, e me viro para olhá-lo. Suas sobrancelhas grossas estão franzidas, e ele alterna o olhar entre o painel e a estrada.

– Abaixa a música, Sloane.

Já está baixa, mas obedeço, porque o tom da sua voz me deixa nervosa. Há uma nota de ansiedade, uma nota de autoridade que me deixa arrepiada.

Estamos ganhando velocidade agora e, quando me mexo para espiar o velocímetro, vejo-o aumentando gradativamente, segundo a segundo. Uma luz de alerta brilha em vermelho logo ao lado.

– Jas – sussurro. – O que está acontecendo?

Meu peito está apertado e, mesmo sem saber o motivo, minha mão direita agarra a alça do teto.

– Você está de cinto, não está, Solzinho? – questiona Jasper, sem olhar nenhuma vez na minha direção.

Baixo os olhos para o cinto de segurança que nós dois usamos.

– Estou – respondo, cheia de medo.

– Sloane. Relaxa. Vou manter você em segurança, tá? Me diz que sabe disso.

Faço que sim rapidamente, mas nenhuma palavra sai dos meus lábios, que estão cerrados com força.

– Fala comigo, Solzinho. Quem te encontrou naquela noite em que você se perdeu na floresta brincando de capturar a bandeira?

Estamos indo cada vez mais rápido.

– Foi você.

– Quem enfaixava seus pés?

– Você – choramingo, observando o velocímetro subir.

– Quem tirou você daquela porra de casamento fajuto? – rosna Jasper, baixando o tom de voz, como se agora fosse um bom momento para ficar bravo com o assunto.

Quando nós dois estamos prestes a morrer.

– Você, Jas. Você. Sempre você.

Aperto o banco com tanta força que acho que vou rasgar o couro.

– Os freios que se conectam à carreta estão com defeito. Eu não consigo diminuir muito a velocidade.

Eu arfo, mas Jasper está estoico. Pálido, mas estoico. Olhos fixos na estrada.

Ele toca a buzina com força quando nos aproximamos depressa demais da traseira de um carro, insistindo para que nos deem passagem. Jasper respira fundo quando eles ligam a seta e trocam de faixa.

– Tem uma área de escape à frente que vou usar, mas vai sacudir bastante. Quero que você se segure o máximo que puder e respire... Confie em mim. Você tem coragem. Você consegue.

Não sei se ele está falando comigo ou consigo mesmo.

– Você entendeu? Você confia em mim?

A voz de Jasper está alta agora, intensa, muito diferente dos tons suaves que estou acostumada a ouvir dele.

– Sim, claro. Eu confio em você.

Jasper olha rapidamente na minha direção e assente.

Os momentos seguintes passam no mais pesado silêncio, cheios de tensão e ansiedade. O momento chega a ser meio etéreo. Como se eu estivesse assistindo a um vídeo em câmera lenta de como nos encaminhamos para nossas mortes.

Quando a área de escape aparece em meio à forte nevasca, projetando-se acentuadamente pela encosta da montanha, mordo a parte interna da bochecha.

É *muito* íngreme.

Eu sei que é de propósito, mas isso não impede o terror abjeto que floresce em meu peito.

Fecho os olhos com força quando alcançamos a estrada de cascalho. O impacto sacode a caminhonete e meu corpo enquanto Jasper nos conduz para um local seguro. Ou pelo menos espero que esteja fazendo isso. Não consigo olhar, mas não senti que viramos ou batemos, então já é uma vitória.

Segundos depois, não estamos mais nos movendo. A caminhonete para na inclinação acentuada e, com uma mão firme, Jasper aciona o freio de mão antes de agarrar novamente o volante com força.

O episódio inteiro durou apenas alguns minutos, mas pareceram horas.

Meu corpo inteiro vibra, meu peito arfando tanto por causa das batidas pesadas do meu coração que minha visão chega a tremer.

– Cacete. Puta merda. Você está bem? – Sussurro todos os meus palavrões favoritos, soltando a alça do teto e levando uma mão trêmula ao peito.

Depois de alguns segundos sem resposta, me viro para olhar para Jasper. Suas mãos estão bem apertadas no volante, e todo o seu corpo parece rígido feito pedra. Ele é uma estátua, e mal consigo vê-lo respirar.

– Jasper?

Ele olha diretamente para a frente, mais branco do que papel, como se todo o sangue tivesse saído de seu corpo.

– Jas.

Toco-o, hesitante, e aperto seu ombro, mas ele não reage. De repente, estou menos assustada com a nossa situação e mais assustada por ele.

– Você está me assustando.

Jasper move o queixo e engole em seco, mas seus olhos permanecem fixos no para-brisa, o vento uivando enquanto os altos pinheiros escuros balançam e a neve branca gira ao nosso redor.

Ele está em choque, pelo que vejo. E, embora eu não seja psicóloga, imagino que esse evento tenha sido um tanto parecido demais com o dia sobre o qual estávamos falando.

O dia em que tudo desmoronou.

Porque o homem ao meu lado parece traumatizado.

Sem pensar, solto meu cinto de segurança e me movimento com rapidez. Tiro a mão dele do volante e subo em seu colo, montando em suas pernas e tentando fazer com que Jasper olhe para mim em vez de para o para-brisa, como se estivesse congelado no tempo – em outro tempo.

Apoio as mãos em seus ombros e lhe dou uma leve sacudida.

– Jasper. Olha pra mim.

Seus olhos não se movem e o pânico me domina. Tiro seu boné com delicadeza, jogando-o no banco do passageiro. É muito difícil vê-lo por baixo da aba e, no fundo, sei que é exatamente por isso que ele sempre o usa.

Jasper está constantemente tentando passar despercebido, mas eu o enxergo mesmo quando está se escondendo.

Corro as mãos pelos seus ombros e pelas laterais de seu pescoço até meus dedos mergulharem nos cabelos de sua nuca. Menta e eucalipto. O cheiro me abala toda vez. É um choque elétrico nos meus sentidos. Percebo que, se ele lava o rosto com esse mesmo sabonete, também deve usá-lo como xampu.

Meus dedos se movem por vontade própria, massageando a base da cabeça dele. Estou tomando liberdades que normalmente não ousaria tomar? Com toda a certeza. Mas tempos de desespero exigem medidas desesperadas, e toda essa situação de petrificado-na-encosta-da-montanha me deixou nervosa.

Pressiono a testa contra a dele, tentando obrigá-lo a me encarar.

– Jas. Eu estou bem aqui. Você nos manteve seguros. Está tudo bem. Você se saiu muito bem. Obrigada por sempre cuidar de mim.

Ele pisca uma vez, e é como se afastasse uma camada de penumbra que estava cobrindo sua visão. Momentos atrás, seus olhos pareciam quase pretos, e agora voltaram ao azul-marinho delicado que conheço tão bem... Olhos suaves como veludo, realçados por linhas de um azul mais claro e pequenos pontos brilhosos onde a luz reflete.

– Sloane.

Ele suspira, e sua respiração quente atinge meu pescoço. Jasper não move a testa, mas move as mãos, segurando minha cintura, e sinto que está tremendo.

Tudo o que faço é continuar a massagear sua nuca, acalmando-o da única maneira que sei.

– Você está bem? – pergunta ele.

Sua voz está rouca e oscila ligeiramente ao dizer *bem*. Eu faço que sim, minha testa se movendo contra a dele.

– Estou bem. Estou bem.

Jasper se afasta e, como se não acreditasse em mim, suas mãos fazem um inventário do meu corpo. Descem, apertando meus quadris cobertos por uma legging fina. Deslizam pelas minhas coxas, e ele observa, extasiado, como se precisasse ver e sentir para acreditar.

Como se não bastasse a minha declaração.

A respiração de Jasper se torna ofegante, e os tremores que começaram em seus dedos tomam conta de seus braços também. Quando ele me olha nos olhos, eu faço um sinal com a cabeça, tentando tranquilizá-lo.

Mas ele não para. Seus dedos sobem pelas minhas pernas, suas mãos enormes se espalham pelas minhas costas.

– Nada dói?

– Nada dói – confirmo, permanecendo completamente imóvel, sem querer interromper este momento, seja ele o que for.

Jasper precisa disso, e eu também. Mas de modos muito diferentes.

Quando o calor do seu toque envolve meus ombros, eu me entrego e fecho os olhos por um breve momento. Eu me deleito com suas mãos gentis deslizando por meus braços, verificando cada ponto como se eu fosse a boneca de porcelana mais preciosa do mundo.

– Você está em segurança.

Não tenho certeza de que ele diz isso para mim ou para si mesmo. Mas eu repito mesmo assim:

– Estou em segurança.

Quando Jasper alcança meus pulsos, que estão contornando seu pescoço, ele os agarra e encontra meu olhar novamente. Ele inspira por quatro segundos. E solta o ar por quatro segundos.

E nós existimos apenas no olhar um do outro.

Presos. Tensos.

– Tem certeza de que seu nariz não está doendo?

Ele pergunta pelo meu nariz, mas está olhando para meus lábios. Passo a língua por eles e tento acalmar meus nervos à flor da pele. Este momento parece intensamente íntimo.

Já tive muitos momentos de intimidade com Jasper, mas nenhum foi assim, com o ar ao nosso redor denso, pesado e quente.

Nos unindo, de alguma forma.

Seu dedo roça meu nariz. Mal chega a ser um toque. É um sussurro.

– Dói, Sloane?

Observo o movimento de seus lábios para formarem as palavras. E, meu Deus, eu quero beijá-lo. Quero que ele me beije. Quero que este momento nunca acabe. Quero morar com ele nesta caminhonete, na neve, no topo de uma montanha, e nunca mais sair daqui.

Meus cílios tremulam, e eu baixo o queixo só um pouco para evitar que nossos lábios fiquem alinhados, para evitar fazer algo de que vou me envergonhar... ou, pior, que vá nos destruir.

Estamos muito próximos. Próximos o suficiente para que ele... dê um beijo delicado na ponta do meu nariz e me roube o fôlego.

Meus olhos se voltam para os dele. Arregalados. Chocados

– Desculpa por ter jogado aquela garrafa em você.

Tudo o que consigo fazer é assentir. Minha boca está seca. Ouço um zumbido nos ouvidos. Meus olhos são engolidos pelos dele, da cor do céu da meia-noite.

Jasper volta a se inclinar e beija minha testa. Meus dedos agarram seu cabelo, e me aproximo. Inclino a cabeça, como se pudesse me aconchegar nele, como se pudesse me acomodar em seu corpo, me aconchegar em seu peito. Quero que ele esteja tão ligado a mim quanto estou a ele.

Jasper inclina a cabeça, seus olhos me observando. Uma pergunta silenciosa.

E eu faço que sim com a cabeça.

Então seus lábios tocam meu rosto. Sua mão desliza para a minha nuca, e ele segura minha cabeça.

Estamos muito perto. Agarrados um ao outro. Como se um não quisesse que o outro se afastasse.

Jasper roça os lábios pelo meu rosto, a barba por fazer arranhando minha pele, causando pequenos incêndios que nunca vou querer apagar.

Ele beija o canto do meu queixo e, quando sinto a ponta da sua língua, eu gemo. Descaradamente. Desesperadamente.

Ele me puxa para mais perto. Seu braço forte envolve minha cintura e me prende.

– Jasper – sussurro.

Em resposta, ele agarra meu cabelo e inclina minha cabeça para o lado, descendo a boca quente pelo meu pescoço, depois subindo. Aperto as pernas com mais força sobre ele, ouvindo apenas as batidas do meu coração e o gemido profundo que vibra do peito dele.

– Eu não posso perder você – murmura Jasper.

– Você não vai me perder – respondo baixinho enquanto a ponta do seu nariz roça minha orelha.

– Talvez perca.

– Nunc...

Antes que eu possa terminar de dizer *nunca*, ele me interrompe:

– Porque acho que estou prestes a foder a nossa relação.

Então ele me beija.

Seus lábios se encaixam nos meus, e seus dedos se entrelaçam no meu cabelo, seu toque mais suave.

Fico imóvel, em estado de choque, de total descrença, e, quando isso acontece, ele para, se afastando, sua mão quente deslizando pelo meu pescoço. Ele me olha nos olhos.

– Sinto m...

Eu o interrompo e me jogo sobre ele. E Jasper não hesita nem por um segundo.

Ele não me beija como um amigo. Ele corresponde ao meu beijo com igual fervor. Ele me beija como se quisesse me consumir.

E me consome.

Suas mãos ferventes percorrem meu corpo, tocando e apertando em lugares que jamais esquecerei. Seus lábios são quentes e firmes. Ele é gentil, mas dominador. Inclina minha cabeça do jeito que quer. Dita o ritmo dos nossos beijos lânguidos até assumir um ritmo mais exigente.

Até que sua língua desliza pela minha boca e seus dentes se fecham no meu lábio inferior.

E eu? Viro massinha de modelar em seus braços. Há anos que sou louca por ele, mas hoje, numa caminhonete silenciosa no meio de uma tempestade de neve, eu fico louca *com* ele.

Jasper toma e eu dou.

Eu tomo e Jasper me dá.

Rebolo no colo dele, e Jasper geme:

– Sloane...

Ele puxa meu cabelo, e sinto a pressão no couro cabeludo. A outra mão se move preguiçosamente pela minha cintura, parando no meu quadril, os dedos longos descansando casualmente sobre a curva da minha bunda, o polegar esfregando o contorno da minha calcinha.

Tudo é lento. Dolorosamente lento. Representando bem nossa relação sob muitos aspectos. Mas também há uma pontada de desespero em nós.

Cada movimento é um tanto afiado.

Meus mamilos endurecem. Meu coração bate forte. Meu corpo está em chamas. Rebolo novamente.

Desta vez, a ereção dele me pressiona. Eu gemo, excitada e aliviada ao mesmo tempo. Passei anos pensando que Jasper Gervais jamais me desejaria, mas agora seu corpo conta outra história.

Assim como suas palavras.

– Solzinho, você vai me fazer perder a cabeça.

– Bom – murmuro, pertinho da sua boca. – Vamos ficar loucos juntos. Estou cansada de ser maluca sozinha.

Estou pronta para arrancar suas roupas e recebê-lo inteiro, aqui e agora. Estou enlouquecida. Mais embriagada do que na noite passada.

Eu o beijo novamente, despejando toda a minha frustração e todo o meu desejo nele. E Jasper me retribui com dez vezes mais intensidade. Ele me surpreende e me deixa sem fôlego.

E aí ele me afasta. Com a mão firme em meu cabelo, ele inclina minha cabeça para encará-lo. Jasper me avalia, seu olhar observando cada centímetro do meu rosto.

Ele me lê como a porra de um livro, e então diz algo que eu ansiava ouvir há muito tempo:

– Você não está sozinha. Estou no mesmo barco que você.

Solto um suspiro tão grande que meu corpo cede.

– Mas este não é o momento nem o lugar. Não é seguro. E você é preciosa demais pra eu arriscar.

Foda-se minha segurança. Se eu morresse trepando com Jasper Gervais no banco do motorista desta caminhonete, morreria feliz. Uma saída triunfal. Um *grand finale*, por assim dizer.

– Quando é a hora e o lugar? – pergunto, sem fôlego.

Ele beija meus lábios úmidos e intumescidos e me puxa até roçar a boca na minha orelha.

– Quando eu disser – murmura ele.

Um arrepio percorre todo o meu corpo. Quando me afasto, seus olhos estão escuros novamente e pousam na minha boca, depois em meus seios, antes de voltarem ao meu rosto.

Jasper segura minha cabeça com carinho.

– Volto já. Preciso verificar a conexão do freio pra podermos descer a colina. Bota o cinto, só pra garantir.

Concordo com a cabeça, e ele me levanta, me colocando no banco do passageiro sem esforço.

Então Jasper sai para a neve sem dizer mais nada.

E eu fico ali sentada, perplexa, esperando que ele esteja bem. E fazendo um inventário de todas as coisas que meu corpo sentiu quando ele falou "Quando eu disser".

19

Jasper

Jasper: Estradas ruins. Problemas de freio. Pernoite em uma cidade chamada Blisswater Springs.
Harvey: Você ganha algum prêmio por usar o mínimo de palavras possível? Vocês estão bem? Pode explicar melhor?
Jasper: Ligo pra você do hotel. Estamos bem. Em segurança. Não precisa se preocupar.
Harvey: Vamos. Me dá algum detalhe. Uma cama ou duas?
Jasper: Falo com você mais tarde.

A ponta dos meus dedos está formigando tão intensamente quanto o resto do meu corpo. Sloane está em silêncio, introspectiva, a meu lado. Quando voltei para a caminhonete, ela me encarou com olhos comicamente arregalados, apertando os lábios para esconder um sorriso ou para se impedir de falar.

Estamos de volta à estrada em segurança. A fiação do conector está consertada e minha respiração está voltando ao normal... pelo menos agora que eu parei de pensar em Sloane se contorcendo no meu colo, sua bunda roçando meu pau.

Ainda vou parar na primeira oficina mecânica que surgir para checar o conector do freio, porque ele não deveria ter se soltado. Segundo o Google, isso significa que vamos passar um tempo em uma cidade chamada Blisswater Springs.

– Não vamos mais conversar? – pergunta Sloane de repente, cortando o silêncio. – Tipo, eu sei que você já não é muito falante, mas será que podemos não ficar nesse climão por causa do... – Ela gesticula entre nós dois.

– Do beijo?

– É. Foi um momento estressante. Um momento de insanidade. Podemos ficar numa boa.

Há muito tempo que penso em beijar Sloane, querendo ou não admitir isso para mim mesmo.

Na verdade, ela quase adotou o sobrenome Woodcock pelo resto da vida porque passei tempo demais pensando, em vez de tomar alguma atitude.

Talvez não seja o momento perfeito para eu resolver as questões que envolvem Sloane Winthrop, mas é *um momento*. E, se aprendi alguma coisa nesta tragédia shakespeariana que é a minha vida, é que ela consiste apenas em momentos interligados, como luzes de Natal. Sempre acabamos gostando mais de algumas cores do que de outras.

Alegres, trágicos, pacíficos, engraçados. Momentos inesquecíveis e outros que gostaríamos de esquecer.

E beijar Sloane nesta caminhonete não é um desses momentos que eu gostaria de esquecer. É um momento que tenho toda a intenção de manter. No passado, me mandaram ficar longe dela. No passado, eu me importei com essa ameaça.

Neste momento? Não dou a mínima.

– Não foi um momento de insanidade – digo com firmeza.

– O quê? – Ela parece incrédula.

– Eu quis mesmo te beijar.

Ela bufa, cruzando os braços e ficando vermelha como uma cereja.

– Poucos segundos antes, você estava quase catatônico. Estava em choque. Então me desculpa se não acredito em você.

– Não preciso que você acredite pra que seja verdade.

Não sei por quê, depois de anos de boca fechada, estou falando tudo isso. Provavelmente é porque vi nossa vida passar diante dos meus olhos, lá atrás. Quando olhei para Sloane ao meu lado e vi seus lindos olhos azuis fechados, os dedos segurando o assento, os ombros muito tensos, percebi que poderia ser meu último momento com ela.

Meu último momento, e ela nunca saberia o que significa para mim. O quanto significa para mim. Que ela é *tudo* para mim. E isso é uma puta loucura. Um desperdício. Sendo alguém que já sofreu tantas perdas, como eu poderia correr o risco de perder algo tão precioso?

Acho que foi essa a constatação que me ocorreu naquele jantar, quando vi Sloane sentada ao lado de um homem que a interrompia sempre que ela abria a boca. Ela estava prestes a se casar com aquele lixo humano machista, mas poderia ter ficado comigo... se quisesse.

Se eu tivesse contado a ela.

E Sloane não sabia disso porque passei anos hesitando para contar a verdade para ela. Paralisado pelo medo de perder pessoas que amo. De perdê-la.

Mas, porra, perder alguém sem que a pessoa soubesse que você a amava... desejando poder voltar atrás e se declarar...

Isso é especialmente infernal. E não tenho a mínima intenção de passar por isso, porque já desisti de muita coisa por causa dos meus fantasmas. E não vou desistir de Sloane também.

– Eu quase me casei com outra pessoa agora mesmo.

Assinto bruscamente, olhando para ela. Sloane parece estar *puta*, o que não é a reação que eu esperava. Mas eu também estou puto. Porque a simples menção do casamento me deixa com uma raiva ardente e tão incomum que nem sei o que fazer com ela.

– É. E teria sido uma pena, porque ele realmente é um filho da mãe.

– Ah! Porra, que loucura. – Ela trava o maxilar e olha pela janela do passageiro. – Eu te conheço há quanto tempo? Dezoito anos? Quase metade da sua vida? E esse... esse *sentimento* acabou de te ocorrer?

Sloane deixa escapar uma risada sem humor e balança a cabeça.

– Outra pessoa foi brincar na sua caixa de areia e você ficou todo territorialista depois de anos sem dar a mínima para mim? Mas que *ótimo*. Não sou um hidrante pra você mijar, Jasper. – Ela leva as mãos à cabeça. – Tipo... é pra eu acreditar que você acabou de ter uma espécie de revelação, e que sua amiga de infância de repente está muito beijável hoje em dia? Meu Deus. É pra morrer de rir. Se eu não gostasse tanto de você, te daria um chute no saco por essa.

Eu deveria estar preocupado, mas tudo que consigo pensar é: *Aí está ela.* A espoleta. A primeira bailarina que treina pra cacete e bebe cerveja vagabunda como se fosse um bom vinho.

Respondo a verdade, com os olhos na estrada:

– Isso não me ocorreu agora.

Ela revira os olhos, empertigando mais os ombros, como se ficar mais aprumada no assento a fizesse se sentir menos vulnerável.

– É verdade.

Gostaria que as estradas estivessem em melhores condições para que eu pudesse lhe dar toda a atenção e olhá-la nos olhos. Tirar essa expressão petulante do seu rosto e beijá-la novamente. Fazê-la acreditar em mim. Porque eu sei que não imaginei aqueles momentos entre nós. Os momentos em que o ar fica tão pesado que parece insuportável.

– Não acredito em você – repete ela, mas desta vez sua voz está um pouco rouca.

– Você correspondeu – digo, quando me ocorre o pensamento nauseante de que talvez eu esteja viajando.

Talvez tudo isso seja unilateral e eu tenha perdido completamente a noção. Afinal, não tenho nenhuma experiência com mulheres em qualquer relação além de sexo casual.

Solzinho é a exceção. Ela é a garota para quem conto tudo. A garota que sempre esteve presente nos meus piores dias e nas noites mais sombrias. Não porque eu pedi, mas apenas porque é esse o nosso papel na vida um do outro.

Não importa quantos anos se passem. Sempre será assim.

– Não me diga.

Ela cruza os braços novamente, e isso deixa seus seios empinados, me levando à loucura. O formigamento nos meus dedos se torna uma vontade de explorar cada centímetro do seu corpo, de mostrar a ela todas as maneiras como a desejo.

Porra, como eu desejo essa mulher.

Sloane é reconfortante. Ela é o olho do furacão. O norte verdadeiro. De alguma forma, nossas bússolas sempre nos aproximam.

Quando paramos no primeiro sinal vermelho, em Blisswater Springs, viro no banco e pergunto:

– O que isso significa, Sloane? Eu percebi. Senti suas coxas me apertando quando puxei seu cabelo. Ouvi você gemer quando te beijei. Vamos ficar aqui fingindo que as coisas não estão diferentes entre nós agora?

– Elas sempre foram diferentes pra mim! – explode ela, abrindo os braços, os olhos cintilando. – E você *nunca* prestou atenção. Mas *agora* você presta? O que eu deveria fazer? Pular de alegria e agradecer por você me abençoar com seu interesse?

Fico pálido, as mãos suadas no volante. Começo a falar sem pensar, tentando me explicar depois de tudo que ela acabou de dizer.

– Olha... todo mundo sabia que você tinha uma quedinha por mim, na infância. Eu era adolescente, mas você era apenas uma criança. E aí você superou. Tinha namorados e o balé. Eu tinha o hóquei e treinamentos intermináveis. Nós ficamos amigos, na cidade. Você ficou *noiva*.

Seus lábios cor-de-rosa se abrem como se ela estivesse prestes a falar, mas se fecham rapidamente. Sloane se volta para o para-brisa, o olhar tão fixo na estrada que chega a parecer doloroso. Os segundos se estendem, e tenho certeza de que ela não vai me responder. E, merda, é isso que eu mereço por tudo que acabei de despejar nela.

Assim que o sinal fica verde, porém, sua voz triste me atinge como um soco no estômago:

– Eu nunca superei, Jas.

Quando a beijei, contei mentalmente até quatro. Disse a mim mesmo que me daria quatro segundos.

Mas ela quis mais.

Foi um momento de loucura.

Ou talvez todos os momentos em que tentei negar o que sentia por ela tenham sido momentos de loucura interligados. Luzes de uma só cor.

Arrependimento tem cor?

– Confere de novo – diz Sloane à mulher na recepção do pequeno hotel estilo resort. – Tem que ter alguma coisa.

Ouvir Sloane explicar que precisamos de quartos separados parece um momento de insanidade de sua parte, mas vou deixar que ela o viva.

Porque eu *conheço* Sloane. Sei como ela processa as coisas.

O que eu não sabia é que sua paixão de infância nunca tinha acabado. Deveria me sentir mal por nunca ter notado. Deveria me sentir um idiota. Mas me sinto... aliviado.

Vejo uma chance. Um vislumbre de esperança.

– Algo com pelo menos duas camas? Um berço acoplável? Sou quase do tamanho de uma criança.

Ela gesticula para si mesma, e eu reprimo uma risada e olho pela janela em direção ao estacionamento, onde a neve ainda cai pesadamente.

– Podemos enviar um berço, é claro.

A recepcionista sorri, paciente, os olhos se alternando entre nós com curiosidade, como se ela não entendesse bem o que está acontecendo.

– Tudo bem – diz Sloane, tensa, com um sorriso ensaiado no rosto.

A máscara de indiferença está perfeitamente no lugar. Seu coque está bem preso, do jeito que ela gosta quando está pronta para uma apresentação... ou para uma batalha.

Foi a isso que ela recorreu, na caminhonete. Sloane baixou o visor e usou o espelho para puxar obsessivamente o cabelo para trás. Nunca ficava suficientemente preso ou arrumado, então ela o soltava e repetia o processo.

Ela fez isso cinco vezes. Eu sei porque contei. Não havia muito mais o que fazer depois que ela decidiu me ignorar. Eu também estava com dificuldade para desviar os olhos de Sloane depois que ela confessou sua paixão.

Essa mulher é minha amiga há 18 anos.

Como eu não percebi?

Ou ela aprendeu a disfarçar bem ou eu não estava prestando atenção. É provável que tenha sido uma combinação das duas coisas.

Fios loiros rebeldes que escaparam do coque captam a luz do lobby antiquado do hotel. Quase sinto vontade de comentar, só para irritá-la.

Porque, quando ela está irritada, a verdade vem à tona.

– Obrigada pela ajuda – diz ela à recepcionista, então se vira para mim segurando duas chaves. O sorriso em seu rosto passou de forçado a maníaco. – Vamos.

O tom dela sai um pouco animado demais, então Sloane dispara feito um raio, claramente esperando que eu a siga.

Em poucos passos estou bem ao lado dela, fitando a porta do elevador.

– Quarto andar – diz ela com rigidez.

– Tudo bem.

– Uma cama king size.

– Tudo bem.

– Não. Eu vou dormir no berço acoplável. Vão levar lá em cima.

– Solzinho, não tem necessidade disso. É só uma cama. Dormimos juntos outro dia.

Ela ajeita a bolsa no ombro e empina o nariz.

– Sim, bem, isso foi antes de eu passar vergonha e perceber que estou irritada com você. Então vou ficar com o berço.

Resisto à vontade de revirar os olhos. Fico feliz que ela não esteja sendo o capacho que foi com aquele babaca, mas também não estou acostumado a vê-la com raiva de mim.

Quando o elevador apita, eu gesticulo para Sloane entrar primeiro e deixo meus olhos descerem para sua bunda quando ela passa. Há apenas um dia, eu a observei entrar no lago de calcinha, mas parece que já se passaram semanas.

Acho que já se passaram anos.

– Você teve notícias do seu pai? – pergunto enquanto as portas se fecham.

– Não. Quer dizer, bem, sim. Ele mandou mensagem. E ligou. E mandou e-mail. Mas, francamente, não gostei do tom dele, então decidi ignorá-lo também. Pelo menos até que ele me pergunte como estou ou se estou em segurança, em vez de apenas exigir que eu volte.

– É justo.

Ouço-a ranger os dentes sob a música suave do elevador.

– Pensando bem, acho que estou de saco cheio de homens em geral no momento. – Ela gesticula vagamente na minha direção. – Todos vocês.

– Também é justo.

Sloane se vira para mim.

– Porra, Jasper, por que você tem que ser tão educado?

– Porque sou seu amigo, Solzinho. Nada nunca vai mudar isso. Se precisar reclamar de alguma coisa, mesmo que seja de mim, vou te escutar.

– E se eu voltar pro Sterling?

Meu corpo inteiro trava. *Vai voltar porra nenhuma.* Eu sei que ela está me provocando. E está funcionando.

– Não.

– Você acha que pode aparecer, dizer que está... – ela desenha aspas sarcásticas com as mãos – "meio interessado" por mim poucas semanas depois do meu casamento, e eu vou pegar sua mão e partir saltitando rumo ao pôr do sol? Depois dessas últimas semanas, você deve me achar muito idiota mesmo, mas não sou *tão* idiota assim.

A porta se abre, e Sloane sai do elevador e atravessa o corredor acarpetado emanando irritação. Ela ri. Ri de verdade.

E isso é a cara dela. Só Sloane riria num momento como este.

– Isso é uma loucura – murmura ela, virando no corredor e encontrando nosso quarto.

Um toque da chave e ela entra no cômodo, jogando a bolsa em uma cadeira. Sloane sai marchando em direção às janelas, onde para com as mãos nos quadris, delineada pela paisagem branca do outro lado do vidro.

– Você não vai voltar pra ele.

Ela dá de ombros com insolência.

– Talvez eu volte. Você não manda em mim, Jasper.

Ainda não. Mas vou mandar.

– Não vai.

Ela se vira para mim, sua voz cortante, como se tivesse jogado um dardo direto no meu peito.

– E por que não?

– Porque ele suga a sua vida! Suga você!

Ela recua, claramente chocada com o volume da minha voz.

– E eu quero te dar isso de volta.

Dessa vez, sua risada não é nada divertida.

– Anos, Jasper. *Anos*. Durante anos fui a priminha, a irmã caçula, a boa amiga. Durante anos eu *enxerguei* você. Esperei por você todo verão. Vi você sair com mulheres que não eram eu... que *nunca* seriam eu. Fiquei *maluca* por sua causa. E então fiz as pazes com a nossa relação. Aceitei que sempre ia querer você e que você nunca ia me querer. Eu me convenci de que às vezes os maiores amores da nossa vida são nossos amigos mais próximos. E que eu estava bem com isso.

Meu estômago embrulha, sinto um aperto no peito, e a náusea aumenta.

– Eu fiquei bem confortável dentro da minha cabeça, onde eu podia te desejar daquele jeito, com a segurança de saber que você não me queria também. E agora? Você simplesmente mudou de ideia? Do nada? Quando nós dois estávamos num momento de vulnerabilidade? Isso é loucura.

– Eu não mudei de ideia.

Tenho medo do que estou prestes a contar a ela. Sloane já está com raiva do pai, e detesto ser a pessoa que vai fazer com que ela o odeie. Porque, ouvindo o que ela acabou de me contar, sei que isso vai magoá-la.

– Então me explica.

Baixo a voz e os olhos.

– Foi o seu pai.

– O quê?

Puxo as bordas do boné, descendo mais a aba para me proteger.

– Foi no ano em que você conseguiu vaga na companhia. Finalmente se profissionalizou. Conseguiu um papel no *Quebra-Nozes*. Eu fui te ajudar com a mudança pro seu novo apartamento no centro da cidade. Você tinha 18 anos e eu, 24.

– Eu lembro – diz ela, a voz quase um sussurro, vazia.

– Nós nos divertimos arrumando tudo.

Ela assente.

– É verdade.

– Eu tinha garantido uma vaga no Grizzlies. Fiz tudo o que eu podia pra ser promovido e sair do time de base.

– Eu lembro – repete Sloane.

– Nós dois estávamos indo tão bem. Eu estava tão feliz por você. Estava tão animado para vê-la no palco. Por ter uma amiga morando na cidade também.

Seus olhos estão brilhantes agora.

– Mas seu pai me pegou saindo da sua casa. – Engulo em seco, olhando para minhas mãos, os braços frouxos junto ao corpo, então eu os cruzo como um escudo. – Ele ameaçou mexer os pauzinhos com o amigo dono do time e me tirar do time titular se eu avançasse o sinal com você. Me disse pra manter distância, e que ele nunca mais queria me ver sozinho com você.

Ela continua calada. Seus olhos azuis me encaram com uma intensidade enervante.

– Na época, eu ainda te via como uma criança. Realmente não pensava no nosso relacionamento dessa forma, mas ele me assustou mesmo assim. Sloane, você tem que entender que eu não tinha *nada* além do meu talento pro hóquei. E eu tinha *muito* talento pro hóquei. Isso me permitiria sair da sarjeta em que me largaram. E o seu pai... Ele é poderoso e bem relacionado demais pra cumprir as ameaças.

Sloane pisca, chocada, e seu lábio inferior treme.

– Mas por que ele ia querer que você ficasse longe de mim?

Franzo o cenho e passo a mão pela barba por fazer, ouvindo um som áspero que ecoa pelo quarto.

– Você realmente não consegue imaginar, Sloane? É porque não sou como vocês. Eu sou, como dizem, da gentalha. Não faço viagens de centenas de milhares de dólares para caçar leões, nem dirijo um Maybach. Eu vim do nada e conquistei o que tenho trabalhando duro e servindo de entretenimento pras massas. Sou reconhecido por homens como seu pai, mas nunca serei um deles. Sou um Eaton de coração. Um garoto de cidade pequena. E sempre serei, não importa quantos zeros haja no meu contracheque. E, para ser franco, fico feliz com isso.

– Mas não me importo com seu contracheque, nunca me importei – diz Sloane, sua voz um fiapo, muito frágil.

Suspiro e estendo a mão para apertar a aba do boné, querendo confortá-la, mas também com medo de ultrapassar os limites.

– Eu sei disso. Mas faz tempo que venho tentando te avisar. *Ele* não se importa com *você*. Ele não se importa que Sterling seja uma merda pra você. Ele não se importa com o que você quer, só se preocupa com as próprias necessidades. Não podia arriscar que eu ou você arruinássemos seus planos ou sua reputação com a minha falta de berço e minha família fodida. E eu era jovem demais e desesperado demais pra desafiá-lo. Perdi sua primeira apresentação de balé profissional no palco porque estava com medo. Fui só seu amigo por anos porque estava com medo.

Sloane permanece imóvel. O filtro brilhante com que ela enxergou o pai durante todos esses anos se rachou, e uma lágrima escorre por seu rosto. Uma gota perfeita que desliza sobre sua pele pálida, a realidade das manipulações dele escorrendo lentamente em uma gota arrasada.

A frustração cresce dentro de mim diante dessa visão, e eu digo o que venho querendo dizer a ela sabe Deus há quanto tempo:

– Os tempos mudaram, Sloane. Não estou mais com medo. Você não é minha amiga porra nenhuma. Você é apenas *minha*.

20

Sloane

Pai: Sloane. Atenda a porra do telefone. AGORA. Chega de me desrespeitar. E se estiver vagando por aí com aquele órfão sem-teto, haverá consequências.

Mergulho o rosto na água morna, esperando que ela se misture às lágrimas. O vapor da fonte termal de Blisswater flutua ao meu redor enquanto grandes flocos de neve brancos caem.

Sento no banco de azulejos submerso e observo. No instante em que entram em contato com a superfície da água, eles se dissolvem em nada.

Sinto-me perigosamente semelhante a eles. Tudo o que eu pensava saber sobre minha vida se desfez em nada no espaço de uma conversa de cinco minutos.

Pior de tudo, estou com raiva de mim mesma por não ter percebido. Porque, quanto mais penso no assunto, mais acho que fui deliberadamente ignorante em relação ao meu pai.

Que menina quer pensar que o pai não se preocupa com o que é melhor para ela? Não fui sutil sobre minha paixão por Jasper nos primeiros anos. Ele e minha mãe deviam saber. Teriam percebido.

E ele nos manipulou como peças de xadrez. Para quê? Para manter as aparências? Para fechar um negócio?

Para se beneficiar.

Por mais que eu tente, essa é a única opção que me ocorre. Um vínculo com Jasper não seria benéfico para ele, então meu pai garantiu que isso nunca acontecesse.

Fiquei arrasada quando Jasper não apareceu na minha primeira apresentação. Ele me mandou uma mensagem dizendo que estava ocupado estudando gravações de jogos. Mandou flores.

Eu deveria ter ficado feliz por finalmente ter conseguido o papel. Por ele ter enviado flores. Mas, em vez disso, chorei no camarim enquanto tirava a maquiagem pesada.

Mergulho na água mais uma vez, lavando as novas lágrimas que caíram.

Quando ergo a cabeça e viro o rosto para o ar fresco da noite, alguém se senta ao meu lado.

Nem preciso olhar para saber quem é. Eu conheço o cheiro dele. Sei o seu tamanho. Sei como meu corpo reage quando ele se aproxima.

Eu o conheço tão bem. Mesmo assim eu *não sabia*.

Deixando a cabeça se inclinar para trás contra a borda de azulejos da piscina, permito que meu corpo relaxe e afunde na água.

Nós não conversamos. O que há para dizer? Tanto e tão pouco ao mesmo tempo. Seu braço roça em mim, e então seu dedo mindinho envolve o meu.

Não sei quanto tempo ficamos ali sentados assim. Neve caindo. Dedos entrelaçados. Nuvens de vapor subindo ao nosso redor. Uma leve música instrumental toca nos alto-falantes, e posso ouvir os gritos alegres das crianças pulando na piscina de água fria do outro lado do deque.

Lágrimas continuam a escorrer silenciosamente dos meus olhos. Queria ser capaz de contê-las, mas não consigo. A dor no meu peito é insistente, e todos os "e se" e as chances perdidas me consomem.

E se meu pai não tivesse esbarrado nele naquela noite?

E se os elevadores dos dois tivessem passado direto um pelo outro? Um subindo, enquanto o outro descia.

E se eu não tivesse me obrigado a esconder meus sentimentos e ter outros relacionamentos?

O que poderia ter acontecido se eu tivesse contado tudo a Jasper?

O que poderíamos ter vivido se ele tivesse feito o mesmo?

Estaríamos juntos?

Meus pais apoiariam?

Eu me importaria com isso? Ou abandonaria tudo por uma chance de ter Jasper?

As perguntas não param, me sufocando sob seu peso. Dizem que fazer comparações rouba toda a alegria, e é exatamente o que está acontecendo enquanto penso em como minha vida poderia ter sido se uma pequena interação não tivesse ocorrido.

É como imaginar ganhar na loteria. É divertido sonhar, até que ficamos deprimidos com o fato de que nunca vai acontecer.

Uma lágrima quente escorre pelo meu rosto e a água se agita ao meu lado. Então sinto a ponta calejada dos dedos de Jasper roçando meu rosto. Minha respiração escapa como um soluço ao seu toque.

Continuo sem abrir os olhos. Em vez disso, permito-me senti-lo. Jasper já secou muitas das minhas lágrimas por coração partido, frustração, síndrome do impostor e pés machucados.

Mas nunca foi assim. Nunca foi por ele ter me feito perceber que fui uma marionete. Todos na minha vida me trataram como uma pequena bailarina dentro de uma caixinha de joias. Bonitinha e agradável em certos momentos de bom humor, mas facilmente guardada quando se tem mais o que fazer.

Estou furiosa comigo mesma por ter sorrido e girado toda vez que alguém abriu aquela caixa. Estou com raiva de mim mesma por não ter feito um gesto obsceno para eles e me recusado a dar voltas sem pensar. Não estou com raiva de mais ninguém.

É tudo dirigido a mim mesma.

E, de alguma forma, tenho mais dificuldade de *me* perdoar. Acho que no fundo eu esperava mais de mim.

Eu me pergunto se é assim que Jasper se sente também. Porra, deve ser um fardo pesado de carregar.

Sua mão desliza pela minha bochecha, o polegar e o indicador segurando meu queixo e virando minha cabeça em sua direção.

– Solzinho, olha pra mim.

A autoridade em sua voz me provoca um arrepio, embora eu me encontre submersa em água bem quentinha. Abro os olhos e encaro os dele no mesmo instante.

Sou transportada para a primeira vez em que o vi, todo alto, esguio e com jeito de menino. Mesmo naquela época ele já se movia como um atleta. Seu porte, seus maneirismos. Tudo nele emanava força e agilidade. Ainda emana, só que dez vezes mais.

Olhar para ele é quase insuportável neste momento.

Seus olhos são safiras escuras sob o céu noturno, percorrendo meu rosto. Olhos. Boca. Pescoço. E mais embaixo.

Um floco de neve frio pousa na ponta do meu nariz bem quando ele pergunta:

– Como posso fazer você se sentir melhor?

Meu coração acelera, como um carro indo de zero a cem. É a voz dele. Suas mãos. A proximidade. É a pergunta que ele acabou de fazer.

Eu poderia dizer a Jasper para me levar para o quarto e me comer, me devorar de forma tão completa que eu só consiga pensar nele, em onde ele me toca, e Jasper obedeceria.

Abro a boca para dizer isso, mas então me contenho, sentindo-me perdida. Ainda estou muito abalada. Preciso organizar meus pensamentos antes de dizer ou fazer algo estúpido.

Como, por exemplo, arruinar completamente essa amizade.

– Vou tomar um banho – digo com a voz rouca, sustentando seu olhar e observando-o assentir levemente.

Então atravesso a piscina, a água acariciando meu corpo como seda escorrendo pela minha pele. A sensação dos olhos de Jasper percorrendo minhas costas e minha bunda enquanto subo os degraus rasos até o deque da piscina é inebriante.

Meu corpo grita para eu voltar para ele. Mas, com ele, não quero ser a bailarina numa caixa de joias. Não quero que ele sinta que precisa me salvar.

Eu quero me salvar.

Saio do banheiro em meio a uma nuvem de vapor quente. Minha pele está rosada e sensível devido ao calor da água e à força com que a esfreguei.

Sinto como se tivesse escaldado uma camada inteira de mim mesma.

Encontrei dentro de mim um resquício de força e me agarrei a ele. Decidi que não serei a garota que concorda com o que todos ao seu redor querem.

Vou dizer o que penso.

Vou aprender a lidar com a ideia de decepcionar outras pessoas, para evitar decepcionar a mim mesma.

Não vou me desculpar por fazer as coisas do jeito que eu quero.

Estou pronta para ser eu mesma e abandonar quem não aprovar quem sou agora.

Jasper levanta a cabeça, os olhos percorrendo meu corpo e a pequena toalha branca em que me enrolei. Ele não se dá ao trabalho de baixar a vista ou disfarçar o olhar intenso de desejo que domina seu rosto.

E eu decido aproveitar a situação. Meu lado mesquinho espera que seja doloroso. Espero que ele sinta uma fração do desejo que eu senti enquanto ele enrolava para me dizer por que se mantinha tão perto e tão longe ao mesmo tempo.

– O chuveiro é todo seu. A porta do banheiro não tranca.

Aponto com o polegar por cima do ombro e vou direto para minha mochila, que está ao lado da caminha ridícula onde eu disse a mim mesma que vou dormir.

Não tenho certeza do que estava tentando provar. A nova "eu" faria Jasper dormir ali, mas basta dar uma olhada nele e em sua figura enorme para saber que isso não é uma opção.

Eu o amo demais para fazer isso. E ele gosta demais de mim para recusar.

Meu Deus. Estamos tão fodidos.

– Obrigado.

Ouço-o atravessar o cômodo, as tábuas do piso sob o carpete grosso rangendo enquanto ele passa.

Tento me obrigar a não me virar e observá-lo.

Mas fracasso.

Miseravelmente.

Deixo meus olhos vagarem por seus ombros largos e definidos, apreciando os músculos de suas costas se movendo enquanto ele anda. Os furinhos na base da sua coluna. As tatuagens em tons de cinza que envolvem seus braços, e o desenho que desponta solitário na altura das costelas. Só consigo ver porque ele levanta o braço e passa a mão pelo cabelo, mas parece muito com...

Não.

Balanço a cabeça e volto à minha bolsa. Quando ouço a porta do banheiro se fechando, largo a toalha e rapidamente visto um short Calvin Klein preto e uma regata preta justa. Sem sutiã. Meus seios não são tão grandes assim para que faça diferença. O tecido elástico os segura sem problemas.

Sento na cama infantil, e uma mola cutuca minha bunda através do colchão frágil. Não tem problema. Não passei anos me torturando com sapatilhas de ponta para ser incomodada por um pequeno desconforto.

Enquanto me recosto no catre, que range, repasso na cabeça aquele vislumbre da tatuagem de Jasper. Sempre soube que ele tinha diversas tatuagens. Começou com uma, que se transformou em muitas. Elas cobrem seus bíceps, contornam seus ombros e sobem pelos antebraços. São todas pretas, as mais antigas mais desbotadas que as novas.

Para mim, elas só aumentam seu charme. Homens como Sterling não fazem tatuagens. Eles fazem limpeza de pele. Jasper não é "um de nós", como diria meu pai – um comentário que soa muito mais ofensivo, agora que minha venda caiu.

Jasper não se parece em nada com os homens com que cresci. Ele é bruto, rústico e ama com tanta intensidade que se machuca no processo.

E eu quero saber o que é aquela porra de tatuagem.

Eu me levanto, atravesso o quarto e abro a porta do banheiro, entrando.

Uma mão forte está apoiando a silhueta enorme de Jasper na parede do chuveiro enquanto a outra segura seu pênis, movendo-se para cima e para baixo lentamente.

Ele vira a cabeça para mim.

O cabelo caramelo molhado emoldura seu rosto, e o jato do chuveiro atinge sua coluna antes de escorrer em riachos por suas costas musculosas e sua bunda perfeitamente redonda.

Eu sempre soube que Jasper tinha um corpo incrível, que passava longas horas treinando, malhando e cuidando de si mesmo, mas ele é... um deus. Seu corpo parece ter sido talhado em pedra.

Assim como seu pau.

– Sinto muito – digo na mesma hora, paralisada, admirando seu corpo perfeito.

Ele é um homem grande, assim como seu...

– Não sente nada.

Os olhos dele brilham com malícia ao se fixarem em mim. Jasper se endireita, mas sua mão continua se movendo languidamente, de forma casual, como se fosse perfeitamente normal ele bater punheta enquanto eu assisto.

– Não tinha intenção de invadir.

– Tinha, sim.

Ele sorri, e meus joelhos ficam um pouco bambos.

Jasper me conhece bem demais para que eu possa bancar a idiota. Além disso, prometi a mim mesma que pararia de me desculpar por ser eu mesma.

E *realmente* quero ver Jasper nu.

Fico parada, abrindo e fechando a boca como um peixe fora d'água, sem saber o que fazer agora, porque... a mão dele ainda está se movendo. Os músculos e veias de seu antebraço retesam enquanto ele continua o sobe e desce.

– Sloane, fecha a porta e senta na bancada.

Sobe e desce.

– O quê?

Meu coração bate descontroladamente no peito.

– Fecha a porta.

Sobe e desce.

– E coloca essa bundinha gostosa em cima da bancada.

Sobe e desce.

Minhas bochechas ardem.

– Nós dois sabemos que você quer assistir.

Eu quero negar, dizer que ele é louco e que está completamente fora da casinha. Que somos amigos e não quero estragar nosso relacionamento.

Mas a verdade é que quero estragar, sim. Quero muito.

Meu cérebro pode querer que eu banque a escrota, mas meu coração? Meu coração quer que eu banque a safada.

Dou alguns passos e acomodo *minha bundinha gostosa* em cima da bancada.

Sobe e desce.

– Boa menina – elogia o musculoso Adônis no chuveiro, e meus dedos seguram a beira da bancada com força suficiente para quebrar uma unha.

Ele é tão descarado, tão diferente do sujeito silencioso e taciturno que conheço. Seus olhos percorrem minha pele como fogo, e Jasper não para de se masturbar enquanto me incendeia com eles. Cada músculo de seu corpo está tenso, cada linha definida. O peitoral. O abdômen. As linhas em V nítidas que descem até onde toda a ação está acontecendo.

Uma vozinha dentro de mim diz que a coisa educada a fazer é desviar o olhar.

Mas esta noite não sou a mulher educada que me disseram que eu deveria ser.

Então eu assisto. Olho tudo atentamente. A cabeça redonda e lisa do pau. Como ele é grosso. A trilha de pelos que leva ao abdômen definido.

Lambo os lábios distraidamente, e ele geme. Meu olhar se volta para aqueles olhos azul-marinho que conheço tão bem. O olhar de Jasper me faz de refém; ferve com um calor que nunca vi. Ele conseguia muito bem me encarar como se fôssemos apenas amigos, mas agora não é o caso.

Ele está me olhando como se eu fosse *dele*.

– Sloane – murmura Jasper, seus dedos se contraindo na parede. – Olha pra mim. Fala comigo.

Lambo os lábios novamente, me remexendo e sentindo como estou molhada só de observá-lo. Se eu enfiasse a mão no meu short, poderia gozar em segundos.

– Não para – respondo, apertando as coxas e me deleitando com os sons dos movimentos acelerados dele.

– Está usando alguma coisa por baixo desse short, meu bem?

Não achei que a voz dele pudesse ficar mais rouca, mas fica.

– Não.

Balanço rapidamente a cabeça e engulo em seco. O gemido que Jasper solta em resposta é pura masculinidade.

– Eu poderia facilmente puxar seu short pro lado e ver tudo.

As palavras dele vibram pelo meu corpo, causando uma pontada quase dolorosa de desejo entre as minhas pernas. Por *isso*. Por exatamente isso que ele está descrevendo.

Jasper baixa os olhos, e eu me contorço sob o peso do seu olhar. Ele encara fixamente o alto das minhas coxas, onde meu short está um pouco apertado. Então seu olhar de desejo se demora em meus mamilos duros, no modo frenético como meu peito sobe e desce, antes de mergulhar de volta nos meus olhos.

O contato visual é enervante.

É erótico. Ele parece selvagem e perdido.

– Porra – xinga Jasper, e então repete: – Sloane.

Seu corpo fica rígido, todos os músculos tensos enquanto ele acaricia o pau mais rápido e mais forte.

Então o primeiro jato de gozo espirra no vidro à frente. Um gemido irrompe da minha garganta com a visão. Outro jato. E outro.

Parece sórdido e animalesco, e meu corpo é um emaranhado de nervos em chamas enquanto o vejo desmoronar na minha frente, com meu nome nos lábios.

Nunca me senti tão importante para alguém, e esse homem nem me tocou.

Ele baixa a cabeça, e eu o vejo ofegar, seu peito arfando. Estou no mesmo barco. É como se eu tivesse feito uma coreografia inteira, com intensidade total.

Meus olhos se revezam entre seu corpo e a porra escorrendo pelo vidro.

Ele pega o chuveirinho, flexionando os músculos enquanto lava o vidro antes de fechar a torneira e sair do chuveiro. Jasper não se preocupa em se cobrir. Não está nada constrangido.

Na verdade, ao me ver olhando, ele *sorri*.

Gotículas de água cobrem sua pele de uma forma que me deixa com um ciúme irracional. Então ele pega uma toalha, e eu a vejo de novo.

A tatuagem.

– Eu entrei aqui porque queria ver isso – falo.

Aponto com a mão trêmula para suas costelas.

Jasper se enxuga.

– Você queria me ver bater punheta enquanto eu fantasiava que estava comendo você nesse shortinho minúsculo? Foi por isso que você entrou aqui?

Minha boceta se contrai e minha nuca se arrepia. Suo frio nas têmporas. Engulo em seco e continuo:

– Estou falando da tatuagem, Jas.

Ele levanta os olhos, vendo o lugar para onde estou apontando, então levanta o braço esquerdo. Tenho uma visão completa da pequena bailarina tatuada em sua pele. Parece uma daquelas bonequinhas de caixas de joias nas quais pensei mais cedo.

– Ah – Ele suspira. – Essa.

– É. Essa aí.

Jasper deixa cair a toalha e diminui a distância entre nós, completamente nu e confiante, o pau ainda duro, e gostoso pra caralho. Ele coloca uma mão em cada joelho meu e os afasta. Manter as pernas fechadas estava diminuindo o latejar entre elas, e eu choramingo antes de morder o lábio inferior para me calar. Estou encharcada e tenho certeza de que ele sabe disso.

Jasper se encaixa entre as minhas pernas abertas como se soubesse que ali é seu lugar e levanta o braço esquerdo para me dar uma visão próxima da tatuagem.

Ela é delicada, com uma expressão serena e artificial no rosto, as mãos erguidas em uma posição perfeita de pirueta. As fitas das sapatilhas de ponta envolvem seus tornozelos enquanto ela gira, e pontinhos dão textura à renda do tutu.

Estendo a mão e passo a ponta dos dedos sobre o tule pintado, como se a textura pudesse ser real. Mas tudo o que encontro é pele lisa, músculos firmes e uma respiração profunda do homem bonito diante de mim. Jasper observa meus dedos enquanto eu os deslizo sobre cada detalhe da pequena bailarina guardada em segurança sob seu braço.

– O quê...? – Balanço a cabeça, tentando juntar as palavras em uma ordem coerente. – O que é isso?

– Pensei que você fosse reconhecer – brinca ele, me deixando aproveitar a sensação de seus quadris contra a parte interna das minhas coxas, do seu pau grosso tão próximo.

Inclino a cabeça e olho para ele.

– Por quê?

Jasper sabe que estou perguntando por que ele tem uma bailarina tatuada quando as outras tatuagens seguem padrões: linhas e formas geométricas que lembram um caleidoscópio.

Ele engole em seco.

– Porque perdi sua primeira apresentação profissional. – Ele pigarreia, olhando para minhas mãos e evitando meus olhos. – Queria muito ter estado do seu lado, depois de todas as vezes que você ficou do meu, então fui e fiz algo naquela noite, pra comemorar do meu jeito.

Eu pisco com força para clarear a visão.

– Você disse que estava revendo vídeos de jogos antigos.

Sua mão direita aperta meu joelho e desliza pela minha coxa, os dedos se esgueirando sob a bainha do short, avançando mais do que nunca.

– Você realmente acha que eu perderia sua grande noite pra rever vídeos de jogos?

– Eu...

Paro de falar, porque sei que não. Pensando bem, sei que ele jamais faria isso. Ele sempre esteve ao meu lado, e aquela noite foi uma exceção. Olhando em retrospecto, não fazia sentido que ele tivesse perdido aquela ocasião.

– Mas você foi ver, depois.

– Comecei a ir quando percebi que seu pai não estaria lá pra me flagrar. Sua noite de estreia era arriscada demais. Mas eu vi o espetáculo. Fui ver algumas semanas depois da estreia, e fiquei sozinho em um dos camarotes.

Apoio a mão em suas costelas e ergo o rosto para ele, sentindo sua respiração contra meus lábios molhados.

– Por quê?

Jasper olha bem fundo em meus olhos antes de ele suspirar e dizer:

– Demorei um pouco pra descobrir. Anos, na verdade, pra entender meus sentimentos, organizá-los, descobrir de onde vieram e pra onde estavam indo. Achei que você fosse apenas uma amiga. Mas quando ele me disse pra manter distância... que eu não podia ter você... Aquilo abalou alguma coisa dentro de mim. Dizer que eu não era bom o suficiente pra você... só me fez querer ser bom o suficiente pra você.

– Você sempre foi bom o suficiente pra mim – resmungo.

Ele segura meu queixo e me olha cuidadosamente sob as luzes fortes.

– Nunca me senti bom o suficiente. Mas agora me sinto.

Minha cabeça gira com a confissão. A excitação briga com a frustração. O desejo luta contra a vontade de me preservar.

– Preciso de um minuto – respondo, por fim, afastando-o delicadamente.

E saio do banheiro.

Depois de anos desejando Jasper Gervais, estou em choque. E não consigo pensar direito com seu corpo nu contra o meu.

Estou exausta. Estou triste. Estou com raiva.

E estou com tanto tesão que poderia explodir.

21

Sloane

Eu me enfio na caminha de molas barulhentas, sentindo-a balançar e me repreendendo por ser teimosa a ponto de achar que esse colchãozinho de criança – que provavelmente já sofreu alguns acidentes noturnos – seria uma ideia melhor do que dormir na mesma cama que Jasper.

O barulho dos passos dele pelo quarto chegam a balançar a caminha. Estou de costas para ele e de olhos bem fechados, por isso minha audição está aguçada. Posso ouvi-lo se vestindo. O zíper da bolsa. O som abafado quando seu cabeção idiota passa pela gola da camisa.

O rosto que vejo toda vez que fecho os olhos, nos últimos tempos. Como ele pôde me enxergar dessa maneira por tanto tempo e não dizer nada? Como pôde me ver namorar outros homens? Quase me casar com um deles?

Acho que eu deveria me fazer a mesma pergunta. Talvez eu tenha uma cabecinha idiota. Talvez nós dois fôssemos tão bons em esconder nossos sentimentos e nos convencermos de que o outro nunca sentiria o mesmo que passamos anos nos encarando à distância.

A situação toda é absolutamente ridícula.

De repente, percebo o calor de seu corpo atrás do meu, sua respiração suave na minha nuca enquanto ele se põe de joelhos ao lado da cama.

– O que você pensa que está fazendo?

Sua proximidade. Sua voz. É demais. Um arrepio percorre minha coluna, e eu aperto os lábios com força para abafar qualquer gemido desesperado que possa escapar.

– Estou indo dormir. Você deveria dormir também. Foi um longo dia – sussurro em resposta, a voz rouca.

– Você realmente acha que vou te deixar dormir nesse berço ridículo? Ou que vou me afastar depois daquilo?

– Eu não preciso...

– Vem pra cama – insiste ele, sem recuar.

– Estou na cama – resmungo, com teimosia.

– Para a cama grande, Sloane.

– Sério, vai se foder, Gervais. Vai fazer conchinha com seus segredos, porque não te aguento mais, seu babaca caladão. Não vou sair deste colchão. Faço questão de ficar aqui.

Dou uma olhada para trás, e ele me dá um sorrisinho.

– Aí está ela.

– É. – Bufo, me virando e ouvindo o colchão ranger. – Aqui estou eu.

Mãos se enfiam entre o colchão fino e as molas metálicas debaixo dele. Fico tensa quando Jasper roça a boca na minha orelha.

– Eu já disse que você não vai dormir aqui. E estava falando sério, porra.

Quando ele me ergue, solto um gritinho. O colchão é tão vagabundo que se enrola em volta de mim, me transformando em um pequeno rocambole de Sloane.

– Que merda você pensa que está fazendo? – grito, sem querer me contorcer nessa posição precária.

Ele se vira e, segurando firme o colchão e todas as cobertas, dá três passos longos em direção à cama antes de me despejar delicadamente na cama king size.

Sento, olhando para ele com fúria, mas Jasper não dá a mínima. Na verdade, ele dá meia-volta, pega a estrutura do berço, arrasta até a porta e a joga no corredor com um enorme clangor de metal. Em seguida, tranca a porta e volta para a cama.

Com uma expressão bem presunçosa e satisfeita.

– Você me ouviu, Gervais? Eu perguntei que merda você pensa que está fazendo.

Ele puxa as cobertas do seu lado da cama, a alguns centímetros de onde estou deitada, e se joga no colchão.

– Você está sorrindo? – Minha voz soa estridente.

– Você me disse que não ia sair daquele colchão, Solzinho. Só estou tentando respeitar seus desejos.

Eu dou um soco no bíceps dele, e Jasper *gargalha.*

– Suas mudanças de humor estão descontroladas, sabia?

Eu volto a me deitar, dando as costas para ele. Soco o travesseiro, expressando agitação em cada movimento.

– Todo mundo fala que mulheres são emotivas demais. Hormonais demais. Estou inclinada a pensar que os homens é que são o problema. Nós, mulheres, ficaríamos bem sem todos vocês atazanando a gente.

Ouço Jasper se esforçando para abafar o riso e fico deitada de lado, olhando para a parede. O silêncio se estende entre nós até que me pergunto se ele adormeceu.

– Você tem razão – responde ele, por fim.

– Tenho? Sobre o quê?

Meu cérebro não está funcionando muito bem, porque conversamos sobre muitos assuntos hoje e brigamos por muitas coisas do passado. Nem sei mais sobre o que tenho razão. Ou se faz alguma diferença ter razão.

– Sobre tudo.

Eu não respondo. Fico deitada ao lado dele no quarto escuro e penso. E penso. E penso. O que faz com que eu fique me revirando na cama, incomodada. Porque o que estou pensando é no sêmen dele escorrendo pelo box do chuveiro. Em seu corpo todo retesado. Na maneira como meu nome soou em seus lábios.

Esses pensamentos me deixam inquieta e desejando que não estivesse deitada ao lado dele. Jasper está perto demais, e eu vi coisa demais. Queria poder me *des*excitar. Mas não sei como.

– Sloane, você está planejando dormir esta noite? – A voz dele atravessa o quarto silencioso. – Está desconfortável? Vou precisar me livrar desse colchão de merda?

Noto a provocação em sua voz.

– Estou extremamente confortável. Muito obrigada.

O que quero dizer é: *Estou com um tesão danado graças a seu pequeno espetáculo, mas agora também estou com raiva.*

Ele ri, um som profundo e suave no escuro. Eu o sinto se aproximar.

– Está agitada, Solzinho?

Tenho um sobressalto quando a ponta de seu dedo toca no alto da minha orelha. Jasper traça o desenho até o lóbulo.

Quando seu toque passa para o meu pescoço, leve e reverente, eu estremeço.

Balanço a cabeça.

Seu dedo desce e desliza pela minha clavícula.

– Precisa de uma mãozinha?

Estou prestes a dizer que não, mas os dedos dele saltam para minha boca, pressionando meus lábios e me silenciando.

Jasper baixa o rosto para o meu ouvido.

– Eu vi você me olhando, Solzinho. Vi você apertando as coxas. Carente pra caralho. – Seus dedos deixam meus lábios e passam a brincar com a alça fina da camiseta no meu ombro. – Agora que vi, não posso *desver*. Não tem mais volta. Então vou perguntar mais uma vez: precisa de uma mãozinha?

Suspiro, sonhando em me permitir ceder, mesmo que só por um minuto. Quero ceder, e tinha dito a mim mesma que começaria a tomar as coisas que desejo.

– Estou chateada. Estou confusa. Estou com raiva da zona que a minha vida virou. Mas eu... Sim, eu quero.

Ele desliza a alça para baixo e beija meu ombro.

– Eu sei que está.

Eu estremeço.

– Mas podemos ficar com raiva juntos. Porque não suporto ver o anel dele no seu dedo.

Olho para minha mão espalmada no travesseiro e estendo a outra para o anel, de repente louca para tirá-lo, mas a mão de Jasper segura meu braço e o abaixa de novo antes de se enfiar sob o tecido preto da minha regata.

Ele segura meu seio, beliscando o mamilo. Eu arqueio o corpo sob o lençol que me cobre e gemo.

– Vou fazer você gozar usando o anel *dele*, como um último foda-se para aquele babaca. E aí você pode voltar a ficar furiosa com o mundo. Eu não te culpo nem um pouco. E, quando você tiver tido seu tempo, vamos conversar.

Eu bufo, mas sem malícia de verdade.

– O que isso significa? *Vamos conversar?*

Os dentes dele roçam meu ombro.

– Significa que eu quero você, Sloane. Mas sou complicado. As coisas de que gosto, as coisas que desejo, a forma como minha cabeça funciona. Você é tão leve e luminosa. Não quero tirar seu brilho. Não quero machucar você. – Jasper crava os dentes no meu ombro, e eu me pressiono contra ele, ofegante. – Acima de tudo, não quero perder você.

– Você não vai me perder. Eu prometo que não vai – sussurro quando ele torce meu mamilo com força suficiente para ser quase doloroso.

Jasper ri, uma risada sombria e muito promissora.

– Não faça promessas que não pode cumprir, Sloane. Tenho um talento especial pra afastar as pessoas. Elas sempre se vão. E nunca ligam muito de me deixar pra trás.

É realmente isso que ele pensa? Fico de coração partido por Jasper. Como sempre.

Ele tira a mão da minha regata e a move preguiçosamente pela lateral do meu corpo, empurrando o lençol fino ao avançar. Tão tranquilo e confiante.

Tão experiente.

Meus joelhos estão encolhidos, então ele puxa a barra do meu short para cima, expondo a curva da minha bunda e tocando-a suavemente antes de apertá-la com um gemido baixo.

E então ele está me tocando, me acariciando, espalhando a lubrificação que ele sabia que ia encontrar. Jasper a espalha por toda a minha boceta, como se estivesse provando algum tipo de argumento.

Ele apoia a testa no meu ombro e solta um gemido tão grave que parece que me tocar lhe causa dor física.

– Tão molhada – diz ele, seus lábios roçando meu ombro e dando beijos lentos no meu pescoço rumo à minha orelha.

Seus dedos giram e pressionam meu clitóris, e Jasper me segura com firmeza, me fazendo gemer. Me fazendo soar carente pra cacete.

Ele chupa meu pescoço com força suficiente para deixar uma marca.

Estou prestes a protestar, mas ele me tira o fôlego ao meter dois dedos em mim. Meu corpo se arqueia para acomodá-lo.

– Você passou esses anos todos fantasiando que outras pessoas eram eu? Como eu fiz? Aposto que sim.

– Ai, meu Deus.

Eu gemo e rebolo contra seus dedos. Jasper os tira e coloca de volta de um jeito dolorosamente lento. Saboreio o desejo puro em cada movimento.

É uma tortura deliciosa. E é disso que eu gosto.

– Você pode estar usando o anel dele, mas nós dois sabemos que, na sua cabeça, era o meu pau que estava dentro de você – diz ele com a voz rouca.

Fico ao mesmo tempo constrangida e excitada. Ele não está errado. Bem, não por completo. Ele está enganado, porque Sterling e eu na verdade mal transávamos. Durante o pouco tempo que ficamos juntos, consegui ter muitas enxaquecas ou ficar ensaiando até tarde.

Jasper move os dedos, e eu me sinto cada vez mais molhada, a excitação aumentando quanto mais ele me toca. Quanto mais ele fala comigo.

Ele se apoia em um cotovelo e me observa de cima.

– Olha pra mim, Sloane.

Até agora, mantive os olhos fixos na parede escura à minha frente. Olhar para ele parece... demais. Como se estivesse me expondo mais, quando já lhe contei tanto e ele me deu tão pouco.

Decido continuar encarando a parede, protegendo os pedacinhos do meu coração e da dignidade que ainda possuo. Porque Jasper Gervais consome todas as outras partes de mim.

Jasper tira os dedos, e eu me deito de costas, pronta para exigir que ele continue, mas, assim que meus olhos encontram os dele, suas mãos voltam a me tocar.

– Não gosto de pedir duas vezes – diz ele simplesmente antes de mergulhar os dedos de novo em mim. Eu me contraio e gemo, aliviada por tê-lo de volta dentro de mim. – Olha pra mim, meu bem.

O máximo que consigo fazer é encarar seus olhos azul-escuros, que me observam fixamente. Ele me toca com muita habilidade, e aquela pressão deliciosa aumenta, tomando cada canto do meu corpo.

Estou brava com ele por todas as coisas que não me contou.

Mas também estou apegada a ele.

Provavelmente já o perdoei.

É bem possível que esteja irrevogavelmente apaixonada por ele.

– Quando transava com outra pessoa, em quem você pensava? – pergunta ele, a voz rouca. – Quero ouvir.

– Por quê? Está com ciúme? – provoco, tentando evitar o inevitável, tentando fazer com que ele me dê alguma migalha de sentimento quando sempre foi tão fechado.

Jasper não hesita.

– Ciúme é apenas a ponta do iceberg. Você não tem ideia de quantas vezes desejei ser o homem com as mãos em você.

Sua mão percorre minhas curvas enquanto ele fala.

– O homem apertando esses peitos lindos. O homem com a cabeça entre essas suas coxas, fazendo você gritar. O homem metendo nessa sua bocetinha apertada toda noite.

Minha respiração falha.

– Responde, Sloane.

Essa é uma daquelas coisas que guardo nos recônditos escuros da minha mente, longe da luz do dia. E agora ele está me pedindo para simplesmente admitir?

Jasper acrescenta um terceiro dedo e toca no meu clitóris com o polegar, fazendo que eu me contorça incontrolavelmente.

– Você. Sempre foi você – confesso de uma vez.

É a única maneira de fazer essas palavras passarem pela parte lógica do meu cérebro que me diz para manter esses segredos bem trancados.

– Claro que sim – rosna ele. – E agora vou te lembrar do motivo.

Então os lábios dele encontram os meus com vontade, me reivindicando, como sempre sonhei.

Nós nos entregamos por inteiro ao beijo. O lado bom. O lado ruim. A saudade. A dor. O amor.

O corpo dele relaxa, e Jasper se posiciona sobre mim, uma mão enrolada no meu cabelo enquanto a outra se move entre minhas coxas. Eu me ajusto, abrindo as pernas e dando a ele melhor acesso. Eu me entrego a ele, e Jasper me entrega um pedacinho de si.

Afinal, é o Jasper. O menino de olhos tristes e coração de ouro.

Sempre confiei nele, sempre confiarei.

A ideia dele, de nós dois, se mistura à maneira mágica como seus dedos me tocam, e eu me aproximo do limite. Minha visão embaça, meus lábios ficam dormentes, e uma excitação cresce no meu ventre.

– Jasper – sussurro entre beijos suaves e profundos. – Ai, meu Deus. Ai, merda. Ah, ah...

E então desabo em queda livre. Meu corpo treme enquanto um orgasmo intenso toma conta de mim. Minha visão fica desfocada enquanto me delicio com o clímax mais intenso da minha vida. E Jasper continua me abraçando com força, observando cada pequeno movimento que faço com uma fascinação extasiada.

Com adoração.

Então seus lábios descem para espalhar beijos por todo o meu rosto. Meus dedos se enroscam no cabelo molhado dele e meu corpo amolece quando ele diz:

– Está vendo só, Sloane? Você pode usar o anel de outro homem, mas nós dois sabemos que você sempre foi minha.

22

Jasper

Disse a mim mesmo que só a tocaria por quatro segundos.

Disse a mim mesmo que só a beijaria por quatro segundos.

Disse a mim mesmo que só ficaria bravo por ver aquele maldito anel de brilhante roçando a *minha* tatuagem por quatro malditos segundos.

E acontece que sou um mentiroso do cacete.

Ainda a estou tocando. Ainda tenho os dedos enfiados em sua boceta apertada. Meus lábios ainda estão se arrastando por toda a sua pele macia.

E ainda estou furioso por ela estar usando aquele anel cafona.

Minha.

Porra, por que eu disse isso a ela? Por que fiquei tão possessivo desde que descobri que ela estava noiva? Por que sempre a considerei minha e nunca me senti ameaçado até *ele* chegar?

Estou cem por cento fora de controle e *odeio* esse sentimento. Pensamentos intrusivos disparam em minha cabeça, e eu desabo.

Estrago nossa amizade.

Ela me abandona.

Ela me odeia.

Eu me permito pensar nessas coisas por quatro segundos. Depois coloco esses pensamentos numa caixa e os guardo junto com todos os outros que me devoram, incluindo aqueles a respeito de Sloane que mantive bem trancados.

Afasto a mão de seu corpo macio e quente porque fiz o que prometi – peguei o que queria, o que ela *precisava* – e agora vamos dormir.

Conversaremos sobre tudo com calma pela manhã, quando a raiva e os anos de frustração sexual reprimida não estiverem nos dominando.

De ambos os lados. Porque eu não sou nenhum idiota. Sloane Winthrop chama atenção dos homens há anos, e com toda a certeza não estou imune a ela. Ao seu rosto. Ao seu corpo. Tudo nela é atraente.

Isso me distrai pra cacete.

Mas como ela é por dentro que é especial. Seu coração. Seu cérebro. Sua empatia.

Ela é uma raridade. Muito propensa a cumprir as vontades dos outros para não irritar ninguém. Percebendo isso ou não, ela não precisa de outro homem controlando sua vida.

E minha necessidade de assumir o controle é uma fera que mantenho enjaulada, longe da garota que coloquei em um pedestal. Não estou ansioso para arriscar com a única mulher que já amei em um momento em que nós dois nos sentimos tão vulneráveis.

E se eu fizer isso e ela me deixar?

Eu não sobreviveria.

Com um último beijo em seu rosto quente, eu me afasto, tentando entender tudo o que fiz nos meus vários segundos de insanidade. Se quatro segundos são as traves do gol, eu passei por cima delas.

– Mais – murmura Sloane em um tom cheio de tesão.

Inclino a cabeça para trás e encaro o teto, rezando por... alguma coisa. Meu corpo se revolta. Quero dar mais a ela. Prová-la. Ficar por cima e cobrir seu corpo com o meu. Observá-la se entregar repetidas vezes.

Suas mãos me alcançam, e meu peito dói enquanto luto contra a vontade de retribuir.

– Por hoje é só, Solzinho – digo, a voz suave, mas firme. – Vem cá.

Abro os braços, pronto para jogar aquele colchão nojento no chão e abraçá-la a noite toda.

– Como assim, por hoje é só? – pergunta ela, se virando para mim.

– Quero dizer que acabou. Por hoje.

Passo a mão pelo cabelo, puxando com força, tomado pelo nervosismo.

Você já estragou tudo, seu idiota com tesão.

– Não vou fazer mais nada enquanto você estiver com raiva de mim. Não quero te magoar.

– Você nunca me magoaria.

Solto um suspiro. Ouvi-la dizer isso chega a doer. Diminui toda a culpa que vivo carregando, porque Sloane tem razão. Eu *nunca* a magoaria.

– É complicado – respondo, feito um idiota.

Ela suspira.

– As coisas com você sempre são complicadas. – Ela toca meu braço. – Me diz qual é o problema, Jas. Dá pra ver que você está pirando.

Ela move o queixo em direção à minha cabeça. Sloane sempre sabe quando estou pirando. É como se tivesse um sexto sentido.

– É que... eu gosto...

Porra. Não tenho problema algum em dizer a mulheres aleatórias do que gosto no sexo. De poder. De controle. De vê-las fazer exatamente o que eu mando. Não é apenas sexo. É provar a mim mesmo que quando dou uma ordem, o resultado é bom. Posso dar muito prazer.

– Você gosta do quê?

Os olhos dela estão arregalados, o rosto tão perfeito, seu tom tão receptivo. Eu odiaria que Sloane me encarasse de um modo diferente. Eu a quero, mas tenho medo de mudar nossa dinâmica.

– Conversamos amanhã. Vamos dormir.

Meu corpo está elétrico. Posso ter dado uma mãozinha a ela, mas tudo o que fiz foi me excitar de novo. O olhar de Sloane observa meu rosto por alguns momentos. Uma risada frustrada irrompe de seus lábios, sua cabeça balançando contra o travesseiro enquanto ela se abaixa para puxar o lençol sobre seu corpo.

– Bem, o que nunca muda é que você vai ser sempre péssimo em falar de sentimentos. – Ela se vira, bufando, e murmura: – Homens são todos uns idiotas. Obrigada pelo orgasmo.

– Foi bom, não foi?

Ela não precisa confirmar. Eu sei que foi. Eu também senti.

Sou respondido com alguns segundos de silêncio, seguido por um "Aff" irritado antes de ela se cobrir e começar a me ignorar.

Eu sorrio. Pelo menos ela está ao meu lado. Chateada e em cima de um colchão de criança sobre um king size perfeitamente espaçoso, mas ainda é melhor do que do outro lado do quarto, desconfortável.

Fico deitado pensando em como essa noite inteira é a nossa cara. Altos e baixos, prazer e dor, felicidade e tristeza. Segredos e verdades.

Com Sloane, o resto do mundo não importa porra nenhuma, porque, quando estou ao lado dela, tudo sempre parece certo. Isso me acalma. Ela me acalma. Sempre acalmou.

Para mim, ela é essa pessoa.

Fico metendo os pés pelas mãos, mas o que importa é Sloane. *Minha Sloane*. Independentemente do que aconteça, estaremos sempre um do lado do outro.

Minha Sloane.

Penso nisso de novo, e, meu Deus, como é bom.

Acordo com o corpo de Sloane sobre o meu. Seu colchãozinho vagabundo está pendendo na beirada da cama, porque ela claramente o empurrou para longe no meio da noite.

Da última vez que acordei assim com ela, saí furtivamente com o rabo entre as pernas. Mas não tenho a mínima inclinação de repetir isso hoje.

Prefiro ficar deitado aqui e me deleitar com a pressão quente de seu corpo, seus seios macios contra o meu peito e seus dedos sobre a tatuagem que fiz para me lembrar dela.

É minha tatuagem favorita.

Para minha pessoa favorita.

Ainda consigo sentir o modo como seu corpo se contraiu em volta dos meus dedos na noite passada. Como ela ficou mais molhada quando a fiz admitir que pensava em mim enquanto estava com outros.

Definitivamente, parte de mim também gostou disso. Vê-la gozar usando o anel dele foi satisfatório.

Meio escroto.

Mas satisfatório.

Uma risada baixa ressoa no meu peito e Sloane se agita. Juro que a vejo despertando, cada membro voltando à vida, sua mão saindo de debaixo da minha camisa.

"Aff!" é a primeira coisa que ela exclama ao se afastar de mim.

Não consigo segurar o riso.

– Bom dia pra você também, Solzinho.

– Você e suas múltiplas personalidades estão me dando dor de cabeça, Gervais.

Ela me lança um olhar capaz de fazer alguns homens tremerem de medo, mas eu... não acho que haja nada que ela possa fazer que vá me espantar.

– Ouvi dizer que orgasmos ajudam com isso – rebato, recusando-me a ficar desanimado com seu mau humor.

Ela bufa. Ou talvez seja uma risada. Não tenho certeza, porque Sloane já está se levantando e indo para o banheiro. Meus olhos percorrem seu corpo firme e o short preto de algodão que foi tão facilmente puxado para o lado ontem à noite.

Meu pau sobe enquanto observo sua bunda redonda se afastar.

Esta manhã, estou sentindo cada ano de desejo reprimido e me perguntando por que me dou ao trabalho de resistir quando tudo entre nós parece tão inevitável.

23

Jasper

Jasper: Alguma novidade?

Harvey: Nada ainda.

Ela não fala comigo enquanto arrumamos nossas coisas. Não fala comigo no carro. Não fala comigo durante todo o caminho pelas montanhas até a fazenda de Violet em Ruby Creek.

Sloane aumenta o volume do rádio e olha pela janela. Consigo perceber que agora é ela quem está passando pelo que sempre me vê passar: está surtando, e não posso culpá-la. Despejei muita coisa em cima dela.

Como o pai dela é um merda.

Como escondi meus sentimentos.

E aí usei meus dedos para fazê-la gozar enquanto a obrigava a admitir que pensava em mim enquanto fodia o noivo.

Posso ter ido longe demais nessa parte, mas estou irracionalmente satisfeito com isso.

Meu lado ciumento entrou em cena, e não o contive nem um pouco. Deixei que cravasse as garras e agora estou preocupado que ela possa ter ficado constrangida.

Sloane me contou muita coisa, e eu lhe ofereci pouco em troca.

Como sempre.

Quando entramos na estrada que leva ao Rancho Gold Rush, eu a pego olhando o celular, pois no caminho até aqui nós dois estávamos sem sinal.

Quero dar uma espiada e ver quem está mandando mensagens para ela.

Woodcock não desistiu, nem o pai. Mas Sloane está brincando de me dar gelo, então não pergunto.

Quando chegamos ao amplo e luxuoso centro de treinamento de cavalos de corrida, arrisco outro olhar para ela. Todo o sangue sumiu de seu rosto, e seus olhos estão grudados na tela, o dedo suspenso sobre o celular, trêmulo.

Olho de volta para a entrada circular perfeitamente pavimentada, tomando cuidado para fazer uma curva ampla e não bater com o trailer. Qualquer estrago nesse lugar deve ser caro de consertar.

Enquanto o Rancho Poço dos Desejos é cheio de postes de madeira, estradas de terra e acabamentos rústicos, este lugar é feito de vidro, cercas de vinil branco e toques modernos por todo canto.

Tem até a porra de um lustre pendurado na entrada do estábulo.

E embaixo dele está Violet.

Sorrindo.

E chorando.

Assim que estaciono o carro, Violet corre para a caminhonete, o rosto avermelhado aparecendo ao meu lado enquanto ela abre a porta.

Mal coloquei minhas botas no chão e ela já está falando:

– Encontraram ele! Ele está bem!

A palavra *bem* sai em um soluço, e ela se joga sobre mim, braços apertando com força meu pescoço enquanto eu a tiro do chão.

Encontraram ele. Ele está bem.

Encontraram ele. Ele está bem.

Encontraram ele. Ele está bem.

As palavras ecoam no meu cérebro. Se eu as repetir muitas e muitas vezes, talvez eu acabe absorvendo.

Sinto a umidade das lágrimas de Violet. A irmãzinha que ainda tenho. Meu peito se aperta. Estive tão focado no meu próprio sofrimento pelo desaparecimento de Beau que me esqueci de pensar nos outros.

Tenho sido egoísta. Egoísta pra cacete.

– Ele está a salvo. Ele está a salvo, Jas.

Meus braços se fecham em volta dela, e Violet chora no meu ombro, meus próprios olhos se enchendo de lágrimas.

– Onde? Como? – murmuro contra seu cabelo.

– Não sei. Todo mundo estava tentando te ligar, mas só dava caixa postal. Sem sinal, imagino. Só sei que ele foi encontrado e que está recebendo cuidados médicos. Tenho certeza de que papai vai receber mais notícias.

Nós dois suspiramos, e eu lentamente a coloco no chão. Violet é muito pequena, mas de alguma forma está parecendo ainda menor.

Ela vira a cabeça e vê Sloane parada na frente da caminhonete, nos observando, lágrimas escorrendo pelo rosto.

– Ele está bem?

A voz dela falha, e Sloane leva a mão à boca para conter o choro. Violet assente, abrindo os braços para a prima. Sloane corre para ela, e as duas se abraçam, aos prantos.

Eu limpo o nariz e levanto a cabeça para o céu, esperando que as lágrimas em meus olhos voltem para o lugar de onde vieram.

O céu está perfeitamente azul, como os olhos de Sloane. Nenhuma nuvem à vista. Não pela primeira vez, eu me pergunto o que Beau está vendo neste momento. Luzes fortes de um hospital? Algum tipo de porta-aviões? O interior das próprias pálpebras?

Vejo Cole, o marido de Violet, se aproximando, com sua aparência sombria e ameaçadora... mas ele não é nada disso. Bem, a menos que você seja o imbecil que destratou sua esposa... Aí ele tem o mesmo tipo de interruptor de Beau, como membro das Forças Armadas.

O interruptor que, quando acionado, os transforma em alguém capaz de matar um inimigo com as próprias mãos.

Ele assente para mim e toca o cabelo de Violet, e eu anseio por tocar Sloane e oferecer o mesmo gesto de conforto e de posse.

Quando sua esposa se vira para ele e desaparece em seus braços, é Sloane quem se vira para me olhar.

– Ele está bem – repete ela.

Eu faço que sim, sentindo um nó na garganta e uma ardência no nariz.

Ela avança para mim ao mesmo tempo que vou até ela. Toda a tensão entre nós é dizimada pelo modo desesperado como precisamos um do outro. Uma de suas mãos agarra minha camisa enquanto a outra desliza para dentro da minha jaqueta e toca a tatuagem. Eu a aperto com força e, quando sua testa pressiona meu peito, baixo a boca para o topo de sua cabeça.

Como sempre.

– Estamos todos bem – respondo, um pouco rouco, contra o cabelo dela.

Puro alívio corre pelas minhas veias.

Sloane se aninha em mim, e eu me aninho nela. Ficamos agarrados um ao outro como fizemos na maior parte de nossas vidas.

Porque, não importa o que aconteça no mundo, tudo fica melhor com ela em meus braços.

24

Sloane

Sloane: Deem um abraço nos rapazes por mim. E abraços pra vocês também. Nem acredito. <3
Summer: Não consigo parar de chorar. Estou tão aliviada. Estamos enviando abraços pra vocês também.
Willa: Eu abraço Cade por você se você der pro Jasper por mim.
Sloane: Quando eu der pro Jasper, vai ser por mim mesma.
Summer: Uuuuuh!
Willa: Possessiva. Gostei.
Willa: Espera aí. Você disse QUANDO?!

Estou feliz e exausta ao mesmo tempo. Estou de volta em uma picape enorme, mas, desta vez, Violet está ao volante. Estou sentada no banco do passageiro, e suas três amigas mais próximas estão no banco de trás.

Billie, que tem um talento especial para nos fazer rir, proclamou que descarregar feno é um trabalho de "menino" e que todas nós deveríamos ir comprar vinho para beber direto da garrafa. Ela me assusta um pouco, para ser sincera.

Ela é como Willa.

Só que dez vezes pior.

E tem Mira, com seu cabelo preto, olhos penetrantes e sorriso sagaz. Sinto que ela conhece todos os meus segredos mais profundos e obscuros só de olhar para mim.

E Nadia, que é um pouco mais nova, tão linda que não consigo parar de olhar para ela. Parece ter saído direto de uma passarela da Victoria's Secret para a fazenda.

Elas conversam alegremente, mas Violet e eu permanecemos em um silêncio amigável e atordoado. É como se eu não tivesse percebido quanta tensão estava carregando em relação a Beau até que o peso foi aliviado.

Sinto agora uma exaustão no corpo inteiro, que se estende da ponta dos meus dedos até a ponta dos meus pés.

Eu poderia dormir por uma semana.

– Você está bem?

Violet me olha, o rabo de cavalo alto balançando sobre o ombro com o gesto.

– Estou. – Eu suspiro. – Só estou muito, muito cansada.

– Vocês fizeram uma viagem longa.

– Longa mesmo.

E isso nem começa a descrever a jornada.

Um sorriso surge no canto dos lábios dela.

– Sempre me perguntei quando vocês dois iam reparar um no outro.

Eu me viro para ela.

– O quê?

– Você e Jasper. Vocês estão apaixonados há tanto tempo... Eu notei aquele abraço. Além disso, vi a cara dele no dia em que contei do seu noivado. E no dia do seu casamento? – Ela bufa. – Acho que ele estava só procurando uma razão pra invadir a igreja e tirar você de lá. Ele é mesmo um pobre idiota emocionalmente atrofiado.

Eu fico atônita, a mente agitada.

– Ele não é emocionalmente atrofiado.

Sempre corro para defender Jasper, não importa o que aconteça. Violet me lança um olhar de soslaio.

– É, sim. Eu me casei com um desses, então conheço bem o tipo.

– Espera aí – diz Nadia. – Vocês não são primos?

Mira sacode o dedo de um lado para o outro.

– Não. Ele é o irmão adotivo.

Eu vejo o sorriso de Nadia pelo espelho retrovisor.

– Porra. Que excitante.

Eu resmungo, mas não consigo dizer uma palavra antes que Billie interfira.

– Você tem que transar com ele.

Não consigo deixar de rir. Meu corpo treme de tanto gargalhar, porque essa situação toda é demais. Minhas emoções estão à flor da pele. Estou meio histérica.

Violet ri também.

– Billie, esse é sempre o seu conselho.

– Eu bem que tentei – digo por trás das minhas mãos, porque esconder o rosto enquanto admito isso parece mais fácil. – Ele disse que precisávamos conversar primeiro.

– Mas rolou alguma coisa? – Violet não consegue esconder a curiosidade. Sempre foi conversadeira.

– Sim. – Abaixo as mãos, olhando para o teto da caminhonete. – Rolou alguma coisa.

Billie murmura atrás de mim, pensativa, como se estivesse prestes a dar um conselho profundo.

– Você tem que exigir que ele te coma.

Eu bufo, e um tipo diferente de lágrima brota em meus olhos. Do tipo bom, causado por tentar segurar uma risada. Olho para o banco de trás.

– Funcionou comigo – diz Mira, com um sorriso felino nos lábios.

– Eca. Não me conta essas coisas sobre o meu irmão, por favor. – Nadia se vira para a janela, uma expressão exagerada de desgosto no rosto. – Você podia fazer o que eu fiz e deixá-lo louco até ele ceder.

Billie opina novamente:

– Não. Faz como a Violet. Manda nudes pra ele.

Violet não se intimida com a declaração de Billie, como faria quando mais jovem. Em vez disso, um sorriso orgulhoso surge em seu rosto enquanto ela dirige pela estrada nevada até chegarmos ao Neighbor's Pub, o bar e loja de bebidas mais decadente que já vi. Uma placa luminosa anuncia: "CERVEJA GELADA E VINHO!!!"

Com pontos de exclamação e tudo.

Parece detonado o bastante para combinar com a nova versão de mim em que estou trabalhando.

Já gostei daqui.

– Ou só faz o que eu fiz e deixa o gato com ciúme até ele perder a cabeça, bater na sua porta e depois transar com você na bancada da cozinha – acrescenta Billie.

Eu rio mais alto, assim como as outras meninas, e sinto um calor no peito. Adoraria amizades como essas na minha vida. Acho que poderia cultivá-las com Willa e Summer.

Quando saímos da caminhonete, com o astral mais leve por causa das piadas a respeito da minha vida pessoal caótica e da bagunça que é essa relação de amizade-amor-paixão eterna que virou sabe-se lá o quê, eu pergunto:

– Você acha que vendem Buddyz Best Beer aqui?

– Claro que sim! – exclama Billie, virando-se e abrindo a porta de madeira.

De repente, não me sinto mais tão mal com tudo. Todo mundo que amo está em segurança e contente. Violet tem boas amizades aqui. Beau foi encontrado. As coisas entre mim e Jasper estão complicadas, mas... somos nós.

Sempre acabamos juntos, de alguma forma.

Só precisamos parar de lutar contra isso.

O marido de Mira, Stefan, nos prepara uma enorme refeição gourmet. Durante o jantar na casa ampla de Billie e Vaughn, todos claramente compartilham do meu sentimento de alívio.

Vaughn faz piadas que amenizam consideravelmente o clima. Cole e Griffin são quietos, mas simpáticos. A familiaridade entre os amigos aquece meu coração. O vinho flui facilmente, assim como a conversa.

As janelas da sala de jantar dão para a fazenda imaculada, e todas as crianças desabaram na enorme sala de estar rebaixada enquanto um filme da Disney ainda passa na tela.

É aconchegante e reconfortante, e dá para ver que esse grupo de pessoas se reúne assim com frequência. Há um nível de intimidade entre eles que faz com que eu me sinta acolhida, ainda que um pouco distante. Continuo sendo alguém de fora.

Aqui apenas não é Chestnut Springs.

Não paro de olhar para Jasper do outro lado da mesa, querendo vê-lo sorrir, querendo vê-lo parecer aliviado e feliz, depois de semanas vendo-o arrasado.

Ele não está usando boné esta noite, então é mais fácil observar cada expressão que surge em seu rosto. Quero saber se ele está bem, mas ainda desvio o olhar rapidamente quando seus olhos se fixam nos meus.

Minhas bochechas esquentam e sinto um formigamento no corpo, e meu cérebro me leva de volta à noite passada, quando ele deslizou os dedos entre minhas pernas e me fez gozar mais forte do que nunca.

Eu disse tantas coisas a ele, e Jasper me disse tão pouco. Ainda está se segurando, e isso dói. Sempre senti que era sua confidente, seu porto seguro, alguém com quem ele poderia desabafar, mas, nos últimos dias, percebi que ele ainda mantém muita coisa bem trancada.

Ele não me contou tudo, e isso não deveria importar. Todos nós temos segredos, acho.

Mas importa. Eu quero saber. Quero ser sempre a pessoa que o conhece melhor. Essa sempre foi a única coisa que eu tive com ele, que nenhuma outra mulher pode reivindicar.

Posso não conhecer seu corpo. Posso não ter memorizado todas as suas tatuagens. Mas conheço seu coração. Estou intimamente familiarizada com todas as partes de Jasper que ele me mostrou ao longo dos anos.

Mas elas não são o suficiente.

Quero o resto também.

Quando há uma pausa na conversa, eu reprimo um bocejo. Violet, sentada ao meu lado, dá um tapinha no meu joelho.

– Cansada?

Eu faço que sim.

– É. Acho que vou encerrar o expediente por hoje.

– Tudo bem. Levei as malas de vocês pro pequeno chalé perto do riacho. Assim as crianças não vão te acordar às cinco da manhã.

– Perfeito.

Billie se inclina e sussurra no meu ouvido:

– Aquele chalé é conhecido como Cabana do Amor por aqui.

Violet lança a ela um olhar inabalado.

– Era assim que chamávamos quando você e Vaughn moravam lá.

Billie levanta as mãos em sinal de rendição.

– Tudo bem. Só estou dizendo que tem uma *vibe* sexual por lá.

Eu me levanto, sorrindo das palhaçadas delas, mas então congelo e olho para a morena atrevida.

– Espera aí. Foi lá que aconteceu aquela história da bancada da cozinha?

Ela dá de ombros com um sorriso malicioso.

– Sou maníaca por limpeza. Não se preocupa. Eu limpei tudo.

Aperto os lábios para não soltar uma risada, mas Jasper chama minha atenção do outro lado da mesa:

– Vou com você. – Ele se despede das pessoas com um aceno de cabeça. – Obrigado pelo jantar. Estava excelente.

Há abraços e desejos de boa-noite, mas tudo isso se mistura às batidas pesadas do meu coração, porque em poucos minutos estaremos apenas Jasper e eu caminhando por uma fazenda tranquila sob o céu escuro.

Já estivemos aqui antes.

Juntos no escuro.

Mas nunca me senti desse jeito.

Jasper insere o código na fechadura da porta. A tensão entre nós está tão grande que nem rimos do código 6969. Estou cansada e tensa ao mesmo tempo.

Entramos e eu tiro os sapatos, mantendo os olhos fixos no chão. Tomei banho e me troquei na casa principal, quando chegamos, mas ainda não tinha entrado neste chalé.

Ele tem conceito aberto e é aconchegante, com vigas de madeira expostas. Presumo que o lance de escadas leve a um quarto. Ou a mais de um? Não tenho certeza, porque não parece haver espaço suficiente para mais de um.

Mas ninguém nem nos perguntou nada. Então ou há realmente duas camas, ou minha prima e suas amigas estão brincando de casamenteiras na porra da Cabana do Amor.

– Que chalé fofo – digo distraidamente, olhando ao redor.

As costas musculosas de Jasper se retesam sob sua camiseta azul-marinho, e ele se serve de um copo de água da geladeira. Fico admirando seus ombros largos, sua postura sempre tão perfeita, e a forma como seu tronco afina na cintura.

E aquela bunda redonda de jogador de hóquei.

Levanto a cabeça e olho para o teto, todo de tábuas de madeira e vigas transversais. Luminárias industriais de ferro forjado e um ventilador pendem acima de mim, um contraste descolado com o tapete persa sob meus pés. Sofás de couro confortáveis ficam de frente para as janelas altas em formato de A.

– Você deve estar aliviado por causa do Beau – comento assim que Jasper se vira e se recosta na bancada da cozinha.

Meio sem pensar, me pergunto se é *essa* a bancada, mas decido não tocar no assunto agora.

– É. Vai ser bom vê-lo. Espero que Harvey consiga mais informações quando chegar lá.

Eu faço que sim. Ficamos sabendo que Harvey tinha pegado um voo para o hospital militar para onde transferiram Beau, para que pudesse ficar ao lado do filho.

– Vamos ficar por aqui? Ou voltar direto?

Ele inclina a cabeça, seu rosto tomado pela mesma expressão de quando está indo para o gelo. O foco. A tensão. Os olhos semicerrados.

– Não sei, Sloane. O que você quer?

Solto um suspiro pesado, endireitando os ombros e mantendo a cabeça erguida, ainda parada perto da porta.

– Dessa vez, eu queria que você me dissesse o que está pensando. Estou cansada, Jasper. Cansada de adivinhar, cansada de ficar pisando em ovos a respeito dos sentimentos de todo mundo, cansada de dar tanto e receber tão pouco em troca. E não apenas de você, de todo mundo. Dá pra me dizer alguma coisa sincera, pelo menos uma vez? O que você está sentindo? Qual é o nosso plano? Vamos ficar aqui? Ou vamos pegar a caminhonete e voltar? Não é nada complicado. E como você é o único com um prazo, por causa do time, vou presumir que você tem um plano. Porque você sempre tem.

Ele me encara com intensidade, então eu continuo:

– *Como sempre*, você simplesmente não sente necessidade de falar do assunto. – Gesticulo, a frustração permeando meu tom de voz. – Ou de qualquer assunto, aliás. Acho que você considera bem melhor manter tudo trancado dentro de si e então me surpreender com a merda toda de uma vez. Então, tipo, posso ao menos receber um aviso ou algo parecido?

Vejo-o contrair o maxilar, dedos cerrados em torno do copo de água, o braço se retesando. Nós nos encaramos, e eu mergulho naqueles olhos que conheço tão bem, desejando que ele diga algo. Passei anos fazendo monólogos enquanto ele escutava, mas cansei de desempenhar esse papel. A frustração fervilha no meu peito antes de escapar.

– Pelo amor de Deus, Jasper! Porra, diz alguma coisa!

– Eu acho que poderia desmoronar sob o peso do quanto não quero te decepcionar. Estou paralisado pelo medo de te perder.

As palavras dele sugam todo o ar da sala. Como um soco direto no estômago. Eu me lembro de cair do balanço de pneu, no rancho, quando criança, e de ficar sem fôlego.

Ele apareceu... esfregando minhas costas e me dizendo para ficar calma.

Abro a boca para responder, mas Jasper me interrompe.

– A ideia de precisar tanto de você e te decepcionar... – Ele desvia o olhar do meu, balançando a cabeça. – Porra, isso me mata.

– Você nunca vai me perder – sussurro em resposta.

Quero correr e tocá-lo, mas também quero dar espaço para ele. Não quero encurralá-lo ou sufocá-lo.

– Eu quase perdi você.

Jasper avança alguns passos, e acho que vai vir até mim, mas ele coloca o copo de água na ilha de mármore antes de apoiar as mãos ali, como se aquela ilha fosse a única coisa que o impedisse de atravessar o aposento.

Como se ele estivesse lutando para se manter longe de mim.

– Naquele acostamento, na montanha. Para as manipulações do seu pai. Para *ele* – acrescenta Jasper, os olhos pousando no anel no meu dedo.

O anel que obviamente não me impediu de passar dos limites com Jasper.

– Então me toma de volta, cacete! Eu sonho com você literalmente há anos e nunca soube que você me via como nada além de uma amiga. – Jasper se retrai, mas cansei de me segurar. – Estou lambendo essas feridas há tanto tempo, Jasper. E você foi covarde demais pra dizer qualquer coisa. Então diz de uma vez. Diz o que você quer!

Ele grunhe e abaixa a cabeça por um momento antes de fixar seu olhar sombrio em mim.

– É isso que eu quero. É isso que me dá tesão. Mandar e você obedecer. Controle. – Suas bochechas ficam vermelhas sob a barba por fazer. – Eu tentei não fazer isso. Mas depois de tudo o que aconteceu na minha vida, isso se tornou... – Ele passa a mão pelo cabelo em um gesto agitado. – Parte de mim. Mas não quero que você faça nada que te deixe desconfortável só pra me agradar. Você não precisa disso na sua vida. Não é o que eu quero pra você. Eu te conheço. Sei tudo pelo que você passou. Vi os homens na sua vida te dizendo o que fazer, usando você como a peça de um jogo. E não quero ser outro babaca mandando em você.

O tesão se espalha pelo meu ventre, o calor alcançando cada membro.

– Você não entende, Jas? Eu vi todas as partes mais sombrias de você, e ainda estou aqui. Eu ainda quero mais. Para de tentar me assustar. Não vai funcionar.

Ele parece angustiado.

– Eu não quero ser outro homem que...

Faço um gesto brusco para interrompê-lo.

– Você fala que não quer mandar em mim, não quer me decepcionar, mas eu estou cansada de ser tratada como se fosse frágil demais ou imaculada demais. Não quero ser uma donzela em perigo! Então para de me tratar como se eu fosse. Não sou um troféu. Você não está me *mandando* fazer nada! Eu estou dizendo que quero que você me tome, e você fica aí, fazendo carinho na minha cabeça como se eu fosse uma imbecil, me dizendo que eu não sei o que quero. Se eu não gostar de alguma coisa, eu vou te dizer, porra. Mas, pelo amor de Deus, para de decidir o que eu gosto ou não gosto. O que eu posso ou não suportar. O que parece bom ou não. Para de se segurar comigo.

Estou respirando pesado quando termino de falar. Botar tudo para fora é *bom*. Eu me sinto empoderada e... viva.

– Quantas vezes preciso repetir até você acreditar em mim? Até eu conseguir uma resposta? – Balanço a cabeça, incrédula com esse homem que conheço tão bem e não conheço nem um pouco. – Sempre foi você, Jasper. Sempre vai ser você. – Suspiro pesadamente. – Por favor, me diz o que fazer com isso.

25

Jasper

Ouço Sloane me atacando, toda feroz e determinada, e ela tem toda a razão.

Está me dizendo para tomar o que eu quero, o que ela quer, e não há nada me impedindo. Beau foi encontrado. Vou conseguir voltar para a equipe. A única coisa que falta resolver é minha relação com Sloane.

As amarras dentro de mim se rompem enquanto eu a encaro. Peito arfando. Bochechas coradas. É como um cadarço apertado demais. Estou resistindo há tanto que sinto o ricochete quando eu cedo.

Justo, injusto. Certo, errado. Tudo desaparece sob a raiva e a excitação fervilhantes diante de tantos anos perdidos com essa mulher. Chegamos perto de perder muito mais.

Não quero perder nem mais um segundo. E ela me *disse* para eu deixar de me segurar.

Minha voz sai rouca e grave quando digo:

– Tira as roupas, Sloane.

Ela tem um leve sobressalto, mas então morde o lábio inferior, e eu sei que ela deseja isso tanto quanto eu.

Eu me recosto outra vez na bancada atrás de mim para ter uma visão melhor do espaço, sentindo a pressão do mármore contra a palma das minhas mãos. Se é isso que ela quer, planejo ir com calma.

Planejo saboreá-la.

Se Sloane diz que consegue lidar comigo, então consegue. Quem sou eu para dizer que não?

Ela abre a calça jeans larga e a deixa cair em volta de seus tornozelos delicados antes de tirá-la. Aqueles olhos azuis cristalinos não se desviam dos meus nem por um segundo. Ainda me fitando, ela desabotoa a camisa de flanela macia xadrez rosa-claro e creme, expondo o sutiã de renda cor-de-rosa que envolve seus seios.

Admiro seus membros longos e magros. Pedacinhos de tecido rosa cobrem os lugares onde planejo passar a noite inteira.

Quando a camisa passa por seus pulsos e cai no chão atrás dela, um sorriso curva seus lábios. Ela fica parada ali, nem um pouco constrangida.

Na verdade, a maneira como sua língua desliza pelos lábios me diz que ela está apenas ansiosa.

Há um rubor atraente em suas bochechas pálidas, e sua pele, iluminada apenas pela luminária de chão no canto, tem um brilho dourado.

– Tira tudo.

Faço um gesto em direção ao corpo dela, observando o rubor se espalhar por seu colo e em direção aos mamilos que despontam no tecido delicado.

Quando ela remove o sutiã, não me dou ao trabalho de disfarçar que estou babando. Seus seios são perfeitos, pequenos e empinados, com mamilos claros apontando diretamente para mim. Implorando pela minha atenção.

Eu gemo com a visão e percebo Sloane apertar as coxas. Contrair a barriga.

– Aposto que você está toda molhada – murmuro, observando-a enganchar os polegares no cós da calcinha.

Ela inclina a cabeça e encolhe os ombros, se fazendo de tímida. Meu pau se contrai.

Quando a calcinha está em seus tornozelos, onde deveria, meu olhar faz o caminho contrário, parando entre suas pernas e no brilho de umidade entre seus lábios macios.

– Você é perfeita.

– Obrigada – responde ela num sussurro, sem fôlego.

Eu lambo os lábios e ajeito meu pau na calça. Isso é pura tortura, mas acho que nós dois gostamos. Gostamos da expectativa. Os três metros que ainda nos separam praticamente vibram.

– Me mostra como você está molhada, Sloane. Usando um dedo... apenas um...

Ela está arfando, e seus olhos permanecem no meu rosto. Dá para ver que está excitada, e a vozinha na minha cabeça que dizia que Sloane poderia me odiar se eu revelasse esse meu lado dominador permanece felizmente em silêncio.

Vejo um brilho nos olhos dela. Nenhuma hesitação. Em vez disso, um desafio.

Ela desliza a mão pela barriga e, com um gemido baixo, coloca um dedo delicado em sua boceta.

O dedo entra fácil, confirmando o que eu já sabia. Segundos depois, ela levanta a mão trêmula, o dedo indicador melado com sua excitação.

– Está nervosa?

– Não. Nossa, não – responde ela.

– Ótimo. Agora põe esse dedo na boca e chupa.

Ela solta uma risada leve e incrédula, e não consigo deixar de sorrir. Só mesmo ela riria num momento desses. Quando Sloane vira a palma em direção ao rosto, me mostrando as costas de sua mão, meu sorriso desaparece. Porque meus olhos captam um brilho junto ao dedo dela enquanto Sloane o desliza entre os lábios.

Agarro a bancada atrás de mim a ponto de doer enquanto tento segurar o monstro do ciúme.

Mas eu falho.

– Sloane.

– Hum-hmm – murmura ela, ainda chupando o dedo, me mirando com olhos azuis inocentes.

Eu quero perguntar como é o gosto.

Em vez disso, perco o controle.

Aponto para o chão sob meus pés e digo:

– Tira esse anel de merda e rasteja.

Ela fica de queixo caído, sua mão baixa, e ela pisca algumas vezes, processando o que acabei de dizer.

Mas ela não hesita. Ela *sorri*.

Sloane arranca o anel do dedo e o joga do outro lado da sala antes de se pôr de joelhos. Pensei que ela fosse hesitar. Acho que parte de mim pensou que eu teria razão e que ela me odiaria. Que eu poderia forçar demais e ela me mandaria para o inferno.

Mas Sloane apoia as mãos no chão e engatinha na minha direção. O chalé está em silêncio mortal enquanto seu corpo se move com uma enorme graça inerente, como se houvesse música tocando em sua cabeça.

– Assim?

Seus lábios em forma de coração se curvam, sedutores, enquanto seus braços tonificados avançam, e tenho que piscar algumas vezes para acreditar no que estou vendo. Ela se move como um felino, nada tímida. Passou anos se apresentando no palco.

Delicada e quieta não significa necessariamente tímida.

E minha garota não parece tímida porra nenhuma neste momento.

– Isso – rosno, meu corpo se retesando ainda mais diante dessa visão.

Quando ela chega perto o suficiente para se ajoelhar aos meus pés, meu corpo inteiro treme para se conter.

E para quê?

Ela ainda está me olhando como se eu fosse algo maravilhoso.

Como sempre.

– Porra, Sloane.

Vê-la nua a meus pés é tão bom que chega a ser quase insuportável. Eu solto a bancada e me agacho, segurando seu queixo e procurando em seus olhos por qualquer vislumbre de desconforto, mas tudo que vejo é desejo.

Minha outra mão desliza entre suas coxas, dedos roçando suavemente seus lábios molhados. Ela está encharcada.

Sloane geme, mas não desvia o olhar, então continuo brincando com sua boceta. Não meto os dedos, apenas provoco. Eu a observo se contorcer, seus quadris tentando se mover contra minha mão.

Mas ela joga o jogo tão perfeitamente. Fica paradinha e me deixa explorar.

– Você gostou de rastejar pra mim? – pergunto.

Ela sorri, mas há um lampejo de tristeza em seus olhos. Um tiro instantâneo no meu peito.

– Jasper, parece que estou rastejando atrás de você há anos. Não é novidade nenhuma.

Suas palavras são um golpe que me pega desprevenido.

Meus dedos param de se mover, e eu a seguro pela nuca.

– Me desculpa – sussurro, com a voz rouca. Pressiono nossos lábios, caindo de joelhos por ela. – Meu Deus. Porra, me desculpa.

Tomo sua boca, apertando seu corpo nu contra o meu, desejando poder voltar no tempo e contar tudo a ela no momento em que o sentimento começou. Mas vou me contentar com o agora, porque é o melhor que tenho.

O beijo começa com as bocas coladas, precisando estar unidas, mas rapidamente se torna algo frenético. Assume um tom de desejo desenfreado quando os dentes dela mordiscam meu lábio inferior e suas mãos agarram a bainha da minha camisa.

A peça de roupa é arrancada e descartada em segundos. E então estou de pé, levantando o corpo delicado dela junto e dando alguns passos pela cozinha.

Com um movimento do meu braço, tudo na ilha voa para o chão com estardalhaço. Frutas. Uma tigela. Uma revista. Meu copo de água cai do outro lado e se estilhaça em mil pedacinhos no chão de madeira. A casa perfeitamente arrumada virou de cabeça para baixo em questão de segundos.

Nada disso importa, porque as pernas dela envolvem minha cintura. Lábios distribuem beijos por todo o meu rosto, descendo pelo meu pescoço. Dedos puxam meu cabelo. Ela está me atacando com um fervor que eu nunca experimentei.

Um fervor que nunca quis retribuir, até estar com ela.

Sexo sempre foi um jogo. Outro evento no qual exercer controle. Mas nada está sob controle entre nós, neste momento.

E eu nem me importo.

Eu a deito de costas na ilha da cozinha, querendo explorá-la. Sloane sibila e arqueia as costas contra o mármore frio, empinando seus seios perfeitos.

Não sei para onde olhar primeiro, mas, como sempre, são os olhos dela que capturam minha atenção. Todos aqueles tons de azul. Meu olhar viaja pelo contorno esguio do seu pescoço e se desvia para os fios soltos de cabelo loiro e macio grudados em seus lábios molhados e carnudos.

Minhas mãos deslizam pela cintura dela, contornando-a, e eu me deleito observando como minhas mãos parecem grandes ao envolvê-la. Seguro seus seios, que cabem perfeitamente nas minhas mãos.

Eu os aperto e passo o polegar sobre seus mamilos intumescidos, notando como suas costas arqueiam novamente sob o toque.

– Você gosta disso?

– Gosto – geme ela, de olhos fechados, passando a língua pelos lábios de um jeito que mexe comigo.

Mal posso esperar para ver como eles ficam em volta do meu pau. Mas primeiro continuo deslizando as mãos por seu corpo, notando a maneira como lhe causo arrepios. Quando chego em seus ombros, passo os dedos sobre a linha de sua clavícula enquanto a outra mão continua subindo e envolve seu pescoço lindo e esguio. A postura de Sloane é sempre tão majestosa.

Eu sonhei em segurar seu pescoço assim.

E é o que faço.

Aperto, mas não com muita força, me inclinando sobre ela, dando uma rápida mordida no lóbulo de sua orelha antes de perguntar:

– E isso, Sloane? Gosta disso?

– Gosto.

Sua resposta segura é como um choque elétrico no meu pau. Meus dedos pressionam um pouco mais forte, e vejo suas bochechas ficarem levemente vermelhas. Suas pernas apertam com mais força minha cintura. Eu relaxo e a beijo na boca, acariciando seu pescoço suavemente antes de traçar um caminho de beijos de volta aos seus seios. As unhas dela deslizam pelas minhas costas, pelos meus ombros e pelos meus braços de modo reverente.

Eu começo em um mamilo, com delicadeza, lambendo e beijando, me excitando ao senti-la gemer e se contorcer. Ao sentir suas unhas se cravarem na minha pele – só um pouquinho selvagem.

Então dou uma chupada forte, roçando meus dentes. Ela suspira e treme, e é isso que realmente me pega.

– Tão sensível – murmuro, indo para o outro seio e dando a ele o mesmo tratamento.

Eu a deixo confortável e então uso um pouco mais de força. Uma pequena mordida.

Suas unhas se enroscam no meu cabelo e arranham meu couro cabeludo.

Então estou lambendo sua barriga. Sloane se contorce enquanto minha língua passa pelo osso do quadril, então gasto mais tempo ali explorando. Quando arrasto meus dentes pela área, ela solta gemidinhos.

Apoio a mão no meio de seu peito e a pressiono contra a bancada.

– Fica parada, Sloane. Me deixa aproveitar.

– Vai se foder, Jasper – diz ela, arfante, se remexendo mais.

Eu rio e movo a mão de volta para o seu pescoço.

– Você também vai se foder, Solzinho. Mas vai ser na hora que eu quiser.

26

Sloane

Faço o mesmo som quando ele se move para o outro lado do quadril. Nunca soube que esse era um ponto sensível, mas Jasper percebeu imediatamente. Meu coração bate forte sob a mão dele e acelera quando seus dentes roçam a pele, e seu aperto em volta do meu pescoço se intensifica cada vez que me mexo.

O calor se espalha por todos os membros. Sinto cada ponto do meu corpo pulsando. Nunca me concentrei tanto em alguma coisa, exceto quando estou dançando. Mas agora estou concentrada. Minha mente não viaja para minha lista de tarefas ou para o próximo episódio da minha série favorita; permanece em Jasper e na maneira como ele toca meu corpo como se fosse um instrumento conhecido. Como um virtuose.

Por mais vezes que tenha transado com Jasper na minha imaginação, não esperava que ele fizesse comigo coisas sobre as quais apenas li ou a que apenas assisti, mas nunca tive coragem de pedir. Não sei bem se os caras que namorei teriam realizado meus pedidos, de toda forma.

Mas Jasper não é um cara qualquer. Ele é *o* cara.

Ele solta meu pescoço, e eu quase imploro para que volte. Ele desliza a mão pelo meio do meu corpo, e então dá um tapinha no meu quadril.

– Agora abre essas pernas lindas pra mim.

Meu coração acelera quando encontro seu olhar na cozinha suavemente iluminada.

Ele não é o Jasper taciturno neste momento, nem o Jasper carinhoso.

Ele é... Eu não sei. Não reconheço esse olhar, mas eu gosto. Eu amo. Eu amo especialmente que seja para mim.

Sem pensar duas vezes, solto as pernas da cintura dele. Estava agarrada a ele com medo de que se afastasse novamente, mas acho que passamos dessa fase.

Parece que Jasper está me vendo sob um novo ângulo.

Afasto qualquer resquício de timidez e abro as pernas, me expondo para ele. Ofegante e muito molhada.

Estou pronta para implorar que ele me toque quando suas mãos quentes pousam na parte interna das minhas coxas, acariciando-as em direção aos meus joelhos e fazendo com que eu me abra mais.

– Todas flexível.

Seus polegares roçam minha pele, e eu juro que poderia gozar só com ele passando as mãos pelo meu corpo.

Estou pronta para explodir, e ainda mal começamos.

– Toda linda.

Seus olhos azul-escuros percorrem meu corpo como um toque físico, o peso ardente desse olhar roçando minha pele enquanto ele me puxa para ficar sentada.

– Está tomando anticoncepcional, Sloane?

Ele segura minhas coxas abertas, seu olhar entre elas. Eu me remexo.

– Tô – sussurro. – Sim. DIU.

Aparentemente, estou monossilábica.

– Mais alguma coisa que você precise me dizer?

Eu sei o que ele quer dizer. Está tentando perguntar com delicadeza. Está sendo responsável, mas mesmo assim fico irritada.

Endireito a postura.

– Não sei, Jasper. Me diz você. É você quem está sempre saindo com várias mulheres.

Seus dedos apertam minhas pernas, e seus olhos se fixam nos meus. Um sorriso compreensivo toca seus lábios.

– Adoro quando você mostra as garras, Sloane. – Ele pega minhas mãos, que estão plantadas na bancada, e coloca uma em cada joelho meu. – Está desconfortável? De ficar sentada aqui?

Desconfortável? Ele está de brincadeira? Eu nem sei mais o que é conforto. Só consigo pensar em gozar com suas mãos em mim.

– Não.

– Ótimo. – Jasper lambe os lábios e me olha, mordendo o lábio inferior para disfarçar um sorriso. – Continue assim.

E então ele se vira e... se afasta.

Eu viro a cabeça para observá-lo. Pronta para protestar.

– O que...

– Eu estava prestes a dizer que nunca transei sem camisinha, Sloane. – Ele se abaixa e pega a tigela do chão. – Eu ia dizer que a única maneira de você ficar mais bonita é com meu gozo nessa sua bocetinha.

– Porra – murmuro, sentindo um rubor tomar conta do meu corpo inteiro.

Jasper casualmente pega uma banana e a coloca na tigela, seguida por algumas maçãs que devem estar meio amassadas agora.

– Mas você tinha que fazer esse comentariozinho sarcástico. Uma pequena provocação ciumenta. Então agora vai esperar.

Ele balança a cabeça, e minhas mãos tremem nos joelhos. Quem diria que ficar sentada aqui, exposta... esperando ele me comer... fosse me deixar ainda mais excitada.

Começo a ofegar, e Jasper pega uma vassoura e uma pá de lixo no canto, varrendo cuidadosamente os pedaços de vidro atrás de mim.

– O que você está fazendo, porra? – pergunto, quase rindo de como tudo isso é insano.

– Não posso deixar minha garota pisar no vidro, posso?

Ele se inclina e dá um chupão no meu pescoço no caminho até a lixeira. Com força suficiente para deixar uma marca, eu sei.

Pensei que meu coração estivesse acelerado antes. Mas agora? Talvez tenha parado de vez.

Jasper lava as mãos na pia da cozinha antes de voltar, assomando sobre mim, deixando para trás todos os resquícios de brincadeira.

Ele se abaixa e beija meu ombro.

– Passei muito tempo pensando que não merecia você – sussurra ele. Inclinando-se ainda mais, seus lábios roçam a mão que ainda está no meu joelho. – Que você era boa demais pra alguém como eu.

– Jasper.

Estendo a mão e toco seu rosto, uma perna puxando-o de volta para mim enquanto ele se levanta. Quando Jasper me diz coisas assim, preciso olhar em seus olhos. Não estou nem aí para as ordens dele.

Só que ele não me dá nenhuma ordem. Em vez disso, inclina a cabeça para receber meu toque, e seu corpo grande e quente envolve o meu.

– Acho que não sofro mais por pensar desse jeito. De repente, não me importo se mereço ou não você, quando está tão claro que você pertence a mim e sempre pertenceu.

Jasper vira a cabeça e beija a minha mão, então desce pelo meu corpo, me deitando na bancada fria de novo com toda a calma do mundo. Meus mamilos duros sobem e descem, porque respirar está difícil. Ele se inclina diante da minha boceta exposta, me desliza mais para trás na bancada e põe minhas pernas sobre seus ombros, uma de cada vez.

Seus olhos azul-escuros colados nos meus olhos azul-claros.

– Mas, Sloane...

– Oi – respondo na mesma hora, apoiando-me nos cotovelos para vê-lo melhor.

– Não vou mais dividir você com ninguém.

Então ele baixa a cabeça para minha boceta e me faz ver estrelas com cada lambida perfeita, cada rosnado que vibra pelo meu corpo. Até seus dedos cravados nas minhas coxas me deixam louca. Suas mãos nunca param de se mover, explorando... me fazendo perder o juízo.

Eu me debato contra o mármore duro quando ele chupa meu clitóris com firmeza. A língua se move primeiro com delicadeza, depois com intensidade. Mergulhando em mim enquanto ele me fode com a boca. Jasper adiciona dois dedos, curvando-os para tocar um ponto que só alcancei com um brinquedo. Mas Jasper... Ele o encontra na primeira tentativa, me impulsionando para o orgasmo. Disparo em direção ao êxtase feito um trem descarrilhado.

Um turbilhão toma conta do meu corpo.

– Jasper, eu vou...

Ele se afasta. Sua boca. Sua mão. Meu corpo *desesperado.*

– O que você está fazendo? – reclamo, inclinando a cabeça para trás em frustração.

Ele sorri, lambendo os lábios e se erguendo sobre mim. Suas mãos estão no botão da calça jeans, abrindo-a casualmente e baixando o zíper. Vejo o que parece ser uma ereção dolorosa, pronta para romper o tecido escuro.

– Fazendo você esperar – responde ele, se desfazendo da peça e esfregando o pau através do tecido da cueca.

Eu me contraio ao ouvir sua voz rouca. O olhar dele se fixa entre minhas pernas.

– Por quê?

Minha voz está ofegante quando estendo a mão para me tocar. Os olhos dele brilham enquanto massageio meu clitóris descaradamente.

Jasper me permite fazer isso por alguns segundos antes de pegar minha mão e chupar o dedo que me tocava. Com um estalo alto, ele o tira da boca.

– Porque eu gosto de ver você desesperada. Gosto de fazer você esperar.

Ele tira a cueca e... meus olhos estão fixos... colados em seu pau enorme e duro.

Eu queria ter algo legal e sexy para dizer, depois de tudo que ouvi esta noite. Mas o pau dele literalmente me deixou sem palavras.

– Quer me dizer alguma coisa, Solzinho?

– Você é gostoso demais – deixo escapar.

Só Jasper Gervais teria o corpo de um titã, o rosto de um modelo e o pau de um astro de filme pornô.

Com uma risada grave, ele passa a cabeça inchada do seu pau pela minha fenda, pressionando por alguns segundos meu clitóris. Eu mordo o lábio para não gemer, para não soar desesperada demais.

Eu o vejo deslizar o pau pela minha boceta. Segurando-o com firmeza. Provocando-me com a ponta. Botando só a pontinha dentro, observando meu corpo se abrir para ele, e então tirando de novo.

– Você quer que eu te foda, Sloane?

– Quero – falo em um sibilo.

Ele levanta seu pau grosso e o bate de um jeito lascivo na minha boceta melada.

– Pede com educação.

– Você é muito cara de pau, Gervais – digo, me sentindo em chamas.

Ele arqueia a sobrancelha como se dissesse: *Vamos lá*. E eu não cheguei tão longe para recuar agora, então, sem hesitar, respondo:

– Sim, *por favor*.

Meu corpo inteiro está latejando. Sou apenas um pulsar envolto em um corpo sedento. Nunca me senti tão lasciva nem tão desejada.

Como partes opostas de um ímã, não há como resistir à atração. Há forças maiores em ação agora, e estamos à mercê delas.

Talvez seja ciência.

Talvez seja destino.

Então Jasper desliza para dentro de mim e murmura, com um sorriso brincalhão:

– Que garota educada.

E eu só sei que isto é o *certo.*

Nós damos certo.

Fecho os olhos enquanto meu corpo se ajusta para acomodá-lo. Minhas pernas tremem ao envolverem sua cintura e se prenderem sobre sua bunda firme.

As mãos de Jasper começam em minhas coxas e deslizam sensualmente por cada curva enquanto ele está dentro de mim. Dedos apertam meus seios, e seus quadris dão uma estocada firme, embora ele já tenha entrado o máximo possível. Seus braços envolvem meu torso, e ele me puxa para si, as mãos se espalhando de um jeito possessivo pelas minhas costas enquanto seu pau se move dentro de mim.

– Jasper, é grande demais – murmuro, apoiando a testa em seu peito.

Ele beija meu cabelo e se afasta um pouco, como se fosse me dar algum descanso. Então baixa a cabeça para a minha orelha e sussurra:

– Você aguenta.

E mete em mim de novo.

– Ai, meu Deus! – grito enquanto ele entra e sai.

Nem muito rápido nem muito devagar. Cada movimento é calculado – controlado. Com ele, *claro* que é assim.

Sua carreira.

Suas estratégias mentais.

Seu traço protetor.

Seu trauma.

Tudo faz tanto sentido.

– Puta merda, Jasper! – falo, arfando, e ele continua me tomando.

Jasper me beija intensamente, me leva ao limite e depois recua. Eu o deixo cuidar de mim do jeito que precisa fazer, e só aproveito. Deixo implícito que confio nele. É tão fácil.

Desfruto de sua atenção, da maneira como suas mãos se movem sobre a minha pele, da maneira como seus lábios se encaixam tão perfeitamente nos meus, da maneira como ele fala meu nome ao pé do ouvido enquanto se move dentro de mim. Jasper mete com força, seus quadris se chocando bruscamente contra a minha bunda por vários segundos antes de ele diminuir o ritmo e me enlouquecer com metidas lentas e profundas que mantêm a pressão no meu ventre num crescendo delicioso.

– Você é perfeita – murmura ele. – Tão apertadinha.

Parece que estou à deriva no oceano, meu corpo mole e relaxado, o ruído branco da água em meus ouvidos acompanhado pelos sussurros de adoração dele.

Meu corpo parece mais de Jasper do que meu, e estou completamente em paz com essa ideia.

Sinto cada pedacinho, cada veia, cada latejar dele dentro de mim. E isso me deixa louca. Eu o arranho, correndo as unhas por suas costas. Estimulando-o a me dar mais. Eu o mordo. Me transformei numa fera, tomada pela minha necessidade dele.

– Mais perto. Mais fundo. Mais – imploro, e Jasper me dá tudo o que peço e mais ainda.

O olhar dele sempre volta ao meu, observando-me de perto. Catalogando cada pequeno movimento, cada suspiro de prazer.

Aprendendo sobre mim enquanto eu aprendo sobre ele.

– Jasper... – gemo enquanto ele me deita com cuidado no mármore frio.

Suas mãos vagam de modo reverente, passando pelo meu pescoço por um momento antes de me segurarem pelos quadris.

– Por favor, não para. Estou quase lá – peço.

Seguro os braços dele, cheio de veias saltadas, e meus olhos percorrem seu peito perfeitamente definido. Está pontilhado de suor e se retesa toda vez que seus quadris dão uma investida.

Jasper olha para minha mão esquerda antes que seu olhar intenso se volte outra vez para o meu.

– Diz que você é minha, Sloane.

Seus movimentos desaceleram, e o olhar que ele me lança demonstra um lampejo de insegurança.

E não há a menor necessidade disso.

Sem hesitar, eu digo:

– Eu sou sua, Jasper. Sempre fui.

Dá para ver a satisfação nos olhos escuros dele, e Jasper deixa de se conter, uma mão deslizando para esfregar meu clitóris enquanto ele me fode com força suficiente para fazer meu corpo escorregar e agarrar no mármore.

– E sempre será – grunhe ele enquanto entramos em combustão.

Nós dois pertencemos mais um ao outro do que a nós mesmos enquanto o sinto tremer e gozar dentro de mim.

27

Jasper

Desabo sobre o corpo perfeito dela, dando beijinhos molhados em seu peito suado. Tento recuperar o foco, piscando e forçando meu coração a se acalmar.

Todas as minhas fantasias sexuais mais safadas eram com Sloane.

E nenhuma delas foi tão gostosa quanto a realidade.

Sloane passa os dedos pelo meu cabelo.

– É uma pena que eu tenha atingido o auge com apenas 28 anos. – Ela suspira, a voz entrecortada. – Tenho certeza de que toda experiência sexual será ladeira abaixo depois disso.

Solto uma risada contra a pele dela, que vibra por seu corpo. Eu amo me sentir tão conectado a ela neste momento. Como se pudesse enviar mensagens subliminares e ela simplesmente *captasse*.

– Solzinho, estamos só começando.

Eu me afasto, e meu pau desliza de dentro do seu corpo quente. Um fio do meu gozo escorre. Olhando nos olhos dela por um momento, eu me abaixo e uso um dedo para botá-lo de volta lá dentro. Meu pau endurece enquanto eu a toco, praticamente pronto para recomeçar quando Sloane geme e se contrai ao redor do meu dedo.

Fico de pé, querendo olhar para ela neste momento. Não apenas sendo minha, mas realmente parecendo minha.

Meus olhos percorrem seu corpo, todo exposto para mim. Os arranhões da minha barba por fazer em seu peito. Meu sêmen dentro dela. E eu sorrio, me sentindo incrivelmente satisfeito com a bagunça que fizemos.

– Puta merda – sussurra ela, os olhos se fechando, enquanto continuo a deslizar meu dedo para dentro e para fora.

– Isso é um pedido, Sloane?

Seus lábios se curvam, seus olhos azuis hipnotizantes assumindo uma expressão sonhadora e distante na qual quero me perder.

– Não, Jasper. É uma ordem.

Eu me aproximo na mesma hora, puxo-a para mim e a ergo em meus braços.

– Tudo que minha garota quiser – murmuro contra seu cabelo, carregando-a para a sala de estar.

Então eu a deito no sofá, a coloco de quatro e empino sua bunda antes de ceder a todas as suas exigências.

Uma vez atrás da outra.

Eu esperava acordar com a cabeça de Sloane em meu peito. Em vez disso, acordo com ela nua e montada em mim, passando as mãos pelo meu peitoral, seus peitos perfeitos formando aquela curvinha deliciosa.

– Olhos aqui em cima, Gervais.

Sloane aperta e puxa de leve os pelos do meu peito, chamando minha atenção para seu rosto.

– Não estava tentando encontrar seus olhos, Winthrop.

Dou a ela um sorriso malicioso, do tipo que não dou com frequência. Percebo que não dou sorriso nenhum com frequência. Normalmente não me sinto inclinado a fazer isso. Mas, com Sloane, os sorrisos surgem do nada. Ser capaz de fazer alguém sorrir com sua mera existência é um poder especial.

– Seu cretino – resmunga ela, baixando o rosto timidamente e voltando a traçar as linhas das minhas tatuagens com os dedos.

– Passei anos me perdendo nos seus olhos, Sloane. E o resto do seu corpo... É tudo novidade para mim. Deve ser como ir à Disney pela primeira vez. Muita coisa chamando atenção ao mesmo tempo.

– Meus peitos são...

– Perfeitos – interrompo, percebendo o olhar autodepreciativo que ela lança para si mesma.

Sloane revira os olhos, então hesita.

– Espera, você nunca foi à Disney?

Ela leva a mão à boca, olhos se arregalando, como se tivesse falado sem pensar, esquecendo como minha infância tinha sido. Mesmo antes daquele dia, férias caras em família não faziam parte da nossa vida.

– Merda, desculpa.

– Não precisa se desculpar. Prefiro bem mais esta versão da Disney. Sem filas. O brinquedo todo meu.

Estendo a mão e toco seus seios com delicadeza antes de deslizar a mão sob os lençóis e dar um tapa em sua bunda.

– A Cinderela tem uma bunda assim? Porque, a menos que tenha, não estou interessado.

Ela me encara, e um sorriso tímido surge em seus lábios, o cabelo macio roçando seus ombros. O sol reluz pela claraboia acima, fazendo-a brilhar.

Não pela primeira vez, sou atingido pela sensação de que tudo está diferente entre nós. E ao mesmo tempo, de alguma forma, continua igual. Não há constrangimento. Não há aquela sensação costumeira de que quero ficar sozinho.

Prefiro ficar aqui, olhando para ela.

– Oi, Solzinho.

Pouso as mãos em seus quadris, segurando-a delicadamente, os dedos percorrendo os furinhos na base de sua coluna.

– Oi, Jas.

Sloane toca a tatuagem de bailarina em minhas costelas, e nos encaramos por alguns segundos.

– O que vamos fazer hoje? – pergunta ela.

– O que você quiser.

Minhas mãos pulsam e as bochechas dela ficam rosadas enquanto meu pau endurece sob seu corpo.

– Vamos sair deste chalé? – pergunta ela, inclinando a cabeça.

– Provavelmente seria mais educado se saíssemos.

– Desde quando você se importa em ser educado? Geralmente só fica sentado no canto, com a aba do boné puxada pra baixo, pra ninguém nem falar com você.

– É, mas não funciona. Você fala comigo de qualquer maneira.

Ela dá um tapa no meu peito, de brincadeira.

– Tudo bem. Vamos ver todo mundo... – Seus olhos descem para o meu peito, os dedos se movendo para dar uma beliscada rápida no meu mamilo. – Mas não agora.

Eu murmuro, tirando as mãos do corpo dela e colocando-as atrás da cabeça, como se estivesse deitado em uma praia.

– Definitivamente não agora.

Os olhos de Sloane se fixam nos meus, e ela observa meu rosto.

– Me diz o que fazer.

– Ah, é?

Ela morde o lábio, tentando reprimir um sorriso.

– É.

– Você está dolorida?

– Você já viu seu pau?

– Responda à pergunta, Sloane.

Ela bufa e revira os olhos de um jeito malcriado.

– Estou. Quer dizer, estou *um pouco* dolorida...

– Ótimo. Sobe aqui e senta na minha cara.

Quando estendo as mãos e a agarro, ela solta um gritinho.

E, quando a faço gozar, ela grita meu nome.

– Não é justo! – exclama Sloane, do outro lado do lago, seu hálito quente formando pequenas nuvens. – Vocês têm literalmente um jogador da NHL no seu time!

Vaughn, o marido de Billie, responde aos berros, do nosso lado:

– Para ser justo, o time dele nem deveria estar na NHL este ano!

Cole resmunga e revira os olhos.

Griffin, o marido de Nadia, um jogador de futebol americano aposentado, pelo que lembro, dá um soco no ombro dele e murmura:

– Babaca.

– Desculpa, cara. – Vaughn ri. – É que torço desde criança para o Vancouver Titans. Nada pessoal.

Bato meu taco no gelo e dou a ele um sorriso irônico.

– Tudo bem. Eu entendo. Não discuto com torcedores do Titans.

Um coro de "uuuuhs" soa ao nosso redor.

Todos concordaram que um dia de folga nos faria bem. A turma decidiu por uma pelada de hóquei no lago congelado, o que não me chateou nem um pouco.

Livre do peso do sumiço de Beau, estou doido para voltar para o gelo. Em vez de equipamentos de primeira linha, porém, arrumei patins de lâmina cega, um gelo irregular, luvas de fazendeiro, um velho bastão pesado e protetores antigos.

– Ok, chega de conversa fiada – diz Stefan, o mais elegante do grupo, patinando e gesticulando para todos os homens se aproximarem.

– Quem você acha que é? O capitão? Só porque você é o gênio maligno do grupo? – Vaughn revira os olhos, claramente o mais piadista da turma.

– É a gola rulê. – Griffin aponta para o suéter perfeitamente elegante do outro. – Só um homem com culhão para ser capitão tem coragem de usar gola rulê.

– Gente! – Stefan ri. – Meu pescoço está aquecido, então me deixem em paz. Vocês deveriam se preocupar com a Mira. – Ele aponta com o queixo para a mulher de cabelo preto comprido escapando de uma touca creme que está sorrindo para ele. – Ela está com aquela expressão bizarramente competitiva no rosto. Nós conhecemos essas mulheres. Elas são loucas.

– Pura verdade! – concorda Vaughn com entusiasmo.

– Não são confiáveis.

Cole se endireita.

– Cuidado com o que fala, meu irmão.

– Vai se ferrar, soldadinho. – Ele o dispensa e continua: – Precisamos vencer. Ou corremos o risco de ver essas mulheres acabarem completamente com a nossa virilidade.

Stefan não consegue nem ouvir a última parte desse discurso motivacional ridículo sem dar risada.

– Você já tá usando gola rulê – diz Griffin, balançando a cabeça.

– Estão prontos, suas putinhas? – grita Billie do outro lado do lago. –

Ou vão ficar aí juntinhos falando sobre seus sentimentos enquanto nós esperamos?

– Querida, você está morta! – grita Vaughn em resposta.

Ela sorri e dá uma piscadela para ele.

A troca de farpas continua enquanto eles seguem para o centro do gelo para largar o disco, mas não estou prestando atenção a nada disso.

Estou observando Sloane.

Sloane, que acabou de tirar o casaco e está usando a camisa de time com o *meu* número. Os destaques dourados no tecido marrom combinam com seu cabelo, e o grande urso pardo na frente a faz parecer mais brutal do que ela é.

Não sei como ela consegue pegar uma camisa enorme e ficar tão bonita. Bonita demais.

E quando ela se vira e tem Gervais escrito nas costas... Eu sorrio por trás da grade do capacete.

Meu nome também fica bem nela.

O jogo é tão amador que eu poderia deter os arremessos de todos com as mãos nas costas, mas deixo alguns entrarem... só para manter as coisas emocionantes.

O que eu mais gosto é da brincadeira e da camaradagem.

Assistir Sloane deslizando pelo gelo usando minha camisa me dá tesão o jogo inteiro.

Então ela patina até mim e sussurra no meu ouvido:

– Jas, quando voltarmos pro chalé, eu quero que você me coloque de joelhos e me mostre exatamente como você gosta que chupem seu pau.

E é bem nesse momento que Mira passa por mim, aproveitando que estou distraído, e marca o gol da vitória.

– Perdeeeeeeeu!

Sloane ergue os braços e comemora com as outras mulheres, celebrando a vitória nesta competição que Billie chamou de "Copa do Jardim de Infância", porque *só um bando de criancinhas decidiria por um jogo de meninos contra meninas.*

Sloane ri. Ela é leve e brilhante. Ela é um Solzinho. Ela me faz sorrir tanto que minhas bochechas doem.

Não consigo tirar os olhos dela.

28

Sloane

Willa: Colocando Violet aqui no grupo pra saber de todas as novidades. Quais as chances da fofinha da Sloane e do carrancudo garoto do hóquei se pegarem antes de voltarem para Chestnut Springs?
Summer: Por que você tá tão preocupada com isso?
Willa: Ninguém merece o sobrenome Woodcock. Ele teria que se parecer com o Henry Cavill e transar que nem Peter North pra eu ignorar essa parte.
Violet: Eca. Você já viu o Peter North? Tão bronzeado. Tão besuntado.
Willa: É por isso que eu disse que ele teria que se parecer com o Henry Cavill.
Summer: Espere aí, por favor. Pesquisando Peter North no Google.
Violet: Kkkk. Cuidado.
Summer: Bem, ele parece... talentoso. Não odiei.
Willa: Só odeio Sloane por não responder.
Violet: Com base nos olhares que ela e Jasper têm trocado, acho que ela pode estar ocupada.
Sloane: Vocês são um bando de intrometidas safadas.
Summer: Não mentiu.
Willa: Só conta logo! Em uma escala de 1 a Peter North, qual é o tamanho do P do Jasper?

Saio do chuveiro pelo que parece ser a centésima vez desde que Jasper e eu começamos a transar. Parece que seu novo passatempo favorito é me deixar toda caótica. E eu, com certeza, não estou reclamando.

– Sobe na cama. – Ouço uma voz atrás de mim.

Um arrepio percorre minha coluna antes mesmo que eu possa me virar para encará-lo. A nota cortante em sua voz faz meu corpo pulsar em expectativa, e, quando me viro para olhá-lo, fico molhada no mesmo instante.

Ele está muito gostoso só de cueca e camisa de flanela aberta. Posso ver a *minha* tatuagem despontando nas costelas, e sou atingida por um lampejo ofuscante de ciúmes, que arranha dolorosamente o fundo da minha garganta enquanto me pergunto quantas mulheres passaram as mãos sobre essa tatuagem.

– Eu sou a única? – falo sem pensar, ignorando sua ordem para subir na cama.

Ele inclina a cabeça com um ar quase predatório.

– A única o quê?

Dá para ver que Jasper não está no clima para esse tipo de conversa. Percebo quando ele se permite ter pensamentos que não deveria... e é assim que ele fica. Jasper está agitado, provavelmente por causa da viagem de volta, e eu o pressiono mesmo assim.

– Na sua vida. Com quem você está ficando.

Agarro a toalha branca ao meu redor com mais força, como se ela pudesse me proteger dessa conversa tão arriscada que comecei.

– Sobe na cama – repete ele. – Agora.

Quero exigir que ele me responda, mas também quero fingir que nunca puxei o assunto. Vou em direção à cama e me sento na beirada, provavelmente deixando transparecer o meu súbito mau humor.

Talvez seja porque nossa estadia aqui esteja acabando depois de apenas dois dias. Esta manhã, fizemos as malas, e ele engatou a caminhonete de volta no trailer vazio.

Talvez seja porque tive que me despedir de Violet e de todo mundo hoje cedo, antes que eles voltassem ao trabalho. Sinto falta da minha prima. Ela é minha amiga mais próxima.

Ou talvez seja apenas toda a confusão dessas últimas semanas se acumulando e me deixando emocionalmente exaurida.

– Deita. Mas vira. Quero sua cabeça na lateral da cama.

Eu obedeço. O tesão que sinto ao ouvi-lo me dar ordens afasta a dúvida em minha mente. Ainda é Jasper. *Meu Jasper*. O garoto de olhos tristes e coração de ouro em quem confio há muitos anos.

Deitada, à sua espera, eu o ouço se aproximar. Em segundos, ele está na minha linha de visão, assomando sobre mim. Olhos sérios, mandíbula cerrada.

Ele se abaixa e me beija, puxando meu cabelo molhado para inclinar minha cabeça. Este beijo não é suave... é dominador.

Quando ele decide que acabou, se afasta e rosna no meu ouvido:

– Você é a única, Sloane. Nunca duvide disso.

Seu tom de voz não deixa espaço para discussão, mas eu deixo escapar:

– Eu sei que houve...

Ele me interrompe com um sinal de cabeça cheio de desdém.

– Somos adultos, Sloane. Não vamos fingir que não vivemos nossas vidas. Nós dois estivemos com outras pessoas. Mas a verdadeira questão é...

Seu polegar acaricia meu queixo, e ele puxa a toalha, expondo meu corpo e devorando cada centímetro com os olhos.

– A verdadeira questão é: de que importa essas pessoas quando eu só tenho olhos pra você? Quando eu só penso em você? Quando não fiz nada além de ficar mais e mais obcecado por você desde que me mandaram manter distância?

Eu soluço. Ou gemo. Ou faço algum tipo de som como se alguém tivesse me dado um soco no estômago.

– O que você acha, Sloane? Elas importam? Diante de tudo que está acontecendo entre nós no momento? Diante de 18 anos de amizade? Diante do modo como nos desejamos por tanto tempo? Tem alguém pra levar minimamente em consideração? Que tenha alguma relevância?

– Não – sussurro na mesma hora.

Quando ele coloca dessa forma, não.

Não. Não. Não. Não. Não.

– Nada disso importa.

– Isso mesmo. – Os dedos dele percorrem meus lábios. – A resposta é não. Nada dessa merda importa. Porque somos eu e você. Somos nós. Improváveis e inevitáveis ao mesmo tempo. Somos para sempre.

Eu concordo, afastando a repentina ardência em meus olhos. Porque Jasper não é de demonstrar muita emoção, e essa talvez seja a primeira vez que realmente o ouço admitir o que tudo isso significa para ele.

O que eu significo para ele.

Com um aperto rápido no meu pescoço, ele murmura junto do meu cabelo:

– Agora coloca a cabeça pra fora da cama e abre a boca.

Eu observo, extasiada, seu pau impressionante balançando sobre mim, a cueca descartada. Ontem à noite ele me botou de joelhos e me disse como chupá-lo, bem como eu pedi. Gozei só de ouvir as sacanagens que ele dizia, apertando as coxas enquanto o chupava. Foi definitivamente a primeira vez que alguém me fez ter um orgasmo com *palavras*.

Lambo os lábios enquanto ele guia o pau para o meu rosto e delicadamente ajusta minha posição. Então Jasper se apoia sobre o meu corpo, as mãos na cama lhe dando suporte.

Os dois lados da sua camisa de botão caem como cortinas nas laterais do meu rosto. Abro a boca, ansiosa, e sua enorme ereção desliza suavemente entre meus lábios. Seu aroma fresco e terroso me envolve. É uma combinação inebriante.

– Brinque com seus peitos, Sloane. Quero ver enquanto fodo a sua boca.

Solto um gemido e começo a apalpar meus seios. Aperto meus mamilos. Perco a cabeça enquanto ele assume um ritmo lento entre meus lábios.

Nunca experimentei esse ângulo, e meus olhos lacrimejam pelo modo como ele penetra profundamente, mas sem nunca deixar de ser cuidadoso. Cuidadoso para não meter com força demais nem fundo demais. Cuidadoso para não me machucar nem me assustar.

Mesmo assim, ele me faz ir mais longe do que qualquer outro, o que eu amo. Na escola, sempre me esforcei ao máximo. No balé também

– Bom pra caralho. Que boquinha gostosa, Sloane. Chupando pau como se você tivesse nascido pra fazer isso. Você não tem ideia de como é gostoso sentir você me engolindo. É viciante.

Ele dá uma estocada forte, e eu faço um leve som de engasgo, lágrimas turvando minha visão enquanto belisco meus mamilos.

– Fui longe demais, meu bem?

Faço que não com vigor e gemo, apertando as coxas e sentindo a umidade entre elas. Quer dizer, ele foi longe demais... logisticamente falando.

Mas eu gosto. Realmente gosto muito.

Jasper ri, sua mão envolvendo minha cintura.

– Muito fominha. – Seus dedos batem de leve na parte superior da minha coxa. – Abre pra mim.

Sua mão pressiona a parte interna da minha coxa, forçando-a contra a cama para que eu fique completamente exposta a ele enquanto Jasper fode minha boca sem parar. Fundo, mas não tão fundo a ponto de me fazer engasgar de novo.

– De quem é essa boceta, Sloane?

Ele dá um tapinha nela, e eu escuto como estou molhada mesmo em meio aos meus gemidos. Respondo um "sua" abafado, com o pau dele na boca, pois Jasper não me dá nenhum descanso.

– Isso mesmo.

Sua voz está tão baixa que quase não escuto. É demais. Sinto coisas demais.

Ele é demais.

Seus dedos experientes percorrem minha boceta, e eu me arqueio contra o toque, erguendo os quadris da cama. Estou pronta para gozar, pronta para deixá-lo me fazer perder a cabeça sem nenhum protesto.

Se aprendi alguma coisa nos últimos dias, é que Jasper gosta de me dizer o que fazer e de me ver obedecendo.

Basta isso para deixá-lo com tesão. Basta isso para me deixar molhada. Então acho que funciona para nós. Assim como essa posição.

Seu pau está na minha boca, e ele está combinando o ritmo das metidas com o ritmo do seu dedo me tocando. Não é suficiente. Eu quero mais. Quero me sentir toda preenchida quando explodir. E estou tão perto.

Meu corpo me entrega, a excitação escorrendo pelas minhas pernas combinando perfeitamente com a saliva na minha bochecha.

– Você adora quando eu te encho todinha, Sloane? Parece que sim. – Ele se inclina para a frente, pressionando sua boca safada na minha boceta. – Mas me parece que você foi mimada.

Sua barba por fazer me provoca enquanto Jasper passa a boca pela minha barriga e faz com que eu me contorça embaixo dele.

– Uma princesinha mimada que precisa aprender a ter um pouco de paciência.

Com um último beijo no meu umbigo, ele se afasta de mim.

Da cama, do meu espaço, da minha boca.

Ele me deixa vazia, pulsante e carente pra cacete.

– Jasper! – Eu soluço o nome dele. – Você tá de sacanagem comigo?

Ouço o farfalhar de roupas atrás de mim antes que ele diga:

– Vamos, Solzinho. Precisamos pegar a estrada.

– Eu só preciso...

– Sloane. – Seu tom de voz frio impede que minha mão deslize mais pelo meu corpo. – Sei que não preciso nem dizer que você só pode tocar essa boceta que *me* pertence quando eu deixar.

Não consigo me conter. Solto uma risada e cubro o rosto com as mãos, exasperada.

– Pelo amor de Deus, Gervais. Eu queria poder voltar no tempo e contar pra minha eu adolescente a situação em que ela vai se meter dentro de dez anos. Ela teria desmaiado na hora.

Ouço a risada grave dele, que me aquece até os ossos. A risada que me lembra da sua versão adolescente e tímida. Que ainda é uma faceta do homem complicado que Jasper é hoje em dia.

– Se você voltar, diz também que está com o rosto todo babado e que tá na hora de tirar a bunda linda da cama.

– Eu te odeio – retruco, rindo.

Mas eu sempre rio no momento errado. E agora rio porque não odeio Jasper nem um pouco.

Eu o amo. Eu o amo como aquela garota de dez anos atrás jamais poderia ter imaginado.

– Está sentindo falta de dançar?

Nossa conversa começou um tanto truncada durante a longa viagem de volta, porque eu só conseguia pensar em abraçar Jasper e cavalgar em seu pau até ter o orgasmo aflitivo e devorador de que precisava. Com o passar do tempo, a ereção dele diminuiu e o jeans ficou menos apertado. Infelizmente, acho que minha calcinha talvez não tenha salvação.

Mas então começamos a falar sobre hóquei, e algo além do latejar entre minhas pernas atraiu minha atenção. Jasper me contou sobre seus planos para quando voltar a Calgary. O treinamento. A terapia esportiva. Sua dieta, que é muito específica, e parece envolver um bocado de peru e salmão.

Sua empolgação é contagiante. É tão fácil me deixar levar por Jasper quando ele está animado e despreocupado como agora.

O sol está brilhando, e as estradas estão perfeitas.

Aprecio esses momentos com ele.

– Não tanto quanto eu pensava. Ou melhor, eu deveria dizer que *estava* sentindo falta, mas acho que só porque preferia estar repassando uma coreografia sem parar e levando broncas em russo do que planejando um casamento com alguém com quem eu não queria me casar.

Droga. Sou especialista em acabar com momentos de descontração, não sou? As mãos de Jasper agarram momentaneamente o volante, e o silêncio é pesado. Tento me conter para não rir do modo como joguei uma bomba atômica em nossa viagem feliz sem nem pensar, mas uma risadinha divertida escapa de mim do mesmo jeito.

– Meu Deus, Solzinho.

Os lábios de Jasper se curvam, e ele balança a cabeça. Cubro o rosto por um minuto antes de recuperar a compostura.

– Bom, nas últimas semanas, não tenho sentido tanta falta. Andei triste, mas não estressada, sabe? Eu queria dançar pra extravasar minha ansiedade, pra me cansar o suficiente pra não pensar demais. Mas dançar na academia da Summer era... relaxante, de alguma forma. Não tinha ninguém assistindo. Eu tocava qualquer música que *eu* quisesse. Fazia qualquer coreografia que *eu* quisesse. Pude ser apenas eu mesma, e isso foi terapêutico, acho. Não ter ninguém pra me dizer o que eu posso ou não fazer.

– Até eu aparecer – resmunga Jasper num tom sombrio.

Eu rio de leve, me inclinando sobre o console, torcendo por uma encostadinha acidental no pau dele ao dar um tapinha reconfortante na sua perna.

Minha mão pousa em sua coxa musculosa, deslizando para dentro.

– É, mas a diferença é que eu gosto quando você faz isso. Eu quero quando você faz. Eu disse pra você fazer.

O rosto dele se contrai com o esforço de esconder um sorriso. Meus dedos avançam mais entre suas pernas, meu mindinho se move para percorrer seu pau enorme.

– Solzinho.

Eu o olho de relance, assumindo um ar de falsa inocência.

– Sim, Jas?

– O que você acha que está fazendo?

– Dando um tapinha carinhoso na sua perna?

Pressiono os lábios, mantendo os olhos com a expressão mais ingênua possível.

– Esse olhar inocente é uma graça, considerando que há apenas algumas horas você estava com a cabeça pra fora da cama engasgando com meu pau.

Meu rosto imediatamente fica todo quente. Levando a mão ao peito, eu me afasto dele com um ar dramático.

– Estou escandalizada.

– Sei. – Ele ri, espiando pelo espelho retrovisor. – Está prestes a ficar. Volta pro seu lugar e tira as calças.

Meu coração acelera.

– E você?

– Eu? Estou dirigindo.

– Não está desconfortável?

– Há anos que eu luto pra não ficar de pau duro perto de você. Vou ficar bem. Tira as calças. Já estou cansado de esperar.

Eu hesito. *Anos*. Como não percebi? Eu me convenci tão completamente de que ele nunca se interessaria por mim que parei de prestar atenção de verdade?

A resposta é sim. Chegou ao ponto em que quase doía olhar para ele com tanta atenção. Pensar em coisas tão específicas.

– Sloane.

Ele soa autoritário, e decido que essa é a voz do Jasper dominador. Um interruptor é acionado, e ele passa do Jasper quieto e indiferente para *isso*.

Seja qual for a voz, ela me põe em ação. Já estou sem botas, e tiro as meias térmicas macias, deixando-as cair junto aos meus pés antes de levantar a bainha do meu suéter de lã pesado e tirar as leggings pretas. Os olhos dele permanecem na estrada, mas, quando vou descartar a calcinha, ele diz:

– Não, essa fica.

– Mas ela é...

– Um lembrete desconfortável de como você está desesperada?

– Ha. – Uma risada irrompe dos meus lábios. – É, pode-se dizer que sim.

Um sorriso presunçoso curva seus lábios, e Jasper me espia brevemente.

– Ótimo.

Eu resmungo e recosto a cabeça no assento, coxas nuas apertadas enquanto espero. Nenhuma outra ordem vem, então olho para ele.

– E agora?

– Agora fica sentada aí e me diz o que planeja fazer quando voltarmos pra cidade.

– Mas... isso não é excitante.

Ele ri.

– Não. Mas é uma conversa necessária.

– Por que eu precisava tirar as calças pra falar sobre isso?

Jasper dá de ombros e olha casualmente pela janela para trocar de faixa.

– Só gosto de te ver toda agitada. Me conta seus planos.

Com um suspiro pesado, mordo o lábio e me viro para olhar pela janela do passageiro.

– Bem, eu tenho que passar na cobertura do Sterling e pegar as coisas que deixei por lá.

Jasper fica imóvel como um cadáver ao meu lado.

– Eu vou com você.

– Ah, tá. – Bufo. – Isso vai dar supercerto. Eu dou conta.

– Eu sei que dá, mas eu vou mesmo assim.

Solto o ar devagar, deixando o assunto de lado por enquanto.

– E vou ter que ligar pro meu pai. Enfrentar essa situação.

– Ele que deveria te pedir desculpas.

Eu faço que sim, muito séria.

– Pode ser, mas Robert Winthrop não gosta muito de se desculpar, então vou esperar sentada. A maioria das coisas que tirei do meu apartamento, quando o contrato de locação acabou, no final de agosto, está na casa dos meus pais. Então vou ter que pensar no que fazer. Em para onde vou.

– Pra minha casa.

– Você acha que morarmos juntos tão rápido é uma boa ideia?

Meu Deus. Eu realmente estou odiando essa conversa.

– Por que não? Agora abre as pernas. Puxa a sua calcinha pro lado com uma mão e faz círculos lentos no seu clitóris com a outra.

Eu solto uma risada incrédula.

– Você tá brincando?

– Não, Sloane. Você parece tensa. Relaxa.

Ainda estou incrédula enquanto faço o que ele instruiu. Jasper me deixou seriamente agitada esta manhã e, por mais que eu secretamente goste de jogar esse jogo, não vou recusar um orgasmo por causa disso.

Além do mais, ele tem razão. Deixo de lado a tensão e passo a vibrar de expectativa no mesmo instante. Com dois dedos, afasto o tecido molhado do caminho e toco meu clitóris intumescido.

Pressiono firmemente antes de fazer círculos, mordendo o lábio para ficar quieta.

– Eu tenho casas em Chestnut Springs – diz ele, como se continuar a conversa enquanto eu me masturbo fosse perfeitamente normal.

Tenho que conter o sorriso. Nunca imaginei que Jasper fosse assim, e estou adorando. Ele gosta de estar no controle, e escolher agir assim com ele me faz sentir que estou recuperando uma parte de mim que nunca me dei o direito de explorar. Meu próprio controle.

– Várias casas – reforça Jasper. – Você teria que dirigir até a cidade. Ou pode passar os próximos meses dançando na academia da Summer. Mas você pode ficar com uma delas.

– Várias casas?

Ele assente, pigarreando.

– Continua esfregando, Sloane. Eu comprei um quarteirão inteiro. Prédios comerciais de um lado, inclusive a academia da Summer, e residências do outro. Imaginei que precisaria de algo pra fazer quando finalmente me aposentasse, e consertar um monte de bangalôs velhos em uma cidade que eu amo pode ser um projeto divertido. Algo pra manter as mãos ocupadas.

Com essa menção, ele olha para as minhas mãos e trava o maxilar antes de me encarar e dizer:

– Além disso, descobri que seu pai queria comprar aquele quarteirão e construir um shopping idiota ou algo assim. Arruinar a cidade com alguma palhaçada espelhada e padronizada. Ferrei com ele indo pessoalmente à imobiliária. Essa é a diferença das cidades pequenas. Eles confiam e gostam de quem conhecem. E ela me conhecia.

Fico um pouco chocada com essa declaração, mas não estou pensando direito com meus dedos entre as pernas. Além do mais, Jasper arregaçou as mangas do moletom, me dando uma visão sexy das veias que correm de suas mãos para seus antebraços tatuados.

– Mas você podia ter usado todo esse dinheiro caçando leões – brinco, observando os músculos sob a tinta preta se flexionarem.

– Enfia um dedo – ordena ele no mesmo instante.

E eu enfio.

– Agora dois.

Eu gemo e facilmente deslizo um segundo dedo para dentro, metendo algumas vezes.

– Coloca os pés no painel – manda Jasper, ajeitando seu pau na calça jeans.

– Ai, meu Deus – murmuro.

O rubor das minhas bochechas no mesmo instante se espalha para o meu colo, seios e barriga. Meu corpo inteiro está pegando fogo.

Movo os pés para cima do painel, ficando bem mais apertada. Gemo com a sensação.

– Você tá adorando tudo isso. Eu sei. – Ele move o queixo na minha direção. – Afasta os joelhos pra eu poder ver.

– Tem certeza que é seguro? – provoco, ofegante.

– Não há nada de seguro na maneira como eu te quero, Sloane. Nunca houve. Agora enfia um terceiro dedo. Quero ver você precisando se esforçar.

Ele se vira de volta para a estrada. É um trecho reto e tranquilo em uma tarde perfeitamente ensolarada de um dia de semana. Jasper nunca correria riscos desnecessários.

Enquanto deslizo um terceiro dedo para dentro e sinto meu corpo se abrindo, decido que esse risco é muito necessário. Gozar é muito necessário. E seguir as ordens dele assim faz meu corpo vibrar como nunca.

– Está gostando, Sloane?

Fecho os olhos, imagino seu corpo sobre o meu e gemo.

– Está tão bom.

– Você está fingindo que sou eu entre as suas pernas em vez dos seus dedos?

Abro os olhos de repente e o encaro.

– Continua a mexer esses dedos e responde à minha pergunta.

Dou metidas lentas com os dedos, morrendo de prazer. É sacana, pervertido e muito diferente do meu jeito discreto habitual. Eu me tornei outra pessoa por causa da pressão que sempre me rodeou, então me permito desfrutar as delícias de me sentir safada e livre para fazer o que quero.

– É. Eu estava pensando em você. Estou sempre pensando em você.

Um sorriso suave e satisfeito toca os lábios dele. Tudo em Jasper é muito viril, rígido e dominador, mas amoroso ao mesmo tempo. Me faz sentir como se ele fosse me segurar quando eu caísse. Como sempre.

– Quer gozar?

– Quero – respondo, ofegante, ainda movendo os dedos desenfreadamente.

– Que pena. – Ele ri. Puta que pariu. Ele ri. – Coloca de novo as calças e espera.

Um grunhido alto irrompe da minha garganta, e bato a cabeça contra o assento, cruzando as pernas instantaneamente para aliviar a onda de prazer no meu ventre.

Como se eu pudesse estrangulá-la. Apagá-la.

Mas não funciona. Cada terminação nervosa está vibrando. Tudo o que vejo é Jasper.

Nunca fiquei tão excitada na vida.

– Isso é pura maldade. Você não está desconfortável?

Ele dá de ombros, parecendo muito satisfeito consigo mesmo.

– Estou. Mas não é pior do que ver você namorando otários por vários anos.

Eu bufo.

– Você é um sádico.

Ele nem reage.

– Acho que um terapeuta chegou a insinuar isso uma vez.

– Ou então, no fundo, você só me odeia.

Pego a legging com a mão trêmula, sem querer vesti-la. Até roçar esse tecido pela minha pele vai me deixar louca. Com mais tesão.

– Acredite, Solzinho, não odeio nada em você. Mas odeio que você fale sobre *ele* enquanto se toca.

– Eu não... Ah. Caçar leões.

Ele me dá uma piscadela. Uma piscadela brincalhona, bonita e *irritante*.

– Odeio você.

Ele solta um muxoxo e inclina a cabeça de leve, fazendo seu cabelo grosso balançar. Nada de boné hoje.

– Você disse isso hoje de manhã. Por algum motivo, não estou muito preocupado. Você vai retirar o que disse quando eu te fizer gozar tão forte que você não vai nem conseguir andar.

Suspiro, querendo afastar o lembrete de que, de fato, eu já disse isso hoje. Disse e imediatamente pensei que não era verdade.

Que a verdade é que eu o amo.

Eu sei que o amo.

Mas ainda estou tendo dificuldade em acreditar que Jasper vai retribuir esse amor na mesma intensidade, algum dia.

– Está escuro. Vamos parar aqui de novo esta noite.

Jasper sinaliza com a lanterna para entrar em Rose Hill, sua voz transbordando de exaustão. Estamos a apenas algumas horas de casa, mas ele tem razão. Está escuro, e nossa conversa mergulhou em uma calmaria silenciosa e cansada após dez horas de viagem.

Só consigo pensar em sexo.

É incrível como passei de dançar com tanto rigor e trabalhar por tantas horas que mal pensava em sexo a esse desejo selvagem.

Decido que vou me referir a esse fenômeno como o "Efeito Jasper Gervais".

Ele vai te provocar o dia inteiro e te transformar em uma vadia feliz e desesperada! Esse bem que poderia ser o slogan dele.

Sou uma prova viva, indócil e tensa disso, neste momento.

Quando estacionamos outra vez no Rose Hill Inn, paramos junto do lado arborizado do estacionamento para acomodar o trailer vazio atrás.

De repente, estou desesperada por ar fresco. A caminhonete cheira demais a sabonete líquido de menta e eucalipto. Também estou nervosa e agitada e...

– Aonde você pensa que vai?

A voz de Jasper me interrompe quando alcanço a maçaneta da porta para escapar da tensão sexual sufocante entre nós.

Eu me assusto e olho para ele.

– Sair.

Aponto com o polegar por cima do ombro.

– Sem chance. Acho que já esperamos o suficiente.

Ele me chama para perto com um dedo, então agarra meu suéter, delicadamente me puxando para si. Com um suspiro pesado, eu passo por cima do console central e monto em seu colo, como naquele dia no acostamento.

Seus dedos acariciam meu rosto, passando pelas minhas bochechas, pelo meu cabelo, colocando-o para trás das orelhas.

– Você não tem ideia de como é linda. Como me distrai. O quanto eu amei ver você seguir minhas instruções o dia todo – murmura ele, os olhos examinando cada traço do meu rosto enquanto seu pau duro como pedra roça na minha bunda. – Quero tentar isso de novo. Sem pressa. Sem estar indo para lugar nenhum. Sem me preocupar com acidentes de carro. Só você e eu.

A voz é suave, as mãos, carinhosas.

– Só você e eu – sussurro em resposta.

– Quero seus olhos nos meus quando você gozar no meu colo.

Ele segura minha cabeça com ternura, e eu deixo meus lábios pousarem nos dele, faminta. Seus braços de aço me envolvem, se encaixam ao meu redor de um modo perfeito. Me fazem sentir tão segura. Tão querida.

Eu derreto junto dele. Minhas mãos percorrem seu peito, pescoço, cabelo. Tocá-lo livremente é um prazer.

Quando se afasta, Jasper tira minhas calças, uma perna de cada vez. Depois, a calcinha. Ele me despe e absorve a visão, iluminada apenas pelo brilho dos faróis. Cada toque de seus dedos é reverente, cada olhar é intenso.

Primeiro ele me beija, e meu peito dói com tamanha doçura. Seus lábios são firmes e delicados ao mesmo tempo.

Ele reclina o assento, eu o ajudo a se livrar das calças, esfregando seu pau e segurando suas bolas, fazendo questão de enfiar a mão por baixo de sua camisa para passar os dedos sobre a bailarina que ele fez só para mim.

– Não sei como fiquei tanto tempo sem você – murmura Jasper, botando meu cabelo atrás da orelha e me segurando pela nuca. – Nunca mais quero ficar sem você – acrescenta ele, segurando o próprio pau e passando a cabeça grossa pela minha boceta.

– Você nunca mais vai ter que ficar – sussurro, e volto a beijá-lo, tentando corresponder à sua sinceridade.

– Promete.

Os olhos dele grudam nos meus, e eu faço que sim.

– Prometo.

Então ele coloca a pontinha dentro, apenas alguns centímetros. Mesmo assim minhas costas arqueiam em sua direção. Meu corpo se curva voluntariamente sob seu toque enquanto ele me segura. Quando eu me sento devagar em seu pau muito duro, sentindo cada centímetro dele, Jasper sussurra meu nome com a voz estrangulada.

Nossos corpos se fundem na caminhonete escura. Começamos preguiçosamente. Com carinho. Mas logo mãos e beijos se tornam frenéticos. Meu corpo parece pronto para explodir.

– Jasper, eu vou...

Ele agarra meu queixo e puxa meu rosto para bem perto.

– Esfrega seu clitóris, meu bem. Goza pra mim.

Quando ele solta o ar, eu inalo sua respiração. Ele está dentro de mim de tantas maneiras. Nem sei se ele percebe.

Seu pau atinge o ponto certo, e eu acaricio meu clitóris sensível e desmorono, olhos fixos nos dele.

– Ah! Porra. Jasper.

– Sloane – rosna ele, fechando a mão no meu pescoço e me beijando ferozmente.

Meu nome está em seus lábios enquanto ele se derrama dentro de mim, parecendo um pouquinho fora de si.

Um pouquinho fora de controle.

E isso me dá um pouquinho de esperança de que Jasper Gervais me ame do jeito que eu o amo.

29

Jasper

Jasper: Chegamos em casa em segurança. Como está Beau?
Harvey: Ah, que bom. Fico aliviado que estejam de volta. Beau está bem, considerando a situação. Ele quer ligar para você, mas está dormindo agora.
Jasper: Estamos aqui. A qualquer hora. Quando ele vai voltar pra casa?
Harvey: Pode demorar um pouco. Ele está em boas mãos aqui.

A primeira coisa que fiz quando voltamos para a grande casa vazia no Rancho Poço dos Desejos foi arrastar Sloane para o meu quarto da adolescência e comê-la enquanto ela usava a camisa do meu time.

Só pensava nisso desde que ela saiu daquele provador exibindo-a com um sorrisinho provocante. É mais difícil ela sorrir com meu pau na boca. Mas adorei o sorriso satisfeito que ela me deu depois.

Então desmaiamos, membros emaranhados na cama minúscula. Completamente apagados. Parece que já faz meses desde o dia do quase casamento dela.

Agora estamos desfazendo as malas e curtindo uma deliciosa Buddyz Best gelada. Sloane está lá embaixo, lavando roupa, e eu estou me sentindo bem doméstico e feliz com toda a situação enquanto dobro as roupas do cesto que ela acabou de trazer.

Posso nos imaginar fazendo isso para sempre. Viajando juntos. Tirando uma soneca juntos. Cuidando da casa juntos. Eu me aproximando para beijar seu rosto, só porque posso, e então seguindo com minhas tarefas. Até fazer coisas chatas é infinitamente menos chato com Sloane ao meu lado.

– Jas! Ligação de vídeo do Harvey! Posso atender? – grita ela do andar de baixo.

Paro de dobrar a camiseta feia que Cade me zoou por usar.

– Pode! – respondo, antes de largar a camiseta e sair do quarto, andando o mais rápido possível sem correr.

Recebemos uma ou outra mensagem de Harvey, mas não muitas informações. Eu sei que ele está tentando não nos preocupar, mas a estratégia de "menos é mais" realmente não funciona muito bem com meu cérebro agitado.

– Ooooi! – Ouço a voz alegre de Sloane vindo da cozinha enquanto me aproximo dela por trás. – Meu Deus, Beau! Como é bom te ver.

Quando me aproximo o suficiente para ver a tela, meu peito se enche de emoção. Harvey está sentado ao lado de Beau, e os dois sorriem para Sloane.

Quanto mais perto chego, mais vejo como Beau parece magro, como sua expressão está um pouco tensa. Mas lá está ele. Respirando. Falando. *Vivo.*

– Ah! Aqui está ele!

Sloane me vê no pequeno retângulo no topo da tela quando a alcanço. Paro atrás dela e, sem nem pensar, passo um braço por sua cintura e contemplo meu amigo... meu irmão.

Ele e eu somos próximos, mas não somos piegas. Beau não faz esse tipo. Às vezes acho que ele é tão fechado quanto eu, só disfarça melhor. Ou seja, ele não age como um babaca mal-humorado quando tem um dia ruim.

Mas eu sou eu, então começo:

– Ei, babaca. Você está com uma cara de merda.

Beau ri, um sorriso irônico curvando sua boca.

– Quando eu chegar em casa, vou chutar sua bunda, Gervais. E capacetes e protetores não serão permitidos.

– Se é isso que é preciso pra te trazer pra casa, pode deixar. Senti sua falta, cara.

Ele força um sorriso, e vejo em seu olhar um assombro que me é familiar.

– Também senti a sua.

Sloane olha para trás, para o meu rosto, como se o que viu refletido na tela não fosse o suficiente. Nossos olhos se encontram por um momento. Ela sorri, e, assim que se vira para a tela do celular, Harvey solta um assobio alto.

– Ora, ora... – Ele balança a cabeça.

Beau dá risada.

– O quê? – pergunto, me afastando e cruzando os braços.

Porque não sou idiota. Sei o que eles acabaram de ver. O sorriso de Harvey é um pouco largo demais quando ele diz:

– Estou vendo que vocês dois levaram a sério demais aquela piadinha sobre o povo do interior beijar os próprios primos.

Fecho os olhos e respiro fundo. Nunca fui imune a Harvey e suas piadas ruins, mas sempre fui discreto para evitar me tornar seu alvo preferido. Por um momento, me pergunto se é assim que Cade se sente.

Sloane arfa.

– Nós não somos primos!

Beau dá uma cotoveladinha no pai, brincando com ele, como sempre faz.

– Acho que eles estão fazendo mais do que se beijar. Olha como ela está vermelha.

Olho para o canto do celular para ver o rosto de Sloane e, de fato, ela está fazendo sua melhor imitação de um tomate.

– Não somos primos – digo em apoio a ela, mas meus lábios se contraem. Vamos ouvir essa piada por um bom tempo; é melhor nem discutir.

– Quer dizer... Eu sei que não são primos do tipo que vão fazer um bebê com rabo ou algo parecido – começa Harvey, se empolgando com as nossas reações. Ele é um crianção. – Mas ainda são meio primos, na minha opinião.

– Literalmente ninguém quer saber sua opinião, Harv.

– Ei, pai.

Beau inclina a cabeça para Harvey, que estende a mão para a nuca do filho. Harvey parece exausto e aliviado. Contraio um pouco o nariz para afastar a ardência que surge ali.

– O que é, filho?

– Em uma escala de primos, de 1 até bebês com rabo, onde você colocaria Jasper e Sloane?

– Meu Deus. – Sloane desaba na bancada, segurando o celular acima da cabeça, sacudindo-o para eu pegá-lo.

– Acho que ali pelo 5.

– Beau – interrompo, balançando a cabeça com um ar irreverente e pegando o telefone da mão de Sloane. – Qual é a gravidade dos seus ferimentos? Porque eu vou fazer você pagar por essa piada.

Meu tom foi de provocação, mas posso dizer que meu comentário os deixa sérios. Tenho um talento inato para estragar o clima. Sloane se levanta e apoia o ombro no meu peito para aparecer de volta na tela.

Beau pigarreia.

– Algumas queimaduras leves. – Ele gesticula para as pernas. – Talvez eu precise de alguns meses. Aí vou poder te derrubar.

Noto a linha intravenosa que desaparece no topo de sua mão.

– Por quanto tempo você vai ter que ficar aí?

– Algum tempo. Aí vão me transferir para casa. Todos vocês, resmungões, vão ficar felizes de saber que meus dias de James Bond acabaram.

Sloane assente com um ar de compreensão. Beau não parece interessado em revelar mais nada, e não sou de pressionar ninguém que queira manter seus segredos. Volto para nossa dinâmica normal.

– Sim, mas Bond consegue arrumar mulheres.

Beau solta uma risada, o que me faz sorrir. Porra, é bom vê-lo e ouvi-lo rir.

– Cara, você está ficando com a sua prima. Nem fala comigo desse assunto.

Sloane fica na ponta dos pés na minha frente, como um pequeno dragão de fogo, toda protetora.

– Beau Eaton! Esquece o Jasper. *Eu* vou chutar sua bunda quando te encontrar. Logo depois de te abraçar demais e dizer o quanto eu te amo.

Beau sorri, um sorriso mais natural do que os outros dessa conversa, mas percebo que está ficando cansado.

– Quero ver você tentar, Sloaney. Mas aceito o abraço.

Harvey também deve ter notado a pouca energia de Beau, porque interrompe:

– Ok, vamos ligar para Cade e Willa em seguida, então vou me meter aqui. Vocês dois, pombinhos, se divirtam. Já estava na hora de se entenderem. Jasper está te espiando por baixo da aba daquele maldito boné há anos. Então, fiquem tranquilos. Saibam que o vovô Harvey vai amar o bebê, com rabo e tudo.

– Harvey! Você está...

Beau gargalha, e Harvey me interrompe:

– Amamos vocês! Tchau!

Então a imagem é cortada com um apito monótono.

Quando olho para Sloane, ela está rindo tanto que lágrimas enchem seus olhos, e ela as seca com as costas da mão.

– Porra. Harvey é maluco.

– Esquece o Beau. Eu vou matar o Harvey – brinco, sabendo que nunca vou fazer nada.

– Jas...

– Oi.

Inclino a cabeça e olho para a mulher que girou para pressionar o corpo contra o meu.

– Você realmente ficava me espiando por baixo do boné?

Dou de ombros e puxo sua cabeça contra o meu peito, como sempre faço, pressionando-a contra meu coração e beijando seu cabelo.

– Fala sério, Solzinho... você já viu a sua bunda?

– Você não deveria estar aqui, Gervais. Não faz duas semanas. Vou fingir que não te vi.

Roman volta a atenção para os papéis em suas mãos e tenta passar por mim no corredor dos fundos do centro de treinamento.

– Bem, estou aqui. E você precisa de mim, treinador.

– Não me diga do que eu preciso, Jasper. Esse não é o seu trabalho.

– Estamos em uma sequência de derrotas.

Como se ele não soubesse. É Roman quem fica no banco, assistindo acontecer. Já eu não consigo me obrigar a assistir. Difícil demais. Enlouquecedor demais.

– Pois é – diz ele com casualidade exagerada, sem me dar atenção. – Também estávamos perdendo quando você estava jogando.

– Eu preciso jogar. Você precisa que eu jogue...

O veterano para bem na minha frente, erguendo a sobrancelha e me interrompendo.

– Não, eu preciso da sua *melhor* versão, a que está com a cabeça no lugar. E você precisa desses últimos dias de castigo para fazer isso.

– Castigo? Eu sou o quê? Um garotinho de 7 anos?

Roman balança a cabeça, olhando de volta para a merda superinteressante que está no papel à sua frente.

– Às vezes parece que vocês são todos um bando de garotinhos de 7 anos.

Quase solto uma gargalhada

– Encontraram ele. Ele está vivo.

O treinador levanta a cabeça ao me ouvir.

– É?

– É.

Não consigo evitar o sorriso tímido que se abre nos meus lábios.

– Caramba, Jasper. – Roman sorri, os cantos de seus olhos se enrugando. – Essa é a melhor notícia que ouvi em muito tempo.

Ele bate no meu ombro uma vez. Duas vezes. E me puxa para um abraço brusco antes de se afastar, me segurando pelos ombros para realmente me olhar nos olhos.

– Eu quero jogar.

Ele assente.

– Você tem treinado?

Duvido que Roman considere um jogo de meninos contra meninas um treino – e muito menos sexo em níveis olímpicos –, mas exercício é exercício, então respondo:

– Tenho.

Ele me encara com ar de dúvida, e eu mantenho o rosto impassível para não revelar nada. Não é a primeira vez que douro a pílula com a equipe técnica.

Meu contrato também estipula que não devo andar a cavalo, mas isso não me impede de ajudar com a marcação do gado todo verão nem de tocar os bois na reunião de família, no outono.

Não sou tão bom quanto Rhett ou Cade – ou Violet –, mas ainda sou um caipira de coração. Posso selar um cavalo e pastorear uma vaca.

– Tudo bem. Pode vir aos treinos pelos próximos três dias. Se mostrar que seu foco voltou, deixo você jogar.

– Certo, treinador.

Faço uma expressão séria, tentando não revelar que na verdade queria jogar hoje à noite. Agora mesmo, se possível. Havia tirado o hóquei da cabeça. Não precisei dele, não senti falta, porque meu cérebro estava cheio demais de tristeza e pena de mim mesmo. Mas agora? Agora meus dedos coçam com a vontade.

Com um aceno de cabeça, eu me viro para sair pelas portas e encontrar Sloane, que está esperando em segurança no meu SUV.

– Ei, Gervais.

As palavras de Roman me fazem dar meia-volta quando estou perto da maçaneta de metal da porta.

– Oi?

Ele gesticula para a própria cabeça.

– Cadê seu boné?

Eu hesito, juntando as peças da pergunta. Estendo a mão e passo pelo meu cabelo para verificar. Passei a maior parte da vida usando o boné do time em que jogava.

– Não sei. Acho que esqueci.

Roman inclina a cabeça e sorri antes de ir embora.

Dessa vez, eu disse a verdade. Enquanto nos arrumávamos, nem pensei em colocar o boné.

Acho que não senti que precisava dele.

30

Jasper

Cade: Querem passar aqui hoje à noite pra curtir uma deliciosa refeição caseira? Adoraria ver vocês!
Jasper: Por que você tá falando desse jeito esquisito?
Cade: Esquisito como?
Jasper: Deixa pra lá. Vou perguntar pra Sloane.
Cade: Vocês já estão transando?
Jasper: Meu Deus, Willa. Devolve o celular do Cade.

– Não.

Cruzo os braços e olho feio para Sloane do banco do motorista do meu Volvo.

– Sim.

Sloane empina o queixo.

– Não vou ficar no carro como uma criança, Sloane.

– Escuta, você tem que lidar com os seus problemas. E eu preciso lidar com os meus.

Eu resmungo e passo a mão pelo rosto.

– Você está me fazendo parecer um babaca dominador.

– Se a carapuça serviu... – diz ela, pressionando os lábios e dando de ombros.

Jogo a cabeça para trás.

– Só quero que você fique bem. Não gosto do Woodcock. Não confio nele.

– Ele provavelmente nem está em casa. – Sloane olha pela janela do passageiro para o alto prédio espelhado. – Estamos no meio da tarde e ele é um workaholic.

– E se estiver?

– Se estiver, vou conversar com ele. Não preciso de você parado lá, bufando como um touro bravo atrás de mim.

– Vou esperar do lado de fora – digo, cedendo.

– Fora do prédio?

– Não. – Solto o cinto de segurança e contorno o veículo para abrir a porta dela. – Do lado de fora do apartamento.

Quando olho para dentro do carro, Sloane suspira, mas vejo seus lábios se contraírem. Eu nunca me perdoaria se Sterling encostasse a mão nela, e não confio no filho da puta nem um pouco.

– Tudo bem – resmunga ela, pegando minha mão para descer.

Sem soltar sua mão, abro a porta traseira e pego a caixa de papelão que trouxemos. Entramos no prédio luxuoso e seguimos direto para o elevador. Quando as portas se fecham, vejo nosso reflexo na parede espelhada do pequeno compartimento e leio a linguagem corporal de Sloane. A maneira como ela se aninhou junto a mim, como sua longa franja cobre seu rosto, como seus dentes roçam o lábio inferior repetidamente.

Essa mulher é capaz de dançar no palco na frente de milhares de pessoas com toda a confiança do mundo, mas essa situação a deixa nervosa. Essas pessoas que deveriam se importar com ela... que supostamente a amam... a decepcionaram.

Deixaram-na insegura.

E eu as odeio por isso.

Seguro a mão dela de forma reconfortante, e ela ergue bruscamente a cabeça.

Seu olhar encontra o meu no espelho.

– Oi, Jas – sussurra ela.

– Vem aqui, Solzinho.

Eu a puxo gentilmente contra mim, virando-a para o meu peito, onde posso sentir sua respiração na minha camisa, sentir seu coração contra minhas costelas.

Parece quase mentira a forma como nos encaixamos tão facilmente nesse novo relacionamento. Parece que estivemos juntos o tempo todo e, de certa forma, acho que estávamos mesmo.

– Vou me sentir melhor depois que pegar as minhas coisas.

– Você deveria me deixar...

– Jasper, para. Preciso fazer isso sozinha. Reivindicar minha própria vida. Você fica no corredor. Vai ter que se conformar.

Eu a puxo contra mim de novo, apoiando a bochecha em sua cabeça. Volto a nos observar pelo espelho.

O cabelo loiro e luminoso dela; o meu, castanho-escuro. Sua pele de porcelana; a minha, mais bronzeada. O jeito como ela se encaixa em mim e me complementa. Simplesmente não parece coincidência.

Parece algo muito maior do que nós.

– Você vai se conformar comigo arrancando essa calça jeans e comendo você neste elevador na descida – murmuro contra o cabelo dela.

Sloane ri e move a testa contra a camiseta cinza-escuro retesada no meu peito.

– Às vezes você se comporta feito um homem das cavernas.

Ela fica tensa quando o elevador apita e para lentamente no trigésimo primeiro andar. As portas se abrem e revelam um pequeno saguão. Não há outras portas, apenas a grande e elegante diante de nós.

Uma câmera de segurança fica no canto superior, a luz vermelha piscando para mim como um desafio.

Jogo a caixa em direção à entrada imponente e seguro a cabeça de Sloane, apoiando-a contra a parede e apertando minha boca na dela.

O primeiro som que ela faz parece de surpresa; o segundo é um gemido. Suas mãos sobem pelo meu peito, as unhas arranhando quando Sloane desliza a mão de volta para baixo. Seus lábios cedem, e seu maxilar relaxa em meu aperto.

Jamais fui capaz de assustá-la. Ela é incansável e leal.

Não importa quantas pessoas me abandonem, Sloane nunca faz isso.

Não importa o que eu diga, o que eu faça... do que eu gosto. Ela apenas se equipara a mim. Amolece toda em minhas mãos enquanto eu a beijo intensamente antes de deixá-la entrar na cobertura que ela dividia com seu ex até poucas semanas atrás.

~

Estou esperando aqui fora há meia hora, tenso demais para sequer passar tempo no celular. Em vez disso, fico de orelha em pé junto da porta, como um idiota, tentando discernir vozes. Escuto sons de objetos sendo arrastados, talvez até mesmo uma voz cantarolando lá dentro.

Presumo que, se Woodcock estivesse em casa, eu ouviria muitas reclamações e lamúrias.

É um feito hercúleo me conter e não invadir o apartamento. E não é nem ciúmes, a essa altura, ou preocupação com a segurança dela, porque tenho quase certeza de que Sloane está sozinha lá dentro.

É que me dou conta de que não gosto de ficar longe dela. Não sei se é a necessidade de compensar pelo tempo perdido ou se estou apenas sendo um cretino grudento, mas preferia estar lá ajudando a embalar suas coisas em vez de aqui, pensando demais em cada pequeno pedacinho da minha vida.

E da dela.

Ouço a maçaneta se mexer, e sua pequena figura aparece na porta. Sloane está lutando com o peso da caixa e mesmo assim ainda consegue parecer leve.

– Oi! – diz ela, animada e um pouco ofegante.

Avanço depressa, pego a caixa de seus braços e dou um beijo rápido em seus lábios, me sentindo desesperado por sua presença. Aliviado. Quero levá-la embora, de volta para a bolha habitada apenas por nós dois durante a viagem de carro.

Sim, tudo em nossa vida pessoal estava uma merda durante a viagem que fizemos. Mas estávamos nós dois, sozinhos. Não havia todas essas outras questões para lidar.

– Tudo bem? – pergunto.

– Tudo.

– Ele não estava?

– Não. – Sloane balança a cabeça energicamente, estendendo a mão para apertar o botão do elevador. – Só eu, revirando tudo pra encontrar minhas coisas. É engraçado...

Ela olha para trás, na direção da entrada do apartamento.

– O quê?

– É que... pensei que estivesse voltando pra pegar minhas coisas. Que eu precisasse das minhas coisas. Mas, assim que entrei ali, quis estar de volta aqui. Com você. Droga, eu nem queria ter vindo aqui hoje, e disse a mim mesma que só pegaria as coisas importantes. Que tivessem significado pra mim. Então andei de um lado pro outro procurando por elas, mas... não encontrei nada.

– Aquele babaca deu sumiço nas suas coisas?

– Não, não. É que... nada ali tinha significado pra mim. Morei aqui por alguns meses e não tenho apego a *nada*. Não havia nada... importante. Nenhuma lembrança do meu tempo com ele que eu quisesse. As pessoas dizem que sou sentimental demais, só que não consegui encontrar uma única coisa ali que me despertasse sentimentos.

Porra, que triste. Não gosto de Sterling, mas Sloane é outra história. E dói ouvir que ela estava vivendo uma vida que tinha tão pouco significado. Deslizo a mão livre pela base de suas costas de forma tranquilizadora.

– Então o que estou carregando nesta caixa?

– Ah, isso? Pois é. Acabei pegando tudo que era meu e enfiando aí dentro.

Eu bufo.

– Pensei que não tivesse nada importante...

Ela ergue o rosto e o queixo de forma majestosa, parecendo um membro da realeza.

– Não tem, mas não vou deixar um único pedaço de mim lá dentro. Nem minhas batatinhas favoritas. Nem uma escova de dentes. Quero desaparecer da vida dele. Simplesmente... puf. – Ela estala os dedos. – Sumir como se eu nunca tivesse existido nessa cobertura. Por um tempo, senti que ele merecia uma explicação, mas não penso mais assim. Esse era o único encerramento que eu queria.

Ela se aproxima um passinho, e é toda a confirmação de que preciso. No fundo, sei que nunca houve uma competição de verdade entre nós dois.

Mas é bom ser escolhido do mesmo jeito.

Também é bom quando baixo a mão, dou um belo aperto naquela bunda de calça jeans, depois me viro para trás e dou uma piscadela para a luzinha vermelha. Porque sei que Sterling Woodcock vai verificar essas gravações mais tarde.

31

Sloane

Jasper: Como está a minha garota? Volto hoje à noite. Encontro você no rancho?
Sloane: Sim. Muito bem. Ainda mais quando você me chama assim.
Jasper: De minha garota?
Sloane: É. Haha. Nunca pensei que ouviria isso.
Jasper: Solzinho, você sempre foi a minha garota.

O suor escorre pelas minhas costas no estúdio silencioso. Não há barras, e o piso é macio demais para sapatilhas de ponta.

E não consigo me lembrar de uma época em que eu amasse tanto dançar.

Talvez quando criança, antes de se tornar algo competitivo e acompanhado de críticas sobre meu corpo. Antes de deixar meus pés tão doloridos que eu mal conseguia andar.

Por mais de um mês, estou dançando como eu quero, ignorando qualquer responsabilidade e aproveitando cada momento de independência.

Fico no camarote e assisto aos jogos de Jasper.

Espero na saída e sinto meu coração disparar quando sua figura alta e larga aparece na porta.

Adoro vê-lo andando direto até mim, me beijando e me apertando contra seu peito.

Faço amor com ele quando quero.

Danço quando quero.

Como o que quero.

Só atendo as ligações que quero.

Durmo até tarde sempre que quero.

Gasto o dinheiro que ganhei arduamente do jeito que quero.

Finalmente estou vivendo para mim mesma, e me sentindo empoderada por isso.

Eu me sinto renascida.

Jasper e eu nos escondemos em uma das casas dele, no final do quarteirão. Fica bem atrás da academia de Summer, então posso facilmente vir socializar e dançar.

Quando Jasper viaja para os jogos, tenho noites das garotas com Willa e Summer, ou janto com Harvey, ou ajudo Cade a verificar todos os bebedouros elétricos no rancho. Ou fico acordada até tarde aplicando novas camadas de tinta nos bangalôs de Jasper.

Assisti a vídeos no YouTube sobre como instalar novas torneiras, e Jasper nunca me diz que não posso ou não devo fazer essas coisas, ou o que são tarefas de homem.

Ninguém faz isso.

Em vez disso, ele chega, olha a casa e sorri com as mãos casualmente enfiadas nos bolsos, depois comenta como está linda. Como fiz um ótimo trabalho. Como sou habilidosa.

Ele me faz acreditar em mim mesma.

Então ele me dá ordens na cama... mas eu gosto dessa parte.

O resto me faz perceber como fui treinada para ser impotente durante toda a vida. Isso desperta uma raiva desconhecida em mim, que me impede de atender qualquer ligação do meu pai.

Sinto falta dele, mas, ao mesmo tempo, estou furiosa. Sinto falta de quem eu pensava que ele fosse – do relacionamento que eu pensava que tínhamos. No entanto, essa minha nova perspectiva da vida me faz detestá-lo.

Tive tempo e espaço para refletir sobre a maneira controladora como ele trata minha mãe, como sempre a tratou. A maneira como ele fala com funcionários, como pisa em qualquer pessoa que considere inferior.

O que é assustadoramente semelhante ao modo como ele me tratava. A única diferença é que comigo ele usa uma voz doce e me chama de "querida" enquanto me empurra para os caminhos que deseja, que mais o beneficiam, mesmo que suguem a minha alma.

Sem esse distanciamento, não tenho certeza de que eu teria notado. Ainda seria um lindo manequim, nascido e criado para fazer aparições no mundo dele.

Mas esse tempo acabou. Planejo enfrentá-lo em algum momento, para exigir o respeito que ele nunca me deu. E a cada dia chego mais perto. A cada dia fico mais forte.

A distância trouxe perspectiva, mas também um orgulho totalmente novo a respeito da minha capacidade, da minha inteligência. Ter mulheres como Summer e Willa ao meu redor aumentam a minha força.

E o apoio de homens como Jasper, Harvey, Rhett e Cade contribui para que eu me sinta menos insegura sobre essa nova versão de mim mesma. Essa versão que faz danças estranhas na sala dos fundos de uma academia e toma café às onze da noite para poder arrancar um carpete felpudo verde-vômito até as duas da manhã e admirar o piso de madeira embaixo.

Sinto como se tivesse... me encontrado. Gosto de ajudar Cade e Harvey no rancho. Gosto de fazer tarefas variadas. Ainda amo dançar, mas é um amor que reivindiquei de volta. Meu corpo não se revolta mais quando danço; ele canta.

Não sei como tudo isso funcionará a longo prazo, mas estou cautelosamente feliz. Cautelosamente otimista.

Eu me sento no chão e me inclino sobre as minhas pernas, indo fundo no alongamento. Meu corpo está todo aquecido e flexível, e tenho uma profunda sensação de realização, como se, enquanto dançava, eu tivesse arrumado mais um cantinho entulhado do mapa da minha vida.

Jasper está voltando de um jogo fora de casa, e vamos fazer uma ceia de fim de ano no Rancho Poço dos Desejos. Falta uma semana para o Natal, mas há uma animação no rancho que faz com que sempre pareça ser Natal.

Caloroso. Aconchegante. Familiar.

Um Natal todo feliz e contente, sem vestidos longos ou canapés de caviar à vista.

Seguro meus pés e pressiono o peito contra as minhas pernas, a bunda bem plantada no chão.

Quando o celular vibra, do outro lado da sala, eu o ignoro. Ele vibrou enquanto eu dançava, cortando a música em meus fones de ouvido, mas não tive vontade de parar. Dessa vez, a pessoa ligando não desiste. O celular apenas volta a tocar. Com um suspiro, decido que já posso interromper meu treino. Sento-me novamente, vou até a mesa no canto, onde fica o grande sistema de som, e pego o telefone.

Companhia de Balé Royal Alberta pisca na tela. Com certeza estão se perguntando se a primeira bailarina em quem colocaram anos de desenvolvimento e investimento já parou de gracinha. Não respondi a eles sobre a temporada de primavera. Vi o e-mail e simplesmente... não tive vontade de responder.

Deslizo o símbolo verde do celular na parte inferior da tela e atendo a ligação.

Todo mundo ficou com inveja do jogo de hóquei de meninos contra meninas que Jasper e eu jogamos em Ruby Creek, então passei a tarde ajudando Rhett a limpar uma parte rasa e bem congelada do riacho perto da casa ainda vazia de Beau para alguns jogos de Natal.

Pelo que entendi, Beau não voltará até o ano-novo. Ele mencionou "pequenas queimaduras", mas, desde o retorno de Harvey, ficou claro que *pequenas* pode ter sido um eufemismo.

Tudo o que sei é que ele vai ficar bem e vai voltar para casa. Jasper está ansioso para vê-lo. Só não tenho certeza de que o homem que ele vai reencontrar será o mesmo que partiu.

Rhett me deixou na sede do rancho há dez minutos. Chegou a nevar, mas o banco ao lado do poço dos desejos está limpo. Tem tantas estrelas no céu que eu me acomodo, envolta nas minhas roupas de frio, inclino a cabeça para trás e olho para aqueles pontinhos reluzentes enquanto espero Jasper chegar.

Constelações. Planetas. Satélites.

Tudo é mais nítido em Chestnut Springs. Não apenas as estrelas.

Eu me lembro de Jasper sentado neste mesmíssimo lugar em uma noite chuvosa de verão. Foi a noite em que ele me contou tudo. Foi a noite em que dancei para ele, porque não sabia o que dizer. Foi a noite em que nos tornamos irrevogavelmente conectados.

Ouço o estalido dos pneus contra a neve compactada na estrada de cascalho, seguido pelo som suave que as rodas fazem ao atingir o asfalto do acesso para a sede. Quando luzes brancas brilhantes se voltam para a casa, meu coração dispara.

Conheço Jasper Gervais há 18 anos e ainda fico animada quando estou prestes a vê-lo. Ainda espero ansiosamente que ele volte para casa todos os dias. Ainda sorrio quando uma mensagem chega.

Nunca vou me cansar dele. Disso tenho certeza.

O SUV para bem na minha frente, e ele sorri para mim pela janela.

Parece feliz.

Mais feliz do que nunca. E só posso torcer para estar desempenhando um papel nessa felicidade.

Que esse *nós* seja a razão da felicidade dele. Porque esse *nós* é a razão da minha.

Ele salta do carro, todo elegante em uma japona marrom-clara sobre um terno grafite. Sapatos sociais marrons. Tão sensual.

– Vim direto do aeroporto – diz ele ao contornar a frente do veículo, os olhos me percorrendo como se eu fosse sua primeira refeição em dias.

Tremo sob a intensidade do seu olhar, que combina perfeitamente com o céu azul-marinho de inverno que se estende como um cobertor sobre nós. Suas pernas longas avançam rápido, sapatos sociais triturando a neve compactada.

– Dá pra ver. Você está todo chique, Gervais. – Eu sorrio e giro um dedo. – Dá uma voltinha. Deixa eu ver essa bunda.

Ele ri, um som grave que eu juro que faz vibrar o ar entre nós, antes que Jasper me levante e troque de lugar comigo.

– Prefiro agarrar a sua – sussurra ele, dando um beijo casto nos meus lábios e me pondo no colo com facilidade.

Monto no colo dele, e suas palmas largas agarram firmemente minha bunda. Jasper olha para mim e sussurra:

– Senti sua falta, Solzinho.

Reviro os olhos.

– Foram só dois dias.

– Tempo demais – resmunga ele, me lançando seu olhar taciturno característico.

– Você só pegou um avião, jogou hóquei e depois voou de volta.

– É, mas gosto quando você está nos meus jogos.

– Você tem jogado *melhor* desde que nós... – Remexo as sobrancelhas de um jeito sugestivo, e Jasper aperta a minha bunda.

– Está tentando levar o crédito pelas nossas vitórias?

– É ciência, Gervais. Não dá pra discutir. Você estava péssimo e agora não está mais. Sua sequência de vitórias vai acabar quebrando recordes, nesse ritmo. Minha boceta dá boa sorte. A criadora de reis. Não... – Eu levanto a mão. – A criadora de vencedores da Copa Stanley.

Jasper me encara todo sério.

– Não vou chamar sua boceta de criadora de vencedores da Copa Stanley, Solzinho.

Dou risada, me sentindo muito uma jovenzinha boba sentada no colo da minha paixão de infância, na neve, sob um céu estrelado, como se fosse a coisa mais normal do mundo. Então baixo a cabeça para beijá-lo, a ponta fria dos nossos narizes se roçando. A barba por fazer dele atravessa o fino tricô das minhas luvas, arranhando minhas palmas enquanto seguro seu rosto bonito.

Quando eu praticava uma coreografia por aqui, quando criança, sonhava em beijá-lo, em ter suas mãos em mim, seu corpo quente e firme sob o meu.

Eu achava que o amava naquela época, mas não tenho tanta certeza. Eu estava apaixonada por ele. Isso aqui... agora...

É diferente. Nós somos diferentes.

– Também senti sua falta, Jas – sussurro contra os lábios dele, então me afasto para passar as mãos em seu cabelo, tentando me lembrar da última vez que ele usou boné.

Talvez ao malhar? Ou quando trabalhamos juntos na reforma da casa. Seu boné funciona agora mais como uma maneira de manter o cabelo longe do rosto do que como uma espécie de esconderijo.

Parece que talvez ele tenha parado de se esconder.

Talvez nós dois tenhamos feito isso.

– Recebi uma ligação hoje – continuo, observando suas sobrancelhas grossas e as ruguinhas em sua testa.

– É?

As mãos dele esfregam círculos firmes na minha bunda, me aquecendo melhor do que minha calça térmica. Está nevando um pouco, e vejo um floco cristalino pousar em seus cílios escuros, suspenso ali por um momento até Jasper piscar.

– É. A dançarina substituta pro papel da Fada Açucarada em *O Quebra--Nozes* pegou uma gripe, e a titular está com tendinite no tendão de aquiles e precisa de descanso. Me pediram pra entrar amanhã, pra última apresentação antes do Natal, porque eu fiz o papel no ano passado.

– E aí? Você está feliz com isso?

Não deveria parecer tão impressionante que a pessoa com quem estou me pergunte sobre meus sentimentos, mas me ocorre que ninguém nunca chegou a me fazer essa pergunta.

Isso é novidade para mim. Jasper não saiu dizendo se eu deveria ou não ficar feliz. Apenas me perguntou como me sinto. Como se meus pensamentos – meus sentimentos – fossem dignos de sua atenção e respeito.

E acho que o amo ainda mais por isso.

– Estou – sussurro, ficando toda emocionada ao encará-lo. – Acho que sim.

Um leve sorriso curva os lábios de Jasper, que ainda brilham com meu gloss labial por causa dos beijos de boas-vindas molhados e felizes que dei nele. Suas covinhas aparecem sob a barba por fazer, e eu quase me derreto.

O jeito como ele me encara faz minhas bochechas esquentarem, apesar do ar frio. Incapaz de suportar toda a doçura do momento, escondo o rosto no peito dele. Inspiro seu perfume e me aconchego nele enquanto Jasper me envolve em seus braços.

Ficamos sentados assim até ouvirmos carros tomando a estrada de acesso. Viro a cabeça para as luzes se aproximando. O veículo da frente é um sedã Audi branco-pérola, e atrás dele vem uma enorme caminhonete prateada com pneus de inverno grossos e um motor barulhento.

O Audi freia bruscamente no topo da rotatória na entrada, e uma loirinha sai às pressas do volante, com o dedo em riste para a caminhonete, o chaveiro tilintando sob sua mão. As chaves estão enfiadas entre seus dedos como garras. Como se ela estivesse pronta para uma briga.

– Puta que pariu, você é maluco? – berra ela.

Jasper ajeita a postura, me segurando de um jeito bem protetor contra seu peito. Posso sentir cada membro dele ficar tenso, como se estivesse pronto para entrar em ação. Depois de desligar o motor, um homem bonitão, de cabelo escuro, salta da enorme caminhonete. E não é um bonitão comum; está mais para o tipo que deve chamar atenção na rua.

As luzes do pátio iluminam o sorriso maroto em seu rosto e, quando Jasper o vê, seu corpo relaxa.

– Calma, Sininho – diz o homem, bem-humorado, mas num tom meio implicante. – Você vai estourar uma veia marchando por aí desse jeito.

– Sininho? – grita ela, parando a uns dois metros dele, nem um pouco abalada por sua bela aparência.

Ele gesticula com a mão.

– É. Você tem essa energia da Sininho quando está irritada. Eu curto.

Os olhos dele percorrem o corpo dela de um jeito apreciativo, mas não obsceno.

– Você é pirado, sabia? Dirige atrás de mim como um babaca por uns bons dez minutos e agora me segue até aqui? Pra... pra... me dar essa olhada e me comparar a um duende da Disney?

A mulher continua a repreendê-lo, suas feições delicadas distorcidas em uma máscara furiosa.

– Aquilo foi perigoso. Você podia matar alguém.

Olho de um para o outro, observando a discussão.

– Acho que a Sininho é uma fada, na verdade. E, só pra constar, dirigir trinta quilômetros abaixo do limite de velocidade também é perigoso e pode matar alguém. Principalmente eu. De tédio – rebate ele, apoiando o quadril contra a caminhonete e cruzando os braços, sem parecer nem um pouco preocupado.

– Está escuro e nevando! Eu não conheço a área. Podia ter animais selvagens! Dirigir devagar é seguro, desde que um caipira dos cafundós de Judas não esteja colado na minha traseira com essa caminhonete de quem quer compensar um pau pequeno, piscando os faróis altos pra mim.

O corpo de Jasper treme de tanto rir, e eu tapo a boca para abafar a risada que está pronta para escapar.

– Quem é essa aí? Acho que estou apaixonada por ela.

– É a irmã mais velha da Summer, Winter.

Meus olhos se voltam para a interação perto da porta. Estamos obscurecidos pelo SUV de Jasper, mas ainda bem posicionados para desfrutar do excelente entretenimento.

– Ah. *Aquela* Winter?

– É. Aquela Winter.

O homem arqueia as sobrancelhas escuras, e dá para ver que está tentando não rir.

– Ouvi dizer que quando se quer algo colado na sua traseira, um pau pequeno é a melhor opção. Então talvez eu seja o cara certo.

Winter fica comicamente boquiaberta, e eu cubro o rosto com as mãos para abafar minhas risadas.

– E quem é ele?

Jasper ri baixinho, claramente apreciando o diálogo tanto quanto eu.

– É o Theo.

– Acho que não o conheço.

Espio outra vez o homem bem barbeado. Seus olhos brilham como ônix polido, cílios tão escuros e longos que me deixam com inveja.

– Ele é bonitinho.

Jasper belisca minha bunda. Com força. E eu solto um gritinho contra seu peito.

– Theo Silva. Monta touros. Rhett está trabalhando como mentor dele há um tempo.

Winter levanta a mão esquerda e empina o quadril.

– Eu sou casada, seu babaca de merda. Agora vai embora.

Theo dá de ombros e sorri.

– Casada por enquanto.

A voz de Rhett chama minha atenção para a porta da casa. Não sei há quanto tempo ele está ali observando.

– É, não se preocupa, Winter. Nós definitivamente vamos te livrar desse marido e enterrá-lo lá nos fundos. Vai ser como aquela música das Dixie Chicks, "Goodbye Earl." Rob é o novo Earl.

Winter pressiona os dedos nas têmporas.

– Você tem sorte de fazer minha irmãzinha tão feliz, Eaton.

Rhett ri e, de repente, Winter parece exausta, totalmente esgotada. Prestes a desmoronar. Quero atravessar a entrada da garagem e abraçá-la, mas também não quero revelar que estávamos aqui, escutando tudo.

– Mas Theo é apenas um bebê. Você não pode corrompê-lo, Winter – prossegue Rhett, e Winter lança a ele um olhar exasperado e suspira profundamente.

Theo revira os olhos.

– Eu não sou bebê. Tenho 26.

Rhett bufa.

– Não tem nada. Você tem 22.

– Cara. Eu tinha 22 quando te conheci, no circuito. Eu envelheci. Você tá igual a minha mãe com os animais de estimação dela. Depois que eles chegam a certa idade, ela para de contar e fica parada no tempo até que um dia eles simplesmente morrem.

Rhett ri.

– Bem, está certo. Você é igual àquela loja dos vestidos curtinhos. Forever 22.

– É. Você tá ficando velho mesmo. A loja se chama Forever 21.

Rhett balança a mão como se estivesse espantando uma mosca.

– Tanto faz. Eu só sei dos vestidos curtinhos.

– Essa conversa já acabou? Preciso de uma bebida, se vou ficar aqui a noite toda.

Winter cruza os braços, na defensiva. Pelo que sei, ela e Summer passaram a maior parte da vida se estranhando, e por um bom motivo. Mas, nos últimos meses, têm tentado consertar a relação.

– Ah, é. Winter, deixa eu te apresentar meu pupilo, Theo Silva. Theo, essa é a Dra. Winter Hamilton, minha futura cunhada.

– Winter Valentine – corrige ela rigidamente.

– Por enquanto – reitera Theo, e pisca para ela.

Winter revira os olhos dramaticamente, o que faz Theo sorrir ainda mais e estender a mão para ela.

Winter ignora a mão estendida sem olhar duas vezes, e Theo não perde a pose e passa a mão pelo cabelo, fazendo de conta que não ia mesmo apertar a mão dela.

– Manda seu cachorro se comportar, Eaton – murmura ela ao passar por Rhett e entrar na casa de madeira.

– Au-au! – Theo solta um latido no ar da noite nevada, e Rhett gargalha enquanto Winter desaparece.

– Você é um idiota, Theo.

– Cara. Acho que estou apaixonado pela sua cunhada. Ela é fogo.

Rhett balança a cabeça e se vira para entrar em casa, e Theo o acompanha.

– Como eu disse, cara, você é um idiota.

A porta se fecha, e Jasper e eu voltamos a nos aconchegar um no outro no banco silencioso.

– Bem – começa ele, passando os braços pelas minhas costas. – Devemos entrar? Não quero perder esse jantar. Vai ser bom. Já deu pra perceber.

– Pois é. – Eu rio, beijando sua bochecha áspera. – Vamos.

Faço menção de sair do colo dele, mas suas mãos me seguram, me mantendo onde estou.

– Primeiro: posso ir ao *Quebra-Nozes*? Quero ver você dançar. Quero estar lá. Primeira fila. Grande buquê de rosas. A pompa toda.

– Ai de você se não for, Gervais.

Eu sorrio, o coração crescendo no peito. Ter as pessoas que amo na plateia é a melhor parte, e de repente sinto uma pontada no coração pela perda que sinto em relação aos meus pais.

Eles não devem ir, e vou passar o Natal sem os dois pela primeira vez em 28 anos.

Meu aniversário também é esta semana. Eu me pergunto vagamente se vou passar essa data longe deles também.

Mas, enquanto nos levantamos, Jasper aperta minha mão e me puxa para perto. E nada no mundo me parece mais certo.

Posso não ter meus pais, mas tenho Jasper. E quanto mais tempo passo vivendo minha própria vida, mais acho que é uma troca aceitável.

Jasper vale a pena.

32

Jasper

Beau: Papai acabou de me contar que você desembolsou quatro vezes o valor de um ingresso na primeira fila pra ver Sloane dançar. Gastam dinheiro demais pra você ficar correndo no gelo com lâminas afiadas.
Jasper: É um investimento.
Beau: Em quê?
Jasper: Em nós.
Beau: Ah, cara. Você tá ferrado.
Jasper: Você é um idiota.
Beau: Só você pra esperar tanto tempo. Sinto até pena dela por ter se apaixonado por alguém tão lento pra processar informações. Dão medalhas olímpicas por paciência? Dá a sua pra ela.
Jasper: Você sabe o que o idiota do pai dela me disse.
Beau: Sei. Mas isso faz tempo. Esse cara não é nada agora. Você é Jasper Gervais, cacete. Medalhista de ouro olímpico. Futuro campeão da Copa Stanley. O tipo de cara que aparece na capa da *Sports Illustrated*. Comedor de prima.
Jasper: Estou muito feliz que você esteja vivo. Mas também odeio você.
Beau: Odeio você também, mano. <3

Sloane é incrível. Ela faz mágica no palco.

Passei a conhecer bem o corpo dela nos últimos meses, mas ainda fico impressionado com a maneira como ela se move, a atenção aos detalhes. Da ponta dos dedos dos pés até a ponta dos dedos das mãos, ela tem controle perfeito de cada movimento sem aparentar qualquer esforço.

Ela assumiu o papel e fez com que parecesse incrivelmente fácil. Salta pelo palco e pousa com suavidade, e, da primeira fila, sinto como se estivesse lá com ela.

Mergulhado no momento... alheio ao teatro ornamentado e a todas as pessoas ao redor.

Mas ela sempre teve esse efeito sobre mim. A habilidade de me resgatar dos meus pensamentos só conversando, dançando ou apoiando a mão no meu ombro.

É como se Sloane e eu estivéssemos conectados, mas ela é quem nos sustenta. O pilar. E quando águas turbulentas me carregam rio abaixo, só preciso agarrar a corda que me prende a ela.

A corda que sempre me leva de volta a ela.

Observá-la fazer algo que ama da primeira fila, em vez de lá de trás, na galeria, é especial. O local onde fica a tatuagem que fiz para ela formiga, e eu pressiono o braço contra a pele.

Perdi a primeira vez, mas não vou perder as outras se puder evitar, mesmo que isso signifique ser o único homem sentado sozinho na primeira fila do balé.

É o mínimo que posso fazer por ela.

Porque eu amo vê-la em meus jogos, e sei que ela deve sentir o mesmo ao me ter ali. Quando os dançarinos se alinham para fazer suas reverências finais, os olhos de Sloane encontram os meus, e um sorriso lindo se espalha por seu rosto cativante.

E então percebo: eu faria qualquer coisa para ver essa garota sorrir.

No minuto em que a cortina de veludo se fecha, estou de pé, caminhando em direção à porta lateral que leva aos bastidores, onde ela me disse para esperá-la. Só que eu não espero.

Não consigo esperar.

Passo direto pela porta vaivém, dedos coçando para tocá-la, peito ansioso para ter sua cabeça apoiada nele, e pau duro depois de tanto tempo vendo seu corpo delicioso deslizar pelo palco.

Ainda bem que não vi muitas de suas apresentações quando ela entrou para esta companhia. Não teria conseguido manter as mãos longe dela, e agora simplesmente não me importo.

Agora sei que o lugar das minhas mãos é no corpo dela.

– Sabe me dizer onde Sloane Winthrop está? – pergunto a uma mulher andando pelo corredor escuro com uma prancheta na mão e óculos no topo da cabeça.

Ela me olha de cima a baixo com uma expressão vazia.

– Quem quer saber?

Eu hesito, mas apenas por um minuto.

– O namorado dela.

A mulher me olha de novo, mais devagar, com um sorrisinho nos lábios.

– Ah. Bem, bom pra ela. Sloane fica por ali. – A mulher se vira e aponta para a área de onde veio. – Vire à esquerda quando chegar ao fim, depois desça o corredor. Última porta à direita.

Ofereço a ela um sorriso envergonhado, sabendo que deve ter havido falatório no tempo que Sloane e eu passamos fora. O casamento com Sterling foi anunciado no jornal. Seus colegas deviam saber... talvez até o conhecessem.

– Obrigado.

Aceno com a cabeça e passo pela mulher, sentindo seu olhar em mim ao seguir pelo corredor. Os bastidores estão agitados. Tem dançarinos por toda parte, rindo e conversando. Ouço o estouro de uma garrafa de champanhe enquanto eles relaxam, se preparando para as férias de Natal.

Virando à esquerda, sinto a atração. A atração que Sloane exerce. Depois de anos me negando o prazer de sua proximidade, meu corpo perdeu toda a paciência comigo e quer desesperadamente estar perto dela.

Bato na porta com a placa de Fada Açucarada.

– Só um segundo!

A voz de Sloane só faz aumentar a tensão em meu corpo, e, quando ela finalmente abre a porta, pulo em cima dela.

Minha mão pousa em seu pescoço, meus lábios pressionam os dela. Ela fica tensa por um momento, claramente pega de surpresa, mas não demora muito para retribuir. Suas mãos deslizam pelos braços do meu paletó enquanto eu a conduzo de costas para o camarim, trancando a porta ao passar.

Eu a viro, empurrando-a contra a parede ao lado da porta. Porque simplesmente não dá para chegar mais longe no momento.

Ela estava tão bonita. Havia olhos demais nela. Mais do que apenas os meus. E estou me sentindo um pouco descontrolado e muito territorialista.

– Oi, Jas – sussurra ela contra os meus lábios, de brincadeira, mas tudo o que eu ofereço em troca é um rosnado baixo enquanto tomo sua boca mais uma vez.

Minhas mãos deslizam para dentro do robe de algodão fino que envolve seu corpo esguio. Depois de alguns puxões certeiros, ele se vai, amontoando-se aos pés dela no chão, onde deveria estar.

– Você foi perfeita – sussurro, olhando para ela.

Olhos arregalados e peito arfante. Collant fino sobre meia-calça. Sem as sapatilhas. Sem o figurino elaborado.

– Fui?

– Foi.

Passo o polegar pela alça fina do collant antes de puxá-lo para baixo, deixando-o pendurado no braço definido dela.

– Você roubou a cena. Todos os olhares da plateia estavam em você.

Sloane ri, e meu polegar se ergue para pressionar seus lábios, silenciando-a.

– Não estou brincando. Todo mundo estava olhando pro que é meu.

Ela entreabre a boca sob a ponta do meu dedo. Eu sorrio e inclino a cabeça, passando a ponta do meu nariz pela curva do seu pescoço.

– E agora eu quero tomar de volta o que é meu. Lembrar a quem você pertence.

Sloane solta um pequeno suspiro quando eu caio de joelhos na sua frente, afasto o collant para o lado e uso os dedos para rasgar um buraco na meia-calça fina.

Meto um dedo nela, e sua boceta me aperta, surpresa.

Ainda não está pronta, mas vai ficar.

Rasgo mais a meia-calça, depois puxo uma perna dela para cima do meu ombro, observando-a se abrir para mim enquanto geme e enfia os dedos no meu cabelo. Mergulho com uma lambida longa e lenta. Sloane se contorce contra minha língua.

– De quem é isso aqui, Sloane?

– Seu, seu, seu – repete ela, sem fôlego.

E, quando olho para cima, Sloane jogou a cabeça para trás em êxtase. Já está cheia de tesão por mim.

Por mim.

Levanto sua outra perna para o meu ombro, para que Sloane fique montada na minha cara enquanto eu a pressiono contra a parede – uma mão apoiada em sua barriga para mantê-la firme e a outra segurando sua coxa direita, apertando com força.

Eu a devoro contra a parede. Começo devagar, lambendo-a de cada lado e então bem no meio. Roçando todos os lugares, exceto seu clitóris. Me divertindo em provocá-la e sentindo-a se contorcer contra mim enquanto tenta desesperadamente mover os quadris para que eu toque aquele ponto.

Mas eu não cedo. Sinto sua excitação aumentando, sinto a tensão em como suas pernas me apertam. Desço a mão e deslizo dois dedos para dentro dela, que agora entram com muita facilidade. Pela segunda vez na noite, tenho um assento na primeira fila. A bocetinha apertada de Sloane me recebe e me aperta enquanto mexo os dedos lá dentro, sob as luzes brilhantes do camarim.

A lubrificação escorre, nos deixando melados.

– Jasper – geme ela. – Mais. Por favor.

– Tão educadinha – murmuro em resposta.

Ergo o rosto para vê-la me observando com olhos reluzentes e semicerrados. Meus dedos roçam seu clitóris, e ela treme.

– Tão apertada, molhada e carente. E você estava linda dançando pra todo mundo. Acho que você merece mais esta noite, não é?

Ela assente, mordendo o lábio inferior. Sorrio ao reparar em como ela parece desesperada.

Tão desesperada por mim quanto eu por ela.

Então eu a recompenso.

Deslizo dois dedos de volta para dentro dela e baixo a boca, tudo ao mesmo tempo. Meus dentes roçam seu clitóris enquanto meus dedos a penetram, e Sloane solta um gritinho. Não me afasto, chupando, ainda movendo os dedos e a língua, me excitando com a forma como seu grito se transforma em um gemido alto.

Um gemido que termina com:

– Ai, meu Deus. Jasper. Eu vou gozar.

Começo a girar os dedos, sem trégua. Sloane se debate, as pernas trêmulas, os dedos puxando meu cabelo de um modo quase doloroso enquanto ela chega ao clímax.

E não faz isso em silêncio. Ela grita meu nome, mais alto do que deveria, mas não me importo. Adoro a ideia de que as pessoas saibam o que estamos fazendo aqui.

Depois de anos em segredo, é bom deixar tudo às claras.

Quando seus membros amolecem, eu olho para cima, os dedos ainda enfiados nela.

Seus olhos cintilam ao me encarar.

– Bem, isso foi inesperado. Melhor do que fazer outra tatuagem?

Ela arqueia a sobrancelha, e eu imito sua expressão, tirando os dedos de seu corpo quente.

– Muito melhor. E ainda nem terminei.

Fico de pé, levando seu corpo junto, deslizando-a pela parede enquanto minha mão livre batalha com a minha calça.

Cinto. Botão. Camisa. Cueca.

Eu me desfaço de tudo e meto nela com suas pernas envolvendo minha cintura.

– Comer a elegante primeira bailarina contra a parede, como a garota safada que ela realmente é, é muito, muito melhor do que fazer outra tatuagem.

Meus quadris flexionam quando dou outra estocada.

– Puta merda.

Os olhos de Sloane brilham e se fecham, e sua cabeça se recosta na parede. Ela está entregue, e já passamos do ponto de fingir que o corpo de um não deixa o outro completamente louco e vice-versa.

– Olha pra mim, Sloane.

Meus dedos encontram seu pescoço, e eu o aperto num sinal de advertência.

Ela abre os olhos depressa e me encara diretamente. Sem hesitação. Sem timidez. Tenho certeza de que, nas últimas semanas, acabei com a timidez dela na base da foda.

– Mais forte – pede ela.

– Onde? – Eu dou uma metida com força, batendo-a contra a parede. – Boceta? – Aperto a mão em seu pescoço. – Ou pescoço?

Seus olhos azuis emanam calor. Estão fervendo quando ela levanta o queixo e me desafia:

– Os dois.

Eu fico louco.

Sinto como se liberasse uma vida inteira de tesão reprimido.

Estou desequilibrado enquanto a fodo contra a parede sem piedade, estimulado por seus gemidos altos e unhas cravadas na minha nuca. Minha mão aperta só um pouco mais forte seu pescoço esguio... exatamente como ela gosta.

Ela é pequena, fácil de mover ao meu bel-prazer, mas não há nada de frágil em Sloane. Ela aceita tudo o que eu tenho para dar e retribui com o mesmo fervor.

As batidas úmidas dos nossos corpos se misturam ao chacoalhar da pintura na parede toda vez que eu meto nela.

Estou duro e implacável.

Mas misturado à nossa trilha sonora estão suas exigências: "Mais" e "Mais forte". E eu não me contenho. Não há nada terno ou doce em nós neste instante, mas temos muitos momentos desse tipo. Nós nos buscamos no meio da noite, movendo-nos lentamente juntos. Somos brincalhões de manhã, minha barba por fazer contra a parte interna de suas coxas, fazendo-a dar risinhos e suspirar.

Mas agora?

Isso aqui é terapêutico. Como se estivéssemos nos punindo por tantos anos e momentos perdidos.

Se ela quiser *mais* e *mais forte*, eu darei.

Darei a ela tudo o que ela quiser a esta altura.

– Jasper, quero mais.

Seus olhos se fixam nos meus. Meu desvario é idêntico ao dela. Dou um beijo bruto em sua boca e me afasto, virando-a. Meus toques são bruscos, e aprecio o jeito como ela faz o que eu quero.

– Mãos na parede, Sloane. Abaixa o tronco e abre as pernas.

Ela obedece, e eu me abaixo, rasgando ainda mais o buraco molhado em sua meia-calça e puxando o body para o lado.

Ela empina a bunda, e eu me aproximo.

– Você quer que eu meta em você, Sloane?

– Quero – geme ela, pressionando o corpo ao meu.

– Fala.

Aperto sua bunda firme, abrindo-a e provocando sua entrada com a cabeça do meu pau.

– Eu quero que você meta em mim, por favor.

Sorrio e me inclino para perto do ouvido dela.

– Claro. Você está doida por isso, não é?

É a vez dela de sorrir, olhando para trás.

– Estou, mas você também está.

Ela rebola em provocação, e eu a agarro com força, metendo tudo de uma vez. Ela só fica um momento curvada antes que eu a pressione toda contra a parede enquanto meu pau entra e sai, atingindo aquele ponto que eu sei que ela ama tanto.

Eu sei por causa dos sons que ela faz. O jeito como se esfrega em mim. O jeito como grita.

Sloane mantém as mãos na parede como eu mandei, mas ainda está me olhando por cima do ombro com uma expressão cheia de amor. Mais amor do que eu jamais vi. Mais amor do que mereço ou com que sei lidar.

O tipo de amor que sou conhecido por arruinar.

Agarro seu queixo e a beijo. Eu a beijo com força e com todos os sentimentos que sou fodido demais para nomear.

Então despencamos juntos daquele penhasco, rumo a algo que estou tentando não deixar que me cause pânico.

Luto para permanecer no presente, com ela pressionada firmemente contra mim.

Estamos em total sintonia.

Tão perfeitos juntos.

Tão perfeitos juntos que arrepios gelados deslizam pela minha coluna. Porque eu sou eu. E toda vez que alguma coisa é perfeita, sempre dá errado.

A batida na porta é a prova disso.

33

Jasper

– Só um segundo!

Sloane derrete contra mim. Estamos grudados um no outro, respirando com dificuldade, quando há outra batida forte na porta.

Eu sorrio, passando o nariz por sua nuca úmida de suor e com pequenos fios soltos do coque apertado em seu cabelo.

– Alguém provavelmente ouviu você gritando e quer saber se está tudo bem.

Os ombros dela tremem de tanto rir enquanto eu os cubro de beijos.

– Eu não estou bem. Você acabou comigo, e minhas pernas vão ceder se você me soltar.

Com uma risada profunda, eu me agacho, pegando o robe dela no chão, sabendo que será a maneira mais rápida e fácil de cobri-la. Eu o abro, e Sloane desliza os braços nas mangas soltas enquanto eu o coloco em volta dos seus ombros.

Eu a giro para me encarar, dou um beijo rápido em seus lábios borrados e dou um passo para trás para ajeitar minhas próprias calças. Não me dou ao trabalho de enfiar a camisa social para dentro. Só me certifico de que estou vestido e de que meu pau está coberto.

Os dedos hábeis de Sloane ajeitam rapidamente a faixa em volta da cintura e, depois de me dar uma olhada, ela assente. E cora, empurrando os fios rebeldes para trás com um balançar de cabeça incrédulo.

Ela me lança esse olhar com frequência, como se não pudesse acreditar que estamos aqui, fazendo isso. Às vezes sinto o mesmo. Como se tudo fosse apenas um sonho.

Quando ela abre a porta, voltamos à dura realidade. Acordamos abruptamente, como se tivéssemos caído da cama.

Robert e Cordelia Winthrop estão parados no corredor. Robert está vermelho, quase vibrando de fúria. A mãe de Sloane está parada cerca de um metro atrás dele, os olhos nos sapatos, com um rubor envergonhado nas bochechas.

– Que porra *você* pensa que está fazendo aqui? – pergunta Robert.

Sloane cruza os braços e fica imediatamente rígida.

– Eu poderia te fazer a mesma pergunta, pai.

– Eu não estava falando com você, Sloane. A companhia de balé anunciou no jornal que você dançaria hoje, e nunca perderíamos uma apresentação da nossa garotinha no palco. Estou falando com *você*. – Ele aponta na minha direção com um dedo roliço. – Que porra você está fazendo aqui com a *minha* garotinha?

O que eu quero responder é: *Acho que você ouviu exatamente o que eu estava fazendo com a sua garotinha*, mas respeito demais Sloane para seguir por esse caminho.

Lanço a ele um olhar vazio e enfio as mãos nos bolsos, o que atrai seus olhos para minha camisa para fora da calça.

– O que eu deveria ter feito há muito tempo.

A mão de Robert treme quando ele balança o dedo na minha direção com força, bem por cima do ombro de Sloane, como se ela nem estivesse ali.

– Eu disse para você ficar longe dela.

Suas bochechas flácidas estremecem com a força de sua raiva.

– Acho que você se esqueceu de me informar isso – vocifera Sloane.

Ela apoia a mão no batente da porta, como se estivesse impedindo o pai de me alcançar. Está me protegendo, como sempre.

E se sacrificando para isso.

– Sloane, seja boazinha e saia da frente. Isso não é da sua conta. Teremos muito o que discutir depois que eu tirar esse lixo daqui.

Seja boazinha? Ele enlouqueceu, para falar com Sloane como se ela fosse um cachorro?

Sloane arfa. Eu sempre soube que ele era um merda, mas acho que esta pode ser a primeira vez que ela realmente está percebendo isso.

Com dois passos largos, estou ao lado dela, bloqueando totalmente a porta.

– Fale com ela assim de novo e você vai se arrepender.

O adolescente irritado e problemático que existe dentro de mim ganha vida. Trabalhei duro para me controlar ao longo dos anos, e o maldito Robert Winthrop simplesmente desfez tudo com uma só provocação.

– Você esqueceu o que eu disse, garoto? Quer a sua carreira? Quer o seu salário? Ainda posso te arruinar. Posso tirar tudo isso em um segundo – diz ele, e estala os dedos para dar ênfase.

Meu lado racional não quer acreditar. Meu lado racional sabe que sou famoso. Sucesso nacional, como diriam as manchetes. Indispensável para o meu time... pelo menos quando estou jogando bem.

Sloane se aproxima do pai, parecendo minúscula diante dele, mas mantendo a cabeça erguida como se não notasse a diferença. Seu dedo delicado se volta para o pai, firme e forte.

– Fale com *ele* assim de novo e *você* vai se arrepender.

– Sloane, deixe os homens conversarem.

Seu pai a dispensa como se ela fosse completamente insignificante. Sloane recua como se tivesse recebido um golpe. E acho que, de certa forma, recebeu.

E ele falou com ela daquele jeito de novo, mesmo estando avisado para não fazer isso.

Com um toque delicado, eu a conduzo para trás de mim, extremamente protetor.

– Vai embora – digo para ele.

– Eu vou te arruinar, Gervais. Você não faz parte dos planos dela. Você é um órfão que trabalha na indústria do entretenimento. Ela é praticamente da realeza por aqui.

Inclino a cabeça e encaro Robert Winthrop como se ele fosse um disco na pista de gelo. Porque tudo o que consigo pensar é que preciso pará-lo. Impedir seu avanço neste cômodo. E impedir sua boca estúpida de continuar falando.

– Acho que Sloane é quem vai decidir. Acho que todos nós devemos parar de dizer a Sloane quem ela é e o que precisa fazer. Acho que Sloane é muito inteligente e muito capaz de saber o que deseja.

Meu olhar passa sobre o ombro dele para Cordelia, cujos olhos estão fixos nos meus. Ela parece zangada, mas não comigo. É o tipo de raiva que poderia transbordar em lágrimas quentes e silenciosas.

Eu conheço essa raiva. Conheço essas lágrimas. Elas têm gosto de arrependimento, e é isso que está escrito em seu rosto.

Cordelia se parece tanto com a filha que é difícil não ver os paralelos entre as duas. É difícil não vê-la levando a vida que Sloane poderia levar daqui a alguns anos. Ter que assistir à própria filha ser tratada como uma propriedade.

Balanço a cabeça. Em que ano estamos, porra? Acho que realmente devo ser de outra estirpe, porque esses casamentos que são transações comerciais simplesmente não fazem parte do meu mundo.

– É mesmo, Sloaney?

Robert olha ao meu redor, curvando-se de modo condescendente, parecendo achar graça da angústia da filha.

Quero dar um soco na cara dele e vê-lo desabar. Mas, apesar da minha péssima criação e de ser "um órfão que trabalha na indústria do entretenimento", não sou burro. Ele é o tipo de babaca que iria direto para o escritório de seu advogado chique para chorar por causa disso.

Sloane se aproxima e entrelaça os dedos aos meus, erguendo o queixo, recusando-se a se acovardar.

– Você precisa ir embora. Quando eu estiver pronta pra conversar com você, eu vou. E meu nome é Sloane. Não Sloaney.

Robert se empertiga, atônito. Estava esperando que ela rolasse e mostrasse a barriga, não que rosnasse para ele.

Estou orgulhoso dela. Do quanto ela cresceu nos últimos meses.

O homem robusto puxa as lapelas do paletó.

– Fiz uma reserva para jantarmos em comemoração ao seu aniversário, na quarta-feira. Se resolver nos agraciar com sua presença, seria adorável ter a aniversariante por lá.

Ele se torna um babaca condescendente com tanta facilidade. Cerro o maxilar e aperto com firmeza a mão de Sloane, minha outra mão se fechando em um punho.

– Jasper tem jogo nesse dia – diz ela com naturalidade.

Robert sorri.

– Tudo bem. Ele não foi convidado. Não se ele quiser manter o emprego.

Sloane baixa o queixo, empertiga os ombros. A decepção está óbvia em cada canto do seu corpo, mas ela não oferece resposta.

Ele já está se virando para sair quando volta e dá o golpe final:

– Pense bem, *Sloane*. Se quiser ser dona do próprio destino, ou seja lá o que for essa nova fase, deveria levar em conta algumas coisas. Você quer ser a culpada por fazer Jasper Gervais perder tudo? É uma queda grande para um homem como ele.

Com isso, ele bate os nós dos dedos no umbral da porta e se afasta como se fosse o dono do maldito lugar.

Os olhos assombrados de Cordelia são como um tiro no peito. O olhar de súplica que ela me dá é pesado e desconfortável.

Quase tão desconfortável quanto o silêncio que desce sobre nós dois depois dessa conversa.

Eu quero dizer que a amo. As palavras praticamente queimam a ponta da minha língua, implorando para se libertarem. Mas não é o suficiente. Ou talvez seja demais.

Claro, eu a amo. Sempre amei. Mas isso... agora... Eu a amo de forma muito diferente de como amei qualquer outra pessoa na vida.

Uma caminhonete, um hotel, um acostamento coberto de neve, não importa... ela é meu lar.

Ela é o ar que eu respiro, e isso me aterroriza.

Porque não importa o quanto eu ame uma pessoa, sei que elas sempre me abandonam.

34

Sloane

Pai: Quarta-feira, 19h, no The Frontier. Faça a escolha inteligente.

Sloane: Inteligente pra mim? Ou inteligente pra você?

Dirigimos em um silêncio tenso, de mãos dadas. Acho que não soltei a mão de Jasper por mais de alguns poucos segundos.

E foi ele quem buscou minha mão de novo. Todas as vezes.

Depois de anos tentando alcançá-lo, é ele que está me procurando. Só não sei se pegar sua mão ainda é a jogada inteligente.

Fui de eufórica e excitada, explodindo de sentimentos piegas, a preocupada, com medo de que meu amor arruíne a vida desse homem.

Meu pai puxou o tapete com tanta força que estou caindo. Sou Alice na porra da toca do coelho, chegando ao País das Maravilhas, onde absolutamente nada faz sentido.

Exceto que nada a respeito dessa situação é encantador ou peculiar.

Paramos em frente ao pequeno bangalô que trabalhei mais duro para reformar. Onde andamos brincando de casinha. A casa que Jasper comprou só para mandar um belo *foda-se* ao meu pai. E agora estou vendo o porquê.

Fico sentada, atordoada, vendo a casa sob uma nova luz. Parecia que estávamos construindo um lar aqui. Fizemos questão de fazer amor em todos os cômodos. Pendurei uma guirlanda na porta da frente e instalei luzes de Natal na cerca da varanda.

Meu pai conseguiu macular até isso. Chestnut Springs. Jasper. Minha vida amorosa. Levei outro banho de água fria ao perceber que fui o peãozinho perfeito e que não tive inteligência suficiente para reparar nisso antes.

– Tenho que voltar para a cidade cedo para o treino de amanhã – diz Jasper.

Faço que sim. Quando ele me perguntou aonde eu queria ir, respondi: "Me leva pra Chestnut Springs".

Estava sem a mínima vontade de ficar na mesma cidade que meu pai.

– Você está bem?

Os dedos quentes dele apertam os meus, pulsando como uma batida de coração.

Jasper sempre foi o meu coração, e ainda me pergunto se sou o dele. Se ele sente isso tão intensamente quanto eu.

Se ele me ama.

Ele não me disse isso, nem eu. De certa forma, parecemos tênues, muito instáveis. Frágeis, como uma pilha de blocos ligeiramente torta. Um breve tremor e tudo poderia desmoronar. Nós dois temos questões que não fomos corajosos para enfrentar. Apenas nos escondemos.

Ele conseguiria me amar se isso significasse perder sua carreira, sua paixão? A coisa que ele mais lutou para conquistar. Que superou tanta coisa para alcançar.

– Não – sussurro. – Não estou.

– Sinto muito, Solzinho.

– É.

Solto um suspiro entrecortado, finalmente me virando para olhar para Jasper. Seus olhos escuros e penetrantes me analisam sob as sobrancelhas franzidas. Ele está tão bonito em seu terno caro. É um homem de contradições. Bruto e polido. Quente e frio. Suave e duro. Feliz e triste. Quebrado e remendado.

Uma colcha de retalhos na qual adoro me aconchegar.

Só de olhar para ele já fico com o coração apertado. Eu poderia lhe dar a liberdade de manter tudo pelo que trabalhou tanto. Mesmo que isso acabe comigo.

Prefiro sofrer.

Prefiro ter um buraco no peito no formato de Jasper a acabar com a única felicidade que ele construiu para si só para poder ficar com ele. A vida já foi injusta com Jasper de muitas formas. Muitas vezes.

Não quero ser outra injustiça, tomando mais do que ele pode dar.

– Solzinho... – Ele se vira no assento, roçando os dedos calejados na minha bochecha. – Por que você está chorando?

Toco meu rosto, e minha mão fica molhada. Nem percebi que estava chorando. Olho para o brilho na minha mão e me lembro do dia do meu quase casamento, observando aquela pequena gota de sangue escorrer na minha palma.

A mão de Jasper segura meu rosto, a ponta dos seus dedos roçando a parte de trás do meu pescoço.

– Não quero fazer você se afastar da sua família – diz ele. – Não quero fazer você escolher. Porque sei o quanto dói perder a família, por pior que ela seja. Não quero te dizer o que fazer. Não é o meu papel. Só quero que você seja feliz. Vá ao jantar. Faça as pazes, corte relações. O que for preciso. Eu vou pro meu jogo. Pra mim, não importa. – Seu polegar roça minha bochecha, e sua voz falha. – Só me diz como te fazer feliz.

– Não quero que ele arruíne sua carreira.

Fungo, pigarreando e encarando os olhos que me mantiveram cativa por 18 anos.

Jasper balança a cabeça.

– Ele não vai fazer isso.

– Ele disse que faria.

– Ele não tem como.

– Você não sabe! – Meus sussurros se transformam em gritos nervosos. – Você não sabe o poder que ele tem. Os contatos. Passei a vida inteira vendo isso e, por algum motivo, nunca julguei a maneira como ele exerce esse poder. Fui tão burra. Tão cega.

– Ele não pode fazer nada. E você é muitas coisas, mas burra não é uma delas. Para de dizer isso agora mesmo, porque não vou mais viver com medo dele, Solzinho. E você também não deveria. Passei anos perdendo o sono por causa dessa ameaça. E estou farto. Talvez você não o veja com clareza, mas eu entendo. Muitas vezes não enxergamos de verdade as pessoas que mais amamos.

A expressão de Jasper é de puro foco e determinação. Puro *amor.*

Mas ignoro tudo isso. Afasto. Fecho o coração. Às vezes, amar significa perder, e eu o amo o suficiente para fazer isso. Se ele precisar que eu faça, eu farei.

– Mas se ele puder? E se ele puder te dar uma rasteira e acabar com tudo? Não é impossível quando se trata de Robert Winthrop. Então o que você faria?

Jasper me encara, hesitante, no SUV silencioso.

Minha mão aperta a dele enquanto coloco as cartas na mesa. A pergunta que eu sei que me deixará feliz ou partirá meu coração.

– Você está disposto a correr esse risco?

Aperto os lábios, desejando que Jasper diga que *é claro* que vai correr esse risco. Mas também desejando que ele diga não. Quero que ele mantenha tudo que trabalhou tão duro para conseguir e não jogue nada fora por uma garota apaixonada.

Os segundos se estendem, e Jasper não diz absolutamente nada. Sua expressão é angustiada, e seus olhos vagam para algum lugar distante.

Posso imaginar para onde. Para um dia há muito, muito tempo. Um dia que ainda assombra todas as suas decisões, um dia do qual não sei se ele conseguirá se libertar.

Jasper sente que sua decisão naquele dia o fez perder todos que amava.

Agora temo que ele seja obrigado a tomar uma decisão que o leve de volta àquele ponto.

Mas ele não diz nada. Não diz o que eu quero ouvir. E não me diz o que eu não quero ouvir.

Ele apenas congela. Como naquele dia, no acostamento.

E, de alguma forma, isso dói mais. Meu coração se aperta, como se estivesse tentando sair pela boca para escapar da dor de estar no meu corpo.

Minha cabeça entende a indecisão dele, mas meu coração queria que Jasper dissesse: "Sim! Estou disposto a arriscar."

Meu coração *precisava* que ele dissesse isso.

Aperto sua mão mais uma vez, engolindo em seco para me forçar a retomar uma compostura tranquila. Se eu já consegui dançar com os dedos dos pés sangrando, posso sair deste veículo sem desmoronar.

– Está tudo bem. Eu entendo. Mas acho que você deveria voltar pro seu apartamento na cidade esta noite. Garantir que vai estar pronto pros jogos desta semana. Ter tempo e espaço pra si mesmo. Nós dois precisamos disso. Eu te ligo.

Eu te ligo. Quase rio por falar esse clichê. O que poderia ser pior? *Não é você, sou eu?*

Diante do silêncio de Jasper, olho para o seu rosto. Uma conhecida expressão congelada toma suas feições.

– Eu sei que você está desmoronando. Posso ver você desmoronando bem aqui na minha frente, Jas. Mas também sei que você precisa se recompor sozinho. Se eu fizer isso por você, vou estar sempre juntando seus cacos. Tirando você da beira do abismo. E não posso ser responsável por isso pelo resto da nossa vida. Isso precisa vir de você. – Minha voz falha. – Ultimamente, mal consigo juntar os meus cacos.

Então faço carinho na mão dele e me afasto, deixando o calor do carro, me virando de cabeça erguida para caminhar até a porta da casa. Inspiro pelo nariz e expiro pela boca em um ritmo uniforme, mas forçado. Uso meus anos de treinamento e caminho graciosamente com os ombros empertigados e a cabeça erguida.

Só quando fecho e tranco a porta, quando o motor ronca e as rodas rangem na rua coberta de neve, é que perco a compostura.

Então eu também desmorono.

35

Sloane

Summer: Acho que precisamos de um brunch alcoólico.
Willa: Estou grávida.
Summer: Você não é o foco de tudo, Willa.
Willa: E quem é, então?
Summer: Winter acabou de aparecer e perguntou se a gente pode tomar um café. Eu quero muito conversar com ela, mas... não sei sobre o que falar. Preciso de mais gente pra ajudar.
Willa: Vocês podem conversar, por exemplo, sobre como o marido dela é um merda. Ou sobre como o Theo é uma gracinha.
Summer: Não vou chegar nem perto de nenhum desses assuntos. Além disso, Sloane talvez tenha morrido. Ela está deitada no chão da minha academia olhando o teto.
Willa: Sloane, pega o celular. Morrer não é uma opção. Você é jovem e gostosa demais pra isso. E eu ainda não descobri o tamanho do pau do Jasper.
Sloane: Por que não pergunta pra ele?
Summer: Kkkk. É, Wils. Manda uma mensagem casual pra ele.
Willa: Você está viva! Ele é tão alto! As mãos dele são tão GRANDES. Por favor, confirma o tamanho.
Sloane: Os pés dele também são grandes.

As luzes de neon piscam acima, e vejo uma lâmpada comprida queimar de vez. Pequenos pontos surgem diante dos meus olhos de tanto encará-las.

Eu estava com calor ao terminar de dançar, mas agora o suor na minha pele esfriou, e o desconforto penetra meus poros. Ainda assim não me movo.

Desconfortável é meu novo padrão.

Estou neste estúdio há horas, dançando até não conseguir mais pensar. Não quero pensar. Fiquei na cama acordada a noite toda pensando.

Pensei até em responder à mensagem de Jasper esta manhã. Então não respondi, porque não sei o que dizer.

Bom dia.

Na verdade, não. Não é um bom dia. É um dia de merda. E eu o amo tanto que poderia facilmente passar a odiá-lo. Poderia dizer algo cruel. Poderia fazê-lo se sentir mal.

Talvez assim eu me sentisse melhor por um minuto, depois de desabafar. Depois de fazê-lo sofrer como eu estou sofrendo.

Mas no fundo sei que ele já está sofrendo. Eu o *conheço*. Sei que está em pânico. Travado. Paralisado, como naquele acostamento íngreme.

Sei que ele está sofrendo, e isso acaba comigo.

E o pior é que eu o afastei. Achei que seria melhor para ele. Agora não tenho certeza se isso é verdade. Não tenho certeza de mais nada... nem de mim mesma.

Por anos quis ser capaz de entender o que se passava na cabeça dele. Até agora. Nas atuais circunstâncias, acho melhor não saber o que ele pensa.

Assim dói menos.

– Tudo bem, já faz tempo demais que você está deitada aí. Minha irmã é médica e veio dar uma olhada em você.

Viro a cabeça no chão para espiar Summer na porta do estúdio dos fundos da academia. Ela está encostada no batente, e sua irmã igualmente loira e linda está ao seu lado, parecendo bem desconfortável de uniforme hospitalar e jaqueta puffer.

Ela me dá um aceno sem graça e um sorriso tenso, nem de longe tão irritada quanto na noite em que a vi pela primeira vez.

Levanto a mão na direção delas.

– Estou ótima. Não há motivo pra alarme. Mas você precisa trocar uma lâmpada aqui. – Gesticulo para o teto. – Na verdade, se estão me oferecendo conselhos médicos... olhar pra lâmpadas faz mal pra vista?

Winter dá de ombros.

– Provavelmente não é o ideal.

– Entendi. – Eu suspiro. – Vou fechar os olhos. Ordens médicas.

Winter solta uma risada seca, mas Summer não. Seus passos se aproximam, e quando ela cutuca meu pé com a ponta do tênis, eu a espio.

– Vamos – diz ela. – Eu sei do que você precisa.

Eu aceno, deixando meus olhos se fecharem.

– Sim. Uma máquina do tempo.

– Não. Um brunch alcoólico.

– Summer, é segunda-feira! – diz Winter, parecendo chocada, e isso me faz rir.

– E daí? Você acabou de sair de um longo plantão e eu terminei com meus clientes do dia. Willa está entediada e me enchendo com perguntas sobre o tamanho do pênis das pessoas. E Sloane parece meio morta. A gente por acaso tem outro compromisso? Temos coisas importantes pra fazer? Você está com pressa de voltar pra cidade?

Winter aperta os lábios com força e balança a cabeça.

Eu aponto para ela, já me sentindo um pouco inebriada. Falta de sono faz isso.

– Nossa, estou na mesma. Vamos nos esconder em Chestnut Springs com algum caipira gostosão e nunca mais voltar pra cidade. A cidade é uma merda, e todo mundo que mora lá também.

Um sorrisinho aparece no rosto impassível de Winter, e ela dá de ombros, seus braços cruzados subindo e descendo com o movimento.

– Acho que posso fazer um brinde a isso.

– Aí sim! – grita Summer. – Vou ligar pra Wils, e a gente se encontra no Le Pamplemousse.

– Aqui, toma outra.

Willa empurra uma mimosa na minha direção no charmoso café ensolarado de estilo parisiense, desviando minha atenção da rua Rosewood, a principal via de Chestnut Springs.

– Eu já tenho uma.

Inclino minha taça de champanhe para ela. Willa aponta para minha outra mão.

– Sim, mas essa mão está vazia. E eu não vou beber. Estou grávida.

Ela revira os olhos como se eu fosse uma idiota e apoia a taça de modo que esbarre na ponta dos meus dedos.

– Então por que você pediu?

Não ofereço resistência. Seguro a haste da taça e a trago para mais perto. Willa dá de ombros com uma risada leve.

– Não sei, queria fazer parte do brunch alcoólico.

Winter arqueia a sobrancelha, ao lado dela.

– Você está literalmente *aqui*. No brunch alcoólico. Do que mais você precisa?

Willa olha para as mimosas nas minhas mãos com uma expressão desejosa.

– Bebida. Obviamente.

– Que tal um pouco de suco de laranja em uma taça de champanhe? – sugere Summer, carinhosa.

Willa solta um resmungo.

– Isso é ofensivo.

Meus olhos se alternam entre as três mulheres, e percebo que já estou me sentindo mais humana. Sorrir não é o esforço hercúleo que parecia antes.

Winter dá um grande gole.

– Esse drinque é delicioso. Eu deveria fazer isso com mais frequência.

Willa lhe dá uma cotoveladinha de leve.

– Deveria mesmo, caramba.

Summer assente antes de acrescentar, com timidez:

– Eu gosto de ter você por aqui, Winter.

Eu levanto o copo.

– Um brinde a isso. Eu bem que preciso de um pouco de inspiração, Winter. Vi você esculhambar o Theo outro dia e preciso canalizar essa energia para os homens da minha vida.

Ela bate a taça na minha, mas inclina a cabeça.

– Acho que não sirvo muito de modelo quando o assunto são homens.

Arqueio a sobrancelha, pousando os olhos na aliança em seu dedo. Ela percebe.

– É. Pois é – diz Winter.

– Quando vai acabar? – pergunta Willa de um jeito muito casual, como se terminar um casamento fosse uma coisa bem simples.

Não sei todos os detalhes sórdidos do casamento de Winter, mas sei que é bem complicado. Também sei que ela e Summer têm uma relação muito delicada, e passar tempo juntas assim é novidade para as duas.

Todas elas me recebem muito bem, mas está claro que a minha presença e a de Willa deixam as irmãs mais à vontade.

Winter dá outro grande gole, esvaziando a taça.

– Merda, sei lá. Acho que ele tem tesão em ficar dificultando as coisas.

Summer tosse como se sua mimosa tivesse descido pelo lugar errado. Winter parece não notar, no entanto. O álcool já deve estar deixando-a mais soltinha. Ela inclina a cabeça na minha direção.

– A ideia de Sloane de se esconder em Chestnut Springs está parecendo muito, *muito* atraente. Onde eu me inscrevo pra isso?

Empurro minha mimosa extra para ela sobre a mesa, e Winter a pega sem dizer uma única palavra. Quanto mais olho para Winter, mais acho que ela precisa dessa bebida mais do que eu.

Eu me sinto exausta, mas ela parece profundamente exaurida, como se a minha noite de insônia fosse a regra em sua vida.

– Quer alugar uma casa aqui? – pergunto. – Estou cuidando da reforma de algumas, do outro lado da rua da academia da Summer.

O rosto de Winter se ilumina.

– É?

– É. Posso te mostrar, depois desse brunch alcoólico.

– São as casas do Jasper? – pergunta Summer com curiosidade.

– É, por que você não nos conta mais sobre isso? – estimula Willa.

Coloco uma mecha de cabelo atrás da orelha e baixo os olhos.

– Bem, na verdade ele é dono do quarteirão inteiro. Eu estava pintando e...

Willa faz um gesto com a mão.

– Não, não, não. Conte-nos sobre Jasper.

– É! – Winter ergue a taça. – Conta por que você ficou deitada lá no chão por uma hora.

Por baixo da mesa, Summer segura meu joelho e aperta, sempre um amor.

– Nem sei por onde começar.

– Pode pelo menos nos dizer se Jasper tem um pau enorme? – Willa se inclina sobre a mesa.

Faço que sim.

Winter ri.

Summer arfa.

– Eu sabia!

Summer lança um olhar de repreensão para Willa, arregalando os olhos para a melhor amiga.

– Por que você não começa do começo, Sloane?

Eu me recosto na cadeira e olho para as três mulheres sentadas comigo.

– Bem, eu teria que voltar para a primeira vez que o vi, quando eu tinha 10 anos.

Um suspiro uníssono escapa de todas. Eu levanto a taça.

– Pois é. Um brinde a isso, certo? Uma paixão não correspondida de décadas. Só que recentemente descobri que, na verdade, era correspondida.

Willa gesticula com a mão.

– Daí toda a história de noiva em fuga indo morar com o amigo?

Faço que sim.

– Bom, sim. É um pouco mais complicado do que isso.

– Qual é o problema? – Willa parece confusa.

– É, o que ele fez? – pergunta Winter, seu tom amargurado.

– Ele não fez nada. Esse é o problema. Ele simplesmente congelou. Teve um momento perfeito pra me dizer tudo. E ele só congelou. Jasper é tão traumatizado. Tão travado. E eu sei os motivos. Nem o culpo. Eu só... Eu queria ser o suficiente para fazê-lo superar tudo isso. – Pisco rapidamente, tomando um grande gole de mimosa. – Tudo o que ele faz por mim diz que ele me ama. Mas eu preciso... – Solto um muxoxo e balanço a cabeça bruscamente. – Porra, não sei. Acho que depois de anos acreditando que ele não me queria, preciso de mais do que só deixá-lo cair numa rotina fácil e feliz comigo. Quero sentir que ele não pode viver sem mim. Que ele faria qualquer coisa pra ficar comigo. Se ele não consegue encontrar as palavras pra me dizer, eu quero ações. Apenas... *alguma coisa*.

Todas as meninas assentem, e eu me sinto estimulada pela validação delas, pela falta de sono e pelo champanhe que tomei de estômago vazio.

– Correndo o risco de soar mesquinha, eu quero que ele esteja tão apaixonado quanto eu. Eu o quero há tanto tempo... Estou quase brava porque ele nunca percebeu. Quero que ele me prove que agora percebe.

– Então vocês... terminaram? – pergunta Summer, numa voz baixa e hesitante.

– Não. Eu não sei. – Uma risada sombria me escapa, e dou de ombros. – Acho que estamos traumatizados pela nossa criação. Ser adulto é difícil quando seus pais te ferram, sabe?

Summer e Winter trocam olhares intensos antes de Winter dizer:

– Sim. Acho que a gente sabe como é.

– No fundo, eu sei que Jasper nunca vai me deixar. Nem no meu pior momento. Essa é a questão. Nós dois podemos ser péssimos, e nunca ficamos chateados por isso por muito tempo.

– Aff. Eu adoro isso. – Willa funga.

– Quero que ele faça com que eu me sinta segura, mas também não disse nada pra fazê-lo se sentir seguro, e sei que ele precisa disso. Basicamente, não tenho nenhum plano, porque... realmente não sei o que fazer. – Suspiro, olhando para as luzes acima de mim, me sentindo um pouco responsável por afastá-lo. – Preciso encarar meu pai para poder seguir em frente de verdade. Começar do zero. Preciso eu mesma me sentir segura primeiro. Só espero que não seja tarde demais. Mas pensar que ele pode perder o hóquei... sua carreira... sua paixão... tudo por mim... Estou preocupada de não conseguir lidar com isso.

– Você não viu o jeito como aquele homem te olha? – pergunta Winter, sorrindo, embora fosse um momento estranho para sorrir.

– Acho que não.

– Acabei de conhecer vocês, no jantar outro dia, mas ele presta atenção a cada palavra sua. A cada movimento seu. Acho que ele não tinha nem ideia do que mais estava acontecendo naquela sala. Isso me fez... me fez, bem, me fez sentir amargura, pra ser sincera. Quase doeu ficar olhando. Mas, ah, isso é um problema meu. – Ela olha pela janela. – De qualquer forma, dou a Jasper e ao seu pau grande meu voto de confiança. Confia em mim. Vocês encaixam. Acho que ele vai vir atrás de você.

– Mas e se não vier?

Winter dá de ombros, e as outras duas continuam a me encarar com olhos arregalados. Duvido que saibam o que dizer. Jasper é um grande mistério para a maioria das pessoas.

– Então você vai superar.

Superar.

Tomo um grande gole da minha mimosa. Parece tão simples. Tão fácil. Tão... óbvio.

E ainda assim tão impossível.

Se superar Jasper Gervais fosse uma opção, eu já teria feito isso.

36

Jasper

Willa: Oi. Willa aqui.
Jasper: Oi, Willa. Jasper aqui.
Willa: Eu ia te mandar uma mensagem perguntando o tamanho do seu pau, mas acho que Cade não ia gostar disso.
Jasper: Por que será?
Willa: Em vez disso, pensei em dizer que agora é sua chance de *provar* o tamanho do seu pau.
Jasper: Obrigado pelo conselho.
Willa: Não foi um conselho. Foi uma mensagem motivacional.
Willa: Além disso, você nunca vai encontrar alguém melhor do que ela. Não me importa se você é famoso.

– Então ela perguntou se você arriscaria sua carreira por uma chance com ela e você não disse nada? – pergunta Harvey, me olhando por cima da borda de sua caneca de café fumegante como se eu fosse a coisa mais idiota que ele já viu.

– Fui direto pra casa do Roman, e nós ligamos pra diretoria do time pra resolver as coisas. Explicamos tudo.

– Você contou isso a ela?

Apenas olho irritado para Harvey.

– Talvez eu devesse ter contado, mas eu queria procurá-la com um plano. *Provas.* Queria garantir a ela que minha carreira estava segura. Que *nós* estávamos seguros.

Harvey deve achar que meu plano é uma droga, porque responde:

– Vocês, garotos, são todos idiotas.

Liguei para Sloane na segunda-feira. Ela ignorou a chamada, mas me mandou uma mensagem dizendo que estava com Summer e Willa. Isso não me impediu de dormir em um colchão de ar na casa vazia ao lado, só para ficar perto dela.

Fui para nossa casa na terça-feira, depois de terminar o treino no rinque, mas, ao chegar à porta, vi pela janela Sloane e Winter com um engradado de Buddyz Best e caixas de comida chinesa para viagem espalhadas ao redor delas. Estavam deitadas no chão, olhando para o teto, rindo incontrolavelmente. Pareceu um momento idiota para bater na porta e interromper.

Eu simplesmente amarelei, confesso. Fiquei neurótico e deixei o desprezo que sinto por mim mesmo levar a melhor. Fui embora, me contentando em vê-la para matar a saudade. Dormi na casa ao lado de novo.

Hoje é quarta-feira, e eu deveria estar na cidade me preparando para o jogo desta noite, mas estou ficando louco. Sloane vai jantar com o pai hoje, e eu vou enfrentar um time da nossa divisão em uma partida que precisamos vencer desesperadamente.

Mas estou aqui, conversando com o único homem que pode me dar bons conselhos. Porque embora eu nunca tenha conhecido sua falecida esposa, Isabelle, sei que ele era um marido excelente. Harvey deve saber bastante sobre relacionamentos, enquanto eu não sei nada. Não tive grandes exemplos na vida.

– Eu congelei. Entrei em pânico.

Como sempre faço.

– Jasper.

Meu nome é um suspiro triste em seus lábios.

– Estou tentando respeitar os desejos dela – explico.

– Filho, vou te dizer algo que eu só diria a um homem tão bom quanto você. – Ele hesita, os olhos examinando meu rosto. – Neste caso, você está sendo respeitoso *demais*.

– Obrigado pelas palavras de sabedoria.

Solto uma risada incrédula e me recosto de volta no sofá, esfregando o rosto. Mas sempre que fecho os olhos, vejo Sloane.

Ela está dançando ou passando com cuidado um creme facial no meu rosto. Às vezes, vejo Sloane enxotando garotas dando em cima de mim em um bar aleatório. Outras vezes, eu a vejo nadando em um lago na montanha. Vejo Sloane no palco.

A cor das linhas no gelo? Me lembra os olhos dela.

Quando coloquei leite demais no café, numa manhã dessas? Ficou da cor do cabelo dela.

Quando uso meu sabonete favorito? Lembro como ela se inclina para mim e respira fundo.

Sloane está *em todo lugar*.

– Então vocês terminaram? As reuniões de família vão ficar constrangedoras. Violet vai te matar.

– Nós não terminamos – retruco.

Harvey arqueia a sobrancelha como se dissesse: *Olha esse tom de voz, seu idiota.*

– Como você sabe que não? Chegaram a conversar?

– Porque...

– Vou fazer uma pergunta melhor: como Sloane sabe que vocês não terminaram? Nossa, ela ao menos sabia que vocês estavam juntos?

Eu resmungo e olho para o teto. O nervosismo toma conta do meu peito. Eu o esfrego, tentando me acalmar um pouco, mas não funciona.

– Sim. Ela sabe.

– Como?

– Eu não sei. Não dá pra nos separar assim. Nós somos... Não sei. Somos maiores do que isso.

– Olha, se vocês não ligam nem pra ter bebês com rabo, não sei mesmo o que poderia separá-los.

Eu balanço a cabeça.

– Babaca.

– Então vocês são tipo... – Harvey gesticula com a mão – ... almas gêmeas dando um tempo. Tá bom. Faz todo o sentido.

Almas gêmeas. Parece pesado.

Mas não parece errado.

– Você a ama?

Olho para Harvey, tentando organizar a minha cabeça, como venho fazendo há dias.

– Claro que a amo. Sempre amei.

– Você disse isso a ela?

Meu estômago dá uma cambalhota.

– Não.

– Por que não?

Dou de ombros, sem jeito, me sentindo uma criança levando bronca.

– Você sabe por quê – diz Harvey. – Você sabe. Diga em voz alta.

Minha voz soa tensa quando finalmente coloco em palavras o que vem me puxando para baixo.

– Porque as pessoas que eu amo morrem ou me abandonam.

Harvey suspira, recostando-se na grande poltrona de couro ao lado da lareira na ampla sala de estar.

– Já tem quase duas décadas que você é tudo para aquela garota, e ela ainda não te abandonou. Não importa o quanto você a magoe.

Sinto que estou afundando, e então sou tomado por uma náusea excruciante.

– Nunca tive a intenção. Juro que não sabia... pelo menos não na época em que poderia ter dado em alguma coisa. Quer dizer, todos nós sabíamos, quando ela era criança. Mas adulta? Como podia ser tão óbvio pra todo mundo, mas nenhum de vocês, idiotas, tirou sarro de mim sobre isso até agora?

– Porque nunca pareceu que você sentia o mesmo. Nós sacaneamos bastante quando ela era adolescente. Começou a parecer cruel. Depois de um tempo, deixou de ter graça. Não sei se alguém já te disse isso, Jasper, mas é difícil interpretar você. Você é mal-humorado e temperamental. Fechado. No fundo, um pouco inseguro.

– Certo. Sim, estou entendendo. Isso é ótimo pra minha autoconfiança. Por favor, continue.

Apoio os cotovelos nos joelhos e abaixo a cabeça.

– Você também é sensível.

Ele não está errado. Eu penso demais e sinto as coisas intensamente. Sempre senti.

– E assustado – acrescenta Harvey, só para enfatizar o quanto estou estragando tudo.

– Sim. É verdade. Estou assustado pra cacete.

Ouço os passos pesados de Harvey, que atravessa a sala e se joga no sofá ao meu lado. Ele apoia a mão nas minhas costas, e a ponta do meu nariz arde.

– Com o quê?

– E se eu fizer a escolha errada? E se eu arriscar e der merda? E se ela perceber que eu não valho a pena e me deixar? Eu... estou paralisado por todas as possibilidades. Não é tipo: "E se eu deixar um disco passar?" Aí eu simplesmente perco o jogo. A vida continua. Mas isso aqui? Tenho um talento especial pra foder a vida das pessoas que me amam e que eu amo. É minha especialidade.

– Isso não é verdade. Você está encarando as coisas pelo ângulo errado. Eu te amo, e você não fez nada além de tornar minha vida melhor.

Um ruído estrangulado se aloja na minha garganta, e a mão de Harvey se move para cima, apertando meu ombro. Eu aceno, ainda de cabeça baixa.

– Eu não sei nada dos seus pais, Jasper, mas preciso dizer que também não quero saber. Qualquer pessoa capaz de largar você... não te ama do jeito que você merece. E eu sei que Sloane concordaria com isso. Aquela garota nunca te largaria, nem por um momento. Não importa o quanto você tenha sido antipático, ela te amou de qualquer maneira. Ela te amou quando você não a correspondia e não pediu porra nenhuma em troca. Acho que tudo o que ela está pedindo é que agora você corresponda. E você está me dizendo que a ama, mas é covarde demais pra contar a ela. Ela já esperou tempo demais, não acha?

– O que eu faço? Imploro pra ela me escolher e rejeitar a família? Eu sei como é perder a família. Mesmo que eles sejam uns idiotas, a gente ainda quer que estejam por perto de alguma forma. Não quero ser a pessoa a tomar essa decisão por ela.

– Você não precisa tomar nenhuma decisão por ela... apenas por você. Aquela garota escolhe você há anos. Ela só está cansada de esperar que você também a escolha. E eu não a culpo por isso. Você é lento feito uma lesma pra resolver as coisas. E agora ela terminou com você. Alguém já lhe disse que você não vai encontrar ninguém melhor que a Sloane?

– Ela não terminou comigo. E, sim, Willa me disse isso hoje. Vocês são todos muito atenciosos. Obrigado.

– Vocês dois estão conversando?

Eu me viro e o encaro, irritado, mas no fundo meu coração dispara. *Ela terminou comigo?* Eu realmente sou um idiota.

– Olha, a questão é uma só, Jasper.

Ele toma um gole de café e me deixa esperando. O velho tem que se divertir de alguma forma.

Babaca.

– Qual é a questão? – pergunto.

Ele dá de ombros, como se fosse a coisa mais óbvia do mundo.

– Você correria esse risco?

– Sempre.

Eu amo jogar, mas não chega nem perto de como eu amo Sloane. Duas semanas sem jogar comparadas a alguns dias sem Sloane me provaram duas coisas: eu posso viver sem hóquei, mas não posso viver sem Sloane.

Ele me dá um tapa carinhoso na nuca. Se é que isso é possível.

– Então diga a ela, seu idiota.

Uma batida rápida na porta chama a nossa atenção. Harvey dá um tapa no meu joelho.

– Eu atendo. Você fica aqui remoendo a própria estupidez enquanto cria um plano para consertar as coisas.

Eu rio. Só mesmo Harvey para fazer um discurso motivacional emotivo e depois zombar de mim abertamente para me fazer rir.

As dobradiças da porta rangem, e ouço uma voz que não esperava.

– Harvey.

– Cordelia?

Eu me levanto na hora e vou até a porta, virando no corredor bem a tempo de ver a mãe de Sloane levantando uma mala Louis Vuitton e dizer:

– Alguma chance de você ter um quarto vago? – Ela olha para a própria mala e depois de volta para Harvey, exibindo um sorriso choroso. – Preciso muito de um lugar seguro para organizar minhas ideias.

– Claro. Eu...

– Ah. – Ela suspira ao me ver. – Você está aqui.

Eu aceno para ela, de repente desejando estar com o boné para me esconder.

– Sra. Winthrop.

Ela me encara por mais tempo do que o confortável, e seus olhos se enchem de lágrimas.

– Não deixe que ele te assuste, Jasper. – Ela me fita com seus olhos azul-claros, tão semelhantes aos da filha. – Não deixe que ele te controle também. Ele é um mestre nisso. Finca as garras em você e, de repente, você acorda na casa dos cinquenta com nada além de uma montanha de arrependimentos. A melhor coisa que posso fazer por ela neste momento é dar o exemplo. Não quero essa vida para Sloane. Não quero *ele* para a vida de Sloane. Ela vai precisar de você ao lado dela quando se libertar deles.

– Deles quem? – pergunto, meu corpo todo entrando em alerta quando entendo o que ela está dizendo. O que ela acabou de fazer.

Olho de Harvey para Cordelia. Os olhos de Harvey estão grudados na irmã caçula de sua falecida esposa com uma intensidade que nunca vi.

– Sterling. Robert. Homens como eles não aceitam bem ser desprezados. Eles manipulam. Tramam. Este jantar não será apenas uma comemoração de aniversário. Será uma armadilha, e eu não posso participar. Não posso vê-la continuar sendo enganada por eles.

Meu coração bate forte no peito, forte e pesado.

– Ela não vai ser enganada.

Cordelia suspira e me olha com tristeza.

– Talvez não, mas isso não vai impedi-los de tentar.

Pego minhas chaves na mesa da frente e me despeço dos dois com um aceno de cabeça.

– Jasper! – grita Cordelia assim que chego à porta do carro. – Frontier Steakhouse.

Quase solto uma gargalhada.

O lugar onde tudo começou. Eu odeio aquele restaurante de merda, mas estou louco para chegar lá.

Sloane nunca me abandonou, e eu também não vou abandoná-la.

Meu único pensamento enquanto faço o trajeto de uma hora de volta para a cidade é que Sloane precisa de mim. Ela precisa que eu esteja lá ao seu lado.

E eu a amo.

37

Sloane

Mãe: Sinto muito por não poder ir.
Sloane: Eu realmente não te culpo. Não vai durar muito. Posso garantir.
Mãe: Você me inspira, Sloane.
Sloane: Inspiro?
Mãe: A me importar menos com o que os outros pensam. A me colocar em primeiro lugar. A ser mais forte.
Sloane: Não me sinto forte.
Mãe: Ah, minha querida. Mas você é. E eu nunca vou me arrepender de ter te enviado aquela mensagem, porque naquele dia você descobriu como consegue ser forte.

De onde estou, tenho uma visão perfeita do meu pai e Sterling sentados lado a lado em uma mesa perto da janela. Estão conversando e sorrindo, como dois garotinhos cochichando na sala de aula.

Garotinhos.

É exatamente isso que eles são. Depois dos últimos meses passados na presença de homens de verdade, estou vendo a diferença com mais clareza do que nunca. Não tem nada a ver com o dinheiro, a formação ou a reputação de uma pessoa. Tem a ver com o que ela tem por dentro.

Alma. Coração. Ações falando mais do que palavras.

Esses dois babacas podem dizer o que quiserem. Não vou mais cair nessa. Eu vejo suas intenções.

Por tempo demais fui uma pombinha delicada e bem-comportada. E então eles me queimaram. Me incineraram.

Acontece que sou um dragão e estou de saco cheio de garotinhos e suas palhaçadas.

Endireito os ombros e me recosto na vitrine da Cartier, do outro lado da rua do Frontier.

Estou um pouco de ressaca hoje. Winter e eu nos demos bem. Parece que temos mais em comum do que eu poderia imaginar. Ela é divertida e totalmente disposta a beber muita cerveja barata e ficar deitada no chão comigo.

Tenho que agradecer a ela pelo terninho que estou usando e pela carona até a cidade. Também estou ansiosa por tê-la como vizinha em Chestnut Springs, porque, quando terminar esse jantar idiota, vou direto para aquela casinha.

Onde é o meu lugar. Onde me sinto eu mesma. Vou descobrir o resto pelo caminho... por mim mesma.

E há algo libertador em não ter regras. Depois de uma vida inteira tendo um caminho e um plano traçados para mim, vou fazer... o que eu quiser.

Empertigo os ombros mais uma vez, verifico os dois lados das quatro faixas de tráfego e atravesso a rua.

Até atravessar fora da faixa é bom.

Dou um sorriso sem graça para o recepcionista, levantando a mão.

– Não, obrigada. Sei pra onde estou indo.

Sem dar a ele uma chance de responder, sigo em frente, direto para a mesa perto da janela onde dois dos homens que eu menos quero ver estão sentados.

Pensei que ficaria nervosa, mas eu me sinto... animada.

– Pai, Sterling.

Eles levantam a cabeça como se estivessem surpresos em me ver.

Normalmente, um dos garçons me guiaria até aqui, mas era exatamente isso que eu não queria.

– Sloaney... – Sterling me olha da cabeça aos pés. – Você parece muito severa com essa roupa.

Eu quase rio. Depois de meses ignorando-o, é *isso* que ele tem a dizer.

– Obrigada.

Dou-lhe um sorriso sarcástico antes de me sentar na cadeira ao lado da janela, em frente ao meu pai. O mais longe possível de Sterling.

Os olhos do meu pai me percorrem, me avaliando, e eu me pergunto o que ele vê. Eu me pergunto se ele percebe que o véu caiu e que eu o enxergo com nitidez.

Eu não o *odeio*. Sinto indiferença em relação a ele.

Meu pai costumava me dizer que não estava bravo, apenas decepcionado comigo. E é assim que me sinto.

Profundamente decepcionada. Porque sempre o amarei. Sempre o admirei, e é decepcionante descobrir que toda aquela persona era uma invenção ou não era fiel à realidade. Dói saber que outro homem na minha vida não me amou *o suficiente* para superar as próprias merdas.

Mas dói menos com meu cabelo preso, unhas pintadas de vermelho-sangue e vestindo um terninho preto com lapelas brilhantes de smoking.

Winter tinha razão. Estou pronta para detonar e fazer acontecer.

– Feliz aniversário, Sloane – diz Robert, erguendo uma taça de vinho sem me oferecer uma.

Estendo a mão e me sirvo uma boa dose. Outra gafe em um lugar como este é não esperar pelo garçom – ou encher demais a taça, como acabei de fazer.

Mas estou farta de esperar esses homens se recomporem, e mereço uma jarra de vinho só por estar aqui.

– Obrigada, pai – respondo, finalmente, depois de deixá-los esperando com suas taças no ar enquanto eu me servia.

Está óbvio que nenhum dos dois é cavalheiro para se oferecer para fazer isso. Taças tilintam, e nós bebemos. Mantenho os olhos focados em meu pai e pressiono os lábios recatadamente, saboreando o vinho. É caro, mas prefiro encarar uma Buddyz Best.

– Quando a mamãe vai chegar?

Olho ao redor do restaurante de modo teatral, pois sei que ela não vem. Ela me avisou. Também me disse que encontrou aquele vídeo no celular do papai e me enviou anonimamente no dia do meu casamento. Presumo que fosse material para chantagem.

Parece que ela e eu recuperamos o juízo quase ao mesmo tempo. Parece que Robert Winthrop finalmente foi longe demais.

– Ela está um pouco indisposta hoje. Somos só nós três esta noite.

– Na verdade... – intervém uma voz que eu nunca esperava ouvir.

Meu coração dá um pulo no peito, a compostura desaparecendo por apenas um segundo. Parece que estou me movendo em câmera lenta quando me viro para ver Jasper parado na ponta da mesa, maravilhoso em um terno perfeitamente sob medida, olhos em mim, sorriso presunçoso nos lábios.

– Seremos nós quatro.

Ele dá um passo na minha direção com autoridade, se inclina e levanta meu queixo, os olhos capturando os meus com uma expressão de ferocidade.

– Solzinho, desculpa pelo atraso.

Atraso.

É uma frase tão simples. Mas me aquece por dentro do mesmo jeito.

Ele está aqui.

Só consigo dar um aceno firme, que ele retribui antes de dar um beijo brusco na minha testa e se sentar ao meu lado.

Minha rocha. Meu conforto. O garoto com os olhos tristes e o coração de ouro.

Eu me viro para ele.

– Você tem jogo. – Olho para o delicado Rolex no meu pulso. – Agora.

– Fizemos uma promessa naquela caminhonete, lembra? Não posso ficar sem você de novo. Nada é mais importante do que estar aqui com você. – Ele segura meu joelho sob a mesa e inclina a cabeça em direção à minha roupa. – Aliás, você está deslumbrante.

Nada é mais importante do que estar aqui com você.

Engulo em seco algumas vezes, incapaz de tirar os olhos do homem diante de mim. A promessa. Ele está certo. E eu também prometi a ele.

– Jasper...

Sua mão me aperta de forma tranquilizadora.

– A resposta é sim, Sloane.

Inclino a cabeça.

– Sim o quê?

– Eu arriscaria. Todos os dias. Cada maldito dia.

Meus olhos ardem, e eu luto contra as lágrimas. Não vou chorar aqui. Não vou deixar meu pai e Sterling participarem desse momento.

Quando olho para os dois homens, a fúria está clara em seus rostos.

– Você não faz parte dessa conversa, Gervais.

Meu pai o encara como se pudesse fazê-lo se encolher, mas esse poder escapou de seus dedos, bem diante de seus olhos.

Jasper se recosta na cadeira, sorri e se acomoda.

– Você finalmente acertou em alguma coisa. Não estou aqui para conversar. Não direi uma palavra. Só estou aqui para ficar com Sloane.

– Você está passando dos limites – reclama Sterling, vibrando de raiva. – Aqui não é seu lugar.

Jasper sorri, mantendo a calma e, ao mesmo tempo, provocando os homens à sua frente.

– Chega – disparo. – Vocês dois queriam me dizer alguma coisa? Porque acho que fui bem clara. Eu disse a você – aponto para meu pai – que a gente conversaria quando eu estivesse pronta. – Movo o dedo para Sterling. – Mas nunca mais quero falar com você.

– Sloane, você precisa superar essa mágoa.

Arqueio uma sobrancelha para Sterling.

– Você não entende mesmo, não é? O que você faz com seu pinto não me magoa. O que você fez com seu pinto serviu apenas pra me despertar. Me fazer entender que eu não me importo com você nem um pouco. Eu sou indiferente. Tem sido fácil te ignorar porque eu nem sequer penso em você.

Quanto mais eu falo, mais Sterling vai ficando da cor do vinho tinto em sua taça. Quanto mais os dedos de Jasper deslizam ao longo da costura interna das minhas calças pantalonas, mais minha confiança aumenta. Só de tê-lo aqui, ao meu lado...

É tudo o que eu sempre quis. Nós somos muito melhores juntos do que separados.

– Isso é só porque você anda trepando com esse pobretão.

O corpo inteiro de Jasper fica tenso ao meu lado. Fico boquiaberta com o veneno nas palavras de Sterling e seu tom de voz. Talvez seja a coisa mais passional que já o vi dizer sobre qualquer coisa além de uísque envelhecido em barril e caça a animais exóticos.

Estou prestes a fazer esse comentário quando Jasper se move e um gritinho alarmado de Sterling chega aos meus ouvidos. Uma expressão assustada toma o rosto de Sterling, que tomba para trás e desaparece sob uma chuva de vinho tinto e o barulho alto da cadeira se estatelando no chão.

Sterling gagueja e luta para se endireitar.

– Você acabou de...

– Chutar a porra da cadeira dele? – completa Jasper, cortando a pergunta do meu pai. – Sim. Porque você pode não ver problema quando alguém fala com sua filha desse jeito, mas eu vejo. Devo ter aprendido boas maneiras, mesmo sendo um pobretão.

Meu pai pelo menos tem o bom senso de parecer um pouco intimidado. Mas eu... eu faço o que sempre faço em situações inapropriadas.

Começo a rir ao ver Sterling de quatro, tentando se levantar, todo desajeitado. A camisa social manchada de vinho. O cabelo todo bagunçado. E não de um jeito bom.

– Você está acabado, Gervais – diz ele, tentando soar durão, mas tudo a seu respeito soa tão vazio.

Isso me faz rir mais.

Estamos fazendo uma cena, e não consigo parar de gargalhar.

– Sloane, se recomponha. As pessoas estão olhando – diz meu pai, irritado.

Lágrimas brotam em meus olhos, e eu as seco, mas o riso não para.

Jasper se inclina e sussurra no meu ouvido:

– Se for pra te fazer rir, eu chuto a bunda dele bem aqui, na frente de todo mundo.

Ouço o tom bem-humorado em sua voz e faço um gesto com a mão na altura do pescoço, silenciosamente implorando para Jasper parar. Porque agora ele está só me provocando.

Porque ele me conhece.

Ele me entende.

– Sterling – digo, ofegante. – Eu nunca vou me casar com você. Tipo... – Tenho outro acesso de risadinhas e me obrigo a contê-lo. Essa frase é muito mais ofensiva de dizer entre risadas. Mas não consigo nem dar a mínima para isso. – Nunca. E, pai... – Balanço a cabeça, o riso diminuindo. – Nem sei o que dizer. As coisas que você me disse nos últimos meses... – Eu seguro a mão de Jasper. – A maneira como você trata as pessoas que eu amo... Gosto de pensar que tenho forças pra perdoá-lo, mas vou ter que pensar bastante pra decidir se isso é verdade ou apenas um resquício da minha obediência. Uma garotinha deve amar o pai, mas ele deve retribuir esse amor. Protegê-la a todo custo. E se esses últimos meses me ensinaram alguma coisa, foi que você não me ama do jeito que eu te amei. Eu mereço mais.

Espio Jasper, encontrando seus olhos em mim, como costumam estar. Mas hoje eles não estão tristes. Estão brilhando de orgulho. Eles ardem sobre a minha pele.

Volto a olhar para os dois homens na minha frente.

– Cansei de me contentar com menos do que mereço. Sterling, some da minha vida. Pai, você vai ter que descobrir como merecer um relacionamento comigo. Talvez um dia possamos conversar.

A cadeira range quando me levanto de repente.

Pego a mão de Jasper, fazendo uma demonstração bem óbvia na frente deles. Então o puxo, querendo sair deste maldito restaurante de uma vez por todas.

Quando passo por Sterling, ele agarra meu braço.

– Onde está o anel? Eu o quero de volta.

Puxo meu braço bruscamente, me afastando dele assim que Jasper se aproxima, parecendo pronto para assassinar Sterling por ousar colocar a mão em mim.

– Eu perdi.

Volto a rir, e me pergunto o que há de errado comigo. Por que sempre dou risada nos momentos mais inapropriados? Estou totalmente destrambelhada.

Mas é Jasper quem realmente ri por último quando se inclina junto do ouvido do meu ex e diz:

– A gente trepou até o anel cair do dedo dela.

Eu queria poder contratar um artista para pintar a expressão de Sterling no momento do golpe. Seria um dinheiro bem gasto.

Jasper me guia para fora do restaurante. Pegamos o mesmo caminho que pegamos todos aqueles meses atrás. Só que tudo está totalmente diferente agora.

Tão incerto.

Tão espontâneo.

Tão... feliz.

38

Jasper

Roman: A diretoria e os donos estão todos em sintonia. Repassei tudo que conversamos. Só queria ser uma mosca na parede quando eles disserem àquele filho da puta para ir pastar.
Jasper: Obrigado, treinador.
Roman: Estou sempre do seu lado, Jasper. Agora vá atrás da garota.

Empurro a pesada porta de madeira, inalando o ar gelado de dezembro. Tem cheiro de neve e de escapamento de carro. E tem gosto de liberdade.

– Nunca mais vamos colocar os pés neste restaurante de merda – digo assim que me viro para puxar Sloane para mim.

Os lábios dela estão do mesmo tom de vermelho das unhas. Ela está com uma verdadeira vibe de *femme fatale*, e eu estou adorando.

Sloane ri, agitada e de olhos arregalados.

– Não acredito que acabei de dizer tudo aquilo. – Ela leva a mão ao rosto. – Não acredito que você disse a ele que a gente trepou até o anel cair do meu dedo!

Gargalho também, porque foi satisfatório dizer essa merda.

– Você viu a cara dele?

Sloane assente, mordendo o lábio, os olhos brilhando ao refletirem os faróis dos carros que passam zunindo.

– Você veio atrás de mim – diz ela, levantando o queixo e me agraciando com o sorriso mais lindo do mundo.

– Claro. Eu disse que não queria ficar sem você nunca mais, e falei sério.

– Eu não tinha certeza...

– Faz dias que estou mal. Fui pra nossa casa, mas não sabia o que dizer. Tentei descobrir uma boa razão pra ter congelado no carro, naquela noite. Uma razão pra não ter dito as palavras que realmente queria dizer, embora pudesse senti-las ali na ponta da língua. Mas não há desculpa. – Acaricio sua cabeça. – Estou me escondendo há tanto tempo, espiando você por baixo da aba do meu boné, que fiquei confortável nessa posição. Sinto muito por estar atrasado de tantas maneiras. Não apenas pro jantar, mas pra me descobrir. Eu estava... – Por um momento, desvio o olhar e engulo em seco. – Eu estava com medo. Com medo de precisar tanto de você. Com muito medo de te perder.

Ela fecha os olhos e solta um suspiro pesado, e eu seguro seu rosto, querendo que seus olhos voltem para mim.

– Eu sei...

– Não, Solzinho. Eu não deveria estar com medo. Você é a coisa menos assustadora da minha vida. Você não está apenas tatuada na minha pele, está marcada no meu coração. Entrelaçada nas fibras do meu ser. A pessoa mais constante e reconfortante da minha vida. Quando fecho os olhos, vejo você. Quando você está longe, sonho com você. Quando preciso do apoio de alguém, você está *sempre* lá. Meu Deus. Você me amou quando nem eu conseguia me amar.

Aperto o rosto dela, sentindo as lágrimas que escorrem por ele. Mas Sloane está sorrindo como se eu fosse maravilhoso.

– Você me olha *desse jeito* há tanto tempo – continuo. – E não sei quando comecei a retribuir, só sei que comecei. Ficar me obrigando a desviar o olhar por tantos anos foi uma tortura. Já me torturei por tempo suficiente. Cansei de me esconder, cansei de desperdiçar isso aqui. Nosso tempo juntos.

Um soluço silencioso escapa dos lábios dela, e Sloane pressiona a cabeça no meu peito.

– Sloane, eu não vou ficar sem você.

– Você nunca ficou sem mim, Jasper. Desde o primeiro dia em que coloquei os olhos em você.

Meu coração se aperta com essa confissão, e ela se aconchega mais em mim. Como se soubesse que se encaixa ali. Como se soubesse que é o seu lugar. Preenchendo todas as rachaduras em mim.

Eu a abraço com força e descanso a bochecha no topo de sua cabeça.

– Sinto muito que você seja a única coisa que já fez com que eu me sentisse inteiro de novo. Sinto muito por ter precisado tanto de você. Solzinho, sinto muito por estar tão atrasado. Mas obrigado por esperar.

A mão dela desliza para dentro do meu paletó, tocando a tatuagem da bailarina nas minhas costelas.

– Você chegou bem na hora. – Ela me olha. – Você estava ficando em uma das casas vazias?

Meus lábios se curvam.

– Talvez.

– Tem uma cama?

Dou de ombros.

– Um colchão de ar.

– Jasper! – Ela resmunga meu nome, mas parece achar graça.

– O quê? Eu não gosto de ficar longe de você. Na verdade, eu teria chegado mais cedo, mas tive que pegar seu presente de aniversário.

– Você comprou um presente de aniversário pra mim? – Os olhos dela brilham.

– Claro que sim. Que tipo de idiota aparece no jantar de aniversário da namorada sem um presente?

Ela ergue a sobrancelha, e nós dois sorrimos.

– Namorada?

– Claro.

Então, aperto o botão no controle que está no meu bolso, e o SUV atrás de mim ganha vida com um suave bipe.

O olhar de Sloane pousa no Volvo branco e depois volta para mim.

– Você me comprou um carro?

– O mais seguro que encontrei. Fizeram os testes de colisão e...

– Jasper – chama ela, rindo. – Eu confio em você. Acredito na sua palavra. Eu... eu amei.

– Sei que você gosta de andar pela cidade. – Eu pigarreio, me sentindo repentinamente envergonhado. – Mas quero que você tenha um carro seguro, se vai ficar pegando a estrada.

– Pegando a estrada, é?

Ela está sorrindo agora. É contagiante.

– É. Da nossa casa em Chestnut Springs. Você vai precisar de um carro seguro pra vir à cidade trabalhar. E precisa de liberdade pra ir aonde quiser. Fazer o que quiser.

Os olhos dela ficam marejados. Sloane pisca, e uma lágrima solitária escorre por seu rosto.

– Você me entende, sabia? – Ela balança a cabeça suavemente. – Sempre me entendeu.

Sinto tudo se apertar – meu coração, a garganta, o peito –, então faço a única coisa em que consigo pensar para amenizar a sensação.

– Eu te amo, Sloane Winthrop. Sempre amei. Eu te amo tanto que nem sei o que fazer com isso. Você é a pessoa certa pra mim. E acho que sou a pessoa certa pra você também.

– Você *sempre* foi – diz ela, a voz embargada. – Eu te amo tanto.

Eu não hesito. Não penso duas vezes. Inclino sua cabeça e a beijo.

No meio de uma rua movimentada, diante do mundo inteiro, enquanto a neve cai ao nosso redor. No exato lugar em que ela me deixou uma vez, no passado.

Mas, desta vez, nós ficamos.

Juntos.

39

Sloane

Sloane: Levantem a bunda daí e venham pro rinque!

Willa: Eu não vou jogar.

Summer: Por quê?

Willa: Não é seguro. Gelo duro. Lâminas afiadas. Um bando de homens tentando provar que não estão em decadência. Deus me livre. Vou ficar com a bunda sentada aqui mesmo e torcer pelo Luke.

Winter: Acho que hipismo provavelmente é mais perigoso. Do ponto de vista médico.

Sloane: Winter, você vem?

Winter: Não posso. Estou doente.

Willa: Sim. Eu também. Estou doente. *cof cof*

Summer: Bem, vocês são todas chatas. Estou no Time Sloane! Feliz Natal! Vamos lá, porraaa!

Eu achava que meus melhores Natais tivessem sido os da infância. Quando a magia continuava viva e vibrante. Mas, de alguma forma, este Natal é campeão. Ele ganha de todos. E a magia está mais vibrante do que nunca.

Acordei nos braços de Jasper. Em nossa casinha perfeita e aconchegante. O lar que construímos juntos lentamente. Fizemos amor enquanto a neve caía do lado de fora da janela antes mesmo de sairmos da cama. Então entramos em um dos nossos SUVs *muito seguros* e fomos direto para o Rancho Poço dos Desejos.

Minha mãe e Harvey nos receberam na porta com abraços e beijos de boas-vindas e nos conduziram para a movimentada casa da fazenda. Todos estavam lá.

Passamos o dia todo juntos, e meu coração nunca esteve tão pleno. Toda vez que me afasto, Jasper vai atrás de mim. Mal passo cinco minutos sem senti-lo me tocar de alguma forma. Sem ele dar um beijo na minha cabeça na frente de todo mundo. É... Bem, é mágico.

Quase tão mágico quanto essa nova tradição. A primeira de muitas tradições natalinas que planejo fazer com Jasper.

Pelada natalina de hóquei no gelo.

– Pensei que patinar fosse fácil! Vocês, babacas, fazem parecer tão fácil! – reclama Rhett, avançando como um potro recém-nascido no gelo, todo desajeitado.

– Palavrão, tio Rhett! – grita Luke, seu sobrinho de 6 anos, enquanto patina em círculos rápidos ao redor do tio.

Summer ri e se levanta do tronco onde estava sentada com Willa.

– Eu te ajudo, querido! – grita ela, patinando sem esforço até Rhett.

Ele revira os olhos.

– Sério? Você também é boa nisso?

Summer apenas dá de ombros e pisca para ele de modo atrevido.

– Eu sou boa em tudo.

Eu rio, recostada no gol de Jasper, observando tudo. Apreciando.

– Isso prova que está se dando bem, Rhett! – A voz de Jasper atrai minha cabeça para a trilha que dá no gelo.

Cade ri. Os dois estão puxando trenós de plástico carregados com lanches e garrafas térmicas cheias de bebidas quentes. Harvey e minha mãe vêm atrás, carregando cobertores e até algumas cadeiras de jardim.

– Você também está, Gervais! – grita Rhett enquanto Summer pega suas mãos, patinando de costas em uma tentativa de ajudá-lo.

Jasper dá de ombros, os olhos encontrando os meus quase no mesmo instante.

– É, e eu sei disso.

Balanço a cabeça, porque não é só ele que está se dando bem. Tudo parece *perfeito*.

Jogamos a partida de hóquei mais ridícula do mundo. Summer, minha mãe, Luke e eu contra todos os outros. As pessoas entram e saem sem aviso. Cade sai constantemente do jogo para ver como Willa está e servir mais chocolate quente para ela. Minha mãe e Harvey discutem se ela precisa ou não usar capacete. Ela diz que não; ele diz que sim. Rhett cai de bunda várias vezes. Todo mundo zomba dele. Jasper defende todos os arremessos e ri de todo mundo que tenta fazer um gol nele.

Exceto Luke. Luke é o único que marca gols, e Jasper faz todo um teatro cada vez que tenta defendê-lo. Vê-lo com Luke é adorável. Faz meus ovários doerem.

Não tenho certeza se já vi Jasper sorrir tanto.

Não tenho certeza se já me senti mais atraída por ele do que neste momento.

Não tenho certeza se já o amei mais do que agora, porque, por mais impossível que pareça, a cada dia juntos eu o amo mais.

– Estou indo atrás de você, Gervais – grito, e Summer me passa o disco.

– Pode vir, querida. Me mostra o que você sabe.

Mas, em vez de tentar marcar, eu paro na frente dele, espirrando gelo em suas proteções. Sorrimos um para o outro feito idiotas, e tiro o capacete lindamente pintado que está em sua cabeça, enganchando os dedos nas barras de metal para segurá-lo ao lado do meu corpo.

– Primeiro preciso de um beijo – digo, tentando manter uma expressão neutra.

Porque sei que ele nunca vai recusar. Aprendi que Jasper Gervais faria absolutamente *qualquer coisa* para me manter feliz.

Inclusive me beijar no meio de um jogo de hóquei em família, só porque pedi.

Então não fico surpresa quando sua mão enluvada toca meu rosto e sua boca encosta na minha sem um único momento de hesitação. Não fico surpresa quando ouço todos assobiando e gritando enquanto nos beijamos neste pequeno pedaço de gelo no meio do rancho. Não fico surpresa quando ele vai mais fundo e desliza a língua pela minha boca.

Mas ainda sou competitiva. E odeio perder. Então estendo meu taco e empurro o disco para além dos pés de Jasper enquanto ele está me beijando de um jeito enlouquecedor, como eu pedi.

Ouço Luke comemorar.

– Ahhhh! Isso foi muito nojento. Mas a tia Sloane marcou! Nós vencemos!

Jasper ri contra meus lábios com um leve balançar de cabeça.

– Belo gol, Solzinho.

– Obrigada, Jas. – Faço uma pequena reverência. – Quem diria que você se distrai com tanta facilidade?

Nossos olhares se encontram.

– Você me distrai há anos. Não é novidade. – Mas então ele baixa a voz, e a expectativa vibra entre as minhas pernas quando ele murmura: – Mas agora estou prestando atenção.

Franzo a testa e tento não corar ao sorrir para ele. Jasper está ainda mais alto em seus patins, assomando sobre mim. Bochechas coradas de frio, olhos escuros e brilhantes, cabelo louro caído sobre a testa, tão bonito que dói.

– Ah, é?

Ele encosta a boca no meu ouvido.

– É. Estou mesmo sentindo o espírito natalino de dar e receber. E acabei de decidir que você vai me dar a noite toda. Na verdade, talvez a tarde toda... – Ele levanta a cabeça bruscamente e me puxa para junto de seu corpo, gritando para o lado onde todos estão sentados: – Acabou o jogo! O time de Sloane e Summer venceu. Estamos indo embora.

Solto uma risada, mas ele pisca e pega o capacete, me conduzindo para fora do gelo.

– Pra onde estamos indo?

– Pra casa, Solzinho. Estamos indo pra casa.

40

Sloane

Violet: Bebida?

Sloane: Não.

Violet: Você tá precisando.

Sloane: Estou nervosa demais pra beber.

Violet: É. Você tá pálida. Precisa de um pouco de cor nas bochechas.

Sloane: Ninguém se importa com a cor das minhas bochechas hoje, Vi.

Violet: Vai ficar mais bonita pra sair no jornal.

Sloane: O quê?

Violet: Tem Buddyz Best!

Estou tão nervosa que sinto vontade de vomitar. Estou com os cotovelos apoiados nos joelhos e os dedos tamborilando em uma agitação ansiosa.

– Garota, me dá ansiedade só de olhar pra você – diz Harvey, sua mão quente pousando nas minhas costas.

– Nunca fiquei tão nervosa na vida.

– Nunca? – Ele arqueia a sobrancelha.

Aperto os lábios e balanço a cabeça rapidamente.

– Nunca.

– Olha, se bebês com rabo não te deixam nervosa, pensei que um jogo da Copa Stanley seria moleza.

– Harvey, meu Deus. – Abaixo a cabeça para as minhas mãos, rindo. – Você nunca vai parar de achar graça desse negócio de bebê com rabo?

Ele dá de ombros e sorri para o gelo.

– Provavelmente não.

Quero fingir que a piada não é engraçada, mas a verdade é que estou tão nervosa agora que poderia vomitar na minha camisa marrom dos Grizzlies com *Gervais* estampado nas costas.

É a mesma que eu comprei meses atrás. Parece monumental, de alguma forma. Deu *sorte*.

E, considerando que estamos quase no último tempo do jogo da final da Copa Stanley, os Grizzlies vão precisar de toda a sorte que puderem ter. É a última chance deles de fechar a série e ganhar tudo em casa.

A temporada do time foi nada menos que milagrosa. Eles tiveram uma sequência boa pouco antes do Natal, e continuaram assim. Graças a esses pontos, eles se classificaram para as eliminatórias.

Por pouco. Mas o que importa é chegar lá.

Eles lutaram muito e arduamente. Sei que estão cansados. Jasper está dolorido e pronto para uma pausa.

Foi um ano longo e difícil, mas também foi o melhor.

As eliminatórias.

Uma segunda medalha de ouro olímpica, em fevereiro.

E nós.

Nós. Deus, ainda acho que soa tão bem. A parte "nós" da nossa vida é tão boa. Tão fácil. Parece tão certa.

Admitir isso em voz alta, aceitar de verdade, tirou um peso de Jasper. Ele continua quieto e introspectivo, mas agora ele sorri.

No escuro, subimos para o telhado da nossa pequena casa em Chestnut Springs e conversamos sobre a vida. Medos. Planos. Bebês. Conversamos sobre tudo porque sempre conversamos.

– Por que você está sorrindo, Sloane?

Harvey me cutuca, obviamente me observando enquanto me distraí olhando para o brasão do urso-cinzento pintado no centro do gelo.

– Eu só estou... – Dou de ombros, olhando para a arena movimentada. – Feliz. Mesmo que eles percam hoje. Tudo parece...

– Vocês dois estão resolvidos. Descobriram o que importa na vida. São as pessoas. Não as coisas. Não a aclamação. As pessoas.

– Isso. Falando em pessoas... minha mãe ainda está te deixando louco?

Ela está morando na casa de Harvey há seis meses, e os dois trocam implicâncias como se fossem casados há muitos anos. Eu realmente não entendo. Nem tenho certeza de que quero entender.

– Aquela mulher – murmura Harvey. – É como se, depois de anos guardando suas opiniões pra si mesma, ela tivesse resolvido falar tudo de uma vez. Parece que está tendo uma promoção de opiniões naquela casa. Compre uma, leve dez.

Solto uma risada, e então a fila de pessoas vindo até nós captura minha atenção. Beau, em casa, seguro, mas ainda caminhando com alguma dificuldade, lidera o grupo. Ele é seguido por Rhett, Summer e Violet, que fez a viagem só para assistir a este jogo.

Alguns assentos abaixo, Cade está com sua filhinha, Emma, amarrada ao peito em um canguru. Ele é um pai todo orgulhoso, olhando mais para aquele pacotinho do que para o jogo. Ver essa cena faz coisas estranhas com meus ovários.

Willa é a brincalhona de sempre, sentada ao lado de Luke e tentando mostrar a ele como jogar pipoca no ar e pegá-la com a boca.

A pipoca não para de cair na cara dos dois.

Não importa o que aconteça, ver todo mundo aqui torcendo por Jasper deixa meu coração quentinho. Ele precisa disso. Ele merece.

Não estamos no camarote. Tomamos conta de quase uma fileira inteira do estádio, atrás do gol do time da casa. Enchemos a arquibancada com Eatons. Enchemos com a família.

Pode não ser a família em que ele nasceu, mas é a família que mais o amou. A que faria qualquer coisa por ele.

Uma campainha soa bem quando Violet coloca uma cerveja na minha frente e se senta.

– Aqui. Bebe.

– Não consigo...

Ela balança o copo de plástico, deixando-o perigosamente perto de derramar.

– Consegue, sim. É Buddyz Best. Você ama essa merda.

Eu sorrio para a cerveja dourada. É verdade que eu amo essa cerveja. Mas não porque o gosto seja bom. É porque eu me lembro de bebê-la na noite em que Jasper me tirou daquela farsa de casamento. Eu me lembro de beber uma jarra enquanto Jasper se inclinava sobre minhas costas e me ensinava a jogar sinuca.

O cachorro no rótulo me faz sorrir, e as memórias que ele traz à tona fazem com que o gosto seja delicioso.

Dou um grande gole, e meus nervos se acalmam enquanto vejo meu homem patinar pelo gelo, deixando o banco. Ele olha para cima, em nossa direção, e Beau sacode o cartaz gigante que ele e Rhett fizeram.

Eu vi os dois fazerem. Como são dois crianções, eles riam enquanto polvilhavam glitter sobre a cola que usaram para escrever as palavras: *Jasper Gervais é meu garanhão nº 1!*

Jasper enfia o capacete, provavelmente revirando os olhos por trás da proteção.

– Casa comigo, Jasper! – grita Rhett, e Summer lhe dá uma cotovelada nas costelas.

Não seria um passeio da família Eaton sem algum tipo de travessura besta dos meninos. Mas, quando o cronômetro começa, todos se acomodam em um silêncio tenso. Eu deveria assistir ao jogo, mas passo muito tempo olhando para Jasper no gol.

Seu foco incrível. A maneira como ele se movimenta. A velocidade de seus reflexos. Ele não é apenas bom em hóquei, ele é um talento da sua geração. Ele me dá arrepios.

E, sendo totalmente sincera, ele ser tão superior me deixa toda agitada. Sou muito atraída por essa parte dele. A paixão e o compromisso incansável em ser tão bom em seu esporte.

Admiro isso nele. Nós nos conectamos nesse sentido. Quando precisamos treinar, não há ressentimentos ou reclamações sobre o tempo que passamos separados. Nós dois corremos atrás de nossas paixões e somos melhores no que fazemos por termos o apoio um do outro.

A multidão faz barulho enquanto o time adversário risca o gelo em direção à rede de Jasper. Ele se posiciona para enfrentar os atacantes. Só por ficar na rede, ele bloqueia muitos dos arremessos pela vantagem de sua altura.

O número 29 passa e o número 17 finaliza, dando um golpe forte e rápido.

Mas não rápido o suficiente. A mão enluvada de Jasper se move em um borrão e embolsa o disco, fazendo parecer fácil. Estou ofegante quando ele o devolve ao árbitro.

Com a mão no peito, tomo outro gole de cerveja e percebo que, no meu nervosismo, terminei tudo.

O disco cai no gelo, e o relógio continua correndo. O jogo está empatado, um a um. Jasper deu tudo de si esta noite.

Quero tanto que ele consiga. A grande vitória. A conquista máxima. Deus, torço tanto por ele que meu corpo dói.

Restam trinta segundos, e a multidão fica em silêncio. A prorrogação não é uma derrota, mas também não é uma vitória. Significa mais tempo. Mais chances. Mais espaço para erros provocados pelo cansaço.

A arena inteira está tensa, dá para sentir no ar. Cada segundo é como uma batida de tambor que reverbera pelas arquibancadas.

Os Gators atacam e Jasper defende, mas não por tempo suficiente para o árbitro parar o jogo.

E então... acontece.

Damon Hart dispara pelo gelo olhando por cima do ombro com um sorriso e um pequeno aceno para seu goleiro.

E lá está a brecha perfeita.

Jasper solta o disco no gelo, e sua tacada o manda direto por aquela brecha. Bem para o taco do seu companheiro de equipe.

Juro que todos inspiram profundamente o ar frio ao mesmo tempo.

Os segundos passam devagar.

Mas não há defensores. Damon passa direto por eles.

Ele avança, batendo o disco de um lado para outro, driblando para a esquerda e para a direita.

Ele finge arremessar o disco para o gol.

O goleiro adversário acredita e se joga para fazer a defesa.

Damon arremessa no canto superior, a borracha dura batendo nos fundos da rede com um estardalhaço que ressoa por todo o estádio.

A campainha toca, e a arena *explode.*

Música. Luzes. Gritos. Confete. Todo mundo comemora.

Mas eu fico parada, observando Jasper pular de alegria. Taco e luvas voam, o capacete é jogado, e ele patina em direção aos companheiros de equipe com o maior e mais comovente sorriso no rosto. Os colegas pulam em Jasper e em Damon para comemorar a assistência e o gol da vitória.

Quero me lembrar desse momento, desse sentimento, tão claramente quanto me lembro do primeiro dia em que vi Jasper. Dolorosamente bonito, de olhos tristes.

Hoje, quando ele se vira e me procura nas arquibancadas, está diferente. Ele é dolorosamente bonito e com olhos felizes.

Tão felizes que quero vê-los de perto. As cores. A maneira como se misturam. As ruguinhas ao lado deles. Quero sentir sua barba por fazer no meu rosto e seu coração batendo contra minha testa quando encosto o rosto em seu peito.

Eu corro pela multidão, desço as escadas até o portão no fim do rinque, e lá está ele.

Esperando por mim.

Como sempre esteve.

Eu o deixo me puxar para o gelo, direto para seus braços.

– Porra, você conseguiu, meu amor! – grito, completamente eufórica.

Minhas mãos estão em seu cabelo suado, minhas pernas em volta de sua cintura, meus olhos nos dele.

Exatamente onde sempre estiveram.

– Conseguimos, porra. – As mãos dele apertam minha bunda, e ele sussurra, rouco, no meu ouvido: – Meus anos de treinamento e a sua Criadora de Vencedores da Copa Stanley. A combinação perfeita.

Eu rio feito louca e beijo seu pescoço. Há câmeras e mídia por toda parte. Companheiros de equipe e família. É um caos. Mas tudo o que vejo é *ele*. Este momento. Um bom homem, que a vida tratou com tanta injustiça, finalmente conseguindo uma vitória. *A* vitória.

– Eu te amo, Jasper Gervais. – Balanço a cabeça, lágrimas escorrendo pelo meu rosto enquanto me maravilho com o homem diante de mim. – Eu te amo tanto.

– Eu também te amo, Sloane Winthrop – diz ele, olhando por cima do meu ombro em direção à entrada. – Mas sabe do que eu não gosto?

Meu coração acelera, e fico meio confusa. Como alguém poderia não gostar de algo neste momento? Este momento é... tudo.

Mal percebo quando ele estende o braço para algo atrás de mim.

Mal percebo a presença de Beau ou o grande sorriso maroto em seu rosto.

Mal percebo porque, com todo o seu equipamento de goleiro, no meio da comemoração da vitória da Copa Stanley, minha paixão da infância fica de joelhos bem na minha frente.

Com uma pequena caixa de veludo na mão.

– Sabe do que eu não gosto?

Ele me fita com olhos tão límpidos, tão brilhantes, tão indiscutivelmente alegres. Ainda estou confusa, ainda tendo dificuldade em acompanhar o que está acontecendo, embora seja óbvio.

– O quê? – sussurro, e acho que ele nem vai conseguir ouvir, mas ele escuta.

Porque responde:

– Do seu sobrenome, Solzinho. Eu realmente não gosto do seu sobrenome.

E, com isso, ele abre a caixinha para me mostrar um anel. Um anel de que eu *gosto*. Um anel que mencionei enquanto bebia cerveja ruim no SUV dele, usando uma aliança de noivado de outro homem.

É uma safira oval roxa, fixada horizontalmente sobre ouro amarelo. Cercada por todos os lados. É peculiar. É singular. É original.

É exatamente o anel que descrevi para ele, meses atrás.

– Sloane Gervais soa bem, você não acha?

Jasper inclina a cabeça, cabelo úmido caindo sobre a testa. Ele parece tão jovem, todo envergonhado e nervoso.

Olho ao redor, percebendo que este momento é muito mais do que apenas nosso. É a culminação do trabalho de sua vida.

– Jasper! Você deveria estar comemorando! – exclamo.

– Solzinho, eu vou comemorar. – Ele ri, sacudindo a cabeça como se estivesse achando graça de mim. – Mas quero comemorar com minha noiva. Por favor, Sloane, casa comigo. Me deixa te fazer feliz. Não quero me atrasar nisso também.

– Jas. – Eu rio, avançando e passando o dedo pelo anel, ouvindo uma onda de aplausos atrás de nós. – Você não está atrasado! Eu não estava esperando por isso.

A pedra cintila sob as luzes brilhantes quando eu flexiono e balanço o dedo.

– É mesmo? – pergunta ele, a voz toda calorosa e profunda.

Volto a olhar para ele, meio triste por desviar o olhar do anel, e faço que sim com a cabeça.

Jasper ri e me ergue em seus braços ao se levantar de novo, me fazendo dar um gritinho.

– Já estava na hora, né? Você merecia que eu me adiantasse em alguma coisa, depois de todos esses anos.

Meus dedos deslizam por suas bochechas rosadas.

– Eu te amo, Jas.

– Solzinho, me diz que isso é um sim.

– Sempre foi um sim, Jasper.

Ele comemora e me gira, me beijando apaixonadamente.

E, assim, o garoto comprido, de cabelo caramelo e os olhos mais tristes que já vi, é meu.

Para sempre.

Epílogo

Jasper

Jasper: Me encontra na entrada da garagem.

Sloane: Sim, senhor.

Jasper: Guarda essa frase pra mais tarde, quando eu tirar sua roupa e te obrigar a rastejar.

Sloane: SIM, SENHOR.

– Está nervoso? – pergunta Harvey, me olhando intrigado enquanto espero Sloane sair de casa.

O sol brilha e a neve está derretendo. É um daqueles dias perfeitos em Chestnut Springs, quente o suficiente para dar vontade de usar uma camiseta, porque é bom demais sentir calor depois de um longo inverno.

É o dia do nosso casamento, mas não estamos seguindo as tradições. Passamos a noite anterior juntos no telhado, conversando. A cerimônia será no campo e a recepção, na casa.

Antes de nos casarmos, há algo que quero mostrar a ela. Então, acho que ainda por cima vou vê-la de vestido de noiva.

– Não. E você?

Harvey bufa.

– Por que eu estaria nervoso?

– Não sei. Você está envelhecendo. Talvez esteja preocupado em tropeçar e cair enquanto leva Sloane até o altar.

Ninguém ficou surpreso quando Robert se recusou a vir, então Harvey assumiu o papel de entrar com Sloane. Sempre dá para contar com o apoio dele. Harvey realmente é um dos melhores.

– Sou um espécime físico excepcional, filho. Este velho aqui ainda não está tropeçando, não.

É minha vez de rir.

– Por favor, me fale menos sobre suas capacidades físicas.

– É hereditário. Quer dizer, olha pra você.

Ele gesticula para o meu traje de casamento: paletó de veludo cotelê marrom, gravata de fio de couro, cabelo apenas levemente arrumado e botas em vez de sapatos sociais.

– Harvey, acho que você não sabe muito bem o que significa a palavra *hereditário*.

– Passei a vida inteira criando gado. Eu sei o significado. Sei que existe a natureza. E existe a criação.

Pressiono os lábios e fito o caminho de cascalho sob meus pés por um momento antes de erguer os olhos novamente e ouvi-lo continuar:

– Não me importa muito se não tive papel na sua concepção. Eu sei, no meu coração, que tive papel em fazer você ser quem é hoje. E estou muito orgulhoso de você, Jasper. Não sei se te disse isso o suficiente ao longo dos anos.

– Obrigado, Harv. – Minha voz falha quando pronuncio seu nome.

– Ainda não terminei – anuncia ele, mudando o peso de um pé para o outro, como se estivesse um pouco desconfortável com essa conversa também. – Eu... Bem, eu sei que você enfrentou dificuldades. Sei que foi difícil aguentar as coisas no seu coração. Sentir que você tinha o seu lugar. E estou muito feliz por você ter encontrado um lugar ao lado de Sloane. Mas também quero que você saiba que tem um lugar aqui. Na fazenda, conosco.

Eu fungo e limpo o nariz.

– Caramba, Harvey. Está tentando me fazer chorar? Isso faz parte da sua criação?

Ele ri, mas tosse asperamente, pigarreando e disfarçando a emoção.

– É. Acho que sim. Mas eu queria te dar isso.

Ele tira um envelope branco do bolso do casaco e me entrega. Quando eu o pego, ele agita a mão na minha direção e então limpa o nariz.

– Abra.

Sinto um nó na garganta enquanto abro o envelope e tiro uma única folha de papel. Eu leio, mas as palavras são...

– É uma escritura – diz ele.

– Estou vendo.

– Para seu próprio terreno de 65 hectares. Do lado leste. O amanhecer lá é lindo. Sei que vocês gostam de ficar sentados no telhado conversando até o sol nascer. Pensei que vocês podem construir uma casa lá, um dia. Ficar por perto. Não sei. Dar aos seus filhotes com rabo bastante espaço para vagar. – Ele seca os olhos, claramente tentando disfarçar a emoção com essa piada velha do seu repertório. – Todos os meus filhos ganharam um terreno. E me sinto um verdadeiro idiota por não ter te dado um até agora.

– Harvey, isso é coisa demais.

Ele gesticula outra vez antes de apoiar as mãos nos quadris e olhar para o horizonte.

– Que nada. Eu nem sei o que fazer com tanta terra que tenho. Além disso, você é meu filho, Jasper. – Ele estende o braço e agarra meu ombro. – Quero você aqui pra sempre.

Fito o pedaço de papel, sentindo-me o garotinho arrasado que apareceu nesta fazenda naquele dia, há tantos anos. Ele não fazia ideia de quanto amor viria a receber. Não fazia ideia de que as pessoas que realmente o amavam nunca o deixariam.

Elas estão todas aqui.

E quando ergo os olhos para ver Sloane descendo os degraus da frente da grande e espaçosa casa de fazenda, meu coração dá um salto e as lágrimas em meus olhos secam no mesmo instante. Tudo é tão nítido quando ela está à vista.

– Te vejo lá na cerimônia. Te amo, Jasper – conclui Harvey, me envolvendo num abraço apertado.

– Também te amo, Harvey – digo, meio embargado, e o homem apenas me encara com olhos marejados e assente de maneira brusca antes de se afastar e fazer o mesmo com Sloane.

Ela o abraça de volta, mas mantém os olhos em mim enquanto atravessa a entrada para carros. O poço dos desejos está à sua esquerda, a casa está atrás dela, e meu anel está em seu dedo. Sloane usa um vestido solto que flui em torno de seus tornozelos delicados. Seu cabelo está solto, todo macio ao emoldurar seu rosto. Ela calça sapatilhas e tem uma expressão relaxada. *Feliz.*

Este é o dia que ela merece.

O dia que merecemos.

De volta ao lugar onde tudo começou.

– Você está perfeita – murmuro.

– Você está uma delícia. Fala sério, meu sonho de adolescente.

Os olhos dela me percorrem, e um sorriso toca seus lábios.

Eu levanto o envelope.

– Você sabia disso?

Ela dá de ombros, evasiva.

– Um passarinho talvez tenha me contado.

Suas mãos me procuram assim que ela se aproxima o suficiente, e eu guardo o envelope antes de puxá-la para mim.

Para *nosso* abraço. O abraço que sempre demos. Exceto que agora sua mão alcança a tatuagem em minhas costelas toda vez.

– Você está pronta? – pergunta ela, a voz abafada pelo meu paletó.

– Ainda não – digo, girando-a em direção à casa de fazenda e apertando-a contra mim.

Levanto a mão esquerda diante dela e balanço os dedos. As linhas nítidas de tinta no meu dedo anular capturam sua atenção, e ela instantaneamente o agarra.

– Fiz outra tatuagem para você esta manhã.

– Jasper... – A voz de Sloane morre enquanto seus dedos deslizam sobre a tinta escura. – Isso é... – Suas mãos tremem, segurando a minha com reverência. – Permanente.

– Assim como nós. Nunca vou tirar este anel.

Ela se aconchega mais contra mim, e sinto seu sorriso enquanto todo o seu corpo pressiona o meu. Passo o braço sobre seu ombro e entrelaço meus dedos com os dela.

Então aponto para a janela do quarto que sempre foi dela. Bem ao lado do meu.

– Há dezoito anos, uma garotinha loira ficou me espiando bem daquela janela. Ela tinha passado o dia todo me olhando, e eu devolvi o olhar. Eu não sabia o que significava, porque éramos apenas crianças.

Ela murmura baixinho, entrelaçando seus dedos à minha mão livre. Envolvendo-se em mim como se eu fosse seu cobertor favorito. E eu deixo, porque meu lugar favorito é envolto em Sloane.

– Você me viu?

Eu viro a cabeça, os lábios roçando sua testa.

– Sim. Eu vi você, Sloane. Eu também te notei. Não sei o que me fez olhar para lá naquele dia. Não fazia a mínima ideia do que isso significava.

– E o que significava?

– Que, quando se trata de você, fico completamente sem controle.

CENA BÔNUS

Harvey

Cordelia fica parada ali, me encarando. Jasper saiu de casa praticamente voando para ir atrás de sua prima... namorada? Sua... Sei lá, cacete. Da mulher que ele ama.

Então fiquei preso aqui. Olhando para a irmã caçula da minha falecida esposa. Alguém com quem não tive muito contato ao longo dos anos, desde que ela foi arrebatada pelo brilho e o glamour de um estilo de vida bem diferente. Quando Isabelle morreu, meu vínculo com sua família morreu também. Mas tenho que admitir que Cordelia fez questão de que Sloane nos visitasse e convivesse com os primos todos os verões, independentemente de o idiota com quem ela era casada gostar ou não da ideia.

– Então... – começo, devagar, avaliando a mulher diante de mim. Queixo erguido, um ar de desafio praticamente emanando dela. – Você parece um pouco um potro selvagem que finalmente derrubou seu péssimo cavaleiro.

Ela hesita outra vez, lábios levemente franzidos.

– Obrigada por essa imagem, Harvey.

Solto um grunhido e passo a mão pela boca, desejando ter mais talento para escolher as palavras em algumas ocasiões. Então abro passagem e gesticulo para que ela entre.

– Vai ficar aí parada?

Sua postura rígida vacila, mas ela não dá mais nenhum passo.

– Eu não sabia pra onde ir.

Meu peito dói. Sempre soube que Robert era um filho da mãe. Eu me lembro de Isabelle chorando no casamento da irmã, sentada no banco da igreja observando-a caminhar até o altar. Outras pessoas sorriram com carinho para ela, pensando que fossem lágrimas de felicidade.

Eu sabia que a história era outra.

Ela ficou arrasada quando sua irmãzinha se tornou uma Winthrop.

– Cordy, está tudo bem. – Ela fica tensa ao ouvir o apelido, como se não o escutasse há anos. – Aqui é um lugar melhor que a maioria. Sou só eu e um monte de quartos vazios. De vez em quando um neto desbocado passa correndo, seguido por algum dos arruaceiros que eu criei e que parecem estar sempre por perto.

Ela assente, os olhos brilhando ao observar ao redor da casa. As tábuas gastas do chão. As paredes verdes. A cabeça de cervo pendurada sobre a lareira de pedra.

– Escute, eu sei que não é com isso que você está acostumada. Mas é uma casa de família. E você é da família. Então, entre.

Inclino a cabeça para o lado, estalando a língua. Ela se endireita, passando a mão pela saia rígida e recatada.

– Não faça esse barulho comigo, como se eu fosse um cavalo, Harvey Eaton.

Ela passa por mim com um olhar venenoso que só me faz sorrir. Cordelia nunca respondeu Robert nesse tom, então vou tomar seu rosnado como um sinal de que está virando uma nova página.

– Você pode ser da família, mas eu sou bem capaz de te dar um chute no saco, como fiz com Robert.

É minha vez de arregalar os olhos, surpreso.

– *Você* deu um chute no saco de Robert?

Ela coloca sua mala de rodinhas no pé da escada, empurrando a alça ajustável para baixo.

– Dei. Ele tentou ficar no meu caminho quando eu estava de saída, e foi legítima defesa.

– Não precisa dourar a pílula, querida. Você poderia me dizer que foi um ataque premeditado e eu te daria parabéns.

Os lábios de Cordelia esboçam um sorriso, e ela desvia o olhar, de braços cruzados.

– Ele é realmente péssimo, não é?

Dou uma risada.

– Ele realmente é.

Seus olhos estão tempestuosos quando ela os volta para mim. Nada parecidos com o azul-claro leve e despreocupado de Isabelle.

Então ela funga, se endireita e coloca uma máscara fria sobre suas feições.

– Bom, enfim. Vou me instalar e... não sei. Descobrir o que fazer.

Com isso, ela se vira e começa a subir as escadas, saltos batucando na madeira.

Deixou a mala no pé da escada, como se estivesse esperando que eu a carregue lá para cima.

E, caramba, eu carrego.

– Bom dia, Cordy – digo por cima da borda da minha caneca de café.

Em parte, porque preciso de cafeína, e em parte porque estou tentando não rir.

A mulher entrou na cozinha de uma fazenda. Situada em um rancho de gado. Usando calça social, uma blusa e saltos. Pérolas! Perfume. A maquiagem está impecável. Seu cabelo está preso em um coque elegante.

Ela parece que vai trabalhar numa multinacional ou coisa parecida.

– Olá, Harvey.

Ela vai até a geladeira toda empertigada e séria e a abre.

– Planejando dominar o mundo com essa roupa poderosa?

Ela mal presta atenção na minha provocação.

– É isso que eu sempre uso. Nunca é bom parecer desleixada. Você tem claras de ovo?

E me recosto na cadeira, cruzando uma bota sobre o meu joelho bom.

– Olha, eu tenho ovos. Tenho galinhas lá fora, também.

Ela balança a cabeça e continua examinando a geladeira como se a coisa que deseja pudesse aparecer magicamente de Nárnia, lá no fundo.

– Não. Quero dizer, em uma caixa.

Dou uma risada.

– Por que alguém colocaria claras de ovo em uma caixa?

Ela gira o corpo para me encarar.

– Porque é conveniente. E as claras são a parte mais saudável.

– Comi a porcaria do ovo inteiro a vida toda e sou saudável como um cavalo.

Ela me olha como se me avaliasse e dá uma risadinha.

– Você poderia ser mais saudável.

– Quando mesmo que você cursou enfermagem, Cordelia? E por acaso perdeu a aula em que davam noções de etiqueta?

– Não preciso ser enfermeira para dizer que perder alguns quilos te faria bem. Ou para perceber que você anda mancando por causa daquela velha lesão no joelho. Ou que um prato cheio de ovos com bacon toda manhã – ela ergue o queixo para mim de um jeito acusador – provavelmente não é o melhor para o seu coração.

Eu me esforço para não revirar os olhos. Não tenho uma mulher em casa me dizendo o que fazer há quase trinta anos. Cordelia Winthrop passa uma única noite sob o meu teto e acha que sabe o que é melhor para mim? Não, não acho que é assim que funciona.

– Eu não como isso *toda* manhã – minto.

Os lábios dela se achatam em uma linha séria, as mãos apoiadas nos quadris.

– Que mentira de merda.

– Você está elegante demais para falar desse jeito.

Dou uma risada, colocando outra garfada de ovos mexidos com bastante manteiga na boca.

– Foda-se – diz ela num suspiro, virando-se para o fogão e olhando para a panela onde mais ovos e bacon esperam por ela. – Estou cansada de medir as palavras quando estou com vontade de xingar.

– Isso aí, foda-se mesmo.

Dou outra risada, achando engraçado vê-la se movimentando pelo cômodo. Ela parece um Porsche em um rally de *monster trucks*.

Na verdade, é meio cativante.

– E foda-se você também. Sei que você está mentindo sobre o que come. E sei que Izzy ia querer que eu cuidasse de você, se estivesse aqui.

Izzy. Os apelidos que elas usavam uma com a outra. Não me sinto triste. Já tive tempo suficiente para aceitar a morte da minha esposa. Ou pelo menos para superar, na medida do possível, um acontecimento como aquele.

Na verdade, é até revigorante ter alguém por perto que a conhecia tão bem quanto eu. Alguém que pode mencioná-la tão casualmente. Como uma memória carinhosa, em vez de uma lembrança dolorida.

Então, eu rio. Porque ela tem razão. Isabelle teria insistido que eu me mantivesse mais saudável.

Com um prato modesto de ovos mexidos, Cordelia se senta do outro lado da mesa.

– Ah, é mesmo?

Eu me esforço para não rir enquanto ela *corta* os ovos mexidos com uma maldita faca e um garfo. Unhas bem-feitas apoiadas nos talheres como se fosse o mais fino filé-mignon.

– Com certeza. Então se prepare, porque eu vou te perturbar.

Desta vez, eu gargalho de verdade.

– Pode deixar, Cordy. Você já está me perturbando.

– O que é isso?

Mexo na gororoba branca no meu prato, me perguntando por que tem um gosto tão esquisito. Já faz um mês que estou morando com Cordelia Winthrop. Suportando seus cuidados, um trabalho que ela assumiu como se fosse seu novo emprego em tempo integral. Nem sei como ela passava o tempo antes de deixar Robert. Almoçava com as amigas? Planejava jantares chiques?

Aparentemente, agora passamos o dia todo juntos, arrumando coisas pelo rancho. Ela renova a pintura em aposentos desta velha casa que precisam de uma nova demão de tinta, usando aquelas pérolas ridículas. Eu tiro neve da entrada. Ela ainda planeja jantares, mas agora são para a família inteira, sem nenhuma empregada para ajudá-la.

Na verdade, ela tem uma empregada. Eu me tornei sua empregada. Ou seu assistente. Ou sei lá como chamar.

Não posso negar, vê-la animada com uma mesa cheia de gente aquece meu coração. Enquanto Isabelle tinha essa vida – jantares de família barulhentos, chão sujo de lama, piadas inapropriadas –, Cordelia levava uma vida fria e estéril. Ela relaxou em seu tempo aqui... Bem, relaxou na medida do possível para alguém tão rígido como ela.

– É purê de feijão-branco.

Torço o nariz.

– Por quê?

– Por que o quê?

Ela me encara com um ar de inocência. Mas a essa altura já conheço bem o meu gado. Ela não para de me enrolar com essa história de alimentação saudável.

Tudo começou pelo café da manhã. Depois, ela assumiu o almoço. Agora está estragando o jantar maneirando no colesterol.

– Por que amassar feijões? Pensei que fosse purê de batata.

– Exatamente! – diz ela, animada, balançando os ombros e sorrindo cheia de orgulho.

E, de repente, me vejo sem vontade de zombar desse purê de feijão. Eu me dou conta de uma coisa. Eu me dou conta de como ela parece feliz e *orgulhosa*. E, por muitos anos, ao lado de Robert, eu a vi com um ar de derrota. Eu a vi encolhida, em segundo plano. Escondida na sombra de um homem que se acha bem maior do que realmente é.

Apequenando-se por causa dele. Isso sempre me deixou irritado.

Então, se me alimentar com essa porcaria venenosa a faz sorrir *desse jeito*, eu vou engolir tudo com um sorriso.

Dou outra garfada, sentindo a casca escorregadia do feijão se separar da parte interna pastosa.

– Tem manteiga nisso?

Tento não me engasgar com as palavras nem com a textura, concentrando-me no leve tom dourado que a pele pálida de Cordelia assumiu, nas suaves sardas pontilhando a ponte do seu nariz, por conta de todo o tempo que ela anda passando ao sol.

Acho que nunca vi essa mulher com uma sarda no rosto em toda a minha vida.

– Somente azeite de oliva! – As mãos dela estão entrelaçadas na frente do peito, e ela me encara com grande expectativa. – Eu sei que você adora purê de batata, mas pensei que essa receita poderia ser uma boa alternativa.

Escondo minha careta e engulo com um sorriso.

– Está delicioso, Cordy. Obrigado.

– Sério?

Ela está sorrindo abertamente agora, um pouco inclinada sobre a mesa, com os cotovelos apoiados no tampo, como se todas as suas maneiras refinadas estivessem sendo esquecidas conforme ela passa tempo aqui, se redescobrindo.

– Sério – respondo lentamente. Com toda a cautela. Com os olhos fixos nos dela.

– Você é um péssimo mentiroso, Harvey Eaton. Não tem um osso desonesto no seu corpo, era o que Izzy costumava me dizer.

Eu sorrio ao ouvir isso.

– É mesmo?

Cordelia assente, inclinando-se para trás com uma expressão levemente distante.

– É. Ela me contou muitas coisas sobre você. Sobre a vida aqui no rancho. Quanto mais tempo passo em Chestnut Springs, mais eu a compreendo. Mais compreendo por que ela foi embora.

Eu apenas murmuro e como outra garfada dos terríveis feijões com azeite de oliva. *Fazem bem para a saúde.* E é isso que vou continuar dizendo a mim mesmo.

– Sinto falta dela – diz Cordelia com simplicidade.

De um modo tão natural.

– É. Eu também.

Coloco o garfo delicadamente no prato e olho para a irmã dela, do outro lado da mesa. Há semelhanças. Mas acho que ninguém as veria em público e pensaria automaticamente que eram irmãs.

– Mas agora é diferente – falo. – É bom ter alguém aqui que fala sobre ela. Tenho tentado namorar. Mas é estranho.

– Já passou bastante tempo, Harv. Ninguém te culparia por querer isso de novo.

Eu resmungo, concordando, tentando decidir até que ponto quero me expor, e então optando por abrir o jogo.

– Acho que é mais fácil sentir afinidade por alguém quando sua parceira era uma idiota e o relacionamento terminou mal. Mas quando se trata de uma esposa que morreu tragicamente durante o parto? Não há ressentimentos entre nós. Parece que as mulheres que conheço não gostam disso. A ideia de que eu ainda amo outra mulher, mesmo que ela não esteja mais aqui, é um problema.

Cordelia me observa por alguns segundos e então assente com cautela.

– Eu entendo. Mas, na verdade, uma mulher que não esteja em paz com seu amor pela Izzy não merece um lugar na sua vida. Na minha opinião, você tem um coração bem grande para amar as duas.

Meu peito vibra enquanto absorvo suas palavras. Ela entende. *Ela conhece Izzy. Ela sente falta de Izzy, assim como eu.*

Fico boquiaberto por um segundo. Um segundo longo demais, considerando como ela baixa os olhos para verificar se derramou algo em si mesma.

– Por Deus, Cordy. Acho que talvez essa tenha sido a coisa mais gentil que você já me disse.

Ela revira os olhos e limpa os lábios com um guardanapo para esconder o sorriso.

– Cale a boca e coma seu falso purê de batata, Harvey.

– Acabou a clara de ovo – diz ela, abrindo a geladeira.

Já faz dois meses que Cordelia está morando aqui em casa. Adicionando "almofadas decorativas" aos meus velhos sofás de couro. Alimentando-me com porcarias saudáveis. Obrigando-me a andar em uma bicicleta ergométrica que ela comprou para mim porque, aparentemente, é o melhor para o meu joelho. A única indulgência que me é permitida agora é um copo de uísque com ela na varanda algumas vezes por semana.

Sentamo-nos em cantos opostos do banco, ligamos o aquecedor, compartilhamos um cobertor e bebemos o líquido âmbar, saboreando o ardor e relembrando Isabelle.

Conversamos. Brincamos. Rimos. Eu estaria mentindo se dissesse que não gosto da companhia dela.

E estou começando a achar que Cordelia nunca mais vai embora. O que é bom, porque talvez eu fique triste se ela for. Ainda assim, não falamos sobre isso – o futuro. Apenas *vivemos.*

– Não acabou a clara de ovo. Tem um galinheiro cheio de ovos junto da porta dos fundos, Cordy. Eles até vêm numa embalagem natural, que pode ser compostada.

Pois é, agora eu também faço compostagem.

– Você pode pegar para mim?

Ela vira olhos suplicantes em minha direção e meu estômago dá um nó. Não sei quando suas expressões faciais dramáticas pararam de me aborrecer e começaram a me causar um frio na barriga.

É uma reviravolta muito confusa.

– Já faz meses. Está na hora de aprender a coletar os ovos.

Ela morde o lábio inferior. Por um segundo, sinto vontade de mordê-lo também. Afasto essa ideia.

– Tenho medo.

– Das galinhas?

Minha voz soa incrédula e ela imediatamente parece um pouco irritada.

– É, Harvey. Não fui criada em uma fazenda. Você já viu aquele galo? Com aquela pele obscena pendurada do queixo? Ele persegue as pessoas. E é feio. E não vou arriscar minha vida para coletar ovos.

Dou um tapa no joelho e me levanto da mesa de jantar.

– Vamos lá, garota da cidade – anuncio, acenando para ela e me dirigindo à porta dos fundos.

– Harvey. Espera aí! Não!

Ouço ela me chamando enquanto saio pela porta dos fundos. Mas, em pouco tempo, também ouço os passos dela me seguindo. Passos rápidos. Que *soam* irritados só pelo seu ritmo.

– Como é mesmo o ditado? – grito, olhando para trás. – Ensine uma mulher a coletar ovos e ela fará café da manhã saudável para você pelo resto da vida?

– Não tem nenhum assim – responde ela, exasperada, me alcançando.

Eu me viro e pisco para ela.

– Mas é verdade, não é?

Cordelia bufa e revira os olhos. Empertigada e emburrada. E me pego querendo bagunçá-la um pouco. Provar o biquinho que ela está fazendo.

Balanço a cabeça e abro o galinheiro. *Deixe de bobeira, velho. Você está confuso.*

Cordelia entra atrás de mim, e eu sinto sua proximidade. O calor do seu corpo em um dia de inverno.

– Não deixe que elas me peguem, Harvey.

Ela se aproxima, segurando as costas da minha jaqueta, e eu rio baixinho.

– As estatísticas de morte por galinhas estão alarmantes hoje em dia. Crescendo rapidamente. Uma verdadeira epidemia.

– Você quer dois joelhos ruins, Eaton? Eu vou te chutar.

Ela dá um soquinho nas minhas costas, e a eletricidade vibra entre nós.

Tenho sido cuidadoso para não tocá-la nos últimos tempos. Desde que nossos olhares começaram a se encontrar e a se *demorar* um no outro. Desde que me peguei despreocupado sobre abrir demais as pernas e esbarrar na dela debaixo do cobertor no banco da varanda.

Desde que comecei a pensar em fazer o mesmo toda vez que ela morde o lábio.

E *isso*, esse sentimento, é o porquê. O sangue latejando nos meus ouvidos, a agitação no peito. Sinto-me uma criança pequena quando ela me toca. E não deveria. Ou acho que não deveria.

Eu não sei mais. Estou confuso. Quem mais no mundo poderia entender e adorar Isabelle da mesma maneira que nós? Sentir falta dela e valorizá-la, como nós? É como se a coisa que deveria nos manter separados fosse, na verdade, o que nos une.

E, sim, estou muito, *muito* confuso.

– Certo, então é só vir aqui. Pode fazer um carinho nela. – Passo a mão nas costas da galinha. – Oi, Cocó – murmuro.

– O nome dela é Cocó?

Dou uma risada.

– Todas se chamam Cocó. Não consigo diferenciar uma da outra.

Os dedos dela soltam a parte de trás do meu casaco, e eu continuo.

– Então, você só precisa...

Cordelia solta um grito que vara o ar invernal. Vejo o galo zangado correndo em nossa direção bem quando me viro para encará-la.

E é aí que os dedos dela se enrolam nas lapelas do meu casaco e Cordelia enterra o rosto no meu peito. Ela de fato tem os piores instintos de sobrevivência do mundo.

E, no entanto, a ideia de que ela se sente segura comigo, e de que confia em mim para protegê-la... me causa sentimentos que eu não experimentava há muito tempo.

Pressiono-a contra a parede, protegendo-a – de um maldito galo – com meu corpo.

– Saia daqui, seu filho da mãe rabugento.

Dou um chute na direção do galo, fazendo um barulho de *pssst*, e Cordelia continua agarrada a mim.

Juro que o galo me dá um olhar de raiva, balança a cabeça e depois se afasta. Como se ainda fosse o cara mais durão das redondezas.

Virando-me para Cordelia, deslizo a mão pela sua cabeça, afastando seu cabelo loiro-claro do rosto. Mechas que se soltaram, com fios grisalhos, emolduram seu rosto delicado.

– Você está bem, Cordy?

Quando ela finalmente levanta a cabeça para me encarar, há uma expressão desconhecida ali. Suas sobrancelhas estão franzidas, mas os olhos dela são um caleidoscópio. Girando e brilhando. Se fixando nos meus por tempo demais.

Ela umedece os lábios, e meu olhar baixa.

– Não, Harvey. Acho que não estou bem.

Fui sugado. Sinto a respiração dela contra o rosto, o aperto firme de seus dedos, me puxando para mais perto até que nossos rostos estejam a poucos centímetros de distância. Galinhas cacarejam suavemente ao fundo, mas é o som do sangue correndo pelas minhas veias no ritmo da respiração rápida dela que me impressiona.

Nossos olhares se alternam. Quando volto a olhar para ela, Cordelia está com os olhos fixos na minha boca.

Engulo em seco, e o movimento atrai o olhar dela.

– Desculpa – sussurra ela.

Mas não parece nem um pouco arrependida.

E não quero mesmo que esteja.

– Sou eu quem deveria pedir desculpas.

Minha voz soa rouca. Estamos perto demais.

– Por que...

Interrompo a pergunta ao pressionar meus lábios aos dela e engolir suas próximas palavras. Meus dedos acariciam seu cabelo enquanto seguro seu rosto macio. Ela faz os sons mais doces contra minha boca, a mão pressionada no meu coração acelerado.

Talvez eu não devesse estar beijando Cordelia Winthrop, mas também não consigo me arrepender.

Porque isso aqui... beijá-la...

Parece muito *certo.*

AGRADECIMENTOS

Quando mais nova, namorei alguns jogadores de hóquei, mas nenhum como Jasper Gervais. E realmente sinto que corrigi alguns problemas deste mundo ao criá-lo. Isso prova que namorados literários são com frequência de qualidade superior aos homens de verdade, porque, para mim, Jasper é perfeito.

Agora falando sério, espero que vocês tenham amado Jasper e Sloane tanto quanto eu. Porque me apeguei de verdade a esses dois personagens. Experimentei cada sentimento e cada mágoa, todo o anseio... todo o amor. Não foi um livro fácil de escrever, mas foi envolvente. Não sei nem se já tive uma experiência mais visceral ao escrever um livro, então esta história será para sempre especial.

Aos meus leitores: obrigada. Vocês não param de me impressionar. Onde eu estaria sem vocês? Sua empolgação é contagiante e sua paixão é inspiradora. Amo escrever histórias para vocês. Saber que há gente no mundo que gosta tanto das coisas que eu invento na minha cabeça me deixa muito emocionada.

Ao meu marido e ao meu filho: obrigada por me darem o espaço para ser criativa... para ser eu mesma. Para sumir em outros mundos. Para trabalhar até a visão embaçar, só para cumprir um prazo. Acho que não conseguiria fazer essas coisas se meus dois garotos não tivessem tanto orgulho de mim. Sou abençoada demais por ter vocês.

Aos meus pais: lembram quando, no ensino médio, o professor de literatura disse que eu escrevia mal? Talvez ele só estivesse tentando me inspirar.

À minha assistente, Krista: dizem que comida, água, ar e abrigo são as necessidades humanas básicas. (Eu procurei no Google, tá bom?) Mas quem diz isso está enganado. Eu trocaria abrigo para ter você trabalhando ao meu lado.

Às minhas Spicy Sprint Sluts: amo muito vocês.

A Catherine: #colardaimunidadeprasempre

Às minhas leitoras beta, Júlia, Amy, Trinity, Leticia, Josette e Krista: obrigada por me ajudarem a fazer deste livro o melhor possível. Seus comentários me fizeram rir e suas observações me tornam uma escritora melhor. Estaria perdida sem vocês.

À minha editora, Paula: se eu sou a manteiga, você é o pão. A gente combina muito.

Aos designers das minhas capas: obrigada por aguentarem a mim e as minhas perguntas/ideias incessantes para layouts e projetos gráficos. O design dessa série é para lá de lindo, e tenho que agradecer a vocês por isso.

Por fim, aos meus leitores resenhistas e ao meu time de divulgação: OBRIGADA. Muitos de vocês me acompanham desde o comecinho desta jornada maluca. E agora muitos de vocês são recém-chegados. Dar esse tipo de apoio a um autor pode parecer pouca coisa para vocês, mas é *muita coisa* para mim. Cada post, cada TikTok, cada resenha literária literalmente muda a minha vida. Acho que jamais serei capaz de retribuir sua generosidade, mas farei o possível para passá-la adiante de toda maneira que puder.

Boa leitura, meus amigos.

Leia a seguir um trecho do próximo livro da série

CHESTNUT SPRINGS • 4

Sem Juízo

Confiar nele é difícil...
mas resistir é impossível.

1

Winter

– Não consigo entender por que você sente a necessidade de ir trabalhar naquele hospitalzinho mixuruca no interior.

Eu costumava achar que Rob era um cara legal.

Mudei de ideia.

– Pois é, Robert – digo, usando seu nome inteiro para irritá-lo, enfiando um último suéter na minha mala lotada. – Não sei se você tem conhecimento, mas há seres humanos... seres humanos de verdade... morando no interior e que também precisam de atenção médica.

Não consigo entender por que estou embalando tanta coisa para um único plantão. Quando estou em Chestnut Springs, vivo de uniforme no pronto-socorro e de legging no meu quarto de hotel à noite.

– Obrigado por explicar, Winter.

O tom cortante na voz dele faria algumas pessoas tremerem de medo. Eu, não. Uma parte obscura de mim tem imenso orgulho de saber exatamente como irritar meu marido. Meus lábios se contraem, e luto para conter um sorriso satisfeito.

– Mas por que *aquele* hospital? Por que Chestnut Springs? Você está indo para lá toda hora e nem me avisa que vai sair. Pensando bem – ele esfrega o queixo de forma dramática e se recosta no batente da porta do quarto –, você nunca levou em consideração minha opinião, nunca pensou se eu gostaria que minha esposa assumisse essa função. Não é uma decisão profissional nem remotamente inteligente.

Toda vez que ele choraminga como uma criança, eu me pergunto o que foi que eu vi nele.

Não sei muito bem quando passei a achar repugnante a covinha no queixo dele. Só sei que se tornou repulsiva. O jeito como ele penteia o cabelo para o lado, com uma pequena mecha que não sai do lugar nem quando está ventando, costumava fazê-lo parecer elegante e bem-arrumado.

Agora tudo me parece artificial.

Como grande parte da minha vida com ele tem sido.

Tenho quase certeza de que ele só penteia o cabelo assim porque é vaidoso demais para admitir que está ficando careca.

E, para mim, não há nada que faça a masculinidade de um homem murchar tanto e desaparecer quanto reclamações sobre a independência profissional de uma mulher. Só falta bater o pé e sair furioso como se fosse um garotinho machista.

Procuro o zíper e faço força para fechar a mala lotada.

– É engraçado – começo a dizer, mantendo um tom indiferente. – É quase como se... você fosse a última pessoa a quem eu pediria conselhos sobre a minha vida.

Com um suspiro, consigo finalmente deslizar o zíper da mala rígida, apoiando as mãos nos quadris e esboçando nos lábios um sorriso satisfeito.

– O que diabos isso quer dizer, Winter?

Ao acrescentar meu nome no final de cada frase, parece que ele está tentando me repreender.

O problema é dele. Não serei repreendida.

Ele tem a sorte de desconhecer o que é preciso suportar para ser capaz de enfrentar o sistema de saúde como uma jovem médica. Se deixasse homens tão fracos quanto Rob me atropelarem regularmente, eu não teria a mínima chance.

E essa carreira é a única coisa que eu já tive que é minha. Então, ele pode tratar de cantar de galo em outra freguesia.

Viro uma das mãos e olho para minhas unhas negligenciadas, tentando parecer entediada. Estou pensando se consigo encontrar uma boa manicure em Chestnut Springs quando respondo:

– Não se faça de bobo. Não combina com essa lenga-lenga.

A pergunta que faço a mim mesma é por que continuo casada. Entendo por que pensei que ia aguentar firme. Mas agora? Só preciso juntar coragem para resolver. Olho de novo para minha mala, arrumada como se eu fosse ficar fora por um tempão, e me pergunto se meu inconsciente sabe de algo que eu não sei.

Talvez o filho da mãe do meu inconsciente esteja batendo o pé e me libertando de uma vez por todas.

Não acho má ideia.

– Cuidado com seu tom de voz.

Meus olhos se fixam nas minhas cutículas enquanto luto para reprimir a raiva que borbulha dentro de mim. Lava quente fervilhando abaixo da superfície fria, apenas esperando para explodir e devastar tudo.

Mas mantive esses sentimentos sob controle por anos. Não vou deixar que justo o Dr. Rob Valentine provoque essa erupção.

Ele não vale a energia.

Olho para ele do outro lado do quarto. Meu quarto, porque quando eu disse, em termos inequívocos, que não dormiria mais na mesma cama que ele, Rob me indicou o caminho do quarto de hóspedes em vez de se retirar – como o grande cavalheiro que ele é.

Mesmo que a culpa seja dele.

Ele é a razão de estarmos nessa situação.

E a pior parte é que eu o amei. Ele foi todo meu. Um porto seguro para me abrigar depois de ter sido criada em meio a uma espécie de guerra fria doméstica.

Eu baixei a guarda. Me apaixonei perdidamente.

Não pretendo revelar jamais como ele partiu meu coração.

Eu nem respondo. Em vez disso, agarro a alça da minha mala e abro caminho, esbarrando em seu corpo esguio, dirigindo-me à porta da frente da nossa ampla casa de quase mil metros quadrados.

Escuto quando ele me segue. Sapatos sociais batucando no mármore. E, claro, ele não se oferece para carregar minha mala.

Um sorriso irônico torce meus lábios, e balanço a cabeça ao pensar se ele se daria ao trabalho de levantar um dedo que fosse para me ajudar. Para mim, a parte mais difícil de aceitar em relação à implosão do meu casamento é que ela me pegou totalmente desprevenida. Como é possível que uma mulher inteligente, bem-sucedida e estratégica em tudo o que faz tenha permitido que esse idiota a pegasse de surpresa... É simplesmente humilhante.

Ser enganada dessa maneira me irrita profundamente.

Posso sentir a raiva emanando dele. E eu continuo serena, deslizando meus pés agasalhados por meias para dentro de um par de botas de couro de cano alto e me envolvendo num longo casaco de lã marrom.

– Sério, Winter? Você não vai nem se dignar a me dar uma resposta?

Amarro de maneira metódica o cinto do casaco ao redor da minha cintura, decidindo que não tenho absolutamente nenhum desejo de me dignar a nada em relação a ele.

O problema é que Rob me conhece bem. Estamos juntos há cinco anos, o que significa que ele também sabe como me irritar.

Seus olhos percorrem meu rosto, maliciosos.

– Eu gostava mais de você com o cabelo mais claro. – Ele aponta para minha cabeça, julgando as mechas mais escuras com um tom mais quente por cima. Ele sempre foi obcecado por meu cabelo loiro prateado e vivia dizendo o quanto o adorava. – Essa nova cor não é tão atraente. Parece suja.

No entanto, os retoques na raiz, o xampu roxo e o condicionador de ação profunda davam trabalho demais para uma residente exausta, e foi por isso que pedi ao meu cabeleireiro para fazer *lowlights*, reflexos mais escuros.

Pisco algumas vezes, parecendo não acreditar que ele tem a coragem de agir como se a coloração do meu cabelo fosse uma ofensa pessoal para ele.

Mas eu acredito, sim. Porque este ano ele tirou a máscara e me mostrou toda a feiura arrogante que estava escondida atrás dela.

– Engraçado. Eu gostava mais quando não sabia que você tinha seduzido minha irmã caçula e depois ferrado com a cabeça dela.

Ele solta uma risada de desdém. *De desdém*.

– Não foi nada disso. Ela estava obcecada por mim.

Torço o nariz, sentindo o cheiro da mentira exalando dele.

– Um médico bem mais velho salva a vida de sua paciente menor de idade. Usa seu apelo físico e poder para fazer com que ela fique na palma da mão dele. Torna-se um herói para ela. Então, assim que a garota completa dezoito anos, começa a dormir com ela às escondidas como se ela fosse um segredo sórdido. E quando conhece a irmã mais velha, mais adequada, ele a chuta como se fosse um pedregulho na beira da estrada e se casa com aquela que não lhe custará o emprego por uma violação da licença médica. Ah – levanto o dedo –, quer dizer, aqui está a cereja do bolo: ele ainda não desiste da mais nova. Ele a persegue e assedia, sabotando cada novo relacionamento dela só porque pode. Ou talvez isso o faça se sentir melhor sobre aquela calvície que avança, que ele tenta esconder.

Minha raiva cresce, mas sou eu quem está alimentando essa fogueira ao ceder à provocação dele.

Ele cruza os braços e me fita, furioso. Parece um boneco Ken de cabelos loiros bem penteados e olhos azuis brilhantes.

– Você sabe que eu nunca a amei.

Uma raiva intensa me atravessa. Tudo ao nosso redor se turva, e meus olhos se fixam no idiota com quem me casei. Tento manter a frieza na voz. Anos de prática com essa fachada me fizeram sobreviver aos momentos mais difíceis. Eu sei bem como desempenhar esse papel.

Mas hoje estou com dificuldade de fazer isso.

– Você acha que a situação é menos grave por você nunca a ter amado? Você está falando da minha irmã caçula. Aquela que quase morreu. Que você passou anos prejudicando. E eu? Acho que você também não me amou.

Minhas palavras ecoam no amplo hall de entrada enquanto nos encaramos.

– Eu amei.

"Eu amei." Essa é a declaração dele para mim?

Eu rio amargamente.

– Quem você pensa que está enganando, Robert? Nunca se cansa de mentir? O jogo acabou. Eu sei quem você é. Você me fez acreditar que eu tive algo que nunca foi meu. Você me enganou.

Ele não me corrige. Apenas me encara com fúria. Não deveria doer, mas dói.

– Pelo que você fez comigo? Sou indiferente. Pelo que você fez a ela? Eu te odeio. Eu não teria me aproximado de você nem em um milhão de anos se tivesse percebido o tipo de homem que você realmente é. Pode me enganar uma vez e nunca mais. Esse é o novo ditado.

Com isso, puxo minha mala e dou meia-volta, abrindo a porta com tanta força que ela bate na parede. Odeio o modo como estou exaltada. Como me sinto fora de controle. Mas mantenho o queixo erguido, empertigo os ombros e saio daquela casa com toda a compostura imperturbável que consigo reunir.

– Quer dizer que você está me deixando?

Como alguém que estudou tanto consegue ser tão burro? Quase solto uma gargalhada. Continuo andando, e ao passar por ele dou um tapinha em seu ombro como se ele fosse um cachorro.

– Use esse diploma médico tão importante e descubra por si mesmo.

– Você nem gosta dela! – berra ele num tom lamuriento que aos meus ouvidos parecem unhas raspando em um quadro-negro. – Vai correr de volta para ela e implorar por perdão depois de ter sido uma completa babaca durante todos esses anos? Boa sorte. Estarei aqui quando você voltar rastejando.

Mas não me deixo abalar por suas provocações e sigo em frente sem dar um único olhar para trás. Em vez disso, levanto o dedo do meio por cima do ombro, feliz por saber que ele está errado.

Que ele não é tão esperto quanto pensa que é.

E eu também não sou. Eu me sinto muito pequena e muito estúpida neste exato momento.

Porque eu amo minha irmã.

É que demonstro esse amor de um jeito meio complicado.

Espero não morrer agora que estou recuperando algum controle sobre minha vida.

Quero recomeçar do zero. Ao mesmo tempo, estou apavorada.

O Hospital Geral de Chestnut Springs fica a apenas uma hora de onde moro. Por que então esta parece ser a viagem mais longa da minha vida?

Comecei a dar plantão por aqui há alguns meses. Ou seja, eu poderia fazer o trajeto de olhos fechados. Mas hoje está nevando tanto que estou segurando o volante com toda a minha força.

Ainda estou remoendo o fato de ter perdido a calma.

Rob começou aquela briga dizendo que não conseguia entender por que eu queria trabalhar num hospital mixuruca, e eu não estava nem um pouco inclinada a dizer a verdade a ele.

Primeiro, é um alívio trabalhar em um hospital onde não sou a esposa dele e a filha da minha mãe. Posso praticar a medicina e ter orgulho do que faço sem ter que lidar com todos os cochichos e olhares de pena. Sem esse tipo de merda pairando sobre minha cabeça.

Porque todos sabem, mas ninguém toca no assunto, e isso está arruinando minha sanidade. Eu sei como todos me veem. Não sou alheia a isso. Eles podem não falar, mas eu ouço em alto e bom som.

Uma médica que conseguiu sua posição no hospital graças a conexões familiares e ao casamento.

Uma mulher inacessível, fria e infeliz.

Uma esposa patética que ignorou a traição do marido.

E segundo, porque nunca quis tanto estar perto da minha irmã. Quando ela estava doente, eu costumava entrar escondida no hospital para vê-la, ler o prontuário dela, mesmo quando eu ainda estava na faculdade. E agora? Agora olho para minha irmãzinha e tudo o que vejo são os anos que perdi.

Vejo uma mulher que viveu infeliz para me poupar um pouco da minha própria infelicidade.

Parece que somos parecidas nesse aspecto.

Ela está feliz, noiva de um homem com cabelo comprido demais, mas que a ama de uma forma que nunca experimentarei. Mas também estou feliz por ela – Deus sabe que ela merece um pouco de paz. Ela largou o diploma de direito e o emprego seguro na firma de gestão esportiva do nosso pai para administrar uma academia e viver em uma pequena e pitoresca fazenda no interior.

Eu a admiro.

Mas não faço ideia de como consertar a nossa relação. Por isso aceitei um posto de meio período na cidadezinha onde ela mora, na esperança de esbarrar nela e resolver as coisas de forma orgânica.

Tenho uma fantasia recorrente, uma em que penso o tempo todo. Devo estar tentando realizá-la ou alguma merda parecida.

Nessa fantasia, ela está caminhando pela calçada e eu esbarro nela ao sair da adorável cafeteria parisiense na rua principal. Ela parece chocada ao me ver. Eu lhe ofereço um sorriso caloroso, e ele não é forçado. Então, aponto com o polegar para trás e digo: "Ei, você, ahn... quer tomar um café?" de uma maneira casual e charmosa que a fará abrir um sorriso também.

É claro que eu teria que sair em algum momento do hospital ou do hotel para que isso acontecesse. Mas continuo me escondendo entre essas duas zonas de segurança, assustada demais e envergonhada demais para enfrentá-la.

– Foda-se – murmuro, respirando fundo e me sentando mais ereta, os olhos fixos na estrada. – Siri, ligue para Summer Hamilton.

O silêncio pesado que me acolhe está carregado de anos de expectativa.

– Ligando para Summer Hamilton – responde a voz robótica.

A formalidade é um golpe no peito. A maioria das irmãs teria algum apelido fofo programado no telefone. Talvez eu a chamasse de "Sum" se fôssemos amigas. No ponto em que as coisas estão, ela poderia praticamente estar como Srta. Hamilton na minha lista de contatos.

O telefone toca. Uma vez. Duas vezes.

E então ela atende.

– Winter? – pergunta, sem fôlego. Meu nome não é uma acusação nos lábios dela, no entanto. É... esperançoso.

– Oi – digo, totalmente sem jeito.

Nem anos de educação formal e de leitura de livros de medicina poderiam ter me preparado para esta conversa. Desde que tudo explodiu no hospital naquele dia, já ensaiei um milhão de vezes as palavras na minha cabeça. Já passei noites em claro me preparando.

E não foi o suficiente.

– Oi... você está... está bem?

Faço que sim com a cabeça, sentindo os olhos arderem. Fui horrível com Summer ao longo dos anos, e a primeira reação dela é perguntar se estou bem.

– Win?

Inspiro profundamente. Win. Droga. Aquele apelido. Ela simplesmente se entrega a ele com toda a facilidade. Eu me pergunto distraidamente como será que é o meu nome nos contatos dela. Sempre imaginei que fosse "Meia-Irmã Malvada" ou algo parecido.

Ela é tão absurdamente gentil. Quase me dá náusea que Summer possa ser tão gentil comigo depois de tudo pelo que passamos, depois de toda a frieza com que sempre a tratei.

Não mereço Summer. Mas quero merecer. E isso exige sinceridade da minha parte.

– Não. Acho que não estou bem – digo, tentando disfarçar o tremor na voz, pigarreando.

– Sei.

Eu consigo imaginá-la fazendo um sinal afirmativo com a cabeça, pressionando os lábios, a mente a mil enquanto tenta resolver esse problema para mim. É assim que ela é. Alguém que quer resolver problemas.

Até posso ser médica, mas Summer sempre foi aquela que buscava curar todos os males.

– Onde você está? Quer que eu vá te buscar? Você está machucada? – Ela faz uma pausa. – Ah! Você precisa de ajuda legal? Não estou mais advogando, mas eu poderia...

– Posso te ver? – disparo.

E agora parece que é a vez dela de ficar em silêncio, atônita.

– Já estou a caminho de Chestnut Springs. Eu poderia... não sei. – Um suspiro áspero sobe pela minha garganta. – Te pagar um café? – concluo, sem graça, olhando para o relógio digital que mostra que já são seis da tarde.

A voz dela chega até mim um pouco densa, um pouco baixa.

– Eu adoraria. Mas, em vez de café, pode ser um vinho?

Um nó de tensão se desfaz no meu peito, um que eu nem sabia que estava ali até agora. E agora que eu o notei, percebo também que ele devia estar ali há anos.

– Claro. – Meus dedos pulsam no volante. – Sim. Vinho. Ótimo.

Pelo visto eu perdi a habilidade da fala.

– Vamos fazer um jantar em família na sede do rancho mais à noite. Vêm várias pessoas. Eu adoraria se você viesse também.

Sinto um nó inesperado na garganta. Esse tipo de gentileza me parece estranho depois de viver em uma bolha estéril com Rob e minha mãe por tanto tempo. Esse tipo de perdão... Eu não sei como reagir a isso.

Então, apenas sigo o fluxo. Parece o mínimo que posso fazer.

– Você pode me mandar o endereço?

Na pressa de pegar minha bagagem e dar o fora da cidade, ignorei o tanque de combustível pelo maior tempo que pude. Sem dúvida estou entrando perigosamente na reserva. O que só aumentou minha ansiedade à medida que me afastei dos limites da cidade.

Então dou o braço a torcer e paro para abastecer em Chestnut Springs antes de pegar a estrada ruim que meu telefone mapeou até a fazenda.

Enquanto estou aqui, congelando e desejando ter vestido roupas de inverno mais adequadas para o ar livre, deixo todo tipo de preocupação invadir as muralhas que ergui com tanto cuidado.

Preocupação por ver Summer.

Preocupação por dividir a mesa de jantar com um monte de pessoas que sem dúvida acham que sou uma megera insuportável.

Preocupação com as estradas cobertas de neve. Tenho visto vítimas demais de acidentes de carro chegando ao pronto-socorro nos últimos tempos.

Preocupação com minha carreira e o que diabos vou fazer – onde é que vou parar.

O mais engraçado – de um jeito meio sombrio – é que não sinto quase nenhuma preocupação com a ideia de deixar Rob para sempre. Prolonguei a situação por tempo demais. Pensei muito, analisei sob todos os ângulos.

Continuava pensando no divórcio como um fracasso. Mas partir não me pareceu um fracasso esta noite.

Pareceu um alívio. Como se alguém estivesse pisando no meu peito e eu finalmente tivesse reunido coragem suficiente para me libertar. Meus músculos estão cansados pelo esforço, e tenho alguns hematomas e contusões pela luta.

Partir doeu, mas consigo finalmente respirar, apesar da dor.

Solto um suspiro profundo e observo uma nuvenzinha de fumaça deixando meus lábios, mais evidente sob as placas de neon que iluminam as bombas de gasolina. As pontas dos meus dedos passam do formigamento para a dormência completa em questão de segundos, em volta da alça de plástico vermelho. Eu dou pulinhos e levanto os olhos quando ouço um sino tilintar na porta da loja de conveniência do posto de gasolina.

O homem que sai pela porta de vidro é pura marra e ombros largos. Cabelos escuros, olhos mais escuros ainda e cílios que deixam um pouco irritada a garota loira que existe em mim. Ele está sorrindo para o bilhete de loteria em sua mão, como se estivesse convencido de que vai ganhar.

Eu poderia lhe dizer que ele não vai ganhar. Que é jogar dinheiro fora.

Mas tenho a clara impressão de que esse é o tipo de homem que não se importa com isso.

Ele está com botas desamarradas, jeans com a barra dobrada. Algumas correntes longas de prata adornam seu peito, desaparecendo sob uma camisa xadrez um pouco desabotoada demais, um cardigã de malha pesada jogado casualmente por cima.

Ele não precisa fazer o menor esforço para ser sexy. Nem o clima parece incomodá-lo. Aposto que ele nem tira as meias para dormir e no dia seguinte simplesmente enfia as mesmas meias de volta nessas botas de couro gastas.

Aposto que suas mãos são ásperas. Aposto que ele cheira a couro. E depois do homem com quem passei os últimos anos, não consigo desviar os olhos do charme rústico do sujeito à minha frente.

Eu o encarei por tanto tempo, com tanta intensidade, que a bomba de gasolina dá um tranco ruidoso na minha mão, sinalizando que o tanque está cheio.

O som atrai a atenção do homem, e ele direciona toda a força do seu sex appeal para mim. O queixo quadrado coberto com a quantidade perfeita de barba por fazer, unido a lábios que são simplesmente um desperdício em um homem. A aparência dele? É um absurdo.

Abaixo a cabeça depressa, mexendo sem jeito na bomba para colocá-la de volta no suporte. Passo a língua nos lábios.

Tenho a sensação distinta de que o lenhador sexy está me observando, mas não levanto o olhar para conferir. Há uma agitação no meu peito e um calor nas minhas bochechas, algo que eu não sentia há muito, muito tempo.

Porque eu tinha um casamento feliz. E agora eu... não tenho mais.

Eu acho.

E este é o primeiro homem que me permiti olhar de maneira inapropriada. Um homem que não se dá ao trabalho de amarrar os sapatos e joga na loteria.

– Argh – gemo para mim mesma ao me aproximar da porta do carro, de repente com bem menos frio do que estava antes de vê-lo.

Mas quando estou prestes a deslizar no assento, dou uma espiada nele por cima do ombro.

Ele está parado junto à sua caminhonete prateada.

Ainda me observando com um sorriso malicioso.

Então ele passa a mão pelo cabelo perfeitamente despenteado e pisca para mim.

Entro no carro e disparo pela estrada escura, fugindo o mais rápido possível.

Porque a última coisa de que preciso é alguém que me faça sentir como se não houvesse oxigênio suficiente nos meus pulmões, justo quando acabei de recuperar o fôlego.

CONHEÇA OUTRO TÍTULO DA EDITORA ARQUEIRO

Jogando por controle
SÉRIE SOBRE GELO FINO

Peyton Corinne

Rhys Koteskiy está de volta. Pelo menos é o que todo mundo espera. Na semifinal do último ano, o astro do time de hóquei da Universidade Waterfell levou uma pancada tão violenta que até hoje luta para se recuperar. Atormentado por pesadelos e crises de pânico quando pisa no rinque, ele se pergunta se algum dia vai jogar de novo – e se é isso mesmo o que quer.

Sadie Brown está determinada a não perder o foco neste semestre. Afundada em dívidas, ela se vira do avesso para conciliar os estudos, a batalha pela guarda dos irmãos mais novos e os treinos de patinação artística. Com seu temperamento difícil, sua reputação no campus não é das melhores.

Quando ela presencia uma crise de pânico do melhor jogador da equipe de hóquei e tenta ajudá-lo, nasce uma inusitada identificação entre os dois. Rhys sente um vazio enorme e não consegue resgatar sua paixão pela vida, enquanto Sadie, sempre tomada por alguma emoção, não aguenta mais lidar com tanta intensidade.

Mas o caminho para a cura não é fácil, e os segredos que eles guardam um do outro só complicam as coisas. Numa trama marcada por traumas, descobertas e a promessa de um futuro, Rhys e Sadie percebem que, por mais doloroso que seja, às vezes é preciso cair para aprender a voar.

CONHEÇA OS LIVROS DE ELSIE SILVER

Chestnut Springs

Sem defeitos
Sem coração
Sem controle